KB273106

해저의 여자

해적의 여자

지은이_이진현 | 초판 1쇄 인쇄_2009년 3월 2일 | 초판 1쇄 발행_2009년 3월 14일 | 발행처_도서출판 청어람 | 발행인_서경석 | 편집장_문혜영 | 편집_유경화, 조수희 | 주소_경기도 부천시 원미구 심곡 2동 163-2 서경B/D 3F | 등록_1999년 5월 31일(제1081-1-89호) | 문의전화_032)656-4452 | 팩스_032)656-4453 | http://www.chungeoram.com | 전자우편_eoram99@chollian.net | 어람번호_5-0224 | 파본은 구입하신 서점에서 교환하여 드립니다. 저자와 협의하여 인지를 붙이지 않습니다. 이 책은 도서출판 청어람과 저작자의 계약에 의해 출판된 것이므로, 무단 전재 및 유포·공유를 금합니다. 책값은 표지에 있습니다.

ISBN 978-89-251-1709-6 03810

해찐의 여자

이진현 지음

목차

고구려 고국원왕 4년, 가을.

곧 있을 국중 대회를 앞두고 열린 사냥 일정이 끝났다.

제 집안의 명예를 높이려 혈안이 되어 있는 북부나 동부, 남부의 귀족 대인들과는 달리 황부의 남무는 자신과는 상관없는 세상을 관망하듯 아우들의 이야기를 듣고 있었다.

그는 왕가의 일족인 계루부 고씨가의 젊은 대가(고추가)였다. 그러한 이유 때문에 그는 지금 이 자리에 앉아 있지만, 결코 그 스스로 원했던 자리는 아니었다.

재작년 사냥 대회에서의 악운으로 형이 죽지 않았다면 이 자리는 그의 몫이 아니었을 것이다. 그랬다면 지금의 그는 스물세 살의 혈기 넘치는 여타 고구려 사내들과 다름없이 눈을 빛내며 고씨가의 일원임을 자랑으로 여기며 들떠 있었을 것이다.

저녁 무렵 사냥으로 얻어진 포획물을 나누어 술자리가 벌어졌을 때에도 그는 마지못한 예의로 술 몇 순배를 받아 마시고는 답답한 속내를 덜어볼 요량으로 밖으로 나왔다.

팔월의 밤바람은 제법 쌀쌀했다. 검은 어둠 속에서 보이는 별빛은 마치도 겨울날의 별빛만큼 차갑고도 고왔다.

작년, 그리고 올해. 그에게서 가장 소중한 사람이 곁에 없는데도 별빛은 조금도 다르지 않았다. 별빛뿐 아니라 세상 모든 것, 심지어는 그조차도 전과 다름없이 숨 쉬며 겉으로는 아무렇지 않은 듯 살고 있었다. 그러니 모르는 일이다, 저 별빛이 보기엔 어제와 마찬가지로 빛나고 있어도 속내는 깊은 시름에 타 들어가고 있는 것인지도……! 계루부 고씨 일가의 차기 대가 지위는 그에게 많은 것을 내주었다. 결코 그가 기대하지 않았던 힘과 권력을 그의 어깨에 내려주었다. 그러나 세상 어디에 얻기만 하는 일이 있을까. 특히나 따르는 뭇사람들을 거느리는 자리는 대를 위한 일신의 희생을 강요한다.

남무 또한 희생의 대가로 안정적이고 힘있는 권력을 손에 쥐었으나 그는 오히려 자신이 잃은 것을 그리워하고 있었다.

이대로는 안 돼! 더는 견딜 수 없다!

그는 인내심의 한계에 다다른 것을 느꼈다. 이제 더는 그도 아무렇지 않은 듯 살아갈 수 없었다. 감쪽같이 사라진 정인에 대한 아무런 단서도 찾지 못한 채 이렇게 또 한 해를 보내게 된다면 더 이상의 평정을 가장하는 것도 끝이었다.

갑자기 사람의 발밑에서 젖은 나뭇잎이 부서지는 듯한 소리가 들렸다. 순간 남무는 서둘러 단단한 갑옷 깊숙이 옛 상처를 묻었다.

"어째 황부의 대가께서 술자리도 마다하고 밖을 배회하십니까?"

남무는 몸을 돌려 소리나는 쪽을 응시했다. 상대는 그도 안면 있는 소노부 우씨가의 미흔이었다. 한곳에 오래 머물지 못하고 세상을 주유한다고 해서 집안에서 내놓았다 하는 바람 같은 사내이기도 했다.

"그러는 그대는 어쩐 일로 술도 고기도 마다하고 이리 나온 건가?"

"제가 본시 술을 즐겨 하지 않습니다."

"그런가?"

미흔은 그보다 두 살 아래였는데 아직 소년의 티를 벗어내지 못한 듯한 얼굴에 권모술수와 아첨과는 거리가 먼 맑은 눈빛을 지니고 있었다. 사내다운 골격이기보다는 여장으로 꾸며놓아도 믿을 만치 섬세하고 가는 얼굴 선과도 어울린다고 남무는 생각했다.

"어깨가 무거우십니까?"

"누군들 그렇지 않겠나."

남무는 미흔 앞에서 자신의 무거운 마음을 담담하게 인정했다.

"형님의 일은 안되셨습니다. 작년 토욕혼을 여행하고 돌아왔더니 형님의 비보가 들리더군요."

꾸밈없는 그의 위로에 남무는 그저 고개반 두어 번 끄덕였다.

"형님도 훌륭한 대가 자질을 가지고 계셨으나 남무님 또한 잘 이

끌어가시리라 우씨가의 장로들이 하는 말을 들었습니다."

"허명이지. 나는 그저 자유로운 자네가 부럽기만 하군."

평소에도 그랬으나 지금 이 순간만큼은 그와 자신의 위치를 바꾸겠냐 물으면 망설일 것 없이 그러겠다 하고 싶은 심정이었다.

미흔은 어째서 그러하냐고 묻지 않고 그저 입가에 웃음기를 머금고는 남무의 곁에 털썩 앉았다. 미흔에게는 권력 앞의 두려움이란 존재하지 않는 듯했다.

"바람이 제법 서늘해졌지?"

"예, 어느새……."

"아주 돌아온 건가?"

"웬걸요. 저는 한곳에 머무는 체질이 아닌가 봅니다."

"부모님께서 근심이 많으시겠군."

"이젠 뭐 아예 그러려니 하시지요."

금세 이을 말씨가 바닥나 버리자 가까운 소나무 숲에서 바람 스치는 소리가 쏴아 하고 날카롭게 들렸다.

"머물지 못하고 바람처럼 자꾸 떠다니는 데에는 그럴 만한 이유가 있을 것도 같은데."

생각지 않은 화제에 미흔의 얼굴에 설핏 그늘이 생겼다.

"제 마음을 안다고 하시는 겁니까."

미흔은 제법 누구에게도 틈새를 보여주지 않았다고 생각하면서 부러 가볍게 맞받았다.

"자네를 떠나게 하는 무언가가 이곳에 있던가, 자네를 부르는 무언가가 그곳에 있는 거겠지."

미흔은 남무의 말에 긍정도 부정도 하지 않았다.

다시금 가까운 숲에서 몰아치는 바람 소리가 세차게 지나갔다. 날이 거세질수록 바람 소리도 더 깊고 날카로운 채찍처럼 생명 있는 것들의 몸을 움츠러들게 만들 것이다.

결코 낯설지 않은 바람 소리가 미흔의 마음을 건드렸다.

"그런…… 마음 가져본 적 있으십니까?"

진지하고도 조심스레 묻던 그는 갑작스레 생각난 듯 허튼 웃음을 지으며 얼버무렸다.

"아, 괜한 걸 여쭈었습니다."

남무는 미흔의 웃음을 모른 체하며 물었다.

"자네의 마음을 도적처럼 훔치고 잡아주지 않는 이가 누구인가?"

동병상련의 심정인가. 미흔은 짧은 한숨을 내쉬더니 밤하늘을 올려다보며 말했다.

"남무님은 모르는 이입니다."

"스치는 바람은 아닌 게지?"

"차라리 그랬으면 좋게요. 진심이 통하기만 하면 되는 줄 알았는데, 제 마음만으론 안 되는 것도 있더군요."

제 마음대로 안 되는 것에 포기할 줄도 알게 되면 어른이 돼가는 것이라고 남무는 속으로 생각했다. 절벽 낭떠러지든 십여 장 높은 담장이든 제 죽는 것쯤 얕게 보고 덤비던 시절에는 시도조차 않고 포기하고 잃는 것은 바보짓이라고 코웃음 쳤으니 말이다. 이제 미흔도 세상을 알고 어른이 돼가는 게다.

미흔은 다시 짧은 한숨을 내쉬더니 금세 마음을 닫아걸었다.

"남무님이 소노가와 인연이 닿은 것은 좋은 일이긴 하나, 저는 사실 우씨가보다는 명림가와 인연을 맺을 것으로 알았습니다."

명림가!

남무의 측근들은 무슨 몹쓸 말이라도 되는 양 그의 앞에서는 명림가의 이야기를 입에 올리지 않았다. 때문에 미흔이 명림가를 입에 담자 순간 남무는 천천히 명. 림. 가? 하고 입속말로 되새겼다. 생전 처음 들어보는 생경한 이름처럼 생각되었던 것이다. 자연스레 좀 전까지 생각하던 한 사람의 이름이 떠올랐다.

명림운제!

심장이 주체할 수 없이 불안하게 맥동했다. 겨우겨우 버텨내고 있던 그였는데 미흔의 한마디가 그의 이성을 툭 끊어냈다.

다른 사내가 그를 떠보기 위해 던진 화두였다면 남무는 그 자리에서 주먹을 휘둘렀을 것이다. 하지만 상대인 미흔이 제 마음속의 말을 돌리거나 비꼬는 말을 한 것이 아님을 알기에 그는 천천히, 깊게 숨을 들이쉬었다가 내쉬었다.

"내 인연이 아니었던 게지."

그는 그 말을 수도 없이 되뇌었다. 단 한 사람, 마음 준 그 여자를 놓고 죽은 형의 아내와 혼인하던 날, 그는 천 번도 만 번도 넘게 그렇게 스스로에게 주문을 걸었다. 그는 숱하게 길고 지루한 밤에 눈을 떠 다시 잠을 이룰 수 없을 때에는 그렇게 스스로에게 타이르곤 했다.

인연이 아니었던 게다. 인연이 아니니까 이렇듯 볼 수 없는 게지. 하지만 그렇게 해서 지워 버리려고 해도 불현듯 그녀가 떠오르기라도 하면 가슴이 서늘하게 아려오곤 했다.

그렇다고 해서 같은 하늘, 같은 땅에서조차 볼 수 없는 것은 너무

한 것 아닌가. 그의 가슴은 다시금 울컥 뜨거운 분노로 터질 듯했다. 술이라도 더 마시지 않고서는 도저히 맨 정신으로 견딜 수 없을 것 같았다.

"모정 아씨는 잘 계십니까?"

미흔은 부러 붉으락푸르락하는 남무의 심사를 모른 척하며 말머리를 돌렸다. 그의 몹쓸 호기심은 이미 채워졌던 것이다. 남무는 한눈에 보기에도 위태로워 보였다.

남무는 긴 한숨을 내쉬고는 대답했다.

"잘 지내지. 돌아가면 안사람에게 자네가 안부를 묻더라고 전해주겠네."

대단한 인내심이라고 미흔은 내심 탄복하며 쓰게 웃었다.

"예, 참 사내 복도 타고난 분이라고 생각한다 말 전해주십시오."

사내 복을 타고 난 게 아니고서야 어디 고구려 여인이라면 누구라도 탐을 낼 사내 둘을 지아비로 얻을 수 있으랴. 세상천지 어디에 그런 복이 다시 있으려고!

스물세 살의 사내다운 기상이 넘치는 고남무, 그는 재작년 다섯 살 연상의 형이 불운에 목숨을 잃자 두 살 연상의 형수 모정을 부인으로 맞았다. 형에게 남은 혈육이 없으므로 형수를 통해 형의 대를 이어야 한다는 관습의 압력 때문이었다.

취수혼!

왕이 부럽지 않은 왕가의 인척 세력으로 고구려의 사내들이라면 누구나 태어나기를 원하는 집안에서 차남으로 태어난 그에게 형사취수의 관습은 그의 발목을 거머쥔 올가미였다. 지난날을 생각하자 남무의 입에서 자신도 모르게 짧은 한숨이 새어 나왔다.

미흔은 갈무리를 하고 일어서 집으로 돌아가려다 말고 잠시 멈춰 섰다. 명림가의 이야기를 꺼냈을 때 거칠어진 호흡으로 미루어 보건대 남무는 그도 아는 한 여자를 아예 지워 버린 것은 아닌 것 같았다.

이건 단순한 호기심만은 아니야.

미흔은 그렇게 생각하며 입을 열었다.

"아, 남무님, 명림가의 운제 아가씨가 돌아오신 것, 알고 계십니까?"

"뭐?"

툭 끊어진 통제의 가는 실. 남무는 그 자리서 벌떡 일어섰다. 그는 미흔의 얼굴에 시선을 꽂았다.

미흔이 평온한 어조로 말을 이었다.

"오는 길에 명림가의 땅을 지나다 들었습니다. 죽은 줄로만 알았던 운제 아가씨가 돌아왔다고 마을 사람들이 수군대더군요."

어제오늘 미흔은 남무가 시야에 들어올 때마다 소식을 전해야 할지를 망설였다. 보아하니 그의 주변 좌장들은 명림가에 대한 정보를 그에게 보고하지 않고 있는 듯했다.

"어, 언제 말인가?"

"자세히는 모르지만 한두 달쯤 된 듯싶습니다. 많은 재물도 함께 가지고 돌아왔다고 하던데요."

남무는 밤새 말을 달렸지만 하나도 피로한 줄 몰랐다.

어스름한 새벽이 지나고 익숙한 명림가의 땅이 눈앞에 펼쳐지자 그는 가슴이 설레는 것을 느꼈다. 오랜만의 경험이었다.

그녀를 만나기 위해 달려오던 이 길은 한동안 그에게 쓰라린 추억이었다. 그는 두 해 동안 발길을 끊었음에도 눈을 감고도 뚜렷이 떠오르는 풍경을 기억해 낼 수 있었다. 그녀와 함께여서 행복했던 기억들이었다.

운제가 돌아왔다고? 살아 있어도 살아 있는 것 아닌 세월을 보내게 했던 그녀가 돌아왔다고?

그는 미흔의 말을 믿을 수 없었다. 사람을 풀어 그토록 찾아 헤맸던 그녀가 돌아왔다니! 그것도 이미 한두 달 전에!

그녀가 정말로 돌아왔다면 그 자신의 측근들도 알고 있을 터였다. 하지만 그의 주변 누구도 그녀에 대해 언급하지 않았다. 그렇다면 미흔이 잘못 들었을 수도 있다. 하지만 그는 직접 자신의 눈으로 확인하기 전에는 어떤 말도 믿지 않겠다고 생각했다.

허름하던 명림가의 담장이 새로 보수한 듯 고쳐져 있었다. 그는 말에서 내려 망설일 것도 없이 대문을 두드렸다. 곧이어 나타난 녕림가의 집사는 그를 알아보고는 놀라면서도 깍듯하게 고개를 조아리며 예를 갖추었다.

"차려근지님(지방의 관직명)을 뵈려 하네."

"주인님께서는 아직 신성에서 돌아오시지 않으셨습니다."

남무 역시 알고 있었다. 그 또한 그곳에서 머물다 밤을 달려온 것이었다.

"하면 안주인을 뵙게 해주게."

집사는 난색한 표정을 감추지 못하고 서둘러 머리를 조아리며 그를 손님을 맞는 사랑채로 안내했다. 기다리라는 말을 남기고 사라졌던 집사는 한참 후에야 나타나 안주인께서는 몸이 편치 않아 만나기 힘드니 바깥주인이 돌아오거든 기다려서 만나도록 전했다.

"하면 그때까지 이곳에서 신세를 좀 지는 수밖에 없겠네."

그는 안주인의 소극적인 거절을 듣고도 모른 척하며 집사에게 명림가에 머물 뜻을 비추었다. 그가 아무리 명림가에서 다시 보고 싶지 않은 껄끄러운 존재일지라도 그의 지위를 보아 쉽게 내칠 수는 없음을 알고 있었다.

그는 당장에라도 안채로 뛰어들어 가서 살아 돌아왔다는 운제를 확인하고 싶은 충동을 억눌렀다. 그의 측근들이 그러했듯이 집사 또한 운제에 대한 소식을 전해주지는 않았다. 안채에 다녀온 후로 더욱 그의 눈길을 피하는 태도도 미심쩍었다. 어쩌면 그녀가 그를 만나기 원치 않을 수도 있다는 생각도 잠시 스쳤다.

운제, 그대가 살아 있다고? 정말 그대가 이 집 안의 어딘가에서 살아 숨 쉬고 있다는 말인가? 정말로?

그는 주인 없는 남의 집 거처에서 밤을 달려온 피로조차 깨닫지 못하고 열에 들떠 방 안을 배회했다. 그 자신도 모르는 일이었지만 그는 자신을 휘감고 있는 들뜬 열기로 인해 제대로 된 판단이 서지 않았다. 침착하기 이를 데 없는 그가 이렇게 열에 들떠 있다는 사실을 알면 고씨가의 사람들은 아마도 몹시 놀랄 것이다.

제어하기 어려운 충동!

그랬다. 차분히 되짚어 생각하고 또 생각했다면, 그는 지금 이곳에 머물지 않을 것이다. 머물 수 없었다. 그녀를 앞에 둔다 한들 무엇을 말할 수 있단 말인가. 그러나 그는 일생에 단 한 번 충동적인 행동일지언정 지금의 결단을 후회하지 않기로 단단히 결심했다.

명림가의 집 안은 적막했다. 가끔씩 집 안에서 부리는 시종들이 움직이는 소리만 간간이 들릴 뿐 안채에서는 아무런 소리도 들려오지 않았다.

그는 혹여나 운제의 음성이라도 들을 수 있을까 싶어 밖에서 나는 소리에 예민하게 귀를 세우고 있었다. 그녀가 정말로 돌아왔다면, 그래서 그가 이곳에 와 있다는 사실을 전해 들었다면 그를 만나러 오지 않을 수는 없다고 생각했다.

미흔이 잘못 들은 걸까?

순간순간 갈피를 못 잡는 불안한 마음은 잠시 잠깐 중에도 이리저리 흔들렸다. 술자리에서 마신 술과 명림가까지 한달음에 말을 타고 달려온 탓에 기다릴까 어쩔까 고민하는 사이 그는 까무룩 어설픈 잠에 빠졌다.

한순간 마치 환청인 것처럼 잠결 중에 부드러운 그녀의 음성이 들려온 듯한 착각에 남무는 튕기듯 자리에서 벌떡 일어나 앉았다. 그의 귀에 익숙한 해맑은 웃음소리도 들려오는 듯했다. 하시만 수위는 어둡고 적막하기만 했다. 아직 날이 새려면 멀었다.

그녀가 살아 있다는 소식을 듣고 한달음에 달려왔음에도 막상 문 앞에서 주저하며 들어서지 못한 자신의 신세를 한탄하던 그는 결심하고는 자리를 박차고 나섰다.

그녀가 이곳에 있다면 손님이 왔다는 소식과 그 손님이 반갑지는 않더라도 그라는 사실을 들었을 것이다.

뒷일이야 어떻게 되든 그는 살아 있는 그녀의 모습을 확인하고 싶은 충동으로 인적 없는 안채로 조심스레 들어갔다. 안채 중에서도 그녀가 머물던 별채로 들어서던 그는 어둠 속 정원에서 잠을 이루지 못하고 서성이는 인영을 발견하고 그 자리에 멈췄다. 망설일 것도 없이 입이 먼저 떨어졌다.

"운…… 제? 정말로 운제가 맞나?"

떨리는 그의 낮은 음성이 공기를 타고 전달되자 십여 걸음 떨어진 어둠 속의 사람도 멈칫 그를 돌아보았다.

"남무? 당신이에요?"

"운제!"

얼마 만에 불러보는 이름인지! 얼마 만에 들어보는 그리운 그녀의 음성인지!

그는 순간 망설임없이 달려가 주저하며 서 있는 그녀를 와락 자신의 품 안에 끌어안았다. 분명 익숙한 그녀의 내음이 그의 코를 간질였다. 억지로 눌러두었던 감정들이 한순간에 폭발해 버렸다.

"남무! 정말 당신이에요?"

그녀도 믿어지지 않는 듯 그의 품에 안겨 그의 등줄기와 어깨를 손으로 더듬었다. 그의 입술이 그녀의 정수리에서 귀로, 목덜미로 향하며 그녀의 내음을 허기진 듯 들이마셨고, 뜨거운 숨결로 그녀의 살결에 흔적을 남겼다. 그녀도 오랫동안 그리워했던 그를 확인하자 찬 공기에 닿은 그의 머리카락이며 목을 끌어안았다.

숨을 쉴 때마다 서로의 몸이 더욱 밀착되었고 서로를 찾는 열정은 뜨거워져 가기만 했다. 그의 입술이 그녀의 목덜미를 내려와 가슴으로 향하자 다리에 힘이 빠져 제대로 서지 못하고 그에게 의지해 몸의 중심을 잡으면서 고개를 뒤로 젖히던 운제가 퍼뜩 정신을 수습했다.

"나, 남무, 안 돼요. 이, 이러면 안…….”

그녀가 제지하자 열정적인 그의 행동이 순간 멈추었다. 꿈에서도 바라온 여자였고 익숙한 체취였지만 꿈에서는 얼마든지 가능한 행위라도 생시에는 아니었다. 더구나 그들 사이는 거칠 것 없이 서로를 탐할 수 있던 삼 년 전과는 달랐다.

풀어헤쳐진 그녀의 옷을 젖히고 그녀의 맨살 가슴의 골 사이에 얼굴을 묻고 숨을 고르던 그가 천천히 그녀를 놓아주었다.

"……언제, 언제 돌아온 거요?"

"한 달이 되어갑니다."

"왜 내게 연락하지 않았어? 내가 얼마나 찾아 헤맨 줄 알아? 얼마나 걱정했는데."

"혼인했다고 들었어요."

그녀의 음성은 건조하고 담담했다. 비난하는 투는 아니었지만 남무는 그녀의 말에서 왜 연락할 수 없었는지 답을 들었다.

이미 남의 사내가 되어 있는 그에게 연락한들 무슨 소용이 있었겠나. 그는 가문에 대한 책임과 의무 때문에 자신의 목숨보나 소중한 그녀를 찾아 나서지 못했다. 뿐인가, 다른 여자와 혼인까지 했다. 그 때문에 옴짝달싹 발이 묶인 그의 가슴 한 켠은 새카맣게 타들어가 죽어버렸다.

현실을 인정하는 그의 목소리는 확실히 전보다 힘을 잃었다.

"당신을 직접 찾아 나서지 못한 나를 용서하지 말아요."

"어쩔 수 없었잖아요."

운제가 담담하게 그를 위로했다. 그를 원망하지 않는다는 듯이. 모든 걸 이해한다는 듯이.

"마음으론 당신을 찾아 온 고구려를 달려가고 싶었어. 마음은 당신을 찾아 가보지 않은 곳이 없었어. 어떻게 된 거요? 사람을 풀어서 온 고구려 곳곳을 뒤졌지만 찾을 수 없었어. 어디에 있었던 거야, 운제? 어떻게……."

그는 눈앞의 그녀를 보고도 믿을 수 없는 듯 부릅뜬 눈으로 확인하고는 다시 그녀의 어깨를 끌어 자신의 가슴에 안았다.

운제도 가만히 그의 품 안에 얼굴을 묻었다.

"낯선 사내들에게 잡혀갔어요. 배에 태워져서 먼 타국에서 노예로 살았어요. 그러다 한 사람을 만났는데, 그의…… 아이도 낳았어요."

담담하게, 고저없이 풀어놓는 그녀의 음성에도 불구하고 그녀의 말은 충격적이었다. 그녀가 겪었을 감정의 파고를 짐작하기란 어렵지 않았다. 여자로서 견딜 수 없는 상처를 입었고 그 상처는 아물지 않았다는 것도!

그녀가 사라졌을 때 그래도 살아 있을 거라고, 강인한 여자이니 어딘가에서 살아 있을 거라고 믿었지만 그간의 고초는 상상할 수 없는 것이었다. 그는 감정을 억누르느라 겨우 주먹을 틀어쥐고 몸을 부르르 떨었다.

"어, 어떻게 빠져나왔어?"

"그 사람이, 아이 아버지가 보내주었어요. 아무런 희망도 없어 죽고만 싶었던 내가 죽으려 하자 가고 싶은 곳으로 가서 살라고, 그 사람이 떠나게 해주었어요."

그래도 좋은 사람을 만난 거라고 위안 삼아야 하나? 남무는 울컥 누구를 향해서인지도 모르는 분노를 느꼈다. 어디에 대고 풀어야 할지도 알 수 없어 더욱 갑갑했다.

"나는 그런 줄도 모르고……."

"……돌아와서도 당신 생각 했어요. 당신을 만나고 싶었지만 당신이 어떻게 생각할지, 아직 나를 기억하고 있는지, 확신할 수 없었어요."

정인이 사라졌는데도 직접 찾아 나설 수도 없던 사내. 예정대로 다른 여자와 혼인한 사내를 믿을 수 없는 것은 당연했다.

"당신을 생각하는 마음은 변하지 않았어. 믿을 수 없다고 생각한대도 당연하지만 내 마음은 변하지 않았어."

격정과 분노가 뒤섞인 그의 말에 품 안의 여자는 몸을 떨며 고개를 끄덕였다.

"이제는 알아요. 이렇게 알게 되었잖아요."

그의 입술이 다시금 뜨거운 숨결을 불어넣으며 그녀의 이마와 뺨, 입술과 목덜미로 파고들었다.

"남무!"

2

"어디를 다녀오셨어요? 다른 사람들은 벌써 돌아왔는데 당신만 오지 않아 걱정했어요."

새초롬하면서도 차마 어려움이 남아 있어 더 깊이는 이야기 못하는 것이 역력한 모정은 의아한 얼굴로 남무를 빤히 쳐다보았다.

남무는 잠을 제대로 이루지 못해 피곤함이 배인 무거운 눈꺼풀을 비비며 말했다.

"미흔을 만났어."

"미흔요? 말썽쟁이 우씨가의 철없는 아이와 당신이 통하는 게 있었다구요?"

그녀는 믿을 수 없다는 듯 웃었다.

"당신더러 사내 복을 타고난 사람이라고 전해달라더군."

“실없이 놀리는 소리는 여전하네요. 그 녀석은 나를 놀리고 싶었던 게죠.”

모정의 고모가 우씨가로 시집가서 낳은 자녀 중 하나가 미흔이었으니 가깝고도 격의없는 사이임엔 틀림없다.

“많이 피곤해요?”

모정은 웃옷을 벗고 침상에 눕는 그의 곁에 따라 누우며 은근한 손길로 그의 가슴을 쓰다듬으려 했다. 그러나 그가 먼저 그녀의 손을 붙들어 떼어놓았다. 전에도 그녀의 손길이 닿으면 뱀이 기어가는 느낌이 들곤 했지만 운제를 만나고 돌아온 지금은 더 견디기 힘들었다. 아내에 대한 미안함보다 운제에 대한 정을 지키지 못한 것이 더 그를 미안하게 만들었다.

그는 결코 운제를 쉬운 여자로 생각해서 서둘러 안은 것이 아니었다. 그녀가 다시 어디론가 사라져 버릴지도 모른다는 두려움과 그간 누구를 상대로 해도 스스로 인정할 수 없었던 육체의 욕구가 한꺼번에 폭주해 버렸다. 격한 그를 제어하려고 애쓰는 운제의 노력도 소용없었다. 그녀와 함께 있는 장소가 어디였건 간에 그는 그녀를 안고 싶었다. 작은 한숨을 내쉬며 몸을 일으키고 옷을 입으며 머리를 매만지는 운제의 옆모습을 보며 그는 그녀의 침상에 모로 누운 채로 미안하다고 말했다. 아련하게 돌아보며 희미하게 웃음기를 머금은 운제는 그가 눈을 깜빡이면 금세라도 사라질 것처럼 보여서 몹시 불안했다. 그를 환영치 않는 명림가에 그녀를 두고 다시 돌아서는 발걸음은 무겁기만 했다. 하지만 그는 돌아와야만 했다. 운제를 다시 곁에 두기 위해서는 그가 책임을 다해야 할 곳으로 돌아와 세상과 맞서야 했다. 방법을 찾아야 했다.

그런데 무거운 그의 마음은 짐작도 못하고 어떻게든 틈만 나면 그에게 달라붙으려는 아내 모정의 태도는 그에게서 더욱 냉기만 돌게 했다. 운제도 그의 손길에 수줍어하기보다는 당당하고도 즐겁게 반응했지만 운제와는 달리 모정의 태도는 뻔뻔하게 느껴져서 싫었다. 이미 사내를 아는 그녀는 거리를 두려는 그의 태도를 알면서도 어떻게든 기회를 보아 살을 맞대며 다가오곤 했다.

형의 유복자를 잉태하고 있을 때는 그 핑계를 대서 거리를 유지할 수 있었지만, 이후에는 그럴 수도 없어 궁지에 몰렸다.

새벽녘 사내의 생리적 현상을 알아채고 다가드는 여자. 그럼에도 남무는 모정의 손길만 닿으면 싸늘하게 식었다. 모정은 일반 사내의 눈으로 보기에는 아름다운 여자였다. 하지만 남무의 눈에는 그렇지 못했다.

"보고 싶었어요, 당신이 그리웠어요."

모정은 원망 섞인 어조로 다시금 그의 옆구리를 파고들었다.

"피곤해."

"그러니까 한 번 풀어내고 나면 더 곤하게 잘 수 있을 거예요. 술과 사내들과 짐승들, 그 속에서 몇 날 며칠을 지내고 나면 여자가 그립지 않아요?"

그래서 사냥 대회가 끝나고 사내들이 돌아오기를 기다리는 여자들은 한껏 기대를 품고 있었다. 야만과 야성이 본능으로 회귀하는 산에서 마음껏 사냥을 한 사내들은 집으로 돌아와 또 다른 본능적인 욕구도 풀어놓았다. 하지만 열정이라고는 어디에 떼어놓고 온 듯한 남무는 나무토막처럼 딱딱하게 그녀를 내치고 있었다.

그가 정말로 싫은 것인지 싫은 척하는 것인지 확인하기 위해 모정은 대담하게 그의 바지 속으로 손을 집어넣었다. 거칠게 떨쳐 내려는 그의 손보다 그녀가 더 빨랐다. 그는 눈을 부릅뜨며 혐오스런 표정을 감추지 않고 모정을 내려다보았다.

모정은 교태스런 눈짓으로 그를 올려다보며 더욱 그에게 몸을 기댔다. 그런데 기대와는 달리 남무의 그것은 이상하게도 힘없이 축 처져 있었다. 어린 아들의 것보다 크기만 다를 뿐 부드럽고 말랑한 그것을 모정은 혹시 하는 기대감을 가지고 주무르기도 하고 살짝 쥐었다가 놓아보았지만 그것은 전혀 힘이 들어가지 않았다.

"그만둬."

그가 짜증스런 음성과 함께 그녀의 손을 거칠게 내쳤다. 가장 은밀한 사내의 상징을 제 것인 양 주무르는 모정에게 새삼 정나미가 떨어졌다.

하마터면 침상에서 떨어질 뻔한 모정은 겨우 중심을 잡고는 서운한 표정으로 푸념했다.

"정말 너무하는 거 아녜요? 혹시 미혼이 아닌 다른 여자를 만나고 온 건 아니에요?"

"마음대로 생각해요. 당신 신경질에 장단쳐 주고 싶은 생각은 없어."

"무슨 사내가, 당신 혹시 잘못된 거 아니에요? 그렇지 않고서야."

사내의 자존심을 건드리는 모정의 발언에도 그는 대꾸없이 등을 보이고 돌아누웠다.

그의 무심한 등을 보자 모정은 그만 전의를 상실했다.

이거야 원, 반응을 해야 더 다그쳐 보던가 하지.

모정은 무정한 남편의 등만 쏘아보았다. 그녀도 그가 남녀의 관계에 무지한 사내가 아닌 것은 알고 있었다. 한 번 사내로서의 욕구에 미치면 그녀가 열락에 빠져 정신을 잃게 만드는 기술을 가진 그가 한 번 차갑게 돌아서면 얼어버릴 정도라는 것이 믿기 힘들 뿐이었다. 죽은 그의 형은 그렇지 않았다. 그녀가 싫다는데도 먼저 달려들었다가는 그녀가 만족하지 못했는데도 먼저 끝내 버리곤 했다.

혹시나 하는 기대감을 가지고 조금 떨어진 그의 곁에 드러누우려는 모정의 기색에 그가 돌아누운 채로 말했다.

"혼자 있고 싶으니 당신도 가서 자요."

"옆에 누워만 있을게요. 다른 건 바라지도 않아요."

그가 차갑게 그녀를 나가라고 하지 않자 모정은 그의 등을 바라보며 모로 누웠다.

그런데 그가 잠이 드는가 싶을 만치 시간이 지났을 때였다.

"당신이 그랬소?"

위험스러울 만치 낮지만 힘이 서린 음성이었다.

"네?"

"당신이, 내 좌장들에게 명림가 소식을 전하지 말라고 했소?"

"무, 무슨 말씀인지 모르겠네요."

"그렇지 않고서야 온 고구려 사람들이 다 아는 일을 나 혼자 모르는 것이 말이 되나."

"여보!"

모정이 자리에서 몸을 일으켰다. 스산하게 불안한 느낌이 그녀의 몸을 바싹 긴장시켰다.

그를 더욱 차갑게 만든 것이 명림가 때문이었던가. 아직도 옛 여자를 잊지 못해서?

그의 말이 더욱 그녀에게 확신을 주었다.

"명림가의 운제가 두 해 만에 돌아왔다는 소식, 당신도 몰랐나?"

"그, 그래요?"

결연한 척 보이려 했으나 그녀는 음성뿐만 아니라 몸도 떨었다.

그가 몸을 일으켜 그녀를 마주 보았다. 좁은 침상에서 마주한 두 사람 사이에 시선 피할 곳은 많지 않았다.

"내 좌장들을 입막음한 이가 누군지 이미 확인하고 왔으니 거짓말을 할 생각은 말아요."

"……그, 그건 당신이 마음을 잡지 못하고 있는 듯해서."

모정은 그녀의 머릿속까지 꿰뚫어 볼 것 같은 그에게서 어떻게든 정면으로 응시하는 것만은 피했다. 그리고 슬그머니 침상에서 내려섰다.

"아직도 당신은 그 여자 때문에 나를 홀대하고 있잖아요. 나도 모르지는 않았어요."

그녀는 뱀처럼 소리없이 방을 나섰다. 그렇게 떨쳐 낼 수 없던 여자가 제 발로 걸어나갔다.

남무의 의심은 그때부터 스멀스멀 피어올랐다.

남무를 보내고 혼자가 된 운제는 벌써 이틀째 열어놓은 창을 통해 정원을 물끄러미 내다보기만 했다.

"그를 들여놓지 말 걸 그랬다."

걱정이 되어 달려온 그녀의 어머니는 어떻게 할 거냐고 딸의 생각을 묻는 것에 지쳐 포기하는 음성으로 한마디 하며 돌아섰다.

이제 겨우 입을 떼는가 했는데 다시 입을 닫아버린 딸. 사라졌던 두 해 동안 어디서 무엇을 했는지 알지 못했지만 그녀라고 짐작되지 않는 것은 아니었다. 단지 알고 싶지 않을 뿐이었다. 사람들의 소문에 오르내릴 것을 생각하여 잠도 못 이루고 식욕도 사라져 버려 입이 바싹바싹 마르기만 했다. 지끈지끈 머리까지 아파오는데 그에 한몫을 보탠 이는 계루부의 고남무였다. 바깥주인도 없는 밤에 다짜고짜 찾아와서는 방을 청하더니 한밤중 허락도 없이 안채로 들어와 기어코 딸을 만났다. 그리고는 이틀 밤을 꼬박 그녀의 방에서 기거하더니 온다 간다 말도 없이 사라져 버렸다.

"어쩌자고 그를 다시 받아들였니? 응? 이것아, 이 철없는 것아!"

부인은 혀를 차며 딸을 원망했다.

"그이를, 모른다 했어야 한다고 말씀하세요?"

너무나 당연하게 생각되었던 일을 탓하는 어머니가 낯선 듯 운제가 입을 떼었다.

"하면 작은부인이라도 좋으니 따라나설 작정이냐?"

"그이가 받아준다면요."

"너, 너! 네 아버지, 화병으로 쓰러져 돌아가신다."

부인의 안색이 창백하게 질렸다.

"어차피 곧 집을 나갈 생각이었어요."

"집을 나가다니? 그게 무슨 소리냐?"

"이미 명림가에서는 받아줄 수 없는 딸이잖아요. 이러지도 저러지도 못하시는 거, 알고 있어요. 제가 떠나면 소문도 잦아들겠죠."

"운제야!"

"몰랐어요, 어머니. 돌아오기만 하면 모든 게 다 잘될 줄 알았어요."

집으로 돌아오기만 하면 그토록 꿈에 그리던 가족도 반겨주고 어린 시절부터 함께하던 친구들도, 아랫사람들도 다 살갑게 맞아줄 거라고 생각했다. 그녀를 망친 범인도 찾고, 정인의 얼굴도 다시 보고! 그런 생각이 얼마나 순진한 것이었는지 깨달은 지난 시간은 지옥이었다.

운제의 말에 부인은 할 말을 잃고 눈물을 글썽였다. 그녀도 죽은 줄만 알았던 딸이 살아 돌아왔을 때는 앞뒤 가릴 것 없이 그저 기쁘기만 했다. 하지만 울음을 그치고 눈 돌려 주위를 보니 산적한 많은 문제가 쌓여 있었다.

돌아갈 곳이 있다고 생각했을 때는 그나마 희망이 있었지만 이제는 더 이상 희망이 없다고 운제는 생각했다. 하루에도 몇 번씩 다리에 힘이 풀리고 식은땀이 났다. 언제든 생각이 바뀌면 돌아오라 말한 이도 있으나 그녀는 결코 다시 돌아가지 않을 생각이었다.

그녀는 현실의 막다른 길 끝에 다다라서야 그녀 스스로가 먼저 놓아버리기로 작정했다. 이제 그녀는 고구려의 자랑스런 명림가의 딸로는 사람들 앞에 나설 수 없다. 가문이 먼저 그녀를 버리기 전에 그녀 스스로 선택하는 것이 많은 이들에게 상처를 덜 남기는 일이었다.

그때 그런 선택을 하지 말 것을 그랬나.

운제는 남인 듯 다시금 고통스런 지난날을 돌이켜 보았다. 늦은 밤 숲으로 나오라는 그의 전언에 의아해하면서도 나섰던 밤. 낯선 사내 둘에 쫓기다 결국은 그들에게 맞아 실신하고 배에 던져져서야 정신을 차렸던 그 끔찍한 날들. 중원의 불법 노예 시장에서 견디던 치욕스런 경험들. 그리고 마치 구원자처럼 나타난 이족 출신 장사꾼이자 섬의 주인이라는 그. 그를 만나고서야 한적한 섬에서 정신적, 육체적인 충격과 상처가 아무는 듯했지만 돌아갈 수 없는 처지는 마찬가지였다.

그녀를 지옥으로부터 구원해 준 그는 이상하게도 사내로서의 욕구를 드러내며 다가오지 않았다. 다만 그의 집에 그녀의 거처를 마련해 주고 간혹 집에 머무는 날 어쩌다 마주치기라도 할 때면 그는 빤히 응시하다가는 그녀가 고개를 돌려 눈을 마주치면 등을 돌려 가버리곤 했다. 운제는 그의 눈빛에서 무엇을 원하는지 알지 못했다. 하지만 언제까지고 그곳에서 머물 수는 없다는 데 생각이 미치자 용기를 냈다.

하루는 멀찍이 그녀를 지켜보다 눈이 마주치자 등을 돌려 걸어가는 그를 발견한 운제가 그에게 달려갔다. 그를 붙잡고 재차 용기를 내서 침착한 어조로 협상을 했다.

젊은 시절 병으로 아내를 잃은 후 다시는 아내도 자식도 없다는 그는 외로워 보였다. 운제는 그에게 아들을 낳아줄 테니 그 후엔 집으로 돌아갈 수 있게 해달라고 했다. 생각해 보면 그는 사실 그녀의 제안을 받아들이지 않아도 그만이었다. 하지만 한참을 생각하던 그는 그러자고 했다.

운제는 이를 악물었다. 그녀 자신이 택한 결정이었지만 막상 그 순간이 다가오니 끔찍한 생각이 들었다. 하지만 운제는 망설임을 끊어내듯 어둠 속에서 옷을 벗었다.

실오라기 하나 걸치지 않은 몸으로 그가 기다리는 침상에 다가가자 그가 몸을 움직여 그녀의 자리를 내주었다. 떨리는 몸의 중심을 잡으려는 노력으로 그녀는 입술을 깨물었다. 그녀는 그가 내준 자리에 천천히 올라가 몸을 눕혔다.

그는 무슨 생각을 하는지 모르게 무표정했다. 본래 말을 많이 하는 성격은 아니었지만 이런 때는 그로 인해 더욱 무거운 분위기를 조성했다. 어둠 속에서 그의 눈빛은 그저 어둡기만 하고 고르지 못한 호흡을 몰아서 내쉬며 그녀를 응시하고 있었다.

몸을 똑바로 눕힌 그녀는 그의 눈을 응시하지 않고 눈을 감았다. 어서 이 시간이 지나가기만을 바랄 뿐이었다. 하지만 그는 선뜻 그녀의 몸을 덮치지 않았다. 의아하게 생각하며 그녀가 눈을 뜨고 보니 그는 여전히 그녀의 몸을 바라보고 있었다. 운제는 고개를 문 쪽으로 돌리고 다시 눈을 감았다. 눈을 감고 보니 감각의 눈은 반대로 떠져서 그의 시선이 더듬는 대로 그녀의 피부가 달아오르는 듯했다.

밤새도록 그렇게 바라보기만 할 것 같던 그가 그녀를 향해 손을 뻗었다. 그는 섬세하게 그녀의 몸을 애무하지는 않았다. 다만 곳곳에 못이 박힌 투박하고 우직한 손으로 그녀의 젖가슴을 보듬어 만졌다. 은밀한 부위에 닿는 그의 손길에 그녀의 긴장된 허벅지가 놀라 더욱 힘이 들어가 단단해졌다.

"처음, 이오?"

생각지 못했던 그의 물음에 그녀의 얼굴이 확 달아올랐다.

"아니에요."

그것이 그가 마음대로 다루어도 된다는 뜻은 아니었지만 운제의 악몽 같은 기억을 일깨웠다. 노예로 붙잡혀 오던 배 안에서, 갇혀 있던 창고 안에서, 그녀를 욕심내던 사내들은 빈번하게 그녀를 취했다. 몸값을 올리기 위해서는 곱게 다루는 게 낫지 않겠냐는 한 사내의 말에 야비한 웃음을 웃으며 그녀를 욕보이고 물러서던 사내의 말은 운제의 가슴에 살아야 할 이유를 던져 주었다. 사내는 여자의 값이라면 넘칠 만큼 충분히 받았다고 했다. 그녀를 의뢰한 자의 요구도 가능하면 고국에서 먼 곳에 내다 파는 것과 철저하게 짓밟는 것이었다고 말했다. 제정신으로는 살고 싶은 마음이 들지 않게 만드는 것, 그것이 그자가 후하게 값을 받은 대가로 요구받은 것이었다.

하지만 그의 말이 오히려 그녀를 살도록 만들었다. 처음엔 죽도록 저항했지만 그럴수록 사내의 폭력을 당해내지 못하는 그녀만 고통스러울 뿐이었다. 그들의 손이 닿기 전에 이미 정인과 남녀 관계를 맺었음에도 낯선 사내들의 몸을 받는 것은 수치스럽고 모욕적이어서 그때마다 죽고 싶은 심정이었다. 그래도 운제는 그자의 말을 되씹으며 돌아가겠다는 일념 하나로 그 모든 지옥을 견뎌냈다.

나는 돌아갈 거야. 꼭 다시 돌아가서 나를 이렇게 만든 것들에게 복수할 거야! 그때까지는 절대로 죽지 않을 거야. 원하는 대로는 되지 않을 거야.

그녀는 천번만번 그렇게 되뇌었다.

막 삐져나오기 시작한 턱수염과 두툼한 입술로 그가 그녀의 젖가슴을 덮자 운제는 소름 돋는 낯선 그의 느낌에 퍼뜩 현실로 돌아왔다. 그녀를 지옥으로 밀어넣었던 자들의 역겨운 행태와는 달랐지만 그 또한 원치 않는 사내일 따름이었다. 오직 한 사람만을 마음과 몸에 담고 싶었던 그녀의 꿈은 여지없이 부서져 버린 지 오래였다.

서너 번 그렇게 그녀의 젖가슴을 희롱하던 그는 오른손으로 그녀의 숲을 가르고 정확한 곳에 어느새 최대로 발기한 그의 것을 잇대며 들이밀었다. 많은 사내들을 겪었음에도 운제는 순간 비명을 지를 만큼 그녀의 몸을 가르며 들어오는 그것은 이제껏 경험하지

못한 크기였다. 무덤덤하게 견디겠다고 생각했던 그녀는 자신도
모르게 그를 제지하며 두 손으로 그의 가슴을 밀쳐 내려 했다. 그
는 자신의 무게를 그녀에게 다 싣지 않으려고 하면서도 그녀의 제
지쯤은 아무렇지 않은 듯 상체는 그녀에 의해 제지당한 채 하체만
을 이용해서 밀어붙였다. 그녀의 내밀한 허벅지 안쪽으로 그의 단
단한 허벅지 근육이 맞닿으며 불에 달군 쇠기둥 같은 이물이 들어
섰다.

"흐읍."

이번에는 그녀가 허벅지를 붙이며 그를 제지하자 상체를 지탱하
던 한 팔을 뻗어 그녀의 허벅지를 옆으로 벌렸다. 그러자 쉽게 앞으
로 나가지 못하던 그의 것이 순간 쑤욱 그녀 안으로 절반쯤 들어갔
다. 그녀의 허벅지를 벌리던 그의 팔이 만족스럽게 그녀의 한쪽 다
리를 자신의 어깨 위로 걸쳤다.

그것은 그녀가 눈을 감는다고 해서 잊거나 무시할 수 있는 것이
아니었다. 그는 익숙하게 하체를 밀어붙이거나 엉덩이를 뒤로 물리
며 행위를 계속했다. 그는 말수 없고 투박한 외모만큼이나 그 행위
도 투박했다. 세심한 배려와 기술 없이 빼곡이 그녀의 몸을 채우며
들어선 뜨거운 그것은 둔탁하고 느리게 깊이 들어왔다가는 빠져나
가는 행위를 천천히 반복했다.

처음엔 건조하며 메말랐던 운제의 그곳은 그의 행위가 지속되는
동안 천천히 젖어들었다. 가랑비가 땅을 적시듯 그녀의 몸은 부드
럽고 촉촉하게 젖어들기 시작했고 그의 것까지도 부드럽게 감싸기
시작했다. 그는 점차 빠르게 리듬을 타며 행위를 반복했다. 그가
움직일 때마다 두 사람의 몸이 결합한 그곳으로부터 물기와 공기

가 만나서 내는 묘한 소리가 두 사람의 거칠어진 숨소리에 뒤섞였다.

그가 알아들을 수 없는 거친 소리를 내며 그녀에게 무너지듯 쓰러진 후에도 운제는 그와의 행위로 인한 충격에서 벗어나지 못한채 수치심으로 눈을 부릅뜨고 어두운 천장을 응시했다.

그와의 행위는 언제나 그랬다. 운제는 바짝 긴장해서 마음이 아니라 몸만 허락하는 것이라고, 그것도 집으로 돌아가기 위해서는 어쩔 수 없는 일이라고 단단히 결심했지만 마지막엔 언제나 자신을 배신하고 그의 행위에 반응하는 또 다른 자신에게 혐오스런 감정으로 충격에 빠지곤 했다.

그에게는 색다른 기술도 없었다. 지루하고 단순할 정도로 오직 한 가지 방법으로 그녀를 소유했다. 그녀가 원하지 않으면 최소로 그녀의 몸에 닿을 뿐 몸 곳곳을 더듬거나 핥거나 빨지도 않았다. 그래도 어느 날은 그보다 먼저 절정에 올라 얼마간 정신을 놓는 날도 있었다. 아는지 모르는지 그는 아무런 내색도 하지 않았다.

이전 그녀의 정신까지도 처절하게 유린했던 사내들과 그의 차이가 무엇인지 운제는 의심스러웠다.

그자들 말처럼 이제는 철저하게 더럽혀지고도 자존감도 버리고 짐승처럼 색을 밝히게 된 건가.

운제는 혼란스런 와중에 스스로를 배신하는 자신의 몸을 경멸했다. 하지만 그는 그자들과 다른 사람이었다. 더한 나락으로 떨어졌을지도 모를 자신을 구해준 사람이었다.

내가 먼저 제안한 거야. 내가 스스로 집으로 돌아가기 위해 그를 이용하기로 한 거였어.

하지만 무엇으로도 그녀 자신의 혼란은 사라지지 않았다. 다행인 것은 오래 지나지 않아 그와의 약속대로 아이를 뱄다는 사실이었다. 혼란은 끝났다. 더는 몸이 마음을 배신하는 밤을 겪지 않아도 되었다고 운제는 생각했다. 그는 좋아하거나 실망하는 기색 없이 그를 원치 않는 그녀의 의지를 존중해 주었다. 지옥 같은 나락으로 빠진 이래 처음으로 운제는 평온한 날들을 보냈다.

그런데 그녀가 아이를 출산한 후 그는 약속을 지키려 하지 않았다. 아이에게 젖어미가 필요하다며 계속 그녀를 붙잡아두려고 했다. 운제는 강하게 그에게 맞서 자신을 보내줄 것을 요구했지만 그는 침묵으로 지켜보기만 했다.

그리고 하루하루가 지났다. 출산일로부터 정확히 두 달이 지난 어느 밤, 그는 다시 그녀의 몸을 요구했다. 운제는 거칠게 저항했다. 하지만 그는 전과는 달리 힘으로 그녀를 제압하고 욕심을 채웠다. 배신감과 치욕으로 기억된 밤이었다. 그가 그녀의 깊은 곳에 남긴 체액이 그녀의 내부에서 바닥에 깔린 요 위로 흘러내렸다. 그 느낌이 더욱 혐오스러워 치를 떤 그녀는 소리쳤다.

"보내주겠다고 했잖아요! 아이를 낳아주면 내가 원하는 곳에 보내주겠다고 했잖아요! 나는 약속대로 당신 아이를 낳아주었어요! 그러니 당신도 내게 한 약속을 지켜요! 약속을 지키라구요!"

그는 다만 시선을 피하기만 했다.

"당신도 똑같아요. 당신도 결국은 똑같은 사내였어요. 그래도 당신은 다를 거라고 생각했는데."

죽일 듯 쏘아보며 저주하듯 퍼붓는 매서운 그녀의 말에 그는 움찔했다. 그러나 그것도 잠시뿐, 등을 돌리고 잠을 청하던 그는 새벽녁 일찍 나가 버리고 그녀가 눈을 떴을 때는 빈방에 혼자 남아 있었다.

누군가 억지로 그녀를 숨 쉬게 하려고 했다. 의식이 남아 있던 마지막 순간에는 아무리 간절했던 숨이었지만 꾸역꾸역 넘어가는 물로 가득했던 폐 안에 다시 공기로 숨을 채울 수는 없다고 도리질을 쳤다. 그녀가 원한 죽음이었다. 스스로 물속으로 뛰어들었다.

하지만 무슨 일인지 의식이 들었고 기적처럼 침을 삼키는데 매캐하고 싸한 기운이 목구멍을 타고 넘어갔다. 살갗이 찢기는 아픔에 저절로 찡그리며 눈을 뜬 운제는 걱정스레 자신을 지켜보는 그의 얼굴을 알아보았다. 눈을 몇 번 깜빡이며 주위를 제대로 보자 그의 얼굴엔 그녀가 익히 보아왔던 무덤덤한 표정만이 남아 있었다.

더 심한 일들도 견뎌왔지만 더 이상은 돌아갈 희망이 없음을 깨닫자 운제는 바닷물에 뛰어들었다. 하지만 죽었다고 생각했는데 가장 먼저 눈에 들어온 사람이 가장 보기 싫은 그라니!

운제는 겨우 입을 열었다.

"여기는, 나…… 죽은 것 아니었어요?"

"원하는 곳으로 돌아가려면 기운을 내서 일어나야지, 죽으면 쓰나!"

"뭐, 뭐라고 했어요?"

그의 무덤덤한 평소 말투였음에도 운제는 그가 말한 내용에 깜짝 놀라 자리에서 벌떡 일어나 앉았다. 자신도 모르게 콧등이 시큰해지고 눈물이 흐르고 있었다. 그러나 의지와는 달리 몸은 천근만근 무거웠다. 마치 남의 몸 같았다.

"보내주겠다고! 당신이 그토록 목숨 걸고 원한다니 보내주지. 서둘러 일어나서 돌아갈 준비를 해요."

그러나 그녀의 소원을 입에 담는 그의 표정은 죽어도 그녀의 소원을 들어주고 싶지 않은 사람의 것이었다.

"정말이에요? 지금 한 말 정말로, 진심으로 하는 말이에요?"

"진심이오."

그는 정말로 이후 일사천리로 일을 진행했다. 하지만 고향으로 돌아가는 날까지 운제는 그를 보지 못했다. 가끔씩 의심이 불 일 듯 파르락 올라오기도 했지만 그날은 분명히 왔다. 한동안 볼 수 없던 그가 푸석푸석하고 부은 눈으로 안채의 그녀를 찾았다.

"준비는 다 된 거요?"

"네."

"포구에 나가면 배가 기다리고 있을 거요. 가납사니에게 말해놨소."

"……고마워요."

운제는 일 년 반여의 날들을 살을 맞대고 살았던 남자가 새삼 무척 낯설게 느껴졌다.

"서둘러요. 바람이 언제 변덕을 부릴지 알 수 없소."

"고마워요. 이 은혜 죽는 날까지 잊지 않을게요. 고마워요. 정말 고마워요."

그간의 원망은 눈 녹듯 사라지고 운제는 가슴으로부터 울컥 솟아오르는 고마움을 어떻게든 전하고 싶었다. 그의 발밑에 무릎을 꿇고서라도 자신의 고마운 마음을 전하고 싶었다.

당신은 나를 다시 태어나게 해준 사람이에요. 당신은 나를 다시 숨 쉴 수 있게 해준 사람이에요. 당신은 나를 다시 꿈꿀 수 있게 해준 사람이에요.

그러나 그는 그녀로부터 어떤 고마움의 인사도 받고 싶지 않은 것이 분명한 태도로 등을 돌렸다.

"서둘러요."

거역할 수 없는 분위기에 끌려 그녀는 천천히 걸음을 떼어 문턱까지 다다랐다. 그런데 그 순간 이제까지 무심하게 돌보지 않던 아이가 눈에 밟혔다. 요 한동안은 약속을 지키지 않는 그가 미워 그를 대신하듯 아이에게 차갑게 굴었던 것도 후회되었다. 그녀는 선뜻 문턱을 넘어서지 못했다.

그래도 한 번 부탁해 볼까. 한이 되기 전에 그래도 한 번…….

"저기."

그의 눈에서 한가닥 간절한 빛이 났다.

"아기, 내 아기……."

희망은 스러졌고 그는 시선을 거두며 벽을 보고 말했다.

"잘 키울 테니 염려 말아요. 제 어미보다야 못하겠지만 이곳에도 아이 어미들은 있으니."

"내가, 데려가면 안 될까요? 내가 잘 키울 테니 아이가 자라면……."

그의 음성은 지금까지 듣던 중 가장 쌀쌀했다.

"돌아가고 싶지 않은 거요?"

"하지만."

"당신이 내게 한 약속을 생각해 봐요."

그의 말대로 그녀도 더는 할 말이 없었다. 약속을 지키라고 다그치고 그를 몹쓸 사내로 대했던 건 그녀였었다.

"서두르라고 했소."

윤제는 눈에서 불을 뿜을 것 같은 그의 의지 앞에서 움츠러들었다.

"그래도 당신에게 고맙다는 말은."

"남을 게 아니면 아무 말 말고 떠나요."

그녀는 하는 수 없이 발길을 돌렸다.

그녀가 포구로 향하는 길을 걸어 배에 오르기 전 그간 얼굴을 익히고 말을 나누던 풀솜 어미와 멀찍이 눈으로 인사를 나눴다. 고향으로 돌아간다는 기쁨은 잠시였고 이제는 어린 아들을 놓고 떠나는 어미의 마음이 더 크고 비참했다. 하지만 그녀는 돌아가야만 하는 이유를 떠올리며 발걸음을 떼었다.

수족을 끊어내는 이 아픔도 잊지 말자, 윤제야. 이 또한 내가 갚아야 할 원한으로 기억하자. 죄없는 내 아이, 그 사람에게는 미안하지만 나는 돌아가야만 해!

그런데 배가 막 떠나려 할 때, 그의 집에서 마지막인 줄 알았던 그가 그녀가 있는 선실 문을 벌컥 열고 들어섰다. 혹시나 하는 기대감을 가지고 돌아보았으나 그의 품에 안긴 아기는 보이지 않았다. 실망하는 그녀에게 그가 성큼 다가왔다. 그는 한눈에 보기에도 귀해 보이는 작은 옥으로 만든 패를 품에서 꺼내 내밀었다.

"뭐예요, 이게?"

"혹시라도 돌아오고 싶으면 고구려 국경에서 멀지 않은 료허에 있는 화평도방을 찾아 이걸 보여줘요."

운제는 그것을 받아 들지 않고 가만히 쳐다보기만 했다.

이 사람에게 못할 짓을 했다. 내 아픔만 생각하느라 우직하고 착한 사람, 이 사람에게는 못할 짓을 했다.

운제는 그가 내미는 것을 받아 들면 그에게 기약하지 않는 희망을 주는 것이라고 생각했다.

운제는 그를 응시하며 고개를 저었다.

"내게는 필요치 않아요."

"혹시라도 돌아가서 마음이 변하면 말이오."

운제는 강하게 고개를 가로저었지만 그는 억지로 그녀의 손에 쥐어주었다.

"혹시 모르는 일이잖소."

이십사 년 후, 여름, 복주의 포구.

이른 아침 도방을 빠져나온 경휘는 복주의 포구를 향해 거침없이 걸음을 내디뎠다. 그는 어제까지 익숙하게 입고 있던 중원의 옷을 벗어버리고 그들에게 익숙한 편안한 차림새였다. 보통 사람을 위축되게 만드는 뱃사람들의 체격 가운데서도 그는 쉬이 눈에 띌 만큼 훤칠한 키와 탄탄한 체격을 가진 젊은 사내였다. 게다가 짙은 눈썹과 뚜렷한 눈매가 예사롭지 않은, 언뜻 보기에도 무리의 책임을 지는 존재처럼 보였다.

골목을 막 돌아 나오는데 대략 먹으로 그린 약도인 듯싶은 종이를 보며 보이는 담장 너머로 고개를 갸웃하던 중년의 사내를 지나

쳤다.

"아, 이보시오."

중년의 사내가 경휘를 불러 세웠다. 경휘는 돌아서서 짧은 순간 그를 훑으며 경계했다.

"무슨 일이오?"

중년의 사내는 오랜 여행길인 듯 행색이 지쳐 보였는데도 눈빛만은 맑고 빛났다.

"아, 실례하오만 화평도방이 어디에 있는지 알면 좀 가르쳐 주시오."

말투로 보아 중원의 사람도 아닌 듯했다.

"무엇 때문에 그곳을 찾으시오?"

"아, 지인의 소개로 만나볼 사람이 있어서요. 이 근처 어디라고 하던데? 혹시 모르시오?"

누구를 찾느냐고 묻는 대신 그는 자신이 막 나온 집을 가리켰다.

"골목 끝 막다른 곳에 있는 대문이오."

"아, 그렇군. 감사하오, 젊은이!"

중년의 사내는 제법 고고한 기운이 있어 고맙다고 말하는 가운데도 아무에게나 고개를 숙일 것 같지 않은 기품이 있어 보였다.

경휘는 아주 잠깐 궁금증이 일었지만 누가 그를 맞이하든 이후 보고하는 과정에서 알 수 있겠다고 생각하며 자신을 기다리는 이들에게로 향했다.

포구에는 마치도 그들의 배 세 척만이 사람을 제압할 만치 거대한 모습으로 정박해 있었다. 배를 띄울 만반의 준비를 마치고 짐을 다 실은 후에 뱃사람들은 그가 다가오자 제각기 경험에서 우러난 걱정스런 말들을 던졌다.

"신풍을 기다려 출항하는 것이 안전하지 않을까요?"

"수평선 끝자락이며 산자락이 희끄무레한 것을 보니 아무래도 날이 흐릴 징조입니다, 이질금."

"때를 기다려 보지요."

듬직한 체격이며 바깥일에 익숙해 있어 그은 피부를 가진 일단의 사내들은 경휘의 말이 떨어지길 기다리며 주시하고 있었다. 경휘는 나이 든 뱃사람들의 진언을 귀담아들으려는 듯 수평선 너머와 지표가 되는 대각선의 작은 섬 봉우리를 쳐다보았다.

"너무 오래 섬을 비워두었어."

포구 주위의 이곳저곳은 아직 크게 붐비지는 않으나 바다 멀리까지도 내다보이는 고층의 건물도 있었고 뱃사람들이 쉬어갈 객잔과 상가들이 생겨나고 있었다. 그 중심에 화평도방이 있었다.

"무슨 일이 있었다면 벌써 소솜이 전서구를 띄웠을 겁니다."

신중한 몇몇은 이미 그의 뜻을 거스를 수 없다는 것을 알면서도 다시 한 번 우려의 소리를 전했다. 그들이 몇 대에 걸쳐 섬겨온 수장을 어려워하는 만큼이나, 반평생을 함께한 바다 역시도 두려운 존재였다. 이미 포기하고 배 위의 자신의 위치에 가서 자리를 잡고 있는 사람들도 있었으나 무리를 지은 삼십여 명은 그의 주위에 서 있었다.

"언제부터 이리 겁쟁이들이 된 건가? 자네들은 식솔들이 그립지도 않은 건가? 장승처럼 서 있지만 말고 움직이라고들!"

희끗희끗한 새치를 숨길 수 없는 나이 든 모도리가 수장을 대신해 퉁명스레 내던졌다.

"그래, 어서 돌아갈 차비를 하자고. 나도 이제 더는 도방 마루도 싫고, 내 집 구들 위에 누워서 실컷 잠이나 자려네."

고향 땅을 생각하니 갑자기 기운이 솟아난 듯 젊은 무리들도 하나둘 자신의 배로 움직이기 시작했다.

"어째 젊은것들이 더 겁이 많은가그래. 우리가 그 나이 먹어서는 겁이 너무 없다고 성난 바다 맛을 한번 봐야 한다고들 어르신들이 말할 정도였는데. 쯧쯧."

"그러게 말야."

나이로 패를 가르듯 젊은 사내들은 그 말을 들으며 입술을 삐죽거렸고 그중에서 덜떨어진 맹문이가 볼이 부은 어조로 한마디 했다.

"치잇, 장가도 못 가보고 죽고 싶진 않단 말이오."

"하기사 그렇기도 하겠군."

누구 입에서 나온 말인지 모르게 그 말이 터져 나오자 여기저기서 키득거리며 웃음소리가 새어 나오더니 결국에는 아예 포구가 떠나가도록 웃음바다가 되어버렸다.

웃음이 그치고 나자 그동안 진중하게 이질금 곁을 지키고 있던 가납사니가 일침을 놓으며 사람들을 독려했다.

"우리가 언제부터 신풍을 믿었던가? 자자, 어서들 차비를 하자고."

그들은 곧 배웅하는 도방의 식솔들과 인사를 나눈 뒤 복주의 포구를 빠져나왔다.

복주―처음에는 고작 5, 6백여 호에 그치는 아직 채 상권이 크게 형성되지 않았던 이 도시는 포구를 중심으로 이제 막 커가고 있었고 그 상권의 중심에 화평도방이 있었다.

중원에서도 비옥한 땅이 많은 강남이었으나 아직은 낙양이나 장안에 비할 바가 아니었고 호구 수도 많지 않았다. 그러나 하나둘 위나라의 압제에서 벗어나려는 한인들이 내려오고 있었고 강줄기를 타고 운하만 제대로 닦여진다면 크게 번성할 도시임에 틀림없었다. 그 가능성을 화평도방은 먼저 내다보고 있었다. 더구나 복주는 그들의 본거지인 화평도에서 뱃길로 넉넉잡아 보름이면 왕래할 수 있는 아주 근거리에 있었다.

결국 출항을 결행했던 그들은 삼 일째에 바다 가운데서 폭풍을 만났다. 항해를 미루자고 말하던 일행은 차마 겉으로는 내색하지 못하면서도 원망스런 눈빛에 입이 부었다. 그러나 파도에 쉬이 부서지는 중원의 배들과는 달리 그들의 배는 웬만한 파도며 썰물에도 단련이 되어 있었다.

그들의 수장인 경휘는 노련한 암해자(바닷길을 읽는 사람)를 시켜 길을 잃지 않게 지시했고 그 자신이 직접 키를 잡으며 억수로 퍼붓는 빗줄기와 파도를 맞받았다. 가을날의 세찬 빗줄기가 노 젓는 이들의 살을 때리며 체온을 앗아가자 그는 사람을 시켜 술을 권하며 몸을 덥게 했고 겁먹지 않도록 독려했다. 이틀 밤낮 동안의 폭풍은 그 기세가 대단했으나 그들의 배에 커다란 타격을 주지는 못했다.

폭풍을 이겨내고 검은 바다가 하얗게 모습을 드러내며 그들의 섬이 멀지 않았음을 확인하자 근육이 단단히 뭉칠 정도로 긴장을 늦추지 않던 그들 일행은 안도의 한숨을 내쉬며 언제 그랬냐는 듯 평온한 물결을 허탈하게 바라보면서도 그 심한 폭풍을 헤쳐 냈다는 자신감에 들떠 배 안은 술렁거렸다. 그러나 그것도 잠시, 뱃머리에

서서 바람의 방향과 물결의 방향을 가늠하던 모도리의 외침과 더불어 모두 다시 긴장으로 몸이 굳어졌다.

"이질금, 낯선 배가 보입니다!"

머지않아 그들의 시야에 검은 점처럼 멀리 보이는 움직이는 물체가 서서히 그 모습을 드러냈다.

폭풍이 가라앉은 새벽이었고 선원들도 모두 지쳐 있었다.

그녀의 꿈만큼이나 밖이 어수선하였지만 이틀간의 피로는 그녀의 생각보다 심해 미례는 눈을 뜨기조차 힘들었다. 유모가 한참 동안을 그녀의 어깨와 뺨을 두드리며 다급하게 흔들어 깨워서야 미례는 잠이 묻어난 얼굴로 겨우 눈을 뜨고는 부스스 일어나 앉았다.

"아기씨, 아기씨. 일어나셔요. 어서 옷을 입으셔야 합니다."

유모답지 않은 다급하고 불안한 목소리였다. 유모는 미례가 잠에서 깨도록 계속 어깨를 흔들었다.

"유모, 눈이 떠지질 않아."

평소 같았다면 미례의 어리광을 맞받아주며 에고 잠꾸러기 아기씨, 시집가시면 어쩌시려고, 하고도 말할 유모의 입에서는 긴장 어린 다른 말이 나왔다.

"어서 옷을 입으시고 피하세요. 어서요."

"아직 가락국에 도착하려면 며칠 더 있어야 하는 거 아녜요?"

미례는 아직도 잠결인 양 잠긴 목소리로 유모에게로 기대 안겼다.

"미례 아기씨, 지금 밖엔 난리가 났습니다. 해적 놈들이 어느새 배에 올라서 노략질을 하고 있어요. 언제 이곳에 들어올지 모르니

어서 옷을 입고 숨으세요. 어서요.”

그 말은 미례의 잠을 순식간에 달아나게 만들었다. 정말 선실 밖은 비명 소리와 넘어지는 소리, 칼 부딪치는 소리, 뛰고 달리는 발자국 소리로 요란스러웠다.

미례는 두려움으로 몸을 떨었다. 지금까지 한 번도 해적들에게 습격당한 적은 없으나 가락국이나 아유타의 포구에서 그런 소문들이 있는 것을 미례도 들었었다. 해적들은 무식하기도 하고 잔인하기까지 해서 잡은 사람들을 모두 물고기 밥으로 던져 버린다고 했다. 바닷물이 아무리 따뜻하다고 해도 언제까지 그 속에서 무사할 수는 없었다.

“유모, 어떻게 하면 좋아?”

폭풍이 물러가자 이번에는 더 무서운 재난이 그녀를 기다리고 있었다.

“아기씨 몸은 작으니까 좁은 틈바구니에 숨으면 그놈들이 찾지 못할 겁니다. 어서 서두르세요.”

“피할 데가 어디 있겠어?”

좁은 배 안에서 당장은 피할 수 있다고 해도 해적들이 휩쓸고 간 배에서 과연 무사히 집으로 돌아갈 수 있을까.

미례는 두려움에 떨면서도 유모의 말대로 서둘러 겉옷을 걸치고는 유모가 이끄는 대로 따라나섰다. 다행히도 금세 그녀 일행은 선실 지하로 통하는 가장자리 좁은 틈바구니를 발견했고 작은 몸집의 가냘픈 미례는 몸을 숨길 수 있었다.

“여기서 꼼짝하시면 안 됩니다. 숨소리도 크게 내시면 안 돼요.”

유모가 서둘러 그 자리를 떠나려 하자 미례가 흐느끼듯 신음하며 그녀를 불러 세웠다.

"유모, 함께 있어. 가지 말아요."

"아기씨 혼자 몸을 숨기기에도 힘든걸요. 참고 견디세요."

미례는 눈물 때문에 유모의 모습이 흐릿하게 보이자 서둘러 눈물을 손등으로 훔쳐 냈다. 그사이 유모는 그녀의 시야에서 사라지고 없었다.

한참 후 밖이 조용해졌는가 싶더니 왁자지껄한 낯선 말투가 들리며 거친 사내들의 발자국 소리와 함께 선실 문이 활짝 열렸다. 그들은 방 안을 살피며 킁킁거리며 냄새를 맡았다.

"이게 무슨 냄새지?"

한 사내가 일행에게 물었다.

"뭐가?"

"여기서 좋은 냄새가 나는데?"

"여자 냄새야! 꽤 호사스럽군."

그들은 보이는 대로 거침없이 이것저것 손대며 뒤적이다 미례의 옷가지를 발견했다.

"이봐, 정말 계집의 옷인데? 특이하지만 맞아! 분명 계집의 옷이야. 서역 상인들에게서 이런 것들을 본 적이 있어."

"그럼 여기 있던 계집은 어디로 간 거야? 벌써 토낀 건가?"

능글맞게 사내들이 웃었다.

"뭐야, 아무도 없잖아."

"제깟 것이 가면 어디로 갔겠어, 물속으로 뛰어들지 않고서야 숨어봤자지!"

그들은 구석구석 물건을 뒤지며 미례의 흔적을 찾았고 결국 수염이 부리부리한 사내가 떨고 있는 미례를 찾아냈다. 그들은 서역의 여인을 발견한 기쁨에 눈을 빛냈으나 미례가 밝은 곳으로 끌려 나오자 실망하는 빛이 역력했다.

"서역 계집이 아니잖아."

"그러게. 아직 어린 티를 못 벗은 계집이로군."

"그래도 꽤 고운데?"

그들은 음흉하게 미례의 전신을 훑었다. 생전 처음 겪어보는 사내들의 끈적한 시선에 미례는 부들부들 떨며 그들로부터 시선을 피했다. 이제 열여섯 생일을 지낸 미례는 아직 소녀티를 벗지 못한 여자였다.

"이걸 여기서 맛볼거나?"

한 사내가 그녀를 보며 군침을 삼키자 또 한 사내가 말렸다.

"무슨 소리야! 이질금한테 얼마나 호되게 당하려구그래? 어서 데리고 나가기나 하자구."

"아깝네."

그는 못내 아쉬운 듯 침을 흘리며 미례를 거칠게 떠다밀어 선실에서 끌어냈다. 이런 식의 약탈은 익숙한 것이었지만 배 안에서 여자를 발견한 것은 처음이었다.

"이질금, 여기 계집이 하나 있는 뎁쇼."

"팔면 그럭저럭 돈이 될 것 같습니다."

그들이 크게 외치자 그들 무리의 한 사내가 갑판에서 그들 쪽으로 몸을 돌리며 눈을 가늘게 뜨고는 미례를 쳐다보았다.

"이리 데려와 봐."

선원들과 함께 붙잡혀 배의 후미에 억류되어 있던 유모의 시선이 끌려 나온 미례와 마주쳤다. 선주나 다른 뱃사람들도 폭풍에 이은 해적의 침입에 이미 전의를 상실한 채 제압당해 있었다. 그들은 무척이나 지쳐 있던 상태였다.

미례는 뒤에서 떠미는 힘에 이끌려 한두 걸음 떼어놓았고 곧 한 사람의 발치 아래 억지로 무릎 꿇려졌다. 그녀 앞에 버티고 서서 그녀의 전신을 평가하듯 훑어보는 사내의 눈길은 집요했다.

미례는 용기를 내어 시선을 들어 그를 올려다보았다. 긴 머리를 하나로 질끈 동여맨 그는 삼십이 채 안 되어 보이는 젊은 사내였다. 험상궂으며 더럽고 무식해 보이는 다른 사내들과는 조금 달라 보였다. 무엇보다 눈빛이 달랐다. 다른 사내들이 세파와 술과 노동에 절어 흐리멍덩하고 충혈된 눈을 가지고 있다면 그녀를 훑어보는 이 사내는 차갑고 빛나는 눈빛을 갖고 있었다.

"좀 있으면 꽤 쓸 만한 계집 노릇을 할 것 같지 않습니까, 이질금?"

확실히 해맑은 피부와 빛나는 머릿결은 사내의 시선을 머물게 할 법했다. 지금 당장은 아니겠지만!

"볼품없군."

그녀에게서 눈을 떼지 못하면서도 사내가 한마디로 일축하자 그들 일행은 한바탕 웃어 젖혔다.

억양도 다르고 쉽게 알아듣기는 힘들었으나 몇 번을 듣다 보니 미례의 귓가에 단어 하나하나가 말이 되어 들려오기 시작했다.

이질금(尼叱今)이라면……!

미례는 지금까지 그녀가 알던 사람들과는 판이하게 다른 사람들 사이로 고집있어 보이는 그를 조심스레 훔쳐보았다. 그녀가 들은 말이 틀림없는 의미로 사용되고 있다면 그가 바로 이 무리의 수장일 것이다.

아직 가락국에 도착하려면 멀고도 먼 것으로 아는데 벌써 신라 해역을 지나고 있던 것인가. 잠시 미례의 머릿속은 혼란스러웠다. 그 와중에도 그들은 뭐가 그리 즐거운지 왁자지껄하니 소리 높이며 빠르게 말들을 주고받고 있었다.

"아, 그야 사스래에 비하면 볼품이야 없지요."

"그래도 서역의 노예 상인에게 팔면 값이 꽤 나갈 게요."

노예 상인? 그들의 말은 미례에게 조심성을 잃게 만들었다.

"난 노예가 아녜요."

이제껏 그들의 눈길을 참아왔던 미례가 용기를 내어 조금도 주눅 들지 않으며 입을 열자 웃음기 묻어나던 그들의 얼굴색이 변하며 눈이 커졌고, 그들의 시선이 우두머리인 사내와 미례를 번갈아 오갔다. 그러나 경휘는 다만 눈썹을 치켜올렸다.

"난 노예의 신분이 아녜요."

미례는 그에게 확인시키듯 다시 한 번 천천히 말했다. 그의 눈빛에서 미례는 이미 자신의 말을 그가 알아들었다는 것을 확인했다.

"그래, 귀족처럼 보이긴 해. 서역 옷을 가지고 있는 걸 보면 가락국과 연관이 있는지도 모르지."

"그래도 제법 호기는 있는걸, 계집 주제에."

한바탕의 수군거림에 모욕받은 미례는 다시금 그렁그렁한 눈물이 고인 크고 맑은 눈으로 이질금이라고 불리는 우두머리에게 선언하듯 말했다.

"난 노예가 아니에요."

"처음부터 노예였던 사람은 없어. 노예이고 싶은 사람도 없지. 자넨 뭐가 되고 싶었나?"

그가 가까이 있는 젊은 사내를 지목하자 그도 미례에게서 눈을 떼지 못하며 대답했다.

"저야 뭐 평생 먹고살 수 있는 부자였으면."

"자네는?"

"왕의 아들로 태어났으면 좋겠습니다."

"그래, 마음대로 선택할 수 있다면 말이지."

그가 어깨를 으쓱하고는 말했다. 사내들의 웃음이 이어졌지만 미례는 주눅 들지 않고 또박또박 말했다.

"나는 가야의 귀족이에요. 내 아버진 당신들에게 노예 상인보다 더 많은 재물을 주실 수 있어요."

"호오, 그래? 얼마나?"

"거봐, 저 계집은 가락국 계집일 거라고 했잖아."

그들 일행이 다시 수군거렸다. 그러나 경휘는 입가에 스치듯 미소를 지었다가는 먼바다 위의 수평선을 바라볼 뿐이었다.

"내 아버지에게 서신을 쓰겠어요. 날 보내줘요. 난 곧 신라의 왕족과 혼인하게 될 거예요. 당신들은 원하는 대로 많은 재물을 얻을 수 있어요. 날 풀어준다면 말예요."

"이질금, 어때요? 저 계집의 아비가 정말 많은 돈을 내놓을까요?"

영악하기도 하지. 그는 어린 계집답지 않게 그들을 상대로 협상하려는 그녀의 태도가 달갑지 않았다.

돈으로 자신의 안전을 도모하겠다? 하지만 나는 싫은데?

운 좋으면 곡식과 귀한 비단, 그리고 어디서도 보기 힘든 귀한 물건들을 얻기도 했지만 여자는 계획에 없었다. 그깟 얼마의 금은이야 그들에게는 있어도 그만 없어도 그만이었다. 그는 성큼성큼 그들의 배로 돌아가며 생각의 가치도 없다는 듯 말했다.

"닻을 올려. 우리 섬으로 간다."

생각지 않은 수장의 명령에 뱃사람들과 미례가 동시에 놀랐다.

"이질금! 어째서."

"날 보내줘요! 보내주세요!"

좀 전과는 달리 미례의 목소리가 두려움으로 떨려 나왔다. 그의 눈빛과 얼굴만 보고 나쁜 사내가 아니라고 생각했던 건 착각이었나 보다고 생각하며 그녀는 급하게 숨을 골랐다.

"다, 당신이 원하는 것을 말해요."

그는 냉소적인 미소를 지으며 내키지 않는 표정으로 그녀를 돌아보았다.

내가 원하는 것? 그것을 네가 줄 수 있다고?

그는 그녀의 가치를 재듯 가늘게 뜬 눈으로 재보았다.

"이곳에선 내가 왕보다 더한 존재야. 가야니 신라의 왕족 따위 난 몰라! 네 얕은꾀에 넘어가지 않는다."

"정말 저 계집을 데리고 섬으로 갈 생각이오?"

그들의 일행도 믿어지지 않는 듯 재차 물었다.

"다, 당신들에게 필요한 게 있으면 뭐든 말해요. 내, 내 나라에선 뭐든지."

어린 여자라고만 생각하기엔 너무 겁이 없었다. 이대로 두었다간 정말로 일행을 부추겨 일정에 없는 가락국행을 결심하게 만들 수도 있겠다. 그는 일행의 말은 건성으로 들으며 술렁이는 사람들 사이를 헤치고 그녀에게로 바짝 다가갔다. 그녀가 움찔하며 그의 시선을 피해 눈을 내리떴다. 개의치 않고 그는 그녀의 귓가에 얼굴을 바짝 들이댔다.

"자, 선택권을 주지. 이대로 물속에 가라앉고 싶은가, 순순히 내 배로 옮겨 타겠나?"

그녀는 그의 진의를 파헤치듯 당당하게 그의 시선을 맞받았다. 앳된 이마와 단정한 눈썹, 확 붉어진 얼굴 위로 두려움의 기색은 남아 있었지만 그가 정말로 자신을 해치려는 것인지 입을 다물게 하기 위해 위협하는 것인지 알 수 없었다. 하지만 그의 인내심을 자극하거나 극한으로 몰아가는 것은 위험해 보였다. 그는 충분히 자신의 위협을 실행하고도 남을 두려운 존재로 각인되었다.

"사, 사람을 해치겠다고요?"

"내가 뭘 하는 사람으로 보여? 원한다면 직접 물 위로 던져 줄까?"

"……배에 타겠어요."

그녀는 마침내 강렬한 그의 눈빛을 피하며 입을 다물었다.

"잘 생각했어."

경휘의 눈에 순순히 패배를 인정하는 그녀의 입술은 당장 훔치고 싶을 만큼 매혹적이었다.

"유모도 함께 있게 해주세요."

미례의 태도는 간절했다. 잠시 미례와 유모를 번갈아 보던 그가 지시하자 유모를 그들의 배에 태웠다. 그는 제법 친절한 태도로 그녀의 손을 잡아끌어 자신의 배 앞까지 가서 그녀를 다른 일행에게 넘겨주었다.

"저 여잔 아직 노예 상인들이 혹할 만한 가치가 없어. 그렇다고 인질극을 벌이는 것도 내키지 않아. 귀족의 계집을 건드렸다간 우리만 골치 아파지지. 자네들도 듣지 않았나? 제 입으로 신라의 왕족과 혼인할 여자라고 했어! 가락국뿐만 아니라 신라와도 한바탕 붙고 싶나?"

"남은 자들은 어쩌고 말입니까?"

"암해자는 데려가고 나머지는 바다에 버려!"

 5

병풍처럼 둘러쳐진 바위섬 몇 개를 지나자 세상에 알려지지 않은 그들만의 섬, 화평도가 모습을 드러냈다. 그들에게는 언제나 그립고 푸근한 어머니처럼 맞아주는 것 같은 안식처요, 세상에 다시없는 고향 땅이었다!

힘든 항해에서 돌아오는 배들을 팔 벌리고 끌어안는 듯한 형상의 정 가운데에 자리한 포구 주위로는 튼튼한 망루와 창고들이 자리하고 있었고 그 뒤로 수십 채의 집들이 아담하게 자리 잡고 있었다. 또한 그 뒤편 구릉처럼 솟아오른 커다란 언덕 너머에 이제는 땅이 좁다고 느끼기에 이를 만치 많은 화평도의 사람들이 모여서 살고 있었고, 이제 커가며 자리를 잡아가는 복주의 세 배가 넘는 그들만의 낙원이 자리 잡고 있었다.

갑판에 서 있는 선원들의 위치에서도 포구 주위로 몰려드는 사람들의 그림자를 알아보기란 어렵지 않았다. 그들은 심한 폭풍과 작은 싸움으로 지쳐 있던 것은 어느새 잊어버렸고 세상 어디에도 없는 아름답고 자유로운 땅을 바라보며 안도의 숨을 골랐다.

섬에 가까워지자 배를 알아보고 마중 나온 사람들이 이리저리 분주히 움직이며 바다를 향해 손을 흔들었다. 그들이 포구에 다가갈수록 소란스러움은 더해갔다.

"소솜 아버지, 몸은 괜찮아요?"

"모도리! 여기요, 여기."

"맹문아, 이 녀석 더 자란 것 같구나."

여인네들이 반색을 하며 제 식구들에게 안부를 전하고 얼싸안았다. 그러면서도 그들은 배에서 내려서는 경휘를 대하면서는 수장에 대한 예의를 잊지 않았다.

경휘는 묵묵히 그들의 인사를 받아주면서 성큼 걸음을 옮겨 그에게 읍하는 십여 명의 섬의 장로들에게로 다가갔다. 그와 함께 했던 가납사니와 모도리 등도 합류하여 서로의 안부를 물었고 일행이 건강하게 항해를 마치고 돌아온 일에 대한 축하의 말로써 인사를 갈무리했다.

저녁의 일정에서 합류하기로 한 그들은 다시 예의 바른 인사를 하고 각자의 기다리는 가족들 품에 안겼다. 시끄러운 그들을 헤치고 경휘는 혼자서 마을을 향해 걸음을 옮겼다.

"이질금, 이번에 갔던 일은 잘되었어요?"

그의 어깨만큼 오는 키를 가진 통통한 여인이 뒤에서 종종걸음으로 그의 걸음을 쫓으며 다가와 물었다.

"잘 있었니, 사스래야?"

무뚝뚝하기만 할 것 같던 얼굴에 잠시 웃음기가 스치며 가벼운 말투로 그가 말했다.

좀 더 환하게 웃기만 한다면 그는 정말로 세상에 다시없을 멋진 사내일 텐데, 라고 생각하며 사스래라고 불린 여인은 볼멘소리로 대꾸했다.

"이질금이 이렇게 오랫동안 자리를 비우는데 내가 잘 지냈을 것 같아요?"

"흠, 조금은 걱정을 했다는 말이냐?"

경휘가 이번에는 정말로 피식 웃으며 그녀를 쳐다보았다. 무정해 보이기만 하던 그의 얼굴에 웃음기가 감도니 그는 여인으로서 쉽게 뿌리치기 힘든 매력을 가진 사내로 보였다.

"어디 조금뿐이겠어요? 돌아온다는 날은 되어가지, 배는 보이지 않지, 속이 타는 줄 알았다구요."

사스래 역시 그의 웃음에 답하듯 선선한 웃음을 되돌렸다. 가만히 있을 때에는 보이지 않던 그녀의 뺨에 볼우물이 생겼고 수줍은 듯 얼굴을 붉히는 그녀에게서 여성스러움이 느껴져 그는 잠시 사스래를 낯설게 쳐다보았다. 그녀의 요염한 매력에 빠져든다는 건 사내로서의 욕구가 한계까지 도달했다는 반증이기도 했다.

"그래? 네가 원하는 분이며 사향 가루를 잊었을까 걱정이 돼서 잠을 못 이룬 것은 아니고?"

그는 자신의 욕구에 저항하며 일부러 비아냥거렸다.

사스래의 눈초리가 슬쩍 치켜올라 갔으나 잠시 후 그녀는 아양 떨 듯 그의 품 안으로 파고들었다.

"왜 이리 심술이 났어요? 내가 언제 이질금을 못 미더워하던가
요? 다만 폭풍도 일고 온다던 사람은 아니 오니 복주에 무슨 일이
있는 건 아닌가 궁금해서."

그녀의 손길이 지나는 곳의 근육들이 단단히 경직되었다.

"괜한 걱정이로구나, 사스래야. 흰둥이는 잘 있겠지?"

"언제나 흰둥이만 먼저 찾죠. 밖에 나가서는 어찌 지내요, 그리
보고 싶어서? 아예 배에 실어 끼고 다니지 그러우?"

"그럴까? 그래, 다음에 나갈 땐 생각해 보지."

사스래는 자신의 입방정을 후회하며 포기하지 않고 그의 곁을 따
라 걸었다. 그들이 포구를 빠져나가려 하자 한 사내가 그를 불러 세
웠다.

"이질금, 저 계집은 어찌할까요?"

경휘가 다시 포구 쪽을 돌아보자 뱃사람들에게 떠밀려 끌려 나온
미례와 유모의 눈이 겁을 집어먹은 채로 주위를 둘러보았다. 사스
래뿐 아니라 마을 사람들의 눈에 호기심이 어렸다. 심지어 어지간
해서는 놀라지 않는 마을 장로들도 뜨악한 표정으로 그를 주시했
다.

"이, 이질금! 이게 무슨 일."

노인들의 잔소리가 시작되면 골치 아프다고 생각하며 경휘는 한
마디 던지고는 서둘러 돌아섰다.

"비어 있는 창고에 가두고 음식을 좀 주도록 해."

다시 뒤에서 묻는 말이 그의 발길을 묶었다.

"묶어둘까요?"

그의 입에서 한숨이 새어 나왔다.

“배를 저어 도망갈 수도, 바다를 헤엄쳐 건너갈 수도 없잖아. 다만 암해자는 따로 가두게.”

“알겠습니다.”

“이질금! 이, 이게 무슨 일…….”

“무슨 일입니까? 잊으셨습니까, 섬의 금기를?”

겨우 침착을 되찾은 장로들 중 한 사람이 엄하게 말하며 그를 불러 세우려고 했으나 경휘는 손사래를 쳤다.

“곧 치울 테니 걱정 마세요.”

미례와 유모, 경휘를 오가는 사람들의 시선이 분주했다. 그들은 경휘가 멀어진 후에도 제 가족이나 이웃한 사람들에게 무슨 일이냐며 눈짓을 서로 주고받았다. 마을 장로들은 가까이 있는 뱃사람들을 불러 일의 경위를 물었다.

그들의 소란을 뒤로하고 사스래의 손길도 뿌리치고 집으로 돌아온 경휘는 그를 기다리는 마구간의 잘생긴 흰색 종마에게로 달려갔고, 으레 그렇듯 그는 말을 타고 섬을 한 바퀴 돌아보았다. 사스래는 그럴 줄 알면서도 혹시나 하고 따라왔다가 멀어지는 그와 흰둥이를 원망스레 쳐다보았다.

한참을 흰둥이와 한 몸이 되어 달리고 나서야 그는 고삐를 잡은 손에 힘을 주며 멈추었다. 흰둥이는 오랜만의 만족스런 산보에 아직도 흥분하여 앞발을 구르며 푸득거리며 더 내달리기를 원하고 있었다. 그는 커다란 손으로 흰둥이의 갈기를 쓰다듬으며 흥분을 가라앉혔다.

멀리 섬의 동쪽으로는 포구와 마을, 자신의 집이 있고, 서쪽에는 가파른 해안 절벽과 무덤가가 넓게 자리하고 있다. 또한 남쪽에는 천연의 건어장과 염전 그리고 조선소가 있으며 그의 등 뒤로 끝이 보이지 않게 펼쳐진 울창하기 이를 데 없는 소나무, 대나무 숲이 있다. 그가 원한 것은 그의 가슴을 죄어오는 답답함에서 멀리 떨어지는 것이었다.

그 자신의 감정에 굳이 이름을 붙이지 않아도 그는 자신을 이렇듯 밖으로 내모는 것이 무엇인지 알고 있었다. 그는 휑한 집 안으로 들어서서 얼마간 익숙해져야 할 공기가 싫었다. 그가 없어도 집안일을 돌보는 곁시들과 마을 장로들의 집에서 보내는 사람들로 집의 구석구석은 으레 깨끗하게 정리되어 있었다. 그러나 복주의 화평도 방에서는 느끼지 않아도 되는 가족의 빈 공간이 너무 커서 그를 집 안에서 내몰았다.

그는 혼자였다. 천애 고아도 아니었으나 그에게는 어려서부터 어머니의 존재가 없었다. 어린 시절에는 철없이 몇 번쯤 아버지에게 어머니의 존재에 대해 묻기도 했었다. 그러나 굳은 표정의 아버지에게서는 그 어떤 시원한 해답의 말도 들을 수 없었다. 어느 때는 자라면 이야기해 주겠다 했고, 또 어느 때는 그저 무거운 침묵으로 일관하기도 했으며, 또 어느 때는 그저 그의 머리를 쓰다듬는 것으로 대신하기도 했다.

마지막으로 열 살의 나이에 그가 들은 대답은 많이 외로우냐는 한마디 반문이었다. 이후로 그는 반쯤 지치고 반쯤은 잊어버려서 아버지에게서 더 이상의 대답을 기대하지 않게 되었다. 그런 그에게는 어머니의 존재를 대신하던 사람이 하나 있었다. 풀솜 어미라 부르며 따르던 나이 든 여인.

풀솜 어미. 얼마나 편안하던 이름인지.

경휘는 어린 시절의 그녀를 생각하자 따뜻하게 안아주던 포근한 품을 떠올렸다. 자주 바다로 나가던 아버지는 어린 그를 그녀에게 맡겨놓았었고, 경휘는 혼자 남겨져 우울해하며 친구인 소솜마저도 안길 어머니가 있는데 유독 외로운 자신에게 화를 내며 아버지를 원망했고 얼굴도 못 본 어머니를 원망했다.

풀솜 어미는 삐딱하며 다루기 힘든 고집쟁이 어린 소년이 외로움이 뼈에 사무쳐 일부러 그런다는 것을 알고는 다정하게 그를 감싸 안았다. 점차로 정을 붙이는 그의 모든 투정을 받아주며 다정하게 안아주던 그녀는 그가 알아듣기 힘든 얘기들을 중얼거리기도 했으나 그에겐 모든 것이 좋기만 했다.

그러나 곧 그녀조차도 그의 곁을 떠나갔다. 이후로 그도 더 이상 사람에게 정을 주지 않게 되었다. 그저 처음부터 어머니란 존재는 그에게 부여되지 않은 것으로 생각하니 그런대로 포기가 되었다. 더는 빈 가슴을 어루만져 줄 누군가를 원하지도 않게 되었다. 인연에 없는 존재—그에게 어머니는 그런 존재라고 생각했다.

그리고 어른이 되었을 때 그의 아버지 역시도 그를 남겨두고는 섬을 떠났다. 그는 마치도 아들이 어른이 되기를 고대하던 사람처럼 덩그러니 수십 명이 살아도 좁지 않을 거대한 집채와 황량한 정원과 마당, 그리고 섬의 크고 작은 일을 처리하도록 맡기고는 훌훌 털어버리듯 섬을 떠나겠다고 선언했다. 섬의 대소사를 논의하며 그를 보필하던 마을 장로들이 강력하게 만류했으나 나이 오십오 세의 이질금은 더 이상 그에게 남은 열의가 없음을 말하며 그를 따르는 몇몇의 부하들을 데리고 료허로 떠나갔다.

경휘가 가진 것은 어려서부터 자신이 키운 흰둥이와 자신이 가지지 못한 것이 무엇인지를 더욱 절실하게 알려주는 썰렁한 집채, 그리고 무거운 의무감뿐이었다. 일에 파묻히고 사람들과 있으면 그나마 덜 생각하게 되는 것이지만, 항해에서 돌아오는 날이면 그는 일부러 흰둥이와 섬의 곳곳을 누비다 늦은 시각이 돼서야 환히 불 켜진 집 안으로 들어서곤 했다.

그 후 이틀 동안 경휘는 흰둥이를 직접 씻기고 털을 고르며 낮 시간을 보냈고 밤이면 사스래의 요염한 눈길과 몸짓에 히죽거리며 그녀를 약 올리는 게 즐거워 그녀가 달아오르도록 내버려 두었다. 사스래의 표정은 새침해졌다, 뜨거워졌다 하며 자주 변했다.

그는 복주를 떠나기 전 기루에서 복주의 상권을 쥐고 있는 남궁가의 친구인 설민과 밤새도록 술을 마시며 여인을 품었었다. 사스래와는 다른 중원의 기녀는 그의 외모와 씀씀이에 홀딱 반해 최고의 기술로 그를 녹여 나갔고, 다음날 부랴부랴 그는 배 위에 올랐었다. 그리고 그들의 섬에 가까워졌을 때 그들은 낯선 배 한 척을 만났고 으레 그렇듯 그들은 상선이 아닌 해적선으로 둔갑하여 배와 재물을 빼앗았다.

덤으로 아직 채 여물지 않은, 대담하기까지 한 여자도!

포로로 잡고 몸값을 받아낸다고? 그건 그의 취미에 맞는 일이 아니었다. 그들은 다만 섬을 지키기 위해 그 주변을 지나는 배들을 겁주고 경고하려는 것뿐이었다.

이틀 동안 각자의 집에서 피로를 푼 그들은 다음날 저녁 무렵 그의 집 큰 마당에서 잔치를 벌이며 실컷 먹고 마셨다.

경휘 역시 거나하게 취기가 돌았으며 삼 일째 약만 올리고 있는 그에게 온갖 색기를 뿌리며 파고드는 사스래를 보며 즐거워했다. 그동안은 사스래에게 끌려 다녔던 게 사실이었고 그는 그것을 만회해 보려 노력하는 중이었다.

아무래도 오늘 밤은 지고 말 것 같군. 실컷 사스래를 몸 달게 할 작정이었는데!

사스래의 부드러운 손이 조심스레 그의 가슴팍으로 들어와 맨살을 가볍게 쓸자 그는 일부러 외면하듯 다른 곳으로 시선을 보내며 쓴웃음을 지었다. 그녀의 손길은 부드럽고도 유혹적이었다. 호흡이 고르지 않게 되자 그것을 숨기기 위한 그가 몸을 일으켰다.

"어디로 가시려구요, 이질금?"

그가 일어서자 가까운 자리에 있던 젊은 사내들이 의아해하며 물었다. 그들은 경휘와 사스래 사이에 감도는 긴장된 분위기를 눈치채지 못하고 있었다.

"바람 좀 쏘이고 와야겠어."

"함께 가요."

사스래가 냉큼 따라 일어섰다.

경휘는 그녀의 존재를 뿌리치지 않고 걸음을 옮겼고, 그것을 허락으로 안 사스래는 활짝 웃으며 다가와 그의 팔을 잡으며 걸음을 떼었다.

그들이 몇 걸음 걸었을 때 소솜이 그에게 다가왔다.

"저, 이질금. 드릴 말이 있습니다."

"뭐야, 소솜? 넌 술도 한 모금 안 했나 본데?"

경휘가 그의 얼굴을 보며 놀리자 사스래가 끼어들었다.

"소솜은 술을 못하잖아요. 조금만 마셔도 얼굴이 서녁 하늘로 넘어가는 해처럼 달아오르는걸.”

“그렇지.”

얼굴을 붉히며 시선을 외면하는 소솜을 사스래는 못마땅한 눈으로 흘겨보며 재촉했다.

“무슨 말을 하려는 거야?”

“저, 바닷가 창고에 가둔 그 여인 말입니다.”

“왜, 시끄럽게 소리치고 대들기라도 하나?”

소솜의 표정으로 봐선 보통 애를 먹이는 게 아닌 모양이었다.

“아니, 그런 게 아니라.”

“뭐야 그럼? 뜸 들이지 말고 빨리 좀 말할 수 없어?”

사스래가 속에서 치미는 울화를 삭이지 못하며 쏘아붙였다. 소솜은 그녀의 말은 못 들은 듯 말을 고르며 시간을 지체하다가 느리게 대답했다.

“……아무것도 먹지 않고 있습니다.”

“흥? 내버려 둬요, 이질금! 배고프면 알아서 먹겠지. 사람이 몇 날이나 안 먹고 배기겠어요?”

사스래가 쌀쌀하게 말하며 경휘의 팔을 끌었다. 경휘 역시 시큰둥하게 대꾸했다.

“그래, 설마 굶어 죽기야 하겠나?”

그녀에게 선택권을 주었을 때 끝까지 도도함을 잃지 않고 버티기를 택하기보다는 스스로 살기를 택했던 그녀였다. 어차피 죽겠다고 했어도 배로 데려왔겠지만 그녀 스스로 선택했다는 사실이 그로서는 즐거웠다.

“벌써 삼 일째 물도 입에 안 대고 있습니다. 이러다간 정말 송장

치게 생겼소, 이질금.”

소솜의 경고에 경휘는 화가 났다. 소솜은 허풍이나 떠는 사내가
아니었다.

“죽으면 묻어버리면 될 게 아냐?”

사스래가 경휘의 표정을 살피며 앙칼지게 소솜을 향해 말했다.
그녀가 애써 유혹했던 사내가 다시금 그녀에게서 멀어지고 있었다.
안 그래도 곱게 보이지 않는 소솜이 더욱 미워지는 그녀였다.

“이질금이 한 번 가서 말 좀 해보면 나아질 수도…….”

소솜의 입에서 나오는 한마디 한마디가 사스래의 부아를 돋웠다.
그녀는 그를 쏘아보는 것으로만 만족하지 않았고 눈에 띄게 숨을
몰아쉬며 분노를 드러냈다. 경휘는 그런 사스래의 모습이 귀엽게
느껴졌다.

“난들 별수 있나. 억지로 먹게 할 재주는 없어.”

“그래도 뭔가, 얘길 해주면……. 달래거나.”

“나보고 거짓 약속을 하라고?”

경휘의 눈썹이 치켜올라 갔다.

“이질금.”

“아니! 싫어. 거짓 약속은 안 해!”

직접 가본들 그녀에게 해줄 수 있는 말은 없었으므로 경휘는 그
다지 내키지 않았다. 다른 이들과 함께 버리고 올 것을 그랬나, 하
는 후회가 들었다. 사실 버리고 왔어도 그만인 여인이었다. 그다지
아름답지도 눈에 띄지도 않는 여인이었다. 아니, 여인이랄 수도 없
는 계집아이였다. 순간 그는 노예가 아니라고 낭차게 말하던 그녀
의 모습이 떠올랐다.

경휘는 잠시 그녀의 도전적인 말을 떠올리자 기분이 나빠졌다. 그저 겁 많은 여느 귀족 여인처럼 그저 다소곳이 있기만 했어도 그는 그런 결정을 하지는 않았을 것이다. 사람을 노예로 팔아넘기는 일은 그가 썩 내켜하는 일도 아니었다.

경휘는 도끼눈을 뜨며 신경질을 부리는 사스래를 떼어놓고 포구로 향하는 언덕으로 걸음을 옮겼다. 뒤에 남은 사스래의 원망은 소솜에게 돌아갔다.

천천히 걸음을 옮겨 미례가 갇혀 있는 창고 쪽으로 한 번 시선을 준 그는 잠시 포구 주위를 거닐었다.

자신과는 다른 세계에서 살고 있는 것이 분명한 여자. 자신을 돌봐주고 걱정해 줄 부모를 가진 여자.

그 자신을 제외하고는 누구에게나 있는 존재. 특별히 부러울 것 없는 그녀에게서 그는 눈을 뗄 수 없었다. 그 투명하고 하얗다 못해 푸른빛을 띠며 반짝이는 눈동자가 오래도록 자신을 바라봤으면 하는 가슴 한 켠을 스치고 간 바람.

그는 짧은 한숨을 내쉬었다.

그래, 죽어버리면 아무것도 아니지. 어떻게 접근해야 할지, 어떻게 말을 걸어야 할지 아직 정하지도 못했는데 죽어버려선 안 된다. 일단 마음을 정하고 나자 그는 그녀가 갇혀 있는 창고로 들어갔다.

물건이 빠져나가고 채워지지 않은 그곳은 사람이 머물 만한 공간은 아니었다. 그러나 어둠을 밝히는 등불이 걸려 있었고, 바닥에는 소솜이 마련해 준 듯한 건초 더미 위에 이부자리와 하나도 입에 안 댄 음식이 그대로 한쪽 구석에 놓여 있었다.

유모는 그녀를 안타깝게 바라보다가 그가 들어오자 주춤거리며 그와 그녀 사이를 가로막았다. 유모의 어깨 너머로 바람결에 나풀거리는 등잔불이 그녀 주위를 비추고 있었다. 그녀는 한쪽 구석에 몸을 웅크리고 앉아 있었다. 꼼짝도 않고.

"나가 있어."

경휘는 귀찮게 가로막고 있는 유모를 향해 말했다. 유모의 눈빛은 불안하게 멈칫거렸으나 경휘의 강렬한 시선과 부딪치자 마지못해 쭈뼛쭈뼛 밖으로 나갔다.

그는 어색한 공기가 감도는 공간 속에서 한참 동안을 그녀를 쏘아보다가 입을 열었다.

"이젠 또 무슨 시위를 하는 거지? 네 말대로 안 되니 어디 한번 해보자는 거야? 아니면 생각이 바뀌었나? 정말로 죽고 싶어졌어?"

그녀는 미동도 하지 않았다.

"노예로 팔려 가리란 생각을 하니 음식이 입에 넘어가지 않던가?"

지금껏 호사스럽게 살아온 그녀로서는 견디기 힘든 일일 것이다. 하지만 그는 아직 그녀를 자신의 손이 닿지 않는 곳으로 보내고 싶지 않았다.

"네 운이 그뿐이었던 거야. 어쩌겠어, 이젠 체념하는 법도 배워야지. 이곳이 울거나 떼쓴다고 받아줄 곳처럼 보이나?"

"……돌려보내 줘요."

예상과는 달리 그녀가 힘없는 작은 목소리로 말했다.

그는 비웃듯 웃음만 흘렸다.

"돌려보내 주세요."

그는 놀리는가 하면 위협을 가하고 신랄한 말로 그녀의 마음에 상처를 냈다. 그가 선선히 자신을 보내줄 사람이 아니라는 것도 분명했다.

"내가 바보 천치인 줄 알아? 네 입으로 말했잖아. 가야의 귀족에다 신라 왕족과 혼인할 여인, 널 보내주면 나나 이 섬사람들이 무사치 못하리란 걸 몰라? 그건 어림도 없는 소리야. 그런 소릴 하려거든 기운을 아끼라고!"

"아무도 해치지 않을 거예요. 이곳에 대해서는 아무 말도 하지 않을 거예요. 정말이에요, 보내주기만 하면."

순진하게 그를 설득하려는 그녀의 열의가 그를 웃게 만들었다.

"제발, 우리를 보내주세요. 돌아가고 싶어요. 부모님도 걱정하시고 오라버니들도."

미례는 간절하게 그에게 애원했다.

"어차피 넌 돌아가도 타국의 사내와 혼인할 테고 몸을 섞고 애를 낳을 거야. 노예로 팔려 간들 다를 게 뭐야. 네 운이 다하지 않았다면 호사스럽고 부유한 사내들에게 귀염받고 자유롭게 밖을 쏘다닐 수도 있을 거야. 생각하기 나름이라고!"

"그만! 마, 말도 안 되는 그런 소릴 그만 해요."

점차 거칠어지는 그의 모욕에 미례가 참지 못하고 분기 어린 시선으로 그를 쏘아보았다.

그의 눈썹이 치켜올라 갔다. 슬그머니 부아가 치밀어 올랐다. 지금껏 그에게 그런 식으로 대든 사내도 없었고 죽일 듯 쏘아보는 여인도 없었다.

"호오, 그래? 눈물로 애원하면 한 번 생각해 볼까 했는데, 그럴 생각은 없는 모양이군."

그의 말에 미례는 분기 어린 마음을 다스리며 원망 섞인 음성으로 말했다.

"머, 먼저 내게 심한 소리를 했잖아요? 그렇게 모욕하면서 어떻게."

"귀족 신분의 아가씨로서는 참기 힘드시다?"

"내가 귀족이든 아니든 상관없어요. 당신의 말은 너무 무례하고."

"내가 널 집으로 보내줄 수도 있고 노예로 팔아버릴 수도 있다는 걸 생각하면 그 정도는 참아야 하는 거 아닌가?"

"……미, 미안해요. 그러지 않을게요. 그러니 제발 우리를 불쌍히 여기고 돌려보내 주세요."

"그 사내에게 돌아가고 싶다고? 왕족이라는 그 사내는 뭐 다를 줄 알아? 네가 이곳에 잡혀 있다 풀려났다고 하면 잘도 너와 혼인해 줄 것 같은가? 그렇게 고고한 척하는 것들이 더 따지고 드는 걸 몰라?"

"그렇지 않아요. 그 사람은 당신 같은 사람과는."

미례는 겨우겨우 눌러 참았던 화를 터뜨리고 싶었지만 그의 눈빛이 싸늘해지자 말을 주워 삼켰다. 하지만 그는 이렇듯 한 번도 마주한 적 없는 그녀의 정혼자에 대해 이러쿵저러쿵 판단할 무엇도 없는 사람이었다.

"나 같은 사람이 뭐? 네가 보기에 나는 어떤 사람이지?"

그는 크게 숨을 몰아쉬며 그녀에게로 다가갔다. 장난으로 시작한 말싸움은 이미 감정적으로 격해지고 있었다. 미례는 입술을 깨물며 눈길을 피했다.

"말해봐. 이미 나온 말 그런다고 거둬지나? 아니면 내 마음대로 해석해 볼까?"

"당신은 도적일 뿐이에요. 그이는 왕족의 피가 흐르고 당신처럼 못된 짓도 하지 않아요. 이렇게 사람을 붙잡아놓고 놀리지도 않아요. 비교조차 되지 않는다고요!"

"그래, 도적이지! 나는 너를 붙잡아둔 도적이야. 언제든 내 마음대로 할 수 있는 너는 내 포로이고! 그 사실도 잊지 말아야지. 나는 확실히 고상한 네 정혼자 같은 것과는 달라! 그러니 나 같은 도적놈이 사로잡은 포로를 어떻게 할 것 같아?"

그는 순진하기 그지없는 그녀에게 현실이 어떠한지 알게 해줄 생각으로 거칠게 그녀의 양팔을 붙잡고 일으켜 세웠다. 정말로 화가 나게 만드는 그녀의 어이없음에 가냘픈 그녀의 몸을 정신 차리도록 흔들려고 했을 때, 그는 보았다. 두려움없이 당당한 그녀의 반짝이는 눈을, 고집스레 다문 작은 입술을, 칠흑같이 검지만 윤기 흐르는 긴 머리칼을. 그리고 새하얀 얼굴과 가녀린 목의 선을!

6

순간 그는 어이없게도 사스래가 지펴놓은 욕정이 치밀어 오르는 것을 느꼈다.

처음 본 순간부터 그녀의 입술을 차지하고 자신의 것이라고 말하고 싶던 여자였다.

그녀는 무방비 상태였다. 얼마든지 혹은 몇 번이라도 이 자리에서 그녀를 갖는다고 해도 누구도 말리지 못할 것이다. 그래도 제 정혼자와는 비교도 되지 않는 도적이라고 소리칠 수 있을까. 오히려 사스래처럼 안겨들며 안달하지는 않을까.

그는 순간 이부자리 위로 미례를 던지듯 내려놓았다. 미례는 힘없이 옆으로 쓰러졌고 몸을 일으키려 바닥을 짚었으나 곧이어 그녀 몸 위로 올라오는 그의 힘에 놀라며 눈이 휘둥그레졌다.

그는 그녀의 머리카락에서 향기로운 냄새를 맡았다. 다른 여인들에게서는 느낄 수 없는, 끌려드는 듯한 어떤 흡인력에 그는 한가닥 남은 이성의 끈을 내던졌다. 그는 온 힘을 다해 발버둥 치며 그를 밀어내려 애쓰는 그녀를 누르며 가냘픈 몸매가 드러나도록 거칠게 옷을 찢었다. 마르고 채 발육이 안 된 듯했던 그녀의 몸매가 드러났다. 의외로 젖가슴이 형태를 갖추며 볼록하게 솟아 있었다.

그가 그녀에게서 나는 좋은 냄새를 들이마시며 미례의 왼쪽 가슴을 손안에 감싸 쥐자 미례는 깜짝 놀라며 그를 떼어내려 심하게 발버둥 쳤다. 삼 일을 굶은 그녀의 어디에서 그런 힘이 나오는지 모를 일이었다.

"싫어! 이러지 말아요."

그러나 그러면 그럴수록 그의 욕정은 더 거세졌다. 최근 들어 그는 사스래도 찾지 않았으므로 그것은 더욱 큰 불길을 일으켰다. 치맛자락을 걷어올린 경휘는 참지 못하고 그대로 미례의 몸 위로 체중을 실었다. 애써 오므리는 그녀의 다리 사이로 파고든 그는 자신의 무릎으로 그녀의 허벅지를 벌리고는 바지 끈을 풀며 이미 아프게 팽창된 자신의 양물을 그녀의 몸에 밀착시켰다. 사내의 몸을 이렇게 가까이서 대한 적도, 실제 사내의 그것을 본 적도 없던 미례는 경악했다. 더구나 몸 아래 닿은 뜨겁고 불쾌한 이물감에 미례는 수치심과 두려움이 겹치며 몸을 떨었다.

"싫어, 이러지 말아요. 이러지 말아요, 제발!"

한껏 당황하고 겁을 집어먹은 채 몸을 떠는 그녀의 입에서 작은 흐느낌과 더불어 맺혔던 눈물이 흘러내렸다.

순간 그는 정신이 번쩍 들었다. 지금까지 단 한 번도 힘없는 여자를 울린 적도, 폭력을 휘두른 적도 없는 그였다.

"놔줘요, 제발! 싫어요, 놔줘요!"

눈도 깜빡이지 못하고 그렁그렁한 눈에서, 눈물을 흘리는 여자에게서 그에 대한 도전은 찾아볼 수 없었다. 힘없고 약한 여자의 모습만 있을 뿐!

그가 망설이는 사이 미례가 그와의 틈을 벌리며 몸을 물렸다. 그는 거친 숨을 몰아쉬며 도망치지 못하도록 그녀의 양손을 쥔 팔에 힘을 주었다. 그는 겁먹은 미례의 눈을 똑바로 응시한 채 거칠게 말했다.

"싸움을 먼저 시작한 건 너야. 도적인 내가 너를 어떻게 대해도 상관없는 것 아닌가? 응?"

힘으로나 무엇으로도 상대가 되지 않는 그녀에게 가하는 그의 행위는 무척 폭력적이고 혐오스러웠다.

"……비열해요."

미례는 작은 소리로 울먹이며 토해냈다.

"나를 모욕하지 마. 다시 한 번 나를 도적이라거나 비열하다고 욕한다면 정말 비열한 짓이 어떤 건지 알게 해줄 거야. 알겠어?"

그의 말보다 그의 숨결이 더 거칠었고 두려움을 피부로 느끼게 했다. 미례는 너무 놀라 목에서 소리가 나오지 않자 고개를 끄덕였다.

"밥을 먹어. 나야 어차피 네가 죽어도 상관없어. 돈을 받고 보내줄 생각도, 그냥 보내줄 생각도 없어. 하지만 네가 살아 있다 보면 언젠가 돌아갈 수 있는 날이 올지도 모르지. 죽으면, 그럴 기회조차 잃어버리는 거야. 알겠어?"

미례는 이번에도 순순히 고개를 끄덕였다. 그가 조금 전 저지르던 끔찍한 일만 다시 하지 않는다면 무엇이든 약속할 수 있을 것 같았다.

그녀를 다그치고도 그는 뭔가 불만족스럽게 씩씩거리며 그녀를 쳐다보았다. 불안한 눈길로 오들오들 떨면서도 그녀는 조금이라도 그에게서 벗어나려고 애쓰고 있었다.

천천히 그녀를 압박하던 몸에서 떨어져 옷을 추슬러 입은 그는 더 이상 아무 말도 않고 문을 나섰다.

불안한 걸음으로 밖에서 서성거리던 유모는 험악하게 일그러진 표정에다 흐트러진 옷차림의 그를 일별하고는 잠시 주춤하더니 서둘러 창고 안으로 들어갔다.

미례는 몸을 일으켜 앉아 충격으로 떨리는 손으로 벌어진 옷자락을 여미고 있었다.

"아기씨, 무슨 일이에요? 괜찮으세요?"

유모는 서둘러 미례 앞으로 달려왔다. 그가 나가고 없는 것을 확인한 후에야 미례는 참았던 울음을 터뜨렸다. 그가 미례에게 해코지라도 한 건 아닌지 퍼뜩 겁이 난 유모는 미례의 몸을 살폈다.

미례가 서럽게 흐느껴 울던 채로 울먹였다.

"유모, 집에 돌아가고 싶어. ……너무 무서워. 이 모든 게 꿈이라면 좋겠어. 빨리 깼으면 좋겠어."

미례를 보듬어 안고 토닥이면서 유모는 두 사람만 두는 게 아니었다고 후회했다.

미례에게 좀 전의 일은 엄청난 충격이었다. 물리적으로 그녀에게 폭력을 행사하진 않았어도 사내인 그가 말뿐 아니라 몸으로도 자신을 상처 낼 수 있음을 깨달은 순간이었다. 그녀는 아직 그런 행위가 존재한다는 것도 몰랐다.

"미례 아기씨, 그만 우세요. 아무것도 드시지 않은 데다 이렇게 울면 더 지치십니다. 자, 날이 찹니다. 옷을 입으세요."

미례는 떨리는 몸을 유모에게 묻으며 두 팔로 꼭 끌어안았다.

"유모, 어머니를 다시 뵐 수 있을까. 우리 다시 집으로 돌아갈 수 있을까."

앞을 가리는 눈물을 손으로 닦아내며 미례는 절망적으로 말했다.

"아기씨, 희망을 잃지 마세요. 때를 봐서 도망가면 돼요."

"……보내주지 않겠다고 했어. 날 노예로 팔아버린다고 했어. 우린 어떻게 되는 거야? 응? 우린 어떡하면 좋아?"

"그만 우세요. 어쨌든 뭘 좀 드셔야 힘이 나죠."

유모가 더욱 세게 품 안으로 파고드는 미례의 등을 쓰다듬었다.

미례는 다시금 왈칵 쏟아지려는 눈물을 참으며 울먹였다.

"유모, 너무 무서웠어. 그 사람이 ……날 아프게 하려고 했어. 나, 나는 무서워서 꼼짝도 할 수 없었어. 너무 무서워서……."

경기를 일으키듯 심하게 미례의 몸이 떨려서 말을 잇기도 힘들었다. 낯선 땅에 붙잡혀 온 것으로도 모자라 생전 처음 당하는 일에 얼마나 두려웠을지 유모는 알고도 남았다.

"압니다, 알아요. 아기씨. 이젠 갔어요. 그러니 그 사내가 다시 오더라도 맞설 수 있게 힘을 내셔야죠."

유모는 연신 미례의 머리카락과 등을 쓸며 달래주었다.

"너무, 무서워서…… 죽을 것만 같았어."

유모의 입에서 지도 모르게 긴 한숨이 흘러나왔다. 아직 어린 나이이기는 하나 고국으로 돌아가지 못한다면 언제고 겪을 수도 있는 일이었다. 한 번 피한다고 해서 되는 일도 아니었다.

"아기씨, 잊어버리세요. 마음에 담지 마세요. 잘될 거예요. 무슨 좋은 방법이 있을 거예요."

자신이 살아서 곁에 있는 한, 어떻게든 미례를 지켜내야겠다고 유모는 거듭 다짐했다.

그가 집 앞마당으로 들어서니 시무룩하게 앉아 있던 사스래가 그를 반기며 발딱 일어나 다가왔다.

"이질금, 다들 술에 취해 버렸어요. 소솜만 빼고."

주위를 둘러보니 그대로 쓰러져 잠이 든 녀석도 있었고 부인의 부축을 받으며 집으로 돌아가는 이도 있었다. 잔치는 이미 끝나가고 있었다.

"피곤하지 않아요? 그만 들어가서 쉬어요."

사스래가 요염한 눈짓을 하며 그의 몸을 더듬었다.

미례의 상처 입은 눈빛과 부들부들 떠는 모습을 본 후로 그의 욕구는 차갑게 식은 후였다.

경휘는 피식 웃으며 대꾸했다.

"그래, 그만 쉬고 싶으니 너도 가서 그만 자려무나."

이제나저제나 그만 기다리던 사스래의 눈이 믿을 수 없다는 듯 휘둥그레졌다.

"도대체 왜 그래요? 나 죽는 거 보고 싶어요? 나한테 서운한 게 있으면 말을 해요, 이러지 말고."

사스래가 그의 앞을 막으며 따지고 들었다. 오늘만은 그냥 넘길 수 없다고 결심하는 그녀였다. 이번 뱃길에서 돌아온 그는 평소와는 너무도 달랐다.

"하룻밤 그냥 잔다고 네가 죽을 것 같니? 어서 가려무나."

"삼 일째 그러면서 하룻밤이라구요? 왜 이러는 거예요? 아까까진 이러지 않았잖아요."

그녀는 얌전하게 미련을 버리고 돌아서지 못했다.

"지금은 혼자 쉬고 싶어."

그것으로 사스래는 더 이상 그에게 다가가지 못했다. 그러면서도 그녀는 원망을 떨쳐 버릴 수가 없었다.

"내가 딴 사낼 본다구 욕하지 말아요. 이질금 아니면 어디 사내가 없는 줄 알아요?"

그녀는 홧김에 씩씩대며 그의 등에다 대고 소리쳤다. 그는 돌아보지 않고 걸으며 쓴웃음을 지었다.

오늘 밤 널 받아줄 사내는 아마 없을 게다. 다들 꿈자리에 들었을 테니. 혹시 소솜이라면 몰라도!

하긴 소솜은 사스래를 여인으로는 쳐다보지 않았다. 그것은 사스래 역시 마찬가지였다. 사내답지 못하고 유약한 소솜을 사스래는 드러내 놓고 싫어했다. 천성적으로 착한 그를 놀리며 심한 소리를 해대도 소솜은 그저 참기만 했다. 사스래가 경휘의 여자이기 때문만은 아니었다. 남에게 모질게 굴지 못하는 그의 성격 때문이었다.

경휘는 찬물로 몸을 씻고서 자리에 들었다. 그러나 쉽사리 잠이 오지 않았다.

7

꿈에서도 그녀는 그에게 대들고 저항했다. 그러나 그가 그녀에게 몸을 묻자 그녀는 그 못지않게 흥분하며 매달렸다. 세차게 허리를 움직여 그녀를 공격하던 그는 그녀의 얼굴이 어느새 사스래로 바뀌어 있자 놀라며 잠에서 깼다. 그의 몸은 꿈에서와 마찬가지로 잔뜩 피가 몰려 아플 정도로 단단히 일어서 있었다. 처음 한두 번은 그 자신의 힘으로 해결하곤 했지만 이제는 그마저도 싫어 그는 밖으로 나가 찬물을 뒤집어써서 흥분을 식혔다.

경휘는 일부러 미례가 있는 포구 쪽으로는 발걸음도 하지 않았다. 그러나 그녀에 대한 소식이 궁금하지 않은 것은 아니었다.

일을 풀어보려고 간 것이 도리어 화가 되어버렸으니.

경휘는 흰둥이와 함께 섬을 돌며 자신의 행동을 꾸짖었다. 그래도 아직까지 그녀가 죽었다는 소솜의 보고가 없는 걸 보면 살아 있기 한 모양이었다.

칠 일이 되어가나.

경휘는 오늘쯤 소솜을 불러 그녀가 어찌 지내는지 알아봐야겠다고 생각했다.

당차게 자신은 노예가 아니라고 선언하며 기세등등하게 돌려보내 달라고 요구하던 여자. 아직 어린 티가 나는 그녀는 그를 상대로 협상을 하려 했다. 제 아비에게 돌려보내 주면 큰 재물을 주겠다고 했다. 그러더니 이제는 자신의 목숨을 걸고 또 다른 도전을 해왔다. 그걸로도 모자라 그의 목전에서 자신을 한낱 도적일 뿐이라며 모욕도 서슴지 않았다. 비록 정당하진 않았으나 그는 그녀를 제압했다. 만족감도 잠시, 두려움에 떨며 눈물 흘리던 그녀의 질린 표정이 떠올랐다.

그는 그녀가 계속 신경 쓰였다. 그는 기끔 자신도 못 말리게 화가 나는 적도 있었다. 그럴 때는 눈앞에 보이는 게 없어 그를 따르는 이들도 두려워하지만 그가 꽁하여 언제까지나 그러고 있지만은 않다는 걸 안다. 그는 천성적으로 누굴 괴롭히고 상처 내는 걸 즐기는 사람이 아니었다.

그는 북쪽의 숲을 둘러보다가 흰둥이의 고삐를 쥐며 생각난 곳으로 향했다. 그가 원하는 곳이 가까워지자 흰둥이가 도리질을 하며 걸음 폭을 좁히더니 제자리걸음을 하다시피 했다.

"이 녀석이 감히 꾀를 피워? 어서 가자. 그 노인은 널 잡아먹지 않을 거야. 내 약속하지. 어서!"

흰둥이는 하는 수 없이 고개를 떨구고 좁은 보폭으로 천천히 작은 움집으로 다가갔다. 경휘가 내려서서 흰둥이를 매어놓았다. 흰둥이는 최대한 그 움집에서 멀찌감치 떨어지며 고개를 돌렸다.

심술궂은 노파 같으니. 이 녀석을 어떻게 대했기에 이토록 치를 떨며 피하는 거야.

경휘가 움막 안으로 천을 걷으며 들어가자 어두컴컴한 움막 안에서 머리 하얀 노파가 킬킬거리며 그를 맞았다.

"돌아온 줄은 알았지만, 날 찾아오리라곤 생각도 못했지. 그래, 어인 행차시오, 이질금?"

그를 놀리고도 후환을 두려워하지 않는 노인은 그녀뿐이었다.

"내가 못 올 데를 왔나?"

경휘는 못마땅하게 서서 주위를 둘러보며 퉁명스레 말했다.

"앉으시오, 이질금."

그녀가 화롯가 자신의 옆자리를 권하며 말했다.

움막 안은 여러 가지 약초와 이상한 물건들로 가득 차 있었다. 천장 위에 달아놓은 나물이며 약초들, 죽은 살쾡이, 족제비, 박쥐들. 그리고 그녀의 화로 위에서 끓고 있는 이상스런 냄새의 물 주전자. 한쪽 벽엔 번뜩이는 눈을 가진 험상궂은 사내들이 서 있고 그 가운데 그보다 약간은 나아 보이는 고운 여인의 모습이 담긴 그림도 걸려 있었다. 빨갛고 노란 천들과 손잡이 달린 방울도 있었다. 오래전부터 그도 보아온 때묻은 항아리도 한쪽 구석에 그대로 있었다.

풀솜 어미, 한때 어린 시절의 그를 안아주고 달래주던 어머니 다음가던 존재였다. 경휘는 그녀를 전폭적으로 신뢰하고 잘도 따랐다. 어느 순간 변해 버린 그녀가 두려워지기 전까지는. 나중에서야 경휘는 그녀에게 신기가 있고 신병을 앓느라 그랬다는 걸 알았다.

그를 달래기도 하고 꾀기도 하여 골탕 먹이고 좋아하는 그녀 안의 작은 계집아이의 웃음소리를 경휘는 치를 떨며 기억했다. 그 말라빠진 손을 가진 눈만 반짝이는 어린 계집아이는 경휘가 풀솜 어미에게 안기고 기대는 것을 샘내며 싫어했다.

그는 몇 번, 되지도 않을 싸움을 했고 번번이 졌으며 그때마다 어린 그에게는 죽을 것 같은 고통이 따랐었다. 그는 하늘눈을 가진 무녀 새타니보다 그만의 풀솜 어미로 있어주기를 바랐으므로 이후로 그녀를 찾지 않았다. 마지못해 아버지의 심부름을 하게 될 때도 그는 멀찌감치 그녀에게 말을 전하고는 뛰어 달아났었다. 지금의 흰둥이처럼! 아예 그녀에게로 가는 심부름인 줄 아는 날에는 아침 일찍 도망쳤다가 저녁나절에나 집으로 들어가는 날도 있었다.

"차 한잔 드시겠소, 이질금?"

경휘가 생각에서 벗어나 장난스럽게 히죽 웃었다.

"무엇을 넣고 달인 건가 솔직히 말해준다면 마시지."

"걱정 마시우. 옛날 풀솜 어미를 그리며 찾아온 휘아에게 내 그리 심하게 대하지는 않을 것이니."

경휘는 그녀의 뛰어난 독심술에 놀랐으나 내색하지는 않았다. 그녀가 건네준 차는 입 안에서 구수한 향내를 풍기며 부드럽게 목을 타고 넘어갔다.

"어디 한번 말해보오. 이번엔 이질금답지 않은 일을 했다고 걱정들을 하던데 어떻게 할 작정이오?"

새타니가 그와 눈을 맞추며 말했다.

그녀의 눈은 정말 사람의 마음을 꿰뚫어 볼 만큼 맑고 이상한 힘을 가지고 있었다. 그녀의 눈이 가끔 푸르게 빛나는 것을 경휘도 보았고 두려움을 갖기도 했었다.

경휘는 슬쩍 다른 곳을 쳐다보며 그녀의 시선을 피했다.

"누가 뭐라 한 거야? 뭘 들었다는 거지?"

"금기를 어기고 낯선 타국의 계집아이를 데려왔다고 합디다."

"아이가 아니라 여인네지."

그는 못마땅하여 그녀의 말을 고쳤다.

"아직 솜털도 못 벗은 계집아이 같다고 들었소."

새타니가 미심쩍은 듯 그를 힐끗 보며 들은 것을 확인할 셈으로 말했다.

"여인이라니까! 누가 다녀간 거지? 가납사닌가?"

가납사나나 모도리, 그도 아니면 소벌도리, 혹은 다른 장로임에 틀림없다. 그저 평범한 섬의 아낙네였던 풀솜 어미 시절부터 그녀를 아는 그 몇몇을 제외하고 이외의 사람들이래야 새타니를 두려워하고 있기 때문에 정한 목적이 있지 않고서는 쉬이 사람의 왕래를 하지 않고 있었다.

"누구면 어떻소, 다들 걱정하고 있는데! 어쩔 작정으로 그런 계집아이를 불러들이셨소?"

"어쩌긴 뭘 어째. 괜한 걱정들 할 필요 없어. 곧 팔아버릴 거야."

그가 격하게 내뱉었다.

새타니가 알겠다는 듯 고개를 끄덕이며 삐딱한 그의 대꾸에 입을 다물었다.

그가 일어서는데 새타니가 그의 등에 대고 한마디 했다.

"장로들 말이 이질금의 혼인을 서두르자 하더이다."

"왜 갑자기?"

"갑자기가 아니오. 혼기가 찼고 그 집에도 벌써부터 여인의 손길이 필요하잖소."

새타니에게서 돌아온 그는 소솜을 찾았으나 소솜은 가납사니를 따라 고기잡이를 나갔으므로 그는 할아버지의 내음이 묻어 있고, 아버지의 손때가 묻은 사랑채에서 그들이 만들어가고 있는 뱃길을 그린 지도를 가끔씩 바라보며 방 안을 서성이고 있었다.

어슴푸레 해가 지고 있었다.

소솜이 돌아올 때까지 기다려 볼까. 아니면 다른 사람을 시켜 그녀가 살아 있기는 한지 알아볼까.

경휘는 망설이다 직접 알아보기로 결심하고는 집을 나섰다. 바다가 보이는 길로 내려가다 보니 우물가에 물 긷는 여인들이 바쁘게 몸을 움직이고 있었다.

그는 사스래가 그곳에 있는지 슬쩍 살펴보았다. 정말 토라졌는지 사스래는 그날 이후로 그의 눈앞에 나타나지 않고 있었다.

다른 사내를 찾았단 건가. 경휘는 가끔씩 보이는 장난 섞인 웃음을 혼자 웃었다.

새타니가 말하지 않아도 평생 그녀의 사내로 있어줄 순 없다. 그역시 혼인하고 제 여인을 맞는다면 어떤 여인이 그런 걸 곱게 봐줄 수 있을까.

어머니의 정을 받지 못하고 자란 그는 제 여인이다 싶은 여인에게 세상 부럽지 않은 정을 쏟아부을 작정이었다. 그녀가 마음 아파할 일 같은 건 애초에 없을 것이다. 그의 오래된 외로움을 덜어줄 것이고, 그의 아이를 낳아 길러줄 여인이고 보면 그런 그녀가 원하는 것은 뭐든 들어줄 것이고, 평생을 그렇게 오순도순 살아갈 생각이었다. 그의 아이에겐 자신이 겪었던 그런 슬픔은 없을 것이다.

경휘는 그가 원하던 곳에 가까워지자 가슴이 크게 소리를 내며 뛰는 것을 느꼈다.

살아 있기는 하겠지? 독기 어린 눈으로 쏘아봐도 좋으니 다 죽어가는 얼굴만 대하지 않았으면 하고 그는 생각하며 문을 열었다. 유모와 미례의 시선이 그에게로 쏟아지며 잔뜩 경계하며 긴장하는 게 느껴졌다. 그는 일부러 무뚝뚝하게 성큼 안으로 들어갔다.

먼저 그의 눈에 들어온 건 나이 든 유모의 원망 섞인 얼굴이었고 그녀의 뒤쪽 이부자리 펼쳐진 한쪽 구석에 빗으로 머리카락을 빗어 내리던 미례의 상한 얼굴이 두려움으로 변하며 움츠리는 게 보였다.

다행이었다. 경휘는 살아 있는 그녀를 안도하며 바라보았다.

그러나 그녀는 떨리는 손으로 빗질을 하려고 노력하면서 그의 시선을 피해 유모에게로 시선을 맞췄다. 창백하고 헬쑥한 모습이었다.

유모가 일어서며 그와 미례 사이에 제 몸으로 벽을 만들고서야 그는 미례에게서 시선을 거두었다.

"잠깐 나가 있어."

그가 유모에게 낮게 말하자 미례가 신음 소리인지 한숨 소리인지 모르는 소리를 삼키며 유모를 향해 고개를 저었다. 빗질을 하던 그녀의 한 손은 혹시라도 유모가 나갈까 봐 유모의 치마를 꽉 움켜쥐고 있었다.

“저, 부탁이니 하실 말씀이 있으면 저 있는 자리서 하세요. 우리 미례 아기씨가 두려워하십니다.”

유모가 그의 심기를 거스르지 않도록 노력하며 사정하듯 어렵사리 말을 이었다.

그녀의 눈은 미례가 아직 어리다고 말하고 있었다. 지난번 그가 미례에게 무슨 짓을 하려고 했는지 알고 있다고 말하고 있었다.

“손대지 않을 테니 걱정 말고 나가 있어.”

그는 정말 그럴 작정이었다. 그는 지금껏 여자가 궁한 적도 없었고 아쉬운 적도 없었다.

미례? 미례라고 했나.

그는 미례가 두려워할 어떤 일도 하지 않고 다만 말로써 자신이 그런 사내가 아님을 말하고 싶었다.

유모가 다시금 미례의 애원하는 눈길에 그에게 사정하려 했으나 경휘의 여지없이 차가운 눈길에 어쩔 수 없는 듯 떨어지지 않는 걸음을 무겁게 옮겼다. 치맛자락을 놓지 않으려는 미례의 손이 그의 쏘아보는 눈길에 힘없이 풀렸다. 유모가 나가고도 오래도록 그는 그 자리서 미례를 바라보기만 했다.

뭐라고 말을 해야 할까. 그땐 화가 났었다고? 술도 마셨고, 자신도 감당하기 힘든 화를 내게 만든 그녀를 이기고 싶었다고? 죽지 않고 살아 있어서 다행이라고?

그의 시선을 피하며 내리깐 그녀의 속눈썹이 파르르 떨리고 있었다. 손을 내려 한 손엔 여전히 빗을 쥔 채로 치마폭 안으로 주먹을 꼭 쥐고 있는 그녀는 어미 잃은 짐승처럼 떨고 있었다.

“그래도 죽을 생각은 아니었나 보군.”

퉁명스런 말이 먼저 나왔지만 경휘는 그녀가 살아 있는 것을 확인하자 마음이 놓였다.

미례가 흠칫 놀라며 몸을 웅크렸다가는 차분하게 말했다.

"살아 있으면 돌아갈 수 있는 날이 올 거라고 말했잖아요."

"그렇지. 어쩌면……!"

그녀의 긴 머리카락이 흘러내려 얼굴을 가렸으므로 그는 그녀의 표정을 알 수 없었다.

경휘는 그녀를 어째야 할지 갈피를 잡지 못했다. 장로들의 말대로 혼인을 서두르게 되면 다시는 이 여자를 대할 수 없게 될지도 모른다는 사실은 분명했고 그것은 그를 초조하게 만들었다. 여자를 곁에 두고 다시는 집으로 돌아가지 않게 만드는 방법이 없을까.

"내게……."

그는 막연하게 떠오른 생각을 말하려다가 흠칫 놀랐다.

시집오겠냐고 물었다가는 당장 웃음거리밖에 되지 않을 것은 분명했다. 그는 그녀에 대한 마음을 정리하지 않고는 다른 여자를 품을 수 없을 것 같았다.

"내 여자가 된다면 훗날 돌려보내 줄 수도 있는데, 어떡하겠어?"

그는 망설임을 떨쳐 내며 물었다.

그의 여자가 된다는 게 무엇인지 의아하던 미례는 자신을 바라보는 그의 눈빛에서 지난번 자신에게 수치심을 안겨주었던 행위를 떠올렸다.

"싫어요!"

미례는 한순간의 망설임도 없이 고개를 세차게 가로저으며 그의 제안을 거절했다.

"그것이 집으로 돌아갈 수 있는 유일하고도 가장 빠른 방법이라도?"

"싫어요! 그런…… 일, 싫어요. 차라리 날 팔아요."

미운 그를 보지 않을 수만 있다면 미례는 차라리 그 편이 낫다고 생각했다.

"생각을 바꿨나? 노예가 아니라고 하더니 이젠 포기가 좀 되는 거야? 날 안 보는 곳으로 가길 원한다고?"

"그래요."

가냘프나 지지 않고 미례가 대답했다.

그는 화가 나기 시작했다.

제기랄! 내 속을 뒤집어놓을 생각이군.

사실 그녀가 그를 다시 보기 원치 않더라도 그는 상관없었다. 그런데도 그녀의 말은 쉽게 그의 화를 돋웠다. 지금껏 살아오면서 그녀만큼 그를 화나게 만드는 여자도 없었다.

그가 성큼 그녀에게 다가서자 그녀가 놀란 새처럼 떨며 화들짝 몸을 비키려고 했다.

"자, 어디 날 똑바로 보고 말해봐. 내가 보기 싫으니 다른 자의 노예가 되겠다고 다시 말해봐."

그가 거칠게 미례의 머리카락을 치우며 그녀의 턱을 치켜올렸다. 버둥거리면서도 그녀는 그의 눈을 응시하며 쏘아붙였다.

"당신은 도적일 뿐이에요. 이렇게 잡혀 있느니 차라리 팔려가 노예가 되는 게 나아요."

"흐흠, 그래? 팔려가 노예가 되면 좀 나을 성싶어?"

"적어도 낭신에게 못된 짓은 당하지 않을 거예요."

뭘 모르는군!

그가 쓰게 웃었다. 그녀의 순진하기까지 한 말에 그는 화가 누그러지는 걸 느꼈다. 그와 맞서기 위해 용기를 그러모았을 뿐 그녀는 현실을 바로 보지 못했다. 그것을 인식하고 나자 분노와는 다른 감정이 그의 전신을 휘감았다.

"팔려가 노예가 되면 무엇을 하게 될 것 같아?"

"집 안을 깨끗이 하고…… 심부름을 하겠죠. 아이도 돌보고 말상대도 되어주고."

그녀가 고국에서 본 노예의 생활은 그 정도였다.

"밥도 짓고, 많은 빨래도 하고? 손이 거칠어지도록 일만 하게 될 것 같아? 아니, 그뿐만이 아니야, 곱게 자란 아가씨!"

미례는 고집스레 입술을 앙다물고 그를 외면했다.

"지금까지는 부모 잘 만나 세상을 제대로 몰랐겠지만, 이제부터는 아니야."

그는 들어올 때와 마찬가지로 갑작스럽게 자리에서 일어나더니 밖으로 나가 버렸다.

8

미례는 따라오라는 낯선 사내의 말에 화들짝 놀라며 유모와 눈을 맞췄다.

그가 다녀가고 난 다음날 해거름 무렵이었다.

이제는 정말 팔려가는 건가. 그 이질금이라 불리는 사내를 더는 안 봐도 되는 건가.

미례의 가슴은 다른 사람에게까지 들릴 만큼 거세게 뛰고 있었다. 유모의 등 뒤에서 팔을 붙들고 걸음을 내디디려 하자 또 다른 사내가 그녀를 유모에게서 떼어놓았다.

"이 여자는 함께 안 가. 너만 가는 거야."

"아, 안 돼요. 유모와 함께 갈래요. 함께 보내줘요."

유모에게 달려가려는 미례를 한 사내가 제지하자 다른 사내는 유모를 다그치며 그녀들을 가두었던 곳으로 밀어넣고 문을 잠갔다.

"아기씨!"

"유모, 유모! 놔줘요. 나도 저기로 갈 거라고요. 날 보내줘요. 싫어!"

갑작스런 이별에 유모와 미례는 당황하여 서로를 부르며 울부짖었다. 잡혀온 이래로 언제나 함께였던 그녀들이었다.

"어서 따라오기나 해."

사내는 우악스럽게 그녀의 팔을 움켜쥐고는 길을 재촉했다.

"유모!"

"아기씨! 아기씨!"

유모는 갇힌 문 안에서 미례를 부르며 오열했다.

"조용히 해. 온 마을이 떠나가게 구경거리가 되고 싶나?"

그는 미례를 윽박지르며 길을 재촉했다.

"유모를 어디로 보낼 거예요? 유모를 어떻게."

미례가 다급하게 물었다.

"내게 물어야 소용없어. 결정을 내리시는 분은 이질금이시니까 가서 직접 여쭤봐."

"지금 그 사람에게 가는 거예요?"

사내가 고개를 끄덕이자 미례는 걸음을 서둘러 그의 뒤를 따랐다. 그치지 않는 눈물을 훔치며 길을 걷는 동안에도 미례는 계속 유모가 갇혀 있는 창고를 돌아보곤 했다. 그를 모욕했지만 팔려가더라도 유모와 함께 갈 거라고 생각했던 그녀였다. 이제야 미례는 자신을 둘러싼 상황을 이해할 것 같았다. 아이처럼 떼를 쓴다고 해서 들어줄 사람들이 아니었다. 이미 그녀는 자유를 구속당한 포로의 신세였던 것이다. 부모를 떠나 친어머니나 다름없던 유모와 생이별하는 것은 그녀에게 상상도 할 수 없는 일이었지만 그들은 내키면 그 이상의 일도 얼마든지 할 수 있었다. 두려움이 엄습해 미례는 몸을 떨었다. 주위에 상관없이 길을 따라 걷던 미례는 낯선 사람들의 눈길을 의식하며 서늘한 바람에 날리는 머리카락을 귀 뒤로 꽂다가 앞선 사내의 뒷모습을 의아하게 쳐다보았다. 그들은 배가 있는 포구 쪽으로 가는 게 아니라 마을 안으로 향하고 있었다.

팔려가 노예가 되면 무엇을 하게 될 것 같냐고 묻던 그에게 지지 않고 대답을 한 대가로 그는 코웃음을 쳤다.

밥도 짓고, 많은 빨래도 하고?

손이 거칠어지도록 일만 하게 될 것 같으냐고 묻던 그는 얄밉게 빈정거렸다.

아니, 그뿐만이 아니야, 곱게 자란 아가씨! 지금까지는 부모 잘 만나 세상을 제대로 몰랐겠지만, 이제부터는 아니야.

그녀에게 무서운 짓을 하지 않고 순순히 돌아간 것만으로도 안심했던 미례는 이제야 그의 말을 곰곰이 새겨보았다. 제발 꿈이었으면 좋겠다고 생각하며 미례는 입술을 깨물며 눈물을 삼켰다.

꿈이었으면 좋겠어. 그리고 어서 깼으면 좋겠어. 그렇지만 우는 건 도움이 안 돼. 우는 걸로는 아무것도 해결되지 않아. 약해지기만 할 뿐이야.

생각에 잠겼던 미례는 한순간 그녀가 걷는 동안 들어오는 풍경에는 조금도 신경을 쓰지 못했음을 알았다. 그녀는 세심하게 그녀가 놓인 낯선 땅을 둘러보았다.

섬의 마을은 듬성듬성 있는 움막집이며 돌무더기로 쌓은 담들이 거의 엇비슷한 크기로 자리하고 있었다. 마을은 꽤 많은 사람들이 살고 있는 듯 보였으며 얼핏 보기에도 사백여 호가 넘는 듯했다. 그들은 가야의 서민들보다 훨씬 표정이 밝았고 형편도 나아 보였다. 그들이 쓰는 말씨는 중원의 언어가 아니었다. 온전한 가락국의 언어도 아니었다. 신라인의 언어도 아니었다.

마을 가운데 자리한 우물을 지나 좀 더 마을 안쪽으로 들어가자 아유타의 집 구조도 아니고 가야의 집과도 다른 낯선 형태의 거대한 성채 같은 기와집 한 채가 나타났다. 견고하기 그지없어 보이는 건물이었다.

고개를 들어 올려다보는 미례를 힐끗 돌아다본 앞선 사내는 미례를 그리로 안내했다. 대문을 지나고 넓은 뜰을 지나서 어떤 방 앞에 도착하자 그가 다시 미례를 돌아보며 멈춰 섰다. 그의 눈빛과 표정에서는 숨길 수 없는 호기심이 드러나 있었다. 그녀가 순순히 따라나섰기 때문인지 처음의 고압적인 태도도 누그러져 있었다.

"안에서 기다리시오."

"그 사람은요? 그 사람을 만나게 해줘요. 할 말이 있어요."

"안에서 기다리면 만나게 될 거요."

그는 무례하지도 친절하지도 않은 말투로 천천히 말을 하고는 머뭇거리는 미례를 방 안으로 들여보내고 문을 닫았다. 멀어지는 그의 발소리가 들렸다.

넓은 방 한쪽 벽을 차지한 것은 재질이 뛰어난 목재로 만든 큰 침상이었고, 다른 한편엔 탁자와 의자도 깔끔하게 놓여 있었다. 옷장으로 보이는 화려하지 않은 가구도 침상 옆에 ㄱ자 모양으로 자리하고 있었다. 미례의 키보다 훨씬 큰 가구의 윗 공간에는 비단 천 위에 소나무와 냇가, 두 노인과 소 한 마리가 그려진 그림도 걸려 있었다.

미례는 낯선 방 안을 둘러보며 오래도록 그렇게 서 있었다.

헐레벌떡 마을 장로의 대표가 찾아와 한바탕의 설교를 늘어놓았지만 경휘는 요지부동 자신의 결정을 되돌리지 않았다.

"이질금, 이것은 나 하나만의 괜한 참견이 아닙니다."

다른 때는 너무나 이성적이게 판단하고 장로들의 의견을 수용하던 그와는 전혀 다른 태도였다.

"부디 한 번 더 살피고 신중히 숙고해 주십시오."

근심 어린 얼굴과 깊은 한숨을 내쉬던 장로는 더 이상 만류할 방법이 없자 하는 수 없이 돌아갔다. 이어서 한동안 그의 앞에 모습을 보이지 않던 소솜이 그를 찾았다. 주위는 이미 깊은 어둠이 내려앉았다.

경휘는 그늘이 드리운 소솜의 표정에서 찾아온 이유를 짐작했으나 힐끗 시선을 한 번 주었을 뿐 광주의 도방에서 보내온 문서를 살피는 일로 관심을 돌렸다.

"저, 이질금."

소솜의 마음은 불편하기 그지없었다. 미례의 안위가 걱정스럽지 않았다면 그는 오늘 경휘를 찾지 않았을 것이다.

그를 따라 바다로 나갔다가 돌아왔던 오 년 전의 어느 날에도 비슷한 기억이 있었다. 천진난만하고 오라비에게 까르륵 웃으며 달려들던 아로가 나타나지 않아 가슴이 내려앉으면서도 아버지나 어머니에게 곧바로 물어볼 수가 없었다. 그들의 눈이 슬픔과 걱정으로 차 있는 것을 보았기 때문이었다. 그는 잠깐 밖엘 나갔다 오겠다 하고는 집을 나서 갈대숲 무덤가까지 내쳐 달렸었다.

아닐 거야, 내 어리고 앙증맞은 아로는 이곳에 없을 거야.

새로이 생겨난 작은 무덤 앞에서 소솜은 한동안 망연하게 서 있었다. 사내 잃은 사스래가 왔다가 그를 발견하고는 동병상련의 가슴으로 위로하며 안아줄 때까지.

사스래. 그땐 경휘의 여자가 되기 전이었다. 소솜은 아직도 그의 가슴 한쪽을 서늘하게 만드는 그때 기억을 떨쳐 버리고 싶었다.

밤늦게 집으로 돌아간 소솜은 아버지에게 아로에 대해 묻지 않았다. 그저 하루하루 살아지면서 소솜은 속으로 상처를 삭여냈다. 갈대숲으로 달려가는 날도 차츰 줄었고 그렇게 그는 어린 여동생을 잊어가고 있었다. 그런데 작고 여린 가냘픈 몸매의 미례를 본 순간부터 소솜은 아로를 다시 떠올렸다.

그 애도 자랐으면 저만할 텐데.

창고 안에 갇혀서 음식도 거부하는 사이 더욱 핼쑥해진 미례는 소솜을 안타깝게 만들었다. 그러나 한동안 자신만의 상념에 젖어 있던 그는 미례를 돌볼 마음의 여유가 없었기에 한동안 미례에 대해서는 까마득히 잊고 있었다. 그런데 오늘 걱정스러워 찾아간 곳에서 소솜은 미례를 찾을 수 없었다. 사람이 머물던 그림자도 하나 없이 깨끗하게 치워진 창고 안을 보며 소솜은 의아했다. 자신의 아버지를 비롯해서 마을의 장로들은 그녀의 존재에 대해 껄끄러워하며 서둘러 섬에서 내보내야 한다고 말했다. 마을 사람들도 호기심을 가지고 만나기만 하면 어떻게 되는 거냐고 수군거렸다. 왜들 여유롭고 순박한 그들이 포로로 잡혀온 어린 여자 하나에 대해 민감하게 구는지 소솜도 알 수 없었다. 하지만 그들과는 달리 소솜은 이곳 섬에서 그녀를 내보내고 싶지 않았다. 그녀를 보호할 아무런 힘도 없었지만 어떻게든 방법을 찾아보아야겠다고 생각했다. 그런데 그녀가 사라져 버린 것이다. 마을 장로들과 이질금이 그렇게 결정을 내렸다면 이제는 되돌릴 수 없는 일임을 알면서도 소솜은 결심을 굳히고 경휘를 찾아왔다. 더 이상 화가 나서도, 따지고 들려는 것도 아니었다. 그는 다만 사실을 알고 싶었다. 그래야만 편히 발 뻗고 잠을 이룰 수 있을 것 같았다.

경휘는 방 한구석에서 어색해하는 소솜의 존재를 무시하고 있었다.

"이질금, 물어볼 말이 있소."

소솜은 다시 한 번 어렵게 입을 열었다.

이번에는 경휘도 두루마리에서 눈을 떼며 소솜을 쳐다보았다. 소솜이 이렇게 자기 주장을 하기도 하고 그에게 따지는 날이 오리라고는 생각도 못했다.

"듣고 있으니 말해봐."

"미례 아기씨 말이오. 어떻게 한 거요?"

"어떻게 하다니?"

그는 일부러 모르는 체 약을 올렸다.

"……알잖소. 미례 아기씰 어디로 보낸 거요?"

"왜? 다들 바라던 일 아니었나?"

"……."

"그래서, 내게 그 일로 따지러 온 거야?"

"그런 건 아니오."

"흠, 그래? 그럼 노예 계집을 하나 팔아버렸다고 내가 일일이 네게 알려야 하는 거야?"

그의 빈정거리는 말에 소솜의 눈이 불안스럽게 흔들렸다.

"정말 팔아넘긴 거요?"

"왜? 안 되나? 마음에 들었나 본데 네게 줄 걸 그랬나?"

소솜의 얼굴이 하얗게 질렸다.

"미례 아기씬 그런 대우를 받을 만한 여인이 아니오."

"헛소리! 그런 소릴 할 거면 어서 집으로 가, 밤이 늦었어."

소솜은 한동안 아무 말도 못하고 흔들리는 눈빛으로 그 자리에 서 있었으나 이내 걸음을 옮겼다. 하지만 결심을 굳힌 그는 문을 다시 닫고 경휘에게로 돌아섰다.

"정말, 어찌한 거요, 이질금?"

"팔아버렸다고 했잖아."

"배도 나가지 않은 걸 알고 있소. 다음 출항 때문에 다들 수리하고 있잖소?"

경휘가 피식 웃었다.

"지나던 설민의 배에 실어 보냈을 수도 있지."

소솜은 그래도 믿을 수 없다는 표정으로 고개를 저었다.

"나도 하나 물어볼까? 네가 그 여자에게 유독 관심을 갖는 건 왜지?"

소솜의 입매가 굳어졌다.

"내가 그 여자를 찾더라고 마을 사람들이 수군거리는 걸 알면서 왜 내게 말하지 않은 거야?"

"이런 일이 있을까 두려워서였소. 이질금은 화나면 앞뒤 가리지 않으니 그 불똥이 괜한 미례 아기씨에게 튈까 봐, 그래서였소."

경휘의 입가에 희미한 웃음이 번졌다.

"그 여자는 우리가 포로로 잡은 노예 계집일 뿐, 더 이상은 고귀한 신분의 여자가 아니야!"

"하지만 미례 아기씬 아직 어리고."

"괜한 동정심 따윈 버려. 귀족이라고 떠받들려 자라 철없는 여자일 뿐이야. 제집에서 노예를 부릴 때는 아무런 동정심도 없었을걸? 그 여자가 몰랐던 세상을 이제부터 가르쳐 줄 생각이야."

"이질금, 그 말은."

"그래, 노예로 팔아버리진 않았어. 하지만 앞으로도 네 녀석 말은 더 듣기 힘들겠구나. 내 집으로 옮겨놓고 아예 눌러 앉힐 생각이니!"

그의 대답에 소솜은 놀란 표정을 감추지 못했다.

"팔아버릴 땐 꼭 알려주지, 내 약속하마."

"하면 사스래는."

저도 모르게 치켜든 의문이 소솜의 입에서 나오자 경휘의 눈썹이 슬쩍 치켜올라 갔다.

"사스래는 뭐?"

"미례 아기씨를 집에 둔다고 하면 사스래는 어쩔 생각으로."

"사스래는 사스래고, 미례는 미례지. 더 알고 싶은 게 있나?"

"아, 아니오."

소솜은 물러나 그의 집을 나섰다. 그다운 행동이라고 돌아가면서 소솜은 생각했다. 마을 사람들과 장로들이 뭐라 하든 이질금은 하고 싶은 대로 할 것이다. 이젠 내놓고 보란 듯이 미례를 그의 집으로 데려왔으니!

경휘는 밤이 깊어가도록 자신의 침실로 가지 못하고 있었다.

오늘은 대표 장로 한 사람과 소솜뿐이었지만 그녀를 자신의 집으로 데려온 일은 앞으로 더 큰 분란과 소문거리를 내주는 것이었다. 그 또한 장로들의 중론과 그녀의 간절한 요구대로 자신의 눈앞에서 치워 못된 주인을 만나 고생하는 그녀의 모습을 상상해 보기도 했다. 그녀는 제 입으로 내뱉은 말을 주워 담으면서 후회할 것이다. 하지만 그런 상상이 주는 즐거움은 오래가지 못했다. 그가 이미 한 번 봐버린 그녀의 새하얀 몸을 다른 사내가 올라타고 짓밟는다고 생각하자 자신도 모르게 짜증이 났다.

버리지도 못하고 마음대로 가질 수도 없고, 남에게 주기도 싫으면 어쩌란 말인가. 물론 미례는 그 아닌 다른 사내에게도 그처럼 앙탈을 부리고 화를 돋워댈 테고 필시 언젠가는 성질 못된 사내의 화를 돋우다 맞아죽을지도 모를 일이다.

경휘는 자신의 명령으로 자신의 방 안에 있는 미례를 생각하자 몸이 달았다. 새벽마다 불처럼 솟구치는 욕구로 눈을 뜨면 그녀의 몸을 마음껏 소유하는 꿈과는 달리 그는 혼자였고 여자를 갈구하는 그의 몸은 한껏 성을 내고 있었다. 더 이상은 그녀를 두고 꿈만 꾸지는 않겠다고 경휘는 생각했다. 그에게도 생각이 있었다.

그는 천천히 일어나 방문을 나섰고 사랑채의 길게 이어진 복도를 따라 걸음을 옮겼다. 잘 닦여진 길은 정원을 지나 그의 침실로 뻗어 있었다. 무거운 마음 반, 설레는 마음이 반이었다. 이젠 더 이상 자다가 깨어 욕구 불만으로 잠을 설칠 이유가 없을 것이다.

그는 노인들의 잔소리도 두렵지 않았다. 그깟 여자 하나 취한다고 누가 뭐라고 하겠는가. 의아한 것은 장로가 주장하는 이유라는 것이 외지 여인은 안 된다는 것이었다.

여자를 안는 데 외지 여인은 안 되고 섬의 여자는 묵인한다?

그로서는 수긍할 수 없는 이유였다. 그는 이미 결심을 굳혔다.

잔뜩 겁을 집어먹고 있을까? 저녁 식사를 건네준 곁시의 말로는 음식을 거의 입에 대지 않고 물만 한 모금 마시더라고 했다. 그는 일부러 미례가 지치도록 내버려 두고 있었다.

숨을 고른 그가 문을 열고 방 안으로 들어가자 문 가까운 벽 한쪽 구석에 웅크리고 앉아 있던 미례가 그를 확인하고는 화들짝 놀라며 눈이 커졌다.

경휘는 밝은 빛 아래서 그녀의 모습을 잠시 훑어보고는 겉옷을 벗으며 침상가로 걸어갔다.

"유모를…… 함께 있게 해줘요."

그의 등 뒤에서 미례가 말했다.

밝은 불빛 아래서 미례를 보는 건 생소했다. 빤히 쳐다보는 그의 시선을 피하며 그녀의 작은 입술이 당혹감으로 깨물리더니 더욱 몸을 사리며 웅크렸다. 마치 그에게 보이지 않는 존재가 되고 싶은 것처럼!

사스래처럼 달려드는 여인도 가끔은 피곤하지만 미례처럼 반응 없는 여인도 그를 지치게 하기는 마찬가지였다.

“밤새 그러고 있을 작정이야? 그러다 제대로 걷지도 못하겠군. 이리로 와.”

“유모를.”

그는 그녀의 요구에는 답하지 않았다. 대신 자신의 명령에 따르지 않는 그녀를 질책했다.

“왜? 노예로 팔려가는 게 나을 뻔했어? 그렇게 생각하는 거야? 그렇다면 지금 여기 서 있는 사람이 내가 아니라 다른 사내라고 생각해. 어쨌건 네 몸은 벌써 채찍 자국으로 남아나지 않았을 거야. 자, 이리로 와!”

한참을 긴장된 눈싸움으로 견디던 그녀는 마지못한 듯 몸을 일으키려다가 그대로 주저앉았다.

“순순히 말을 듣는 법 없지.”

풀어진 머리가 흘러내려 그녀의 얼굴을 덮었으나 모멸감과 고통으로 인해 낮게 신음하며 창백해지는 것을 그는 놓치지 않았다.

경휘는 그녀에게 다가가 안아 올려 침상으로 데려와서는 거칠게 그녀의 다리를 펴주었다.

“얼마나 오래 그러고 있었던 거야?”

작은 손으로 쥐가 난 데다 무감각해지기까지 한 다리를 만지는 것을 본 그가 한숨을 쉬고는 힘있게 그녀의 다리를 꾹꾹 눌렀다. 오래지 않아 움찔거리던 그녀의 얼굴이 제대로 돌아왔다.

“됐어요. 이제 그만! 그만 해요.”

그녀의 말은 피가 통하지 않아 죽게 되더라도 그의 도움만은 받지 않겠다는 말처럼 들렸다.

“널 만지지 말라고?”

미례는 대꾸없이 그를 외면하며 저린 자신의 다리를 주무르는 일에만 열중했다.

"너와 함께 있던 여자, 어디로 팔려가도 상관없나?"

그의 말에 미례가 홱 고개를 들어 그를 응시했다. 그가 예상했던 것 이상으로 빠른 반응이었다. 그는 조금 더 여유로운 태도로 그녀를 관찰했다.

"너는 내가 아닌 다른 누구에게 가도 상관없다지만 그 여자도 그럴까?"

"우리를, 유모를 어떻게 할 생각이에요?"

"네가 하기 나름이라고 말하는 거야."

그녀는 영문을 모르겠다는 순진한 얼굴로 그에게 물었다.

"내가 어떻게 하면 유모를 놔줄 건데요?"

"널 가질 거야."

그는 담담하게 말했다.

그녀의 가슴이 크게 들썩였다. 그의 여자가 되겠냐는 제안은 이미 거절했다. 그런데 이번에는 단순한 제안이 아니고 확고한 의지가 담긴 무시할 수 없는 선언이었다. 유모를 볼모 삼은 협박이었다.

"나는 당신 소유물이."

그는 단호하게 그녀의 말을 자르고 덧붙였다.

"내가 원하는 방식으로 널 가질 생각이야. 그러니 잘 생각해 봐. 네가 어떻게 하면 그 여자를 놔주고 싶어질지."

지난번 창고에서 있었던 그의 행위. 미례는 자신을 훑는 그의 눈빛과 태도에서 답을 읽었다. 하지만 두렵고 싫기만 한 그에게 자신을 내주고 싶지는 않았다. 그런데 그는 다른 것도 아닌 그녀가 단

하나 의지하는 유모를 두고 거래를 하자고 했다. 배 위에서의 잠깐, 그리고 창고 안에서의 만남으로 그는 이미 그녀에게 유모가 어떤 존재인지 알고 있는 것 같았다.

생각해 볼 시간도 없이 그가 충격으로 얼어붙은 미례를 내버려 두고 일어나 몸을 일으켜 등잔불을 껐다. 미례의 가슴은 두려움과 불안으로 세차게 뛰었다. 검은 어둠 속에서 그가 옷을 벗는 소리가 들려왔다. 그녀의 몸은 그 자리에 얼어붙었다. 곧이어 실오라기 하나 남기지 않은 맨몸의 그가 다가왔다.

"자, 잠깐만요."

미례는 두 손으로 치맛자락을 움켜쥐고 고개를 돌렸다. 붙잡혀 온 순간부터 충격의 연속이었지만 다른 어느 때보다 지금 이 순간이 두려웠다.

이러면 더는 고향으로 돌아가지 못한다. 더는 자신을 기다려 줄 정혼자는 없을 것이다.

"벗어."

그는 당연한 순서인 양 말했다.

그가 원하는 것을 주지 않고는 그녀가 원하는 어떤 것도 얻을 수 없다는 것은 분명했다. 그녀에게는 선택의 여지가 없었다. 하지만 그의 말을 따른다면…….

미례는 미동도 하지 않고 말했다.

"돌려보내 준다고 약속해요."

그녀의 음성은 너무 작아 그에게 들리지 않았다.

"뭐?"

조금 더 용기를 내서 그녀가 말했다.

"당신이…… 마음대로…… 하고 나면 우리를 돌려보내 줘요."

"약속하지 않으면 내가 널 가지지 못할 것 같아?"

바늘로 온몸을 쿡쿡 찌르는 고문 같은 침묵이 이어졌다.

아주 얄밉게도 그의 말이 맞았다. 새삼 그날 힘으로 제압하던 그를 떠올리지 않아도 그는 미례가 어떻게 하더라도 원하는 것을 취할 수 있을 것이다. 하지만 미례는 순순히 그의 행위에 동조할 수 없었다. 미례는 겁이 나서 자신도 모르게 부들부들 떨리는 몸을 겨우 가누며 말했다.

"그, 그래도 유모를 내게 돌려준다고 약속해요."

"시키는 대로 하는 게 더 나을 거라는 생각은 들지 않나?"

"약속해 주면, 당신이 원하는 대로 해요. 그렇지만 약속해 주지 않으면."

"않으면?"

"내가 살아 있는 한 날 마음대로 하지 못할 거예요."

미례의 결심은 단호했다. 낯선 땅에 잡혀와 유모와 헤어지고 알지도 못하는 사내에게 몸을 버리면서까지 살아 있고 싶은 생각은 없었다.

"죽겠다고?"

미례는 대답하지 않았다. 하지만 그녀를 둘러싼 분위기는 무겁고 비장했다. 그는 이번에는 태도를 바꾸어 달래듯 물었다. 그녀의 태도가 마음에 들지 않았지만 죽어도 싫다고 말하는 것보다는 나았다. 자존심 강한 귀족 여자에게 시종에 불과한 유모가 그 정도로 의미가 있다는 건가?

"여자를 돌려주겠다고 하면 내가 시키는 대로 순순히 따르겠다고?”

“……그래요.”

“돌려주겠다고 약속하고 널 가진 다음에 돌려주지 않을 수도 있어. 그래도 약속이 필요해?”

경휘는 순진하고 올곧은 미례의 태도를 두고 놀리면서도 그녀의 반응을 살폈다.

“그 정도는 나를 믿는다는 거야?”

미례는 그의 물음에 대답하지 않았다.

세상 물정을 모르는 순진한 여자! 아무리 두려움을 모르고 도도한 귀족 여자 같아도 아직은 어리고 순진한 구석이 있는 여자였다. 경휘는 은근히 기분이 좋아져서 본래 계획에 없는 조건을 말했다.

“네가 하는 걸 봐서 돌려줄지 말지 결정하지! 어때?”

“……그 말은.”

“더 이상은 기다리기 싫어. 내 조건을 받아들일 거면 네가 알아서 옷을 벗어. 싫으면 그대로 있어. 너도 그 여자도 원하는 대로 노예 시장에 팔아버릴 테니 그곳 노예상에게도 가서 그렇게 조건을 달아 봐. 어느 마음 좋은 놈이 걸리면 들어줄지도 모르지.”

마음 좋은? 그런 얼빠진 사내놈이 어디 있을까. 경휘는 그녀가 자신에게 조건을 걸고 협상하기보다는 그의 마음을 거스르지 않도록 움직이는 것이 옳다고 우회해서 말했지만 미례는 조금도 움직이지 않았다.

죽겠다고 말하는 여자를 품고 싶은 생각은 없었으므로 경휘는 그녀에게서 서너 걸음 떨어진 바닥에 있는 옷을 입기 위해 돌아섰다.

그때, 미례가 움직였다. 미례는 아무런 말 없이 일어나서 주저하고 머뭇거리면서도 자신의 옷을 벗기 시작했다.

그는 인내심을 가지고 기다려 주었다. 그를 흥분시켰던 하얀 목덜미가 드러나고 동그랗고 작은 어깨가 드러났다. 그리고는 잠시 주춤. 망설임이 이어지는가 했는데 천천히 그녀의 탐스러운 젖가슴이 드러났다. 그리고 이어지는 그녀의 가녀린 팔과 허리, 매끄러운 복부 아래로 그와는 다른 그녀만의 은밀한 부분. 곧게 뻗은 다리. 더 이상은 그녀를 가려줄 무엇도 없는 상태에서 미례는 시선 둘 곳을 몰라 하며 고개를 돌렸다.

그가 작은 감동으로 떨리는 마음을 추스르며 그녀에게 다가가 천천히 손을 뻗어 그녀의 몸을 만졌다. 그녀의 어깨로부터 가슴에 머물던 그의 손길이 그녀의 복부와 허리를 지나 둔부까지.

미례는 숨도 쉬지 못하고 얼어붙은 듯 서서 그의 손길을 견뎠다.

"누워."

아직도 망설임이 남아 있는 듯 꼼짝도 않고 그녀가 서 있기만 하자 그의 오른손이 거침없이 그녀의 청신한 숲을 만졌다. 화들짝 놀란 그녀가 뒤로 물러서며 침상에 걸려 주저앉았다. 그는 그대로 그녀의 몸을 덮었다. 그의 무게까지 실리자 미례는 침상 위로 쓰러졌다. 수치심 가득한 그녀는 두 팔로 자신의 몸을 감쌌다. 그녀의 호흡이 가쁘게 오르내렸다.

흐읍. 그녀의 입에서 작은 신음 소리가 난 것과 그의 입술이 그녀의 두 팔 사이에 숨은 그녀의 오른쪽 가슴을 베어 문 것은 거의 동시였다.

보드랍고 탄력있는 그녀의 젖가슴과 아기 살처럼 보드라운 살결이 그를 흥분시켰다. 하지만 그와는 달리 그녀의 몸은 힘이 단단히 들어간 채로 부들부들 떨고 있었다. 그녀가 어떻게든 그와 닿는 것을 피하며 그를 밀치려 했지만 오히려 그에게 제지당하고 그녀의 두 손은 이불 아래로 내려졌다.

저항없이 원하는 만큼 그녀의 가슴을 마음껏 탐색한 그가 그대로 침상 아래 바닥에 무릎을 꿇는가 싶더니 그녀의 복부와 배꼽을 지나 허벅지가 맞물린 곳에 얼굴을 묻자 기겁을 한 미례가 상체를 일으키며 팔딱 뛰어올랐다. 그가 양팔로 그녀의 허리를 눌러 앉혔다.

"무슨 짓."

생전 처음 겪는 수치심에 미례의 얼굴은 한참 열 오른 화톳불처럼 달아올랐다.

"그대로 있어."

그의 손이 거침없이 그녀의 그곳에 닿았다.

"시, 싫어. 그만 해요."

미례가 갓 잡혀 올라온 잉어처럼 놀라며 발버둥 치고 그에게 빠져나오려 저항했으나 그는 그녀 따윈 상대도 되지 않는 힘으로 그녀를 제압했다.

"그, 그만! 그만둬요, 제발."

그가 다시 고개를 들고 나서야 미례는 겨우 안도했는데 이번에는 다른 것이 그녀의 몸을 압박했다. 그는 침상 끝머리까지 그녀의 엉덩이를 끌어 내리고는 다리는 침상에서 떨어져 바닥에 닿게 한 후 그 사이로 자리를 잡았다. 서늘한 기운이 그녀의 그곳에 닿았다. 그는 미례가 도망치기라도 할 것처럼 왼팔로는 엉덩이를 단단히 잡고 오른손으로는 자신의 양물을 손으로 쥔 채 잇대었다. 살짝 벌어져 있는 그녀의 은밀한 곳으로 그의 양물 첨단을 닿게 했을 뿐인데도 그녀는 피부에 화인을 찍은 듯 뜨겁고 불편했다. 하지만 그런 생각도 잠시, 생전 처음 겪는 고통과 함께 그가 태초부터 그랬던 것처럼 굳게 다물린 그녀의 비밀스럽게 존재하는 길을 찾으며 살들을 가르고 안으로 버겁게 들어섰다.

흡. 미례는 그 낯선 느낌에 눈을 감았다. 몸은 최대한 벌려질 대로 벌려지고 가장 은밀한 곳까지 그의 손이 닿아 있는데 이제는 그의 또 다른 일부가 그녀 몸속으로 들어오려 하고 있었다. 다정하지도, 친절하지도, 상냥하지도, 잘 알지도 못하는, 무엇보다 마음에 담은 바 없는 그가! 그에 대해선 무엇 하나 알지 못하는데 그의 몸 일부는 이미 그녀 몸 안으로 들어서고 있었다. 아무리 소리 내지 않고 견디려고 해도 그가 한 치 한 치 밀고 들어설 때마다 그녀의 입에선 고통스런 신음 소리가 터져 나왔다.

빡빡하고 도무지 열릴 것 같지 않는 그녀. 사스래였다면 익숙한 느낌으로 매끄럽게 들어갔을 거라고 생각하면서 그는 너무나 비좁다고 느꼈다. 그를 받아들이고 싶지 않은 미례의 본능적인 저항도 그곳으로부터 느껴졌다. 하지만 그는 포기하지 않았다. 부드러운 장막에 닿는 느낌이 있는가 했으나 그는 거침없이 그것을 뚫고 안으로 진입했다.

그녀의 억눌린 신음 소리는 새된 비명과 더불어 흐느낌으로 변해 있었다. 그는 다시 한 번 힘주어 남은 그의 일부를 그녀 안으로 깊이 밀어 넣었다.

흐흡. 미례는 어떻게든 생전 처음 겪는 고통을 덜기 위해 본능적으로 엉덩이를 뒤로 물리며 그의 어깨를 밀었다. 하지만 그런 작은 저항은 이미 소용없었다. 그의 몸이 한 치의 틈도 없이 밀착되고 그녀 안에 완전히 박혀듬과 동시에 그대로 두 사람의 몸은 하나로 결합되었다.

9

자신의 침상에서 개운한 기분으로 가볍게 눈을 뜬 그는 곁에서 자고 있는 여자를 바라보았다. 꿈에서 그토록 열망하던 여자를 실제로 가졌다는 사실은 그에게 뿌듯한 성취감을 안겨주었다. 유모를 돌려주겠다는 약속을 하라고 말하던 여자는 자신의 처지를 깨닫고는 더 이상 아무 말도 하지 않은 채 몸을 내주었다. 그런데 지금까지 그가 겪은 다른 여자들과는 달리 꽤 부끄러워하고 당황하면서 유난히 고통스러워했다.

잠든 그녀의 입술도 어젯밤 깨문 자국이 남아 있었다. 그녀의 머리카락은 어젯밤 행위의 여파로 인해 아무렇게나 베개 위에 흐트러져 있었고 그로 인해 그녀의 얼굴을 반쯤 가리고 있었다. 그녀는 어젯밤 그대로 알몸이었다. 투명하고 하얀 그녀의 피부 여기저기 그의 손이 닿았던 곳은 명암이 엇갈리는 푸른색 멍이 들어 있었다. 그는 이후로는 좀 더 조심해야겠다고 생각했다.

그런데 웅크리고 잠든 그녀의 허벅지 아래로 어젯밤에는 보지 못한 붉은 선혈의 흔적이 있었다. 그는 놀라 자리에서 일어났다. 그것은 그들이 결합했던 침상가와 힘을 잃고 늘어진 그의 것에도 묻어 있었다.

서둘러 옷을 입은 그는 다시 그녀에게로 다가와 자고 있는 그녀의 허벅지를 살폈다. 그의 손이 닿자 그녀는 깜짝 놀라며 눈을 뜨고는 자리에서 일어났다. 아주 잠깐 그녀가 미간을 찡그렸지만 이내 경계하는 얼굴로 그를 주시했다.

"괜찮아?"

걱정스레 묻는 그에게 미례는 뭐가 괜찮은지도 모른 채 그의 시선을 피하는 것에만 급급해서 천천히 고개를 끄덕였다. 하지만 괜찮지 않았다. 생전 처음으로 존재하는지도 몰랐던 낯선 통증을 경험했고 그의 몸이 들어왔던 그곳은 아직도 불에 덴 듯 화끈거리며 쓰리고 아팠다. 서둘러 그녀는 경휘의 시선을 피해 몸을 가리며 이불 속으로 파고들었다.

그는 더 묻지 않고 자리에서 일어섰다. 그가 문을 향해 등을 돌리고 성큼 걸어가자 미례는 다급해졌다.

"유모는……."

불안감 섞인 작은 음성이 그의 발길을 잡아 세웠다. 어젯밤을 두고 자신에 맞서 타협하고 싶어하던 여자는 멈칫하고 물러선 듯했으나 차마 떨쳐 내지는 못한 듯 그를 향해 묻고 있었다. 끝까지 저항하거나 조건을 내걸었다면 일부러 무시하고 말았겠지만 피붙이도 아닌 이를 두고 자신의 소중한 것을 내준 여자가 안돼 보이기도 했다. 멈춰 선 그는 이불 속에서 빠끔히 얼굴만 내밀고 그를 쳐다보는 여자에게 느린 말투로 대답했다.

"어젯밤 그 정도로는 부족하지."

그녀의 얼굴에 해쓱 어두운 그늘이 졌다.

그가 방을 나선 후 미례는 부끄러운 와중에도 피로감을 견디지 못하고 이불을 뒤집어썼다.

그 정도로는 부족하다.

그의 말은 다시금 어젯밤 같은 일을 겪어야 한다는 말이었다. 몸을 씻고 싶다는 생각이 들었지만 미례는 며칠간 제대로 이루지 못한 잠이 한꺼번에 몰려온 듯 무거운 눈꺼풀을 들어 올릴 힘도 없었다.

결국 한낮이 되어서야 자리에서 일어난 미례는 침상 위의 흔적을 발견하곤 곤혹스러워하며 그 흔적을 지우기 위해 빨래부터 시작했다. 움직일 때마다 그녀의 몸 깊은 곳이 불에 데인 듯 민감하게 쓰리고 아팠지만 집안일을 돌보는 여자가 그녀가 하는 양을 이상하게 볼까 봐 의연한 척하는 것도 곤혹스러웠다.

미례는 서둘러 빨래를 마친 후에야 식사를 하는 둥 마는 둥 하고는 물을 데워 목욕을 했다. 그간 갇혀 있던 곳과는 비교도 되지 않는 것이 마을의 공동 우물이 아닌 그곳만의 우물이 있다는 것과 목욕을 할 수 있는 공간이 있다는 것이었다.

옷을 벗고 물이 담긴 목욕통 속에 몸을 담그니 잠시 동안은 그녀를 괴롭히던 통증이 사라지는 듯했다. 그러나 다시 다가올 밤을 생각하자 피하고 싶은 생각에 깊은 한숨이 절로 나왔다.

소중하게 감추어두고 부끄러워하던 그녀의 젖가슴을 그는 제 것인 양 만지고 물고 빨았다. 그녀조차 몰랐던 그 자신의 은밀한 부분에 그의 것이 들어설 공간이 있으리라는 것도 충격적이었다. 미례는 그의 흔적을 지우듯 온몸 구석구석, 젖가슴까지도 닦아냈지만 몸 아래 그곳만은 만지는 것도 꺼려졌다. 하지만 닦아내지 않으면 안 됐다. 그가 남긴 흔적과 그녀가 흘린 피로 그곳은 얼룩져 있었다.

미례는 몸의 다른 곳을 닦을 때와는 달리 눈을 감고 허벅지 내밀한 안쪽을 조심스레 닦아내기 시작했다. 다시금 어젯밤의 고통이 떠올랐다. 그녀가 알던 모든 세계가 한순간에 무너져 버렸다. 이제 다시 그녀는 어제의 그녀로 돌아갈 수 없었다.

유모와 자신의 미래에 대한 걱정으로 고민하던 그녀는 어느새 짧은 해가 떨어지고 밤이 되자 다시금 두려움에 떨었다. 그러나 아침의 말과는 달리 그는 밤이 되어도 그녀에게 오지 않았다. 깜빡깜빡 잠이 들었다가 깨는 일이 반복되면서 새벽녘이 되어서야 미례는 제대로 누워 깊은 잠을 잤다.

낮부터 일이 손에 잡히지 않던 경휘는 다시 언덕 위의 새타니를 찾았다. 그의 궁금증을 풀어줄 사람은 사스래가 아니면 그녀밖에 없다는 데 생각이 미쳤다. 하지만 사스래에게 물었다간 괜한 강짜만 놓을 게 뻔했다.

그래, 자존심만 조금 꺾으면 며칠 동안 그를 괴롭히던 궁금증도 풀릴 테고 잠자리도 편안할 것이다.

“궁금한 게 있는데, 새타니.”

“말씀하시오.”

하지만 그는 선뜻 말을 꺼내놓지 못했다. 아무리 그녀가 어려서부터 어머니처럼 믿고 따르던 이라 하더라도 너무나 개인적인 일이었던 것이다.

“이질금이 망설이다니, 거참, 별일도 다 있구려.”

적절한 말을 찾기 위해 고민하던 그는 용기를 냈다.

“몸을 섞고 나서 여자가 피를 보이기도 하나?”

그의 물음이 의외였던지 새타니는 자신이 들은 말을 의심했다.

“뭐라 했소?”

경휘는 안절부절못하며 다시금 새타니의 눈을 피했고 그 자리서 이리저리 서성댔다.

“그런 적은 처음이어서……. 그 여인은 그곳에서 피를 흘렸어. 뭐가 잘못된 거지?”

새타니는 그제야 정황을 짐작하고는 똑바로 그를 바라보며 속웃음을 웃었다.

“누가 말이우?”

“그건…… 알 거 없고, 혹 이유를 알거든 그냥 대답만 해주면 안 되나?”

경휘가 원망 섞인 목소리로 투덜거렸다.

“나도 알 건 알아야 하지 않겠수? 누구요, 그 여인이?”

“그건…….”

시선을 맞추지 못하고 주변부를 배회하던 그의 시선이 새타니의 얼굴에 머물자 화끈 그의 얼굴이 달아올랐다.

"알면서 뭘 묻는 거야?"

그는 벌컥 화를 냈다. 참지 못하고 삐져나오는 웃음이 새타니의 입술에 번지자 경휘는 자신이 말하는 여자가 누구인지 알아챘음을 알았다.

"솜털도 못 벗은 그 계집아이 말이오?"

짓궂게 웃으며 새타니는 확인했다.

"그래, 제기랄!"

그는 마지못해 인정했다. 지난번과 마찬가지로 극구 여인이라고 우겨 버리고 싶었지만 사스래의 그곳을 덮은 풍성한 거웃과 달리 미례가 아직 덜 자란 계집아이 같다는 걸 알고 있었다.

"몸을 섞은 후에 말이우, 전에 말이우?"

심각한 그의 표정에 웃음을 감추며 그녀가 다시 물었다.

"……후였지. 처음엔 안 그랬거든. 그런데 몸을 섞기 전에 피를 흘리기도 하나?"

그가 진지한 표정으로 물었다. 차라리 말해 버리고 나니 오히려 물어보기도 더 쉬운 것 같다고 그는 생각했다.

"별걸 다 알려고 하는구려. 그래, 그 처자 나이가 어떻게 된다고 했수?"

"잘 모르겠어, 하지만 사스래보다는 턱없이 작고 어린 것 같은데."

경휘가 그녀의 나이를 속으로 헤아리며 미간을 찌푸렸다.

"귀족이라고 했소?"

"음, 제 입으로 그랬지. 자기는 노예가 아니라나. 하지만 태어나면서부터 노예이고 싶은 사람이 있던가? 생각 같아선 노예가 어떤 건지 어떤 대우를 받는지 당장 몸으로 겪게 해주고 싶었어.”

“그래서 그 여인넬 품은 게요?”

“그런 게 아냐.”

“그럼 무어요? 여자가 궁한 것도 아니고 원하면 언제든 함께할 사람이 있는데 왜 하필 그 여자를 원한 게요?”

“그 여자가 먼저 화를 돋웠어. 혼인하게 될 왕족인 사내에 비하면 난 하찮은 사내인 것처럼 날 쳐다봤다고! 당장 부하들과 갑판에서 재미를 볼 수도 있었는데 잘 대우해 줬더니 나를 모욕했다고!”

뿐인가. 그로서는 결코 쉽지 않았던 제안을 단번에 거절했다.

“아마도 눈정이 든 게요.”

“그렇지 않아, 제길! 왜 이런 얘기까지 해야 하지? 얼마나 더 물어볼 거야? 하늘눈을 가졌다기에 내 궁금증을 풀어줄 줄 알았더니 헛소리만 늘어놓다니!”

그가 난폭하게 몸을 돌리며 새타니를 쏘아보았다.

“다 필요한 얘기였소, 이질금. 그렇게 분통을 터뜨릴 게 무어요. 사실이 알고 싶은 게 아니었수?”

그녀가 노련맞게 그의 화를 가라앉혔다.

“그래, 어서 말해줘. 이유가 뭐지? 내가 뭘 잘못한 거야?”

새타니는 한숨을 내쉬더니 대답했다.

“아마도 숫색시였던 모양이오.”

“숫색시? 알아듣기 쉬운 말로 해봐.”

“사내와 한 번도 교접을 해보지 않은 색시 말이우.”

그는 의외의 말에 허를 찔린 듯 말을 잊었다.

“귀족이고 나이 어린 여인이었다니 그게 맞을 게요.”

하긴 그가 아는 여자라야 사스래와 중원의 기녀 정도였다. 그들은 모두 그 말고도 다른 사내를 아는 여인들이었다. 턱없이 여리고 겁도 없어 보이는 그 계집은 무언가 분위기부터 달랐다.

그는 고개를 끄덕이며 움막을 나서려다 말고 다시 새타니에게 한마디 던졌다.

"그럼 다음에도, 그때도 피를 보일까?"

그는 그것이 두려웠다. 그녀를 상처 낸 것이 두려워 그는 사흘째 그녀에게 다가가지도 못하고 있었다.

"말했잖우. 숫색시는 처음 사내와 몸을 섞을 때만 그러는 게요."

그가 반색을 하며 가벼워진 말투로 말했다.

"그래?"

"왜, 또 그 여인을 품을 생각이오?"

"아니, 뭐…… 그렇다는 거지."

그는 당황하며 얼버무렸다. 나가는 그의 뒤에 대고 새타니가 낮게 중얼거렸다.

"사스래가 좋아하지 않겠구려."

10

소솜과 함께 새로이 마을 장로들이 적어낸 물품 목록들을 살피며 의논 중인 그의 사랑채 문이 벌컥 열렸다. 사스래가 독기 오른 얼굴로 씩씩대며 들어섰다.

거칠게 문을 열어젖힌 사스래의 기세에 소솜도 놀라는 눈치가 역력했다.

감히 이질금에게 대들다가 어찌 되려고!

경휘는 뱃길을 살피다가 고개를 들고는 인상을 찌푸렸다.

"무슨 일이야?"

"얘기 좀 해요."

사스래가 여전히 분함을 참지 못하겠는 듯 숨을 고르며 말했다.

"지금은 널 상대할 시간이 없어. 나중에 보자."

"난 얘길 해야겠어요."

"사스래야, 나중이라고 했다."

사실 지금 그에게 가장 껄끄럽고 대하기 어려운 이가 그녀였다.

"언제 말이오?"

"소솜과 일을 마치고 나서."

"그러고 나면 그 계집에게 갈 거 아닌가요? 날 눈먼 바보로 알아요?"

그녀가 겨우 참고 있던 신경질을 내며 언성을 높였다. 경고로 경휘의 눈썹이 못마땅하게 치켜올라 갔으나 사스래는 개의치 않고 그를 쏘아보았다. 분함을 참기 힘든 사스래의 두 눈엔 눈물마저 그렁그렁하니 고여 있었고 씩씩대며 가슴이 심하게 오르내리고 있었다.

"왜요? 아니라고 말할 작정인가요? 이젠 아예 집 안에까지 들여놓았다면서요?"

경휘는 속으로 당황하는 마음이 들긴 했다. 그러나 내색하지 않고 퉁명스레 말했다.

"그렇다고 해도 네가 이렇게까지 할 이유는 없지."

사스래는 당당한 그의 태도가 기막히다는 듯 그를 쏘아보며 따질 기세로 양팔을 허리춤에 올려놓았다.

"그래서 내게 그렇게 쌀쌀하게 굴었던 거예요? 그래서 그년을 데려온 첫날부터 날 바람맞히고 차갑게 굴었던 거예요?"

"그렇지 않아."

"허, 세상에! 소솜, 사내들은 다 저 모양인 거야? 시앗을 두고도 저렇게 뻔뻔해도 되는 거야?"

소솜은 사스래의 얼굴을 피하며 그들에게서 비켜섰다.

"사스래야, 다음에 이야기하자."

경휘가 딴청을 부리며 그녀의 시선을 피했다.

"말 듣기 전엔 한 발짝도 못 가요! 그년이 꼬리를 치던가요? 그래서 밤마다 그 계집애를 찾아갔어요? 그러고도 모자라 이젠 아예 집 안에 들여놨어요?"

"그렇지 않대도!"

경휘는 불편한 심기로 인해 자리를 박차고 일어섰다.

흠칫 놀라면서도 사스래는 물러서지 않았다.

"그렇지 않아? 한밤중 그 계집앨 찾아가는 걸 본 사람이 있다는 데도 발뺌을 할 작정인가요? 새벽녘 거기서 나오는 이질금을 본 이가 있다는 데도 말이오?"

"헛소리들! 누가 보았다는 거야?"

경휘가 험악하게 반문했다. 그도 은근히 화가 나기 시작했다. 애초에 이길 수 없는 싸움이긴 했으나 사스래에게 심하게 추궁당하자 그는 부아가 치밀었다.

"하! 말해볼까요, 이질금? 이 마을 사람 중 이질금이 그 계집을 찾는 걸 모르는 이는 아마도 바보 같은 맹문이나 나 하나일 거예요. 아, 한 사람 더 있네요, 이질금도 몰랐나요? 소솜, 너도 말 좀 해봐, 마을 사람들이 뭐라 말하는지! 네가 자주 그 계집을 찾아보았으니 알 거 아냐?"

소솜은 사스래의 추궁이 자신에게로 쏟아지자 무겁게 입을 다물며 굳어진 표정으로 그들을 외면했다.

"소솜, 너도 뭔가 들은 게 있는 거야?"

경휘가 이번에는 소솜을 향해 시선을 던졌다. 마을 장로들의 채근이 괜한 우려만은 아니었던 거라고 그는 생각했다.

소솜 녀석, 그런 얘기가 돌면 귀띔이라도 해줄 일이지.

"잠시 나가 있겠소."

소솜은 그들을 피하며 문을 나서려고 사스래를 지나쳤다. 그러나 사스래는 지나가는 소솜의 소매를 붙잡으며 재촉했다.

"말을 하고 가, 소솜! 마을 사람들이 뭐라 하는지, 그 계집의 어디에 혹해서 이질금이 그러는지 다들 궁금해한다고 말해."

"너도 들은 얘기가 있는 거야, 소솜?"

경휘가 다시 한 번 그에게 묻자 소솜이 망설이더니 한마디 던지고는 사스래를 뿌리치며 문을 나섰다.

"알고 있었소."

경휘는 자신을 둘러싼 소문을 자신만 모르고 있었다는 생각에 분노가 치밀었다. 사스래는 여전히 독기 어린 눈으로 그를 쏘아보았다.

"말해봐요. 정말 그 계집을 품은 건가요?"

사스래는 그래도 한가닥 희망을 놓지 못하고 물었다.

언제가 되었든 그녀에게는 해야 할 말이었다고 생각하며 그는 돌변해서 수긍했다.

"그래!"

그는 사스래의 시선을 똑바로 보지는 못했다.

"언제, 언제부터 그런 거예요? 배에서 내린 첫날부터 그런 거요? 그래서 날 그리 약 올리며 뿌리친 건가요?"

"그렇지 않아."

"그럼 언제부터예요? 내게 말을 해요, 이질금. 나 이 자리에서 혀 깨물고 죽는 거 보고 싶지 않으면 시원하게 말해봐요, 어서요!"

어린 시절 잘못해서 아버지 앞에서 혼이 나던 때에나 경험했던 그를 둘러싼 불편한 압박감에 경휘는 숨을 고르고는 낮게 말했다.

"그런 일로 네가 죽기까지는……. 그만 해라, 사스래야."

"어떻게 그럴 수 있어요? 그런 조그맣고 말라빠진 계집애가 어디가 좋다고."

"그만 하래도!"

그의 얼굴이 굳어졌다. 그의 상처가 도지고 있었다.

"왜요? 마을 사람들이 모이면 다들 그 일로 수군대는데 왜 나는 하면 안 된답니까? 어디 시원하게 말이나 해봐요. 그 어린 계집이 어디가 좋은 건가요? 궁금증 난 사람들에게 말이나 전해줄 테니 어디 한번 시원스레 말해봐요."

"네게 그런 말까지 할 필요까진 없어."

그가 차갑게 말했다.

"그래요?"

그녀의 눈이 샐쭉하며 치켜올라 갔다.

사스래와의 관계를 먼저 정리했어야 했는데 그러지 못한 것은 자신의 잘못이라고 생각하면서도 그는 이 상황에서는 쉽게 인정할 수 없었다.

"그래. 너와 혼인한 것도 아닌데 강짜가 지나치다. 더 이상은 이렇게 대드는 것도 봐주지 않을 거야. 더 듣고 싶으냐, 사스래야? 네가 그럴 입장이 아니란 걸 아직도 몰라?"

그의 돌변한 싸늘한 말에 사스래의 안색이 변했다. 지금껏 분함을 참았던 그녀는 그만 서러움을 참지 못하고 소리 내어 울며 밖으로 뛰어 달아났다.

빌어먹을! 마음이 좋지 않은 경휘는 화를 삭이며 욕설을 내뱉었다. 사스래에게 그토록 심하게 대할 필요는 없었다. 그가 입 밖으로 내어 말하지 않아도 사스래는 충분히 그녀의 처지를 알고 있었다. 가끔 욕심 사납고 철없이 달려들긴 해도 그녀 역시 사내에게 기대고 싶어하는 여인임을 알기에 경휘는 더더욱 지금껏 사스래의 투정도 받아주었었다.

경휘는 소솜을 불렀다.

소솜이 가만히 문을 열고는 들어왔다.

"따라가 봐, 소솜."

소솜은 그를 똑바로 보지 않고 비켜서서 대답했다.

"별일 없을 거요, 이질금."

"내가 좀, 심하게 말했어. 좀처럼 울지 않는 사스래를 알잖아."

"진작에 이질금이 선을 그었더라면 헛된 꿈은 갖지 않았을 거요. 시간이 필요할 겁니다."

그는 침착하게 상황을 받아들이고 있었다. 그런데 소솜은 다시 방 안에 들어서면서부터 계속 경휘와 시선을 맞추는 걸 꺼려하고 있었다.

경휘는 불쾌한 어조로 퉁명스레 물었다.

"마을 사람들이 무어라 수군대는지 말해봐, 소솜."

애써 시선을 맞추려는 경휘의 눈을 피하며 소솜은 문가로 슬쩍 걸음을 옮겼다.

"……사스래를 찾아보고 오는 게 좋겠소."

그러나 경휘는 그 자리를 모면하려는 소솜의 등에 대고 불만스럽게 물었다.

"내게 왜 아무 말도 해주지 않았어? 너라면 내게 마을 사람들이 무어라 하는지 귀띔해 줄 수도 있었잖아?"

소솜은 더 이상 걸음을 떼지 못하고, 그렇다고 경휘를 돌아보지도 않은 채로 마지못해 대답했다.

"그런다고 달라질 이질금이 아니잖소? 누가 뭐라 해도 하고 싶은 일을 하는 사람 아니었소? 마을 사람들이 수군대고 장로들이 반대한다고 해도 이질금은 미레 아기씰 찾지 않았겠소?"

"뭐라고?"

자신을 비난하는 소솜의 대꾸에 경휘가 놀라며 반문했다.

소솜은 내친김에 여전히 시선을 마주치지 않으면서 말했다.

"난 이질금이 그런 사내라는 게 싫소."

그에게는 이미 사스래가 있었다. 사내로서의 욕구를 풀어줄 여자를 곁에 두고도 아직 순진한 어린 여자를 욕심낸다는 사실을 이해할 수 없었다.

"날 욕하는 거야?"

"그렇소. 게다가 미레 아기씰 그 지경으로 만든 게 나라고 생각하니 나 역시 싫소."

"미레 아기씨? 소솜, 그 계집은 단지 포로일 뿐이야. 곧 노예 상인에게 팔아버릴 계집일 뿐이라고! 팔려가면 사내들의 노리개가 되지 않을 것 같아? 네가 그 여자를 끝까지 지켜줄 수 있다는 거야?"

"미레 아기씬 이질금에게 그런 대우를 받을 여인이 아니오."

"흥! 귀족 출신이면 노예도 신분이 달라지나? 왜 그리 그 계집을 감싸고도는 거야? 소솜, 너 역시 그 계집을 품고 싶었던 건가? 그래서 더 날 욕하는 거야?"

"무슨 그런 소릴! 경휘, 눈을 크게 뜨고 딴맘 먹지 말고 한 번 보시오. 미례 아기씬 겨우 아로만 한 어린아이로밖에 보이지 않아요. 사스래를 옆에 두고도 아직 여인이랄 수도 없는 아이를 품고 싶은가 한 번 제대로 보란 말이오. 미례 아기씨가 얼마나 겁먹고 있는지 한 번 제대로 보란 말이오, 젠장!"

소솜이 말을 마치고는 벌겋게 달아오른 얼굴로 그를 흘끗 보더니 한껏 굳은 표정의 경휘를 뒤로하고는 밖으로 뛰어나갔다.

경휘 역시 화가 났으나 소솜이 쏟아놓은 분노에 대한 놀라움이 더 컸다.

경휘라고? 어려서 함께 자랐고 계집아이 같은 여린 성격의 소솜을 또래들이 따돌릴 때에도 경휘는 그를 감싸며 함께 놀았다. 그러나 화평도와 중원의 화평도방에서 무소불위의 힘을 가진 전대 이질금이 물러나고 경휘가 새로운 이질금이 되면서 거리를 두고 조심스러워하며 전처럼 이름으로 그를 부르는 일이 없던 소솜이었다.

그런 소솜이 자신의 이름을 크게 부를 정도로 화가 난 건가. 아니면 옛날 친구로서 충고하려는 것인가.

미례가 아로만 한 어린아이일 뿐이라고?

그렇지 않다고 생각하면서도 경휘는 뒤늦게 본 소솜의 어린 여동생을 떠올렸다. 소솜을 무척이나 따르던 그 아이는 열 살 되던 해 병으로 죽었다. 그가 미례에게서 아로를 떠올렸었나. 그래서 그토록 음식을 입에 대지 않는다고, 죽을지도 모른다고 겁을 먹은 건가. 그로 인해 내가 미례를 품은 걸 알고 자신의 탓이라고 속상해하는 건가.

가슴이 뻐근하게 조여오고 호흡이 가빠질 때까지 바닷가를 내달렸던 소솜은 숨을 헐떡이며 모래 위에 아무렇게나 쓰러져 앉았다. 속에 있는 말을 풀어내고 나니 잠시는 막힌 것이 뚫린 듯 시원했으나 앞으로 그를 다시 볼 일을 생각하자 걱정이 밀려왔다.

바다로부터 밀려드는 바람과 파도에 휩쓸리는 모래의 소리에 귀 기울이며 안정을 찾은 그는 다시 마을로 향해 터덜터덜 걸음을 옮겼다. 사스래의 집을 지나치다가 그녀가 집에 없는 것을 확인한 그는 다시 걸음을 돌려 동쪽 산언덕 무덤들이 자리한 갈대숲으로 향했다.

그곳에서 소솜은 사스래를 찾았다. 그녀는 아직도 서럽게 흐느껴 울며 한 무덤가 앞에서 무릎을 감싸 안고 웅크리고 있었다. 거리를 두고 한참을 지켜보던 소솜은 해가 저물자 그녀에게로 다가가 조금 떨어진 곁에 주저앉았다.

"그만 돌아가자, 사스래야."

사스래가 그의 기척에 눈물을 닦으며 고개를 들고는 쏘아붙였다.

"너나 돌아가. 난 오랜만에 여기서 가라치하고 지샐 거야."

"날이 쌀쌀해서 안 돼. ……이질금이 널 걱정해서 내게 찾아보라고 했어. 그만 돌아가자."

"흥! 아마 이질금은 내가 콱 죽어버렸으면 하고 바랄걸?"

"그렇지 않은 걸 너도 알잖아. 말은 그렇게 했어도 그렇게 매몰찬 사내가 아니야."

"뭐가 매몰찬 사내가 아니야? 나한테 하는 말 못 들었어?"

"본마음이 아닌 걸 알면서 그래. 네가 죽기를 정말 바랐다면 아마 삼 년 전 네가 바닷물에 뛰어들었을 때 죽게 내버려 뒀을 거야. 아직 넌 이렇게 살아 있잖니. 지금껏 이질금이 잘 보살펴 줬잖아."

"하지만 이제 다른 여자가 생겼으니 나 같은 건 귀찮아진 거야."

"너라고 잘한 건 없지. 생각해 봐, 이질금에게 그렇게 대들고도 아직 멀쩡한 걸 보면 몰라? 감히 그렇게 대들 수 있는 사람이나 있어?"

흐흠. 그렇긴 하다고 생각하며 사스래는 눈물을 훔치며 키득거렸다.

까무룩 잠이 들었던 미례는 문을 열고 들어서는 그의 기척에 화들짝 놀랐다. 잠은 그의 존재를 인식한 순간 달아나 버렸지만 미례는 숨을 죽이며 그대로 누워 있었다. 그가 돌아오지 않으면 찾아가 봐야 하는 건 아닌지 고민하던 참이었다. 그와의 첫날밤 너무나 고통스러웠던 그녀가 심하게 아파해서였을까. 다시 올 것처럼 하고 나갔던 그가 오지 않는 것도 그녀를 불안하게 만들었다. 하지만 지금 이 순간은 더욱 불안하고 두려웠다.

그가 지난번과 마찬가지로 거침없이 옷을 벗고 그녀가 있는 침상으로 다가오자 미례는 두려움으로 가슴이 쿵쾅거리고 숨도 고르지 않았다.

"자는 거야?"

그녀의 모습을 가만히 들여다보던 그가 말을 걸었다. 미례는 순간 그런 척할까도 생각했으나 가만히 눈을 떠서 그를 보는 것으로 대답을 대신했다.

숫색시라고? 그는 자신 외에는 누구도 만진 적 없는 그녀의 몸이 탐났다. 그는 손을 뻗어 그녀가 덮고 있던 이불을 걷어내고 이어서 그녀가 입은 치마를 걷어냈다. 그녀는 저항하지 않고 순순히 엉덩이를 들어주고 발을 빼서 그를 도왔다. 그가 웃옷을 벗길 때도 마찬가지로 팔을 빼고 등을 들어 알몸이 되어주었다. 고르지 못한 호흡으로 그녀의 가슴이 오르내릴 때마다 그녀의 작은 복숭아 같은 두 젖가슴도 오르내렸다.

미례는 어둠 속에서나마 맨살에 닿는 공기와 그의 시선이 부끄러워 두 팔로 자신의 가슴을 가렸다. 이번에는 그의 시선이 배꼽 아래로 향했지만 미례는 손을 내려 그곳을 가릴 생각은 차마 하지 못한 채 부끄러워 죽을 것 같은 얼굴만 달아올랐다.

피가 묻어 있던 그녀의 허벅지도 언제 그랬냐는 듯 새하얗게 빛나고 있었다. 안고 싶었지만 다시 상처 낼까 두려워서 참고 있던 사이 그의 욕망은 참을 수 없는 지경에까지 이르렀다. 그는 바라보는 것에는 만족하지 못하고 가지런한 그녀의 오른쪽 무릎을 접으며 옆으로 벌려 그의 몸을 지나게 했다. 순식간에 그가 그녀의 다리 사이에 자리를 잡았다. 그는 미례의 다른 쪽 무릎도 세우게 했다. 천천히 그의 요구대로 왼쪽 무릎을 구부리며 그의 몸에 닿지 않도록 벌리자 굳게 다물렸던 그녀의 은밀한 중심부가 갈라지듯 벌어졌다. 이전의 경험으로 그곳을 통해 그가 자신과 한 몸이 될 것을 알고 있는 그녀의 그곳은 벌써부터 고통을 예감하고 가늘게 떨렸다.

미례는 바싹 긴장하며 그를 올려다보았다. 이미 단단하게 일어서서 불끈거리는 그의 일부가 어떻게든 피하고 싶은 그녀의 몸에 닿았다.

다른 사람들도 이런 행위를 하는 걸까. 미례는 수치심으로 불안한 가운데서도 의문을 떨치지 못했다.

이 사람과 내가 하는 행위, 남녀라면 누구나 하는 건가. 어른이 되고 혼인을 하면 이런 일을 하는 건가.

그녀의 생각은 오래 이어지지 못했다. 수치심과 더불어 그와 닿는 곳마다 불이 붙는 듯 뜨겁고 화끈거려서 미례는 어찌할 바를 몰랐다. 흡. 저도 모르게 그녀의 입에서 소리가 흘러나왔다. 그녀의 비밀스런 어떤 곳도 그의 것이나 마찬가지로 그의 손과 몸이 닿지 않는 곳 없었다.

울지 않을 거야. 소리치지도 않을 거야.

쯔읍. 쯔읍. 그의 입술과 혀가 그녀의 젖가슴을 물고 빨며 움직일 때마다 들려오는 소리는 그녀를 더욱 당혹스럽게 만들었다. 눈을 감을 수도 뜰 수도 없는 미례는 그가 가장 뜨거운 그의 일부를 한 손으로 잡고 왼손으로는 그를 막는 장애물을 가르며 그 끝을 잇대자 숨을 멈추었다. 불끈불끈 맥동하는 그의 열기가 그대로 예민한 속살을 통해 전달되었다.

이번에도 그의 것은 비밀스럽게 닫힌 그녀의 입구를 거침없이 열었다. 낯설게 침입하는 그를 받아들이고 싶지 않은 그녀가 본능적으로 힘을 주며 거부해도 소용없었다. 미례는 찢을 듯 그녀의 은밀한 살들을 가르며 밀고 들어오는 그로 인한 고통을 덜기 위해 바닥에 잡히는 이불 자락을 움켜쥐며 숨을 몰아쉬었다. 첫날과 둘째 날까지도 운신하기 힘들게 쓰리고 아프던 것도 삼 일째가 되면서부터는 덜했으니 그나마 다행이었다. 그가 깊이, 더 깊이 그녀 안으로 침입하며 조금 뒤로 물렸다가는 들이닥쳤다가 또 깊은 침입을 위해 물러나고는 했다. 그때마다 참기 힘든 둔통이 일기는 했으나 처음처럼 그녀를 아프게 하지는 않았다.

그는 뜨겁지만 외부의 침입을 불허하듯 비좁고 물기 없는 그녀의 감촉과 저항없이 몸을 내맡기기만 하는 그녀의 반응에 잠시 실망하긴 했으나 이내 욕정을 풀기 위해 빠르게 허리를 움직이기 시작했다. 그의 행위가 절제되지 않고 깊고 빨라질 때마다 미례의 입에서는 감당하기 힘든 고통을 호소하는 작은 신음 소리가 흘러나왔다. 그녀가 알아온 모든 세계는 이미 어둠 저 건너로 사라져 버렸다. 다시는 돌아갈 수 없는 곳이었다.

한순간 헉 하는 소리와 함께 그의 행위가 일순 멈추었다. 이미 깊이 결합되어 있는 그곳이 더욱 빈틈없이 밀착되었다. 미례는 자신의 안에서 그가 파정하는 것을 느꼈다. 하나의 몸인 것처럼 결합된 그곳에서 그의 떨림이 전해져 왔다.

잠시 후 본래의 그로 돌아온 그는 그녀의 옆자리에 떨어져 누웠다. 미례는 끔찍한 악몽으로부터 겨우 깨어난 느낌이었다. 미례는 그러고도 오랫동안 그대로 누워 있었다. 그가 제 것인 양 마음껏 휘젓고 출입하던 그녀의 안에서 뜨거운 무엇인가가 조금씩 몸 밖으로 흐르는 느낌이 들었지만 그가 깨어 있는 동안에는 움직이고 싶지 않았으므로 꼼짝도 하지 않았다.

고른 숨소리와 더불어 그가 잠이 들었다고 생각한 미례는 가만히 손을 뻗어 베개 밑에 넣어둔 수건을 손에 쥐었다. 그러자 잠이 든 줄 알았던 그가 빠르게 손을 뻗어 그녀가 손에 쥔 것을 확인했다. 미례는 무안하고 부끄러워 서둘러 시선을 피했다. 처음엔 그에게 위해를 가하기 위해 숨겨둔 비수인가 했던 그는 곧 그녀가 어떤 용도로 그것을 쓰려는지 알아채고 그녀의 아래로 시선을 던졌다.

그녀가 그의 손길도 피하려고 하면서 망설이는 사이 그가 그녀에게서 수건을 빼앗아 들고는 그곳을 닦아주었다. 미끌거리는 느낌을 닦아낸 그는 수건을 확인해 피가 배어 나오지 않는 것을 확인했다. 새타니의 말이 맞다고 생각하며 그는 안심했다.

새벽녘 그가 겨우 잠들었던 그녀의 몸을 바로 누이며 다시 그녀의 몸 위로 올라왔다.

"또 하려는 거예요?"

지난번에도 하룻밤에 두 번은 아니었음을 떠올리며 영문을 모르고 놀란 미례의 물음에 그가 낮지만 위압적인 어조로 말했다.

"이번에도 죽은 듯이 누워 있기만 해봐."

미례는 당혹감에 어찌할 바를 모르고 그를 쳐다보았다.

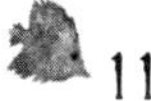 11

밤새 그에게 시달린 미례는 그가 침상에서 내려와 옷을 입는 기척에 겨우 눈을 떴다. 서둘러 자리에서 일어나려고 하는데 그에게 시달린 몸 곳곳이 아파 자신도 모르게 신음 소리를 냈다. 그 때문에 옷을 전부 갖춰 입은 그가 그녀를 돌아보았다. 미례는 서둘러 이불로 벗은 몸을 가렸다.

"왜, 내게 할 말이 있나?"

마지막 행위 때는 그가 깨워도 눈을 뜨지 못할 만큼 피로와 잠에 취해 있던 그녀를 생각하며 그가 물었다.

"이제는 내게 유모를 돌려줄 건가요?"

"어젯밤 대가로 말인가?"

그의 빈정거림에 그녀의 얼굴은 빨갛게 달아올랐다.

"나는 노력했어요."

"노력한 게 그 정도야? 오늘 밤 좀 더 노력한다면 생각해 보지."

완전히 믿을 수는 없어도 최소한 거짓말은 하지 않는다고 생각했던 그의 말에 미례는 실망했다.

"날 놀리려는 거예요?"

"누가 놀려. 네가 제대로 하면 생각해 보겠다고!"

"내가 제대로 했으니까 좋아한 거 아니었어요?"

"내가 좋아했다고? 그렇게 보였어?"

그녀의 몸 안에서 파정할 때 그녀는 그렇게 느꼈다. 고통스러운 듯하면서도 그는 희열로 몸을 떨었다. 하지만 그렇다고 확신은 할 수 없었으므로 미례는 더 이상 강력히 주장하지 못했다.

미례는 답답함을 호소하며 물었다.

"내가 어떻게 하길 원하는 거예요?"

아파도 아프다고 하지 못하고, 그를 밀어내고 싶어도 밀어내지 못하고 그가 하는 대로 받아주었건만 그는 만족하지 못한다고 한다. 그는 그녀의 말대로 즐거움을 인정하는 한편 대꾸했다.

"너도 나처럼 좋아 죽었으면 하는데!"

"아닌데 어떻게 그런 척해요?"

그러자 그는 태도가 돌변하여 무섭게 눈을 흘기며 방을 나서려고 했다. 미례는 서둘러 다시 한 번 그에게 사정했다.

그가 문 앞에서 천천히 그녀에게 돌아섰다.

"저기요, 정히 안 되면."

그가 문 앞에서 천천히 그녀에게 돌아섰다.

"유모를 보러 가기만이라도 할 수 있게 해줘요. 잘 있는지 직접 보고 싶어요."

그는 잠시 생각해 보더니 허락했다.

"사람을 보낼 테니 함께 가도록 해."

이제나저제나 그가 사람을 보내주기만 기다리던 미례는 곁시를 도와 집 안 청소며 빨래, 텃밭을 가꾸는 일을 했다. 오후도 지나 해거름이 얼마 남지 않았을 때 그녀를 데리러 한 사내가 왔다. 그는 이질금의 명을 받고 왔다며 자신을 따라오라고 했다.

기쁜 마음으로 그를 따라가는데 그는 전에 그녀들이 갇혀 있던 포구의 창고로 가지 않고 마을로 들어섰다. 그는 한참을 걸어 서너 집이 마주 보고 있는 어느 집 안으로 들어서더니 앞마당에 생선을 다듬는 여자들이 모여 있는 곳까지 가서 멈추었다. 미례는 그들 속에서 일하고 있는 유모를 발견했다.

"유모!"

미례가 반갑게 그녀를 불렀다.

"아기씨!"

유모도 반가운 마음에 벌떡 일어나 그녀에게 달려왔다. 유모와 더불어 마당 안에서 일하고 있던 대여섯 명의 여자들도 하던 손을 놓고 그들을 주시했다. 그녀들은 빤히 미례를 쳐다보는가 하면 자기들끼리 뭐라고 귓속말을 했다. 하지만 미례의 눈에는 그 모든 사람이 들어오지 않았다. 그저 꿈에서도 그리던 사람만이 보일 뿐이었다.

미례를 데려온 사내의 전언을 들은 안주인의 배려로 그녀들은 사람들의 호기심을 피해 한적한 방에서 해후했다.

두 사람만 있게 되자 미례는 유모에게 달려들어 품에 안겼다.

"미례 아기씨, 괜찮으셔요? 어디, 어디 얼굴 좀 봐요."

그의 앞에서는 억지로 참지 않아도 나오지 않던 눈물이 의연하자고 단단히 다짐했음에도 둑 터진 봇물처럼 넘쳐흘렀다. 단 한 사람, 이국 땅에서 의지할 수 있는 사람이었다.

"아픈 덴 없어, 유모?"

"저야 그렇지요. 저는 아기씨가 더 걱정이었는걸요. 정말 괜찮으셔요?"

"음, 나는 괜찮아."

"이렇게 나오셔도 되는 거예요? 혹여 뒤탈이라도……."

"걱정 마, 유모. 그 사람이 허락해 줬어. 곧 유모와 함께 있도록 해달라고 했으니까 조금만 참아."

그와의 약속을 생각하자 그녀의 얼굴이 화끈거려서 미례는 유모의 눈길을 피했다.

"그렇기만 하면! 함께 있도록 해준다고 하던가요?"

"음."

"아기씨는 어디서 기거하시는 거예요?"

"그 사람 집인 것 같아."

"아기씨에게 해코지를 하지는 않던가요?"

"……어, 으, 음."

미례는 미심쩍게 그녀의 반응을 살피는 유모로 인해 더욱 얼굴이 붉어졌다.

"무슨 일이에요, 아기씨? 무슨 일이 있는 거죠?"

"아, 아니라니까."

“그 사람이 또 지난번 아기씨한테 하려던 짓을 하진 않았어요?”

“아, 아니, 그런 일은…….”

없다고 말하려는데 유모가 가만히 그녀의 손을 잡고 토닥이자 울컥 눈물이 다시 터지고 말았다.

“유, 유모!”

그녀는 유모의 품 안에 안겨들어 서럽게 흐느껴 울었다.

“아유, 불쌍한 아기씨. 아유, 우리 불쌍한 아기씨.”

유모는 미례의 등을 쓰다듬으며 그 말을 반복했다. 한참을 울고 나니 유모가 그녀의 눈물을 닦아주었다.

“많이 아프진 않으셨어요?”

“……아팠어.”

“처음엔 다 그런 거예요, 아기씨. 처음엔 다 그래요. 다 그런 거예요.”

미례는 결연한 태도로 눈물을 훔치고 말했다.

“그 사람이 말을 잘 들으면 유모와 함께 있을 수 있게 해준다고 했어. 그때까지만 참아, 유모.”

“그래요, 아기씨. 우리 희망을 가져요. 당장 집에 돌아가지 못해도 아기씨와 함께 있으면 돼요. 그러면 돼요.”

미례를 데리고 온 사내는 얼마 후 그만 돌아가자고 채근했다.

“잠시만 만나보게 하고 데려오라고 하신 거요. 서둘러 돌아가야 합니다.”

미례는 유모와 헤어져 떨어지지 않는 걸음으로 다시 그녀가 머무는 집으로 돌아왔다. 오는 길에 혹 다시 찾아올 수 있을까 하고 미례는 길을 익혀두었다.

그는 어제와 마찬가지로 늦은 밤 귀가했다. 여전히 실오라기 하나 걸치지 않고 다가온 그는 이불을 걷어내고는 자리옷을 입고 있는 그녀를 확인하고는 미간을 찌푸렸다.

"자리에 누울 때는 아무것도 입지 마."

아무것도 걸치지 않은 알몸의 그녀가 자신을 기다린다는 상상만으로도 그는 당장 몸이 뜨거워졌다. 익숙한 그의 손놀림에 의해 그의 상상은 바로 실현되었다.

미례는 여전히 그로부터 가슴을 가리며 바로 누웠다. 그의 손길이 다시 그녀의 다리에 닿자 미례는 전날과 마찬가지로 무릎을 세우며 그가 들어서도록 자리를 내주었다. 미미할 정도로 작은 변화였지만 그는 흡족했다. 그는 그녀와 몸이 닿은 상태로 모로 누워 한 팔로 머리를 받치고 미례를 내려다보았다.

"유모는 만났어?"

"……만났어요."

매일매일 욕구를 충족시키지 않아도 꼭 참을 수 없는 경우가 아니고는 절제하며 지낼 수 있었던 그였다. 꿈속에서도 품고 싶던 여자를 실제로 품게 되었으면 만족스러울 법하건마는 이상하게도 그는 만족감을 가지지 못했다. 품으면 품을수록 더한 것을 요구하고 싶었다. 그는 손을 뻗어 마치 제 몸을 만지듯 그녀의 어깨로부터 가슴에 이르는 그녀의 부드러운 살결을 쓰다듬었다.

아무리 노력해도 자연스럽거나 익숙해질 수 없는 일이라고 생각하며 미례는 자신도 모르게 몸을 움츠렸다.

"함께 살고 싶어?"

그럴 수만 있다면! 그의 손길을 마지못해 견디며 움찔하던 미례는 열의를 담아 고개를 끄덕였다.

"그래요."

그의 얼굴에 흡족하면서도 장난스런 웃음기가 돌았다.

"그럼 오늘 밤은 좀 더 노력해 봐."

그 말의 의미를 안 미례는 얼굴을 붉히며 서둘러 그의 눈길을 피했다. 그녀가 열망을 담아 요구하면 그도 대가를 요구했다. 그와 보낸 건 단 이틀 밤, 횟수로는 네 번의 관계를 가졌다. 이제 조금은 충격에서 벗어났지만 남녀 간의 육체 관계에 대해서는 알지 못하는 그녀였다. 그녀는 고통스러웠지만 그는 그 행위를 좋아하고 그것을 통해 뭔가를 느끼는 듯하다는 것 외에 그녀가 밤의 행위에 대해 아는 것은 없었다.

그가 그녀의 젖가슴을 애무하는 동안 미례는 어떻게 해야 노력하는 것이고, 어떻게 해야 그가 좋아할지 내심 고민에 빠졌다. 어떻게 해야 할지 몰라 당황하는 사이 그녀의 가슴에 머물던 그의 머리가 부드러운 살결을 따라 배꼽 아래로 내려가더니 그녀의 그곳을 입술로 덮었다.

놀란 그녀는 힘없이 내려놓았던 두 손으로 그의 머리를 잡고 무릎을 모으며 제지했다. 하지만 그의 뜨거운 두 손에 의해 그녀의 무릎은 활짝 젖혀져서 무방비로 그 앞에 노출되었을 뿐이었다.

"아, 안 돼요."

미례는 자신의 손으로 그가 활짝 벌린 자신의 무릎을 제지하는 팔을 잡았다. 그의 입술은 그녀의 젖가슴을 빨 듯 그곳을 마음대로 휘저으며 빨고 핥았다. 이런 일이 생시에 벌어질 것이라고는, 더구나 자신의 몸 위에서 일어날 것이라고는 생각지도 못한 미례는 부끄러워 죽을 것 같은 기분으로 눈을 감았다. 그러자 그곳에 가해지는 뜨거운 그의 혀와 입술의 고문이 더 강렬하고 생생하게 느껴졌다.

"제발, 그만……."

참다못해 터져 나온 그녀의 소리가 이어져도 그는 그곳에서 입술을 떼지 않았다. 그의 숨결과 타액과 뜨거운 혀로 가하는 고문은 그의 또 다른 일부가 그 안에 침범하는 것보다 더 부끄럽게 느껴졌다.

그는 자신의 타액으로 흠뻑 젖은 그곳에서 만족스럽게 얼굴을 들더니 눈을 꼭 감은 채 포기하고 있는 그녀의 상체를 일으켜 세웠다. 당황한 그녀가 그와 마주 보는 자세로 앉자 그는 그녀의 몸을 들어 자신의 허벅지 위에 앉혔다. 미례는 그의 허벅지 위에 다리를 넓게 벌린 채 무릎 꿇듯 앉은 자세로 그와 마주 보았다. 누웠을 때보다 더 민망하다고 생각하며 입술을 깨무는데 다행인지 묶었던 그녀의 머리카락이 쏟아져 그와 그녀의 몸을 덮었다.

그는 그녀의 머리카락을 하나로 모아 그녀의 오른쪽 가슴 위로 늘어뜨렸다. 중심을 잡기 위해 저도 모르게 그의 어깨를 잡은 그녀의 맞은편 손을 잡아끌자 주저하면서 그녀의 손이 따라갔다. 하지만 그가 자신의 성난 양물 위로 그녀의 손을 올려놓자 그녀는 화들짝 놀라며 얼른 손을 물렸다. 그러나 그는 자신의 의도를 끝까지 관철시키려 했다. 재차 그가 손을 이끌자 미례는 체념하며 고개를 외면한 채로 그의 것을 손에 쥐었다.

그의 의도는 분명했다. 그는 미례의 손으로 직접 그의 일부를 그녀 안으로 삽입하게 할 작정이었다. 마지못해 그를 받아들이는 것일 뿐 그의 행위를 즐거워하지 않는 그녀가 스스로 그를 원하게 만든다는 생각은 그를 흥분시켰다. 하지만 미례는 잇닿은 그의 양물이 그녀 안으로 들어가려고 할 때마다 몸을 뒤로 물리거나 잡고 있는 그의 것을 막으며 미온적으로 저항했다. 활의 등처럼 뒤로 빼면서 가능하면 그에게서 떨어져 몸을 닿지 않게 하려는 미례의 시도는 번번이 실패했다. 오히려 거부하면서도 어쩔 수 없이 닿곤 하는 그녀의 몸짓이 주는 자극이 그에게는 더 강렬했다. 몇 번의 시도가 있은 후, 결국 도망치지 못하게 그녀의 엉덩이를 손으로 쥔 그가 다른 한 손으로 그녀의 손을 겹쳐 쥐어 자신의 일부를 그녀 안으로 들이밀었다. 손을 떼고 싶어도 뗄 수 없는 미례는 그의 일부가 들어차고서야 자유로워진 손으로 다급하게 그의 어깨를 짚었다. 누워서 그를 받아들였을 때보다 더 깊이 그가 들어선 느낌 때문이었다. 하지만 그의 어깨는 거의 미동도 하지 않았고 도리어 그가 그녀의 엉덩이를 쥔 손에 힘을 더하며 밀착하자 미례는 놀라 비명을 질렀다. 서둘러 그녀가 손으로 입을 막으며 신음 소리를 삼켰지만 더 이상의 여지도 없을 정도로 들어찬 그로 인해 그녀는 고통을 호소했다.

"아파요. 제, 제발 부탁이니…… 흐윽."

그는 일부러 그녀를 고통스럽게 하고 싶지는 않았으므로 고통을 호소하며 가늘게 떠는 그녀의 몸을 조금 뒤로 물렸다. 그제야 그녀의 찌푸린 미간의 주름이 조금 펴지는 듯했다. 하지만 그녀의 호흡은 여전히 가쁘고 고통스런 신음 소리가 간간이 새어 나왔다.

뻑뻑하긴 했지만 이전보다는 훨씬 수월하게 그는 그녀 안에서 움직이기 시작했다. 양물의 뿌리까지 깊숙이 삽입하려 할 때마다 미례는 그의 어깨를 짚은 팔로 세게 밀며 그를 저지했다. 그러기를 몇 차례, 그는 두 사람의 몸이 결합한 상태로 가볍게 그녀를 안아 침상으로 눕혔다. 이제 더는 그녀도 그를 밀쳐 내지 못했다. 천천히 그가 그녀의 몸 위로 체중을 실으며 허리를 이용해 움직였다. 꽉 조이듯 맞물렸던 그의 뜨거운 일부가 서서히 물러났다 힘차게 들어오는 사이 미례는 그나마 이전보다 고통스럽지 않다는 것에 안도했다.

다음날 아침 그녀가 눈을 떴을 때 그는 이미 옷을 갖춰 입은 채로 침상 곁에 앉아 그녀를 지켜보고 있었다. 본래 늦잠을 자는 것은 그녀의 습관도 아닌 데다 낯선 그와 함께 잠을 자는 것이 불편해서 깊이 잠들지 못하던 그녀였지만 거듭되는 그와의 행위는 그녀를 피로하게 만들었다. 이제 그는 하룻밤에 한 번으로는 만족하지 않고 있었다. 미례는 조금이나마 드러난 살을 감추려 이불 속으로 숨어들어 갔다.

"할 말이 있을 것 같아 기다리는 중인데?"

그의 놀리는 말에 미례는 더욱 숨고만 싶었다.

"왜 오늘은 유모를 돌려달라고 말하지 않지?"

"……."

"아직 부족하단 걸 스스로 인정하는 건가?"

미례는 대답하지 않았다. 그가 자신의 몸을 마음껏 하고 있다고는 했지만 어젯밤의 그는 욕구를 다 풀어놓지 못했다. 그녀가 제지할 때마다 그는 불만족한 한숨을 몰아쉬면서도 물러나 주었다. 하지만 그런 것을 드러내 놓고 말로 하다니!

그녀의 얼굴은 빨갛게 달아올랐다. 잠자리에서의 일을 직접 언급할 때면 그토록 당당하게 맞서곤 하던 평소의 미례와는 달리 아무 말도 하지 못했다.

그는 그녀가 지금껏 겪어본 사스래나 중원 기루의 여인들처럼 그의 행위 한 번에 자지러지며 숨넘어가는 쾌락의 비명 소리를 내지르거나 더한 요구를 하며 몸 달아 달려들지 않는 것이 불만이었지만 조금 더 기다려 보기로 했다. 그도 처음엔 욕망의 실체를 인정하는 것이 당혹스러웠던 적도 있었다.

"유모 때문에 일부러 좋은 척했으면 화를 냈을 거야."

그는 싱긋 웃고는 일어서서 방을 나갔다.

목욕을 마친 후에야 미례는 아침 식사를 했다. 그와 함께 밤을 보내기 시작한 후에는 아침 일찍 눈을 뜨자마자 물을 긷고 데워서 목욕을 하는 것이 일과가 되어버렸다. 곁시는 아침저녁으로 물을 데우는 그녀가 유난스럽다고 생각하는 눈치였지만 미례는 어쩔 수 없었다.

목욕을 하면서 그녀는 조심스레 그의 몸이 닿곤 하는 그곳에 손을 대보았다. 꽉 다물렸던 전과는 달리 몇 번의 관계 후 이제는 그곳에 커다란 구멍이 생긴 건 아닌지 생각했던 미례는 전과 조금도 다르지 않은 것을 확인하고는 안심했다.

그는 낮에 사람을 보내 미례의 거처를 옮기게 했다. 그녀가 들어선 안채는 너무나 아름다웠다. 잘 가꿔진 연못이 먼저 보였고 작고 예쁜 다리를 지나 안채가 꾸며져 있었다.

그리고 오후에는 그리던 유모가 지난번 그녀를 안내하던 사내의 인도하에 집 안으로 들어섰다. 생각지도 못했던 미례가 반색을 하는데 유모는 아주 머물러도 좋다는 말을 들었다고 했다. 미례는 아침나절 그의 말을 생각하며 가슴이 설레었다.

그로부터 이레 동안 곁시를 따라 유모와 함께 빨래며 밥 짓는 일, 집 안 청소를 공들여 하는 그녀를 남몰래 지켜본 경휘는 거칠어진 미례의 손을 보며 그만 하도록 말했다. 노예의 일이 어떤 것인지, 그녀가 더 이상 귀족이 아니란 걸 받아들이게 하고 싶었던 그였지만 아무 불평 없이 일하는 미례를 보며 자신의 생각이 틀렸다는 사실을 인정하고 싶지 않았다.

"오늘부턴 그런 일 하지 않아도 돼."

무뚝뚝하게 그가 말하자 다른 날과는 달리 그보다 먼저 일어나 앉아 옷을 입고 머리를 빗어 묶던 미례가 그를 바라보았다.

다시 봐도 그녀는 떠받들리기 좋아하는 철없는 귀족 여자는 아니라는 생각이 들었다.

유모가 곁에 있어서 좋은 점은 그녀보다 일찍 일어난 유모가 먼저 그녀의 목욕물을 데워주고 말상대를 해준다는 것이었다. 어느 날은 목욕을 도와주면서 유모가 말했다.

"미례 아기씨, 그 이질금이란 사내 말입니다."

미례는 생각지 않게 그가 화제에 오르자 불에 덴 듯 놀라며 그대로 굳어졌다. 아직은 그녀들의 대화에서 그는 금기시되고 있었던 것이다.

"그 사람이, 왜요?"

"그 사람은 미례 아기씨가 맘에 드는가 봅니다."

"그렇지 않아요."

"그렇지 않긴요. 그렇지 않고서야 하룻밤 마음이 동한 것도 아니고 매일 아기씨를 찾지는 않을 거예요."

미례는 짧은 한숨을 내쉬고 속마음을 고백했다.

"나는…… 그런 일 싫어, 유모. 이젠 그만둬 줬으면 좋겠어."

유모는 깜짝 놀란 표정으로 말했다.

"아기씨! 행여 그런 말씀 그분 앞에서 내놓고 하지 마세요."

"싫은 걸 어째."

"아기씨, 그나마 붙잡혀 온 처지에 다행인 것은 그 사람의 마음에 든 덕에 다른 이들도 어려워한다는 거예요. 그렇지 않았다면 다른 사내들이 아기씨를 가만두지 않았을지도 모르는 일이에요. 그 일은 어차피 여자라면 겪어야 할 일이고, 아기씨가 혼인해서 좋은 낭군님을 만나 겪었더라면 좋았겠지만……."

유모는 짧은 한숨을 내쉬고는 다시 한 번 미례에게 다짐을 두었다.

"하여간 아기씨, 그분 앞에서는 잠결이라도 그런 말씀 하지 마셔요."

"그 사람은 아직도 멀었네, 부족하네 말을 해도 되고 나는 싫다는 말도 하면 안 된다고?"

유모의 얼굴이 대번 하얗게 변했다.

"부, 부족하다, 마음에 안 든다 그러세요?"

"몰라."

미례는 아무리 어려서부터 자신을 돌봐온 유모라도 그와의 행위를 화제 삼아 말한다는 것이 부끄러웠다. 지금도 마지못해 견디고는 있지만 처음에는 그런 충격이 없었다.

"아기씨, 이런 말씀드리기는 정말 힘들지만 그래도."

미례는 수치심으로 얼굴을 물들이며 유모의 눈길을 피했다.

"그래도 뭐?"

“어차피 그리된 일이고 그 사내가 수장인 듯해 보이니 그 사람에게 잘 보이세요.”

“잘 보이다니?”

“어차피 그 사람의 여인이 되셨고 들어보니 그 사람에게는 혼인한 안사람도 없다고 합니다. 그러니 잘 대하시면 집으로 돌아가지는 못해도 편히 살 방도가 나오지 않겠어요?”

편히 살 방도라니!

“나는 돌아가고 싶어, 유모. 어떻게든 돌아갈 거야.”

미례는 자신의 처지가 너무나 끔찍했다.

“아기씨.”

하룻밤 자고 싫증내는 사내도 있는데 미례를 품는 그의 태도는 그래도 좀 다른 게 아닌가 유모는 생각했다. 부족하다, 마음에 안 든다 하는 것도 다 기싸움의 일종이 아닐까. 미례는 그의 입장에서 보면 혼인한 여자도 아니고 마음에 들지 않으면 품지 않으면 그만이었다.

“도, 돌아가면 좋지요. 좋기는 하지만 그러기가 쉽지 않으니 생각해 보셔요, 아기씨. 노예로 팔려가느니보단, 그분 마음에 들면 어떻게 방도가 생기지 않을까요?”

미례는 수치심과 분노로 두 손을 꼭 움켜쥐었다. 유모의 말은 위안이 되기보다 불안정한 자신의 앞날을 예고하는 것처럼 들렸다.

그의 마음이 동할 때까지는 이대로 그의 여자로 살다가 어느 날 그가 다른 여자에게 마음을 두면 노예로 팔려가거나 버려지는 것! 그것이 자신이 처한 엄연한 현실이었다.

“그 사람 마음이 변하면 유모, 그 사람에게 갖은 아양을 떨다가 그 사람 마음이 변하면 우린 어떻게 될까?”

유모도 그렇게까지는 생각해 보지 못했는지 당혹감에 입만 벙긋거릴 뿐 채 말을 잇지 못했다.

갑작스레 붙잡혀 와 그들에 의해 유모와 생이별하고 놀란 미례는 유모와 함께 있고 싶다는 열망에, 그가 함께 있게 해주겠다는 말에 하는 수 없이 그에게 몸을 허락했다. 하지만 그것은 그녀의 신세를 나락으로 떨어뜨리는 것일 뿐 아무런 해결책도 되지 못했다. 어디로도 도망쳐 갈 수 없는 외딴 섬에서 그녀는 그의 처분만 바라는 신세일 뿐이었다.

"결국 우린 노예로 팔려가거나 다른 사내들에게 넘겨지거나 그런 신세인 거지?"

그는 끊임없이 그렇게 될 거라고 협박해 왔었다.

"그리 나쁜 사람 같아 보이진 않아요, 아기씨."

"아니, 그는 나쁜 사람이야."

정말 그가 나쁜 사람이 아니었다면 집으로 돌려보내 달라는 그녀의 호소를 내팽개치고 혼인도 안 한 상태로 그녀와 혼인한 사내처럼 당연하게 매일 밤 몸을 빼앗지는 않으리라.

미례는 새삼 자신의 처지를 곱씹으며 되돌아보는 기회가 되었다. 그날은 오후 내내 우울해서 무엇을 해도 즐겁지 않았다.

12

경휘는 개삭 작업이 한창인 선착장으로 갔다.

개삭이라 함은 일정 기간 동안 배를 사용하고 난 후에 썩은 널빤지나 낡은 목정을 새것으로 경질하여 배의 수명을 연장시키는 것을 말하는 것이다. 험한 뱃길을 자주 드나드니 배의 상태를 자주 점검하는 것이 필요했고 대륙으로 나갈 때나 서역의 기선들을 발견할 때마다 기술 장인들은 그대로 넘기는 적이 없었다. 그들은 끊임없이 보고 모방하며 장단점을 파악해 새로운 기술을 축적해 나갔다. 이제는 웬만한 폭풍쯤은 겁날 게 없다고까지 그들은 자신하고 있었다.

아침나절부터 꾀부리지 않고 나와 일하는 그들 장인들 사이에 입씨름이 벌어졌는지 시끌시끌했다.

경휘가 그들 사이로 다가가자 그들의 말소리는 조금 줄어들었으나 불만스러움이 가득한 얼굴들이었다.

"왜들 그래? 무슨 문제라도 있나?"

"목정을 쓰지 말고 철정을 써보자고 그러는 겁니다, 이질금."

철정을 써보자고 강력히 말하던 젊은 장인이 그에게 말했다.

"지금껏 목정을 써왔는데, 그 바보 같은 중원인들을 따라 철정을 쓰면 몇 년이 지나지 않아 배를 새로 만들어야 하는 것도 모르나? 따라 할 게 따로 있지. 지난번 삼나무로 만든 목정도 그랬지만 지금껏 잘해왔던 것을 이유없이 바꿀 필요가 무어냐고!"

나이 든 장인이 불만스럽게 핀잔을 주었다.

"이유가 없는 게 아니잖소. 철정을 쓰면 그만큼 다시 개삭을 안 해도 되니 굳이 두꺼운 외판재를 더 두껍게 하지 않아도 되고, 그러면 선체도 좀 날렵해질 테고 저항을 덜 받아 그만큼 배의 속도도 빨라질 게 아니냔 말이오."

그는 다시 답답하다는 투로 나이 든 장인에게 퉁명스레 말했다.

흥, 나이 든 장인은 콧방귀를 뀌며 옆으로 비껴섰다.

"지금껏 익숙해져 있는데다 별문제도 없는데 고쳐 본다는 건 좀 위험할 수도 있지. 이전의 방식으로도 잘 지내왔잖나."

경휘가 일단 나이 든 장인의 말을 수긍하며 입을 열자 젊은 장인이 불만스런 기색을 띠다가는 수그러들었다. 나이 든 장인도 자신의 말을 이질금이 인정해 주자 기분이 좋아져 표정을 바꾸며 다시 일로 돌아가자고 사람들을 격려했다.

경휘는 불만스럽게 그들의 뒤를 따라가는 젊은 장인에게 은근한 어조로 말을 건넸다.

"노인을 그 자리서 이기려고 하지 말아. 그간 쌓아온 경륜으로 보아도 그렇고 무얼로도 네가 질 것이 뻔하지 않나. 그걸 무시할 순 없지."

"알겠습니다, 이질금."

젊은 장인은 안 그래도 자신의 주장이 제대로 받아들여지지도 않고 꺾여 버린 것에 풀이 죽은 데다가 그로부터 핀잔까지 들어 사기가 떨어질 대로 떨어져 기운없이 대답했다.

"그런데 철정을 쓰면 좀 더 속도가 붙을 것 같긴 한 건가?"

사실은 그간 배의 속도가 불만이었던 경휘도 그 말에 솔깃하지 않을 수 없었던 것이다. 핀잔의 말인 줄만 알았다가 은근한 기대의 말투로 바뀐 그의 의도를 살피며 고개를 든 젊은 장인의 안색이 금세 환하게 변했다. 경휘의 눈이 웃고 있는 것을 보았기 때문이었다. 젊은 사람들은 서로 통하는 것이 있는 것 같다고 생각하며 그는 신이 나서 좀 전에 채 펼치다 만 이야기를 두서없이 꺼냈다.

"그렇구말구요. 지금처럼 외판재를 두텁게 하지 않아도 되고, 그러면 목재를 아낄 수도 있는 데다 선체의 앞모양을 좀 더 가다듬으면 물살을 쉬이 헤쳐 갈 수도 있게 됩니다."

"그래? 실질적으로 적용했을 때와 다를 수도 있다는 사실을 묵과하지 말고 시간을 두고 생각해 보자고. 음, 그래, 다음에는 좀 더 노인들을 설득할 근거를 가지고 다시 얘길 해보면 좋겠군."

경휘의 긍정적인 말에 그는 좋아라고 웃으며 알겠다고 말하고는 서둘러 다른 이들을 뒤따라갔다.

젊은 장인이 멀어지고 그들의 이야기를 묵묵히 듣고 있던 소솜을 향해 경휘가 물었다.

"그의 이름이 무어지? 못 보던 자 같은데."

"후중입니다. 광주의 화평도방에 나가 있었습니다."

그는 자신의 아버지와도 절친했던 마을 장로의 늦게 본 아들이었다.

"그가 벌써 저렇게 몰라보게 자랐나? 하긴 광주에서 자주 서역의 배를 보기도 했을 테니. 그래서 그런지 생각이 좀 다른 듯한걸? 조선술에 꽤 관심이 있어 보이지?"

"조금 지나치다 싶을 만큼 열의도 있고. 한데 너무 앞서 가려고 하는 게 흠입니다."

"그 나이면 그럴 수도 있지. 세상이 자기를 몰라준다고도 생각이 되고."

경휘도 한때는 젊은 장인 후중이처럼 아버지에게 자신의 능력을 과시하고 싶어 몸살을 앓던 때가 있었다. 항상 침착해 보이기만 하고 한 번도 열정이라거나 빗나간 짓을 해본 적이 없는 것 같은 소솜과는 달리.

"혹, 너도 그런 때가 있었을까?"

밑도 끝도 없이 던지는 물음에 소솜이 의아해하며 경휘를 쳐다보았다.

"무슨…… 말씀이오?"

"너라면 태어나면서부터 어른스럽지 않았을까 해서 말이야, 소솜."

"그렇지 않다는 걸 이질금도 아시잖습니까."

소솜은 자신에 관한 그의 과한 평에 얼굴을 붉히며 말을 잇지 못했다. 쑥스러워하며 몸 둘 바를 몰라 하는 소솜을 보며 경휘는 짓궂은 물음을 던졌다.

"말해봐, 소솜. 누군가 마음에 품었던 여인도 없었어?"

"그건 또 무슨 말씀이십니까?"

최근의 불미스런 말다툼에 대해서는 서로 간에 덮어두고 있었지만, 이후로 소솜의 말투는 깍듯하고 거리를 두며 예의 바른 것으로 변해 있었다.

"널 밤잠 못 이루게 하고 가슴 두근거리게 하는 풋정 같은 것도 없었는지 묻는 거야."

소솜의 붉으락푸르락하는 표정에 경휘는 쓴웃음을 지었다.

"가납사니도 널 혼인시키려고 몸이 달았던데. 어때, 소솜. 마음에 둔 여인이 있으면 내게만 말해봐. 내 특별히 네겐 재여리(중매쟁이) 돼줄 수도 있으니."

"그런 사람 없습니다."

"흐음, 정말?"

"놀릴 생각이라면 그만두십시오, 이질금. 하나도 재미없습니다."

경휘는 속웃음을 웃으며 개삭 중인 또 다른 배로 향했다. 그들이 버리지 못하는 배가 한 척 있었다. 이번에도 어김없이 가장 정성 들여 손질하고 있는 배는 바로 그의 할아버지 시절부터 내려온 육십 년이 넘은 배였다. 벌써 다른 배 같았으면 개삭은커녕 폐기되고도 남았을 테지만, 비선(飛船)이라 이름 지은 그 배는 아직도 그 위용을 자랑하며 오래도록 중원을 향해 나아갔었다.

중원 진출의 조부의 꿈이 만들어낸 그 배는 비수의 대전에서 목숨을 잃은 한으로 제대로 만든 이의 꿈을 펼치지는 못했으나 그의 아버지 역시 조부를 대하듯 그 배를 아꼈다. 그리고 화평도를 떠나는 전대 이질금으로서도 아버지는 그에게 신신당부했었다. 비선은 절대 폐기해서는 안 된다고!

얼굴도 본 적 없는 조부가 만들어낸 그 배로 그들은 화평도에서만 만족하지 않고 바다 건너로 그 꿈을 넓혀 나갔다. 폭풍을 이겨내는 배 비선 이후로 그들은 물론 발전에 발전을 거듭했으며 이제는 그보다 더한 배도 만들어낼 수 있었으나 그의 아버지는 꼭 비선을 고집했고, 경휘에게도 남겨진 그 배는 짐이 되는 경우도 있었으나 그 역시 이제는 일 년에 한두 번 비선과 항해를 하곤 했다.

당시로선 상당히 거대한 배였던 비선에 귀한 물건을 가득 싣고 중원과 서역을 넘나드는 조부의 꿈을 이루어야겠다는 생각 때문이었다. 이제는 어느 정도 눈앞에 보이는 그 꿈을 이루는 날 비선은 조부의 이루어진 꿈과 함께 바다에서 산화할 것이었다. 그날까지 그는 보물을 지키듯 그의 눈앞의 오래된 배를 돌보아야 한 의무가 있었다.

경휘가 한 바퀴 둘러보는 동안 말없이 소솜도 함께였다.

원래 말이 없던 소솜이지만 최근 들어 더욱 음울해 보인다고 생각한 경휘는 다시 그에게 말을 걸었다.

"무슨 걱정이 있는 거야, 소솜? 안색이 좋지 않은데."

"아, 아닙니다."

"맘에 둔 여인 때문에 상사병을 앓는 게 정말 아닌 거야?"

실없는 농담처럼 경휘가 다시 물었다.

그는 사실 소솜과 생전 처음 미례로 인해 다투기 전, 믿었던 소솜이 마을 사람들의 수군거림을 알면서도 자신에게 전하지 않은 일에 대해 괘씸하게 생각했다. 또한 미례에 대한 그의 특별한 대우에서 소솜이 미례에게 딴마음을 품은 것은 아닌지 궁금했었다. 그러나 며칠 전 그와의 사이에서 오고 간 말을 새겨보니 미례에게서 죽은 여동생의 모습을 보았던 소솜이 여린 마음에 그녀에게 동정심을 가지고 있던 것임을 알았다. 이후로 그가 소솜을 용서하기란 어렵지 않은 일이었다.

"다른 이를 걱정할 것이 아니라 이질금 발등의 불부터 꺼야 하지 않겠습니까?"

소솜이 조심스레 언급했다. 그도 그럴 것이 경휘가 창고 안에 가둬둔 여자에게 발걸음한다는 소문이 돌기 전에도 타지의 여자가 섬에 들어왔다는 사실만으로도 장로들은 펄쩍 뛰었다. 그 여자를 집 안에까지 들여놓은 후로는 마을 장로들은 섬 안의 중대사는 제쳐두고 오로지 그 일로 속을 끓이고 있었던 것이다.

"내가 뭘?"

"마을 장로님들이 매일같이 모여서 논의 중입니다."

"미례 때문에? 노인네들이 심한 것 아닌가? 그 정도로 잔소리를 해댔으면 그만이지."

"서둘러 여자를 알아보고 혼인을 하셔야 한다고, 곧 그 문제로 료허에 사람을 보낸다고도 합니다."

"료허에? 여자 하나 때문에 아버지께 알리겠다고?"

순간 경휘의 얼굴에 노기가 서렸다.

"전대 이질금께서도 그렇고 마을 장로들께서도 혼인만큼은 이곳의 여자를 취해야 한다고 못을 박아두셨잖습니까."

"내가 당장 그 여자와 혼인하겠다고 하는 것도 아닌데 왜 그 소란

이야!"

"혼인하지 않으실 거면 미례 아기씨를 어쩌실 겁니까?"

다시금 두 사람 사이의 민감한 문제로 돌아왔다. 경휘는 소솜과 눈싸움이라도 하듯 서로를 쏘아보기만 할 뿐 아무런 말도 하지 않았다. 경휘는 소솜과 다른 모든 문제에 대해서는 쉽사리 의논하곤 했지만 미례에 대해서만큼은 그렇지 않았다. 섬의 젊은 사내들이 일찍부터 배를 타고 나서며 쉽게 여자를 만나는 데 반해 소솜은 결벽증이 있다 싶을 정도로 여자에 대한 관심을 보이지 않았다. 그런 소솜이 그의 마음을 알 리 없다고 경휘는 생각했다. 앞뒤 가릴 것 없이 제 마음이 시키는 대로 품고 싶은 여자가 있다는 걸 그에게 말한들 이해할 리 없다. 잘 있다가도 지나는 다른 여자에게서 그 여자의 머리카락 감촉을 떠올리거나 하얗고 가녀린 목덜미를 떠올리기만 해도 불이 붙듯 몸의 중심부에 피가 몰리는 것을 그도 어쩔 수 없었다. 몇 달씩 참고 있다가 여자 생각이 나면 찾곤 하던 이전과는 달랐다. 모든 욕구를 풀어버릴 작정으로 이번이 마지막인 양 하룻밤 서너 번을 안아도 다시 그녀의 벗은 몸을 보면 새로운 갈증으로 허겁지겁 욕구를 채우기에 급급한 마음을 무어라고 설명한단 말인가.

그래도 당장 미례를 버린다고 말하지 않는 그에게서 마음을 짐작하며 소솜이 한발 물러섰다.

"장로님들께 잘 말씀해 보십시오. 그냥 못 들은 체 무시하신다고 해결되진 않습니다."

"내가 알아서 해. 그런데 사스래는 잘 지내?"

경휘는 불편한 마음을 털어버리기 위해 화제를 바꾸었다.

그는 미례를 생각하면 한편으로 사스래가 떠올랐다. 잘해주지 못한 미안한 마음 때문이었다.

"사, 사스래요?"

소솜이 그답지 않게 당황하며 말을 더듬었다.

"지난번 찾아왔던 이후로 사스래가 보이질 않아. 오늘도 마을 안에서 찾아보기 힘들던데 어떻게 지내는 것 같아?"

경휘는 사스래에게 정도 이상의 심한 소리를 하고는 마음에 걸리던 차에 개삭 작업을 본다는 핑계로 그녀의 모습을 찾아 여자들이 모여 있는 곳을 일부러 지나쳐 보기도 했지만 그녀의 그림자도 찾아볼 수 없었다.

"집 안에서 두문불출하는 모양입니다. 저도 최근에는 보지 못했습니다."

"그래? 아직도 삐쳐 있나? 한 번 찾아봐 주지 그래? 그래도 너에게는 말을 할 거 아냐?"

자신을 보면 눈을 흘기고 쥐 잡듯 하는 그녀의 태도를 모르기에 하는 소리라고 소솜은 생각했다.

"예."

"혹시나 못된 짓이라도 하지 않는지 자주 봐줘, 소솜. 그래도 우리는 어려서부터 알고 지냈으니 누군가 기댈 사내가 있기까지는 너라도 찾아봐 줘야지. 내가 없을 때도 네가 챙겨주고! 의지할 데 없는 사스래인 걸 알잖아."

"알겠습니다."

소솜은 순순히 대답했다.

경휘가 개삭 작업과는 반대쪽으로 향하자 소솜이 의아해하며 그의 뒤를 따랐다.

"흰둥이 말굽 때문에 대장장이에게 부탁해 둔 게 있어. 따라오지 않아도 돼, 소솜."

소솜은 마지못해 사스래의 집으로 걸음을 옮겼다.

가끔씩 경휘 일행이 그만을 남겨놓고 복주로 갈 때마다 그는 섬의 많은 일들을 마을 장로들과 의논하며 수행해 왔다. 그중에는 물론 사스래를 돌보는 일도 함께였다. 그러나 지금처럼 그 일이 곤욕스러운 적은 없었다.

그래도 우유부단한 그는 경휘의 부탁을 모른 척할 수 없어 사스래의 집으로 걸음을 옮겼다. 사스래의 집이 가까워 오자 그는 이질금의 명령 때문이나마 그녀가 어찌 지내는지 살펴볼 수 있어 다행이라고 생각했다.

요즈음 그녀가 두문불출하는 것은 사실이었다. 소솜 역시도 그날 무덤가에서 그녀와 헤어진 후 그녀의 안부가 궁금해 마을을 지날 때마다 그녀가 있음 직한 곳을 눈으로 더듬어보았으나 그녀의 모습은 찾아볼 수 없었다. 강하고 드센 모습의 사스래가 실제 그녀의 본모습이 아닌 것을 그도 알고 있었다. 어느 순간 변해 버린 그녀의 모습은 이미 오래전에 굳어져 버렸지만 가끔씩 그를 쏘아보는 그녀의 눈매에서 소솜은 치유되지 않은 상처를 발견했다.

그래, 이렇게 사스래를 마주 대하는 것은 서로에게도 좋지 않은 일이다. 시간이 흘러서 무덤덤히 잊혀질 수 있다고 생각하는 것이 잘못인지도 모른다. 우리 두 사람 중 누군가가 화평도를 떠나야 한다면 그것은 다름 아닌 내가 되어야겠지.

그는 사스래의 텅 빈 듯한 집의 좁은 마당에 서서 망설이며 사스래의 그림자를 찾아내려 노력했다. 깨끗하게 널린 빨래들을 보며 소솜은 그녀의 표독스런 이면의 모습들을 떠올렸다.

사스래는 처음부터 그런 여인은 아니었다. 어려서 부모 여의고, 눈칫밥 먹고 컸지만 얼굴을 잘 붉히는 처녀 시절도 있었다. 그러나 그녀의 사내인 가라치가 풍랑에 목숨을 잃고 나서는 짓궂게 다가서는 사내들에게 쌀쌀하게 대하기 시작했다. 하지만 바닷물에 몸을 던져 모진 목숨 끊어내려던 그녀의 모습은 그것이 허세였음을 말해 주었다. 그러나 경휘에게 구해진 이후로는 이전의 사스래는 사라지고 없었다. 욕심 많고 샘 많으며 거칠기까지 한 언사도 서슴지 않는 억센 여인의 모습뿐이었다. 그리고 어느 순간부터 그녀는 소솜을 경시하기 시작했다. 사람이 있든 없든 그녀는 소솜을 향해서는 곱지 않은 시선을 가지고 대했다.

소솜은 사스래의 모습을 찾아 집 근처를 배회했다. 그러다 그녀를 찾아냈을 때의 반가움도 잠시 두 사람은 서로 굳어진 얼굴로 멍하니 서로를 쳐다보았다.

그런 허여멀건 말라빠진 계집이 뭐가 좋다고!

사스래는 가끔씩 경휘를 욕하고 미례를 욕하며 집 안을 쓸고 닦았다. 그런 사스래의 독기 오른 심술에 어쩌다 우물가에서 만난 아낙들이 한마디씩 했다.

시앗이 시앗 꼴 못 본다구? 남의 일이라고 말들은 쉬이도 하지. 흥. 제 일들 같았어 봐. 당장 드잡이하러 달려갔을 것들이 누구보고!

사스래는 부엌에서 혼자 중얼거리며 열심히 솥을 닦다 말고 이상

한 느낌에 고개를 들었다.

어색한 표정의 소솜과 눈이 마주치자 그녀는 새침한 시선으로 언제 그랬냐는 듯 쌀쌀하게 그를 쏘아보며 입을 열었다. 그것은 자신을 보호하기 위해 익숙해져 온 그녀의 일관된 태도였다.

"무슨 일이야?"

"요즘 밖에서 네 모습이 보기 힘드니 잘 지내는지 염려가 돼서."

걱정스런 그의 말을 쌀쌀한 그녀가 끊어냈다.

"언제부터 네가 내 걱정을 해주었는데? 지나는 개도 웃을 일이네."

악의에 찬 쌀쌀한 눈빛이며 쏘아붙이는 말투가 예전 그대로인 것을 보면 그녀는 씩씩하게 버티고 있는 중이라고 그는 생각했다.

"잘 지내는 모양이로구나."

"흠, 언제부터 네가 내 걱정을 그리했는데? 바보 같으니! 널 보면 내 속이 뒤집어지니까 내 주위에 나타나지 말라고 했을 텐데, 벌써 잊어버린 거야? 내가 네 그림자도 보기 싫어하는 걸 몰라?"

그는 아무런 반박도 하지 않고 그녀의 독설을 가만히 서서 받아 주었다.

"그렇게 구박을 받았으면 알고도 남아야 하는 거 아냐? 넌 바보 천치거나 속도 없는 사내인 게 분명해."

"혼자 살며 아픈 것처럼 눈물 나는 일도 없어. 걱정하게 만들지 마."

그는 그녀의 악담에도 개의치 않고 낮은 목소리로 자신의 마음을 전하고는 그녀에게서 등을 돌렸다.

"너만 다시 내 앞에 나타나지 않으면 내 속이 뒤집힐 일도 없어."

사스래는 그의 등에 대고 쏘아붙였다.

씁쓸한 웃음을 지으며 소솜이 사스래를 돌아보았고 그는 정말로 슬픔 어린 눈을 하고는 사스래에게 말했다.

"네 소원은 곧 이루어질 거야, 사스래야. 조금만 참으면 우린 어쩌면 다시는 만나지 않을 거야."

그런 날이 빨리 왔으면 좋겠다고 쏘아붙이려다가 사스래는 그만 멈칫하고 말았다. 그의 말에서 풍기는 이별의 느낌이 너무 강했기 때문이었다.

"우리가 이 섬에서 사는 한은 아주 안 보고 살기도 힘들걸? 그런 날이 어떻게 온다는 거야?"

소솜은 쓴웃음을 지으며 대꾸없이 그녀의 집을 나섰다. 사스래는 그의 뒷모습만 뚫어져라 쳐다보다가는 이상한 느낌에 그의 뒤를 따르며 재차 다그치듯 물었다. 괜한 불길이 가슴에서 욱하며 치솟아 올랐다.

"어떻게 그런 날이 온다는 거야? 응?"

그러나 그는 몸을 잘 돌보라는 말만 남긴 채 걸음에 속도를 붙였다.

왜 아무 짓도 하지 않는 사람이 미운 건지 그녀는 생각해 보려고도 하지 않고 보기만 해도 짜증스러운 그에게 불편한 심사를 쏟아붓고 싶은 마음으로, 돌아보지도 않는 그의 무심한 등에 대고 악을 썼다.

"이 바보야, 말을 했으면 끝까지 해야지 왜 남의 염장만 지르고 마는 거냐구? 네 꼴을 안 봐도 되게 어디로 가버리기라도 하겠다는 거야?"

"그래, 네가 그리 소원하니까 나도 더는 이 섬을 고집하지 않겠다는 말이야, 사스래야. 네가 원하는 대로 너나 나는 더는 한 하늘을 이고 살지 않아도 될 것 같다고."

소솜은 집과 바깥 길의 경계에 서서 씩씩거리는 사스래와는 달리 침착한 어조로 그러나 침울하게 말했다.

좋아할 줄 알았던 것과는 달리 사스래는 더욱 분기를 담아 소리를 질렀다.

"여전히 도망가는 짓은 잘도 하지. 그래, 어련하겠어? 그래 놓곤 얼마나 있다가 또 돌아오려고? 그렇게 돌아와서 또 남의 가슴은 얼마나 후벼 파려고?!"

얼굴이 벌겋게 달아올라 사스래는 올이 성긴 막치마를 움켜쥔 채로 부들부들 떨었다.

"그런 일은 없을 거야, 사스래야."

"잘도 그러겠다, 이 나쁜 놈아!!"

그러나 그녀의 속에선 달리 생각이 들었다.

정말 그럴지도 몰라.

사스래는 그다지 언성을 높이지도 않는 그의 말이 맞을 거라고 생각했다. 소솜은 약하긴 해도, 조금 비겁하고 겁이 많긴 해도 자신의 말은 칼같이 지키는 사내다. 그냥 헛소리를 하는 건 아닌 게 분명했다.

그는 한시라도 빨리 그녀에게서 멀어지고 싶은 듯 걸음을 재촉했다.

정말인가 봐! 정말 이번에는 아주 가고 말려나 보다.

사스래는 자신을 감싸고 있는 공기가 갑자기 사라지기라도 한 듯 아찔한 현기증을 느꼈다. 무섭고 떨리는 심정으로, 그러나 그녀 특유의 반응으로 사스래는 다시 그에게 쏘아붙였다.

"그딴 헛소리를 하고 싶어서 날 찾아온 거야? 내가 좋아서 춤이라도 출 것 같아서 그 꼴을 보려고?!"

"아니, 네가 잘 있는지 보고 오라는 이질금의 뜻이었어."

이질금의 명령이 아니면 보러 올 일은 없었다는 뜻이기도 했다. 사스래는 따귀라도 얻어맞은 듯 그 자리에 굳어져 한 발짝도 더는 떼지 못하고 얼어붙어 버렸다.

벼락맞아 죽을 나쁜 놈!

그의 모습이 시야에서 사라지고 나자 사스래는 주둥이 열린 술부대마냥 헛김이 빠져 버려 몸을 지탱하지 못하고 그 자리에 주저앉아 버렸다.

 13

밤이 되자 저녁 식사를 마친 미례는 몸을 씻고 젖은 머리를 말리며 옷을 벗어야 할지 말지 고민했다.

그는 분명 알몸으로 그를 기다리고 있을 자신을 상상하고 있을 것이다. 하지만 아침나절부터 괴롭혀 온 생각들은 아직 정리되지 않았다. 하지만 분명한 건 그의 말대로 순순히 따르고 싶지는 않았다.

무슨 소용이야. 어차피 그 사람은 하고 싶은 대로 할 텐데!

결과는 같을 테지만 그녀의 행동 여하에 따라 그는 불같이 화를 낼 것이다.

경휘가 기대감을 가지고 방으로 들어왔을 때 미례는 자리옷을 입은 채로 침상 위 자신의 자리에 앉아 있었다. 의외의 상황에 그의 짙은 눈썹이 치켜올라 갔다. 지난 며칠 숨죽이며 알몸으로 침상에 누워 그를 기다리던 그녀의 모습은 무척 고혹적이었다. 하지만 오늘은 아무렇지 않게 그의 명령을 어기고도 천연스럽게 그를 쳐다보고 있었다.

"뭐야? 그사이 잊어버린 건가?"

미레는 시선을 피할 뿐 대답하지 않았다.

그의 숨결이 거칠어졌다. 하지만 그도 더는 말하지 않고 그녀에게 시선을 고정한 채로 자신의 옷을 벗어서 바닥에 던졌다.

"내가 벗겨주길 원하는 거야?"

그가 다가가 미레의 턱을 들어 그를 마주 보게 했다. 그때까지만 해도 그의 표정엔 여유가 있었다.

그녀는 고집스레 그의 시선을 외면했다.

"대답하지 않을 거야?"

그가 눈썹을 치켜올리며 도끼눈을 뜨고 미레의 반응을 기다렸다. 침 삼키는 소리조차 어색하게 들리는 순간을 견디다 못한 미레가 조용한 어조로 대답했다.

"그러고 싶지 않아요."

"뭐?"

"내 신세가 어쩔 수 없이 노예나 마찬가지라고 해도 당신이 원하는 대로만 하지는 않을 거예요."

"그런 생각이 오늘 갑자기 들던가?"

그는 지난밤들을 그녀에게 떠올리게 하며 비꼬았다.

"유모와 함께 있게 해달라고 할 때는 잘도 말을 듣더니 이제는 싫어졌다고?"

그는 전과는 달리 부드럽지 않은 손길로 그녀의 옷을 벗겨냈다. 미례는 그것마저 필사적으로 거부하지는 않았다. 그것이 그의 분노를 가라앉혔다. 그는 그녀의 몸에서 실오라기 하나도 남기지 않고 알몸으로 만들었다.

“누워!”

그래도 미례는 입술을 꽉 깨물고 그대로 있었다. 전과는 달리 가슴을 가리지도 않은 채였다.

“그것도 싫어?”

그는 거칠게 그녀를 눕히고 사정 두지 않는 태도로 다리를 잡아당겨 활짝 벌렸다. 그녀는 무릎을 세워주지도 않았다. 어차피 그를 받아들일 수밖에 없으면서도 제 스스로 협력하지 않겠다는 그녀의 의지는 그를 화나게 했다. 하지만 그가 자리 잡은 그녀의 다리 사이로 드러난 맨살은 무방비로 노출되어 있었다. 그는 부드럽게 그녀의 몸을 쓰다듬지도, 입술로 그녀의 젖가슴을 희롱하지도 않았다. 그는 그녀를 올라타고 그녀의 젖가슴을 그의 성난 양물로 건드렸다. 생각지 못한 그의 행동에 수치심을 견디지 못하고 미례가 외면하며 눈을 감았다.

“눈을 떠!”

그가 화난 감정이 실린 낮은 어조로 명령했다. 하루하루 그녀에게 가까워지고 싶은 그의 마음과는 달리 다시 처음 상태로 되돌아간 듯 보이는 그녀의 태도는 적이 실망스러웠다. 수줍어하고 부끄러워하는 그녀의 태도를 지금까지는 사랑스럽게 보아 넘겼지만 더 이상은 아니었다.

미례는 눈을 뜬 채로 자신의 몸 위에서 흉측하게 움직이는 그의 것을 보지 않았다. 그는 한동안 한 손에 쥔 양물로 그녀의 양쪽 젖가슴을 희롱하고 유두를 건드리고 일그러뜨리더니 그녀의 다리 사이에 자리를 잡은 후에도 서둘러 삽입하지 않고 뜸을 들이며 약 올리듯 그녀의 그곳을 두드리고 헤집었다. 움찔거리며 그가 닿을 때마다 피하며 허벅지를 옆으로 벌리자 그것을 알아챈 그가 그녀가 베고 있던 베개를 빼앗더니 그녀의 허리 아래로 밀어 넣었다. 그로 인해 그녀의 몸의 중심부는 은밀한 그곳의 균열이 갈라지며 감춰져 있던 비밀스런 내부를 드러냈다. 옷을 벗고 그를 기다리는 것보다 몇 배는 더 수치스런 경험이었다. 이제라도 되돌리고 싶은 마음이 들 지경이었다. 그는 양손으로 그녀의 허벅지를 활짝 벌리고 여지없이 활짝 벌어진 그곳으로 자신의 양물을 가져다 댔다.

곧 끝날 거야. 조금만 참고 견디면 곧 끝날 거야.

미례는 마음속으로 자신에게 위로했다.

하지만 그는 전과는 달리 성급하게 그녀 안으로 삽입하지 않은 채로 그 위에 대고 아래위로 문지르고 비벼댔다. 그의 것을 자신의 손으로 직접 자신의 안에 삽입하는 행위를 하면서 더는 충격적인 일은 없을 거라고 생각했던 그녀는 새삼 경악했다. 얼마나 더 많은 일을 겪어야 무덤덤해질 수 있을까.

그는 불안하게 흔들리면서 입술을 깨물고 있는 미례를 지켜보았다.

"원치 않으면 그만두라고 말해."

그는 한마디라도 잘못했다고, 그만두라고 그녀가 말해주길 기다렸지만 그녀가 고집스럽게 눈길을 피하며 입을 다물고 있자 다시 경고했다.

"잠깐만 참으면 된다고 생각해? 아니, 네가 말하지 않으면 좋아서 그러는 거라고 생각하고 밤새도록 할 거야. 한숨도 재우지 않고 계속할 수 있어. 그러길 원해?"

그는 이번에는 그녀의 몸속에 뭉툭한 자신의 그것을 삽입하는가 하더니 다시 빼냈다. 하룻밤에 여러 번 그를 받아들이는 것보다 더 수치스런 일들이 반복되었다.

마침내 견딜 수 없던 미례의 입에서 흐느낌 어린 한숨과 더불어 자존심을 꺾는 말이 나왔다.

"그만 해요. 제발 그러지 말아요."

그녀의 항복과 더불어 기다렸다는 듯 그의 일부가 다급하게 안으로 밀고 들어왔다. 밤새도록 그러고 있겠다던 말과는 달리 그는 전에 없이 거칠고 급격한 움직임으로 그녀를 안았다. 이전에는 혐오스럽기만 하던 그의 행위에 오히려 미례는 안도하면서 자신도 모르게 흐느껴 울었다. 그와 맞서는 것은 쉽지 않았다. 고통으로 신음하고 애원하기는 했어도 단 한 번도 자신의 처지를 비관해 그의 앞에서 눈물을 보이지 않았던 미례는 그의 행위를 견디며 울기만 했다. 그의 험악한 표정이나 마지못해 달래는 속삭임도 그녀의 울음만은 멈추게 하지 못했다.

미례의 몸을 닦아주던 유모는 전과 달리 군데군데 멍이 든 그녀의 몸을 보고는 의아해하며 물었다.

"아기씨, 간밤엔 무슨 일이 있었어요?"

미례는 아무 말도 하지 않고 몸을 씻는 데에만 열중했다. 그의 몸이 닿았던 곳곳의 흔적을 지워내고 싶었다.

"아기씨, 이제는 견딜 만하지 않아요? 처음에는 그래도 좀 지나면 좋아집니다. 이제는 그럭저럭 참을 만하실 것 같은데."

유모의 말에 울컥한 미례가 말했다.

"그런 짓을 어떻게 견뎌, 유모! 어떻게 참을 만하다고 그래?"

유모가 의아한 듯 걱정스레 물었다.

"그분이, 많이 아프게 해요?"

미례야말로 유모에게 묻고 싶었다.

"정말 다른 여자들도 그런 걸 견뎌, 유모? 혼인한 다른 여자들도 그런 걸 참고 견뎌요?"

"참고 견디는 게 아니고 좋아져요, 아기씨. 처음에는 몸이 놀라도 점차로 사내의 그것을 좋아하는 아낙네들도 부지기수랍니다."

"어떻게 그 짓을 좋아할 수가 있어? 얼마나 부끄럽고 수치스러운데."

"좋아지니까 사내와 여자가 살을 맞대고 살고, 또 자식도 낳아 기르죠. 아기씨도 좀 지나서 아기를 갖게 되면."

유모의 말에 미례의 얼굴이 하얗게 질렸다.

"아, 아기라고?"

"그럼요, 두 분처럼 매일 밤 그렇게 밤일을 치르면 오래지 않아 아기도 생기고."

"그 사람이 하는 그 일로 아기가 생긴다고?"

유모가 그것도 몰랐냐는 얼굴로 수줍게 웃었다.

"그럼요, 그분이 미례 아기씨 몸에 씨를 뿌리면 그것이 곧 아기가 되는 거지요."

그가 파정한 후에 몸에 남아 있는 그것? 그가, 혹은 자신이 준비한 수건으로 닦아내곤 하던 그것? 그것이 그녀 안에서 아기를 만든다고?

미례는 뜨거운 물속에 있으면서도 갑자기 추위를 타는 것처럼 몸을 떨었다. 유모는 물이 식은 줄 알고 놀라며 서둘러 목욕을 마치게 했다. 미례는 유모를 나가게 하고 새삼 자신의 은밀한 그곳을 바득바득 닦고 또 닦았다. 이제 그녀는 그를 피해야 할 이유가 더 생겨났다. 하지만 어떻게?! 어떻게 하면 하룻밤에도 두세 번씩 몸을 탐하는 그를 막을 수 있을까.

다행히도 그는 이후로 며칠째 그녀를 찾지 않았다. 처음엔 그가 언제 올지 몰라 긴장하던 미례는 사흘째가 되어가자 방문 쪽을 주시하지 않고도 잠을 이룰 수 있었다.

겉옷을 벗으며 잠잘 채비를 하고 머리를 하나로 묶어 빗어 땋아 내리는 미례 앞에 유모가 들어왔다.

"제가 빗겨 드릴까요, 아기씨?"

그가 있었다면 나이가 몇인데 아직도 유모 품을 떠나지 못하냐고 빈정댈 것이다. 애써 생각하지 않으려 하는데 괜시리 떠오른 그로 인해 미례는 됐다고 거절했다.

"날이 좀 쌀쌀해지는 게 정말 겨울이 머지 않았네요. 마을 사람들이 겨우살이 준비를 하던데요?"

"그래요? 사람들은 어때요, 유모? 전에 함께 일하면서 이야기는 해봤어요? 나쁜 사람들 같지는 않아?"

"다들 순박하면서도 여물어 보이던걸요. ……답답하시죠?"

자유로운 바깥출입을 할 수 없는 그녀는 유모에게서 듣는 것이

전부였다.

"할 수 없잖아, 유모."

유모가 미례를 살피며 넌지시 물었다.

"그분에게 한 번 부탁을 해보시지 그러셔요?"

미례는 여지없이 단번에 고개를 내저었다.

"싫어. 답답해도 그냥 참는 게 나아."

그래, 밖에 나가도 괜찮겠냐고 그에게 물어보는 건 내 처지가 갇힌 신세임을 증명하는 거나 다름없잖아.

미례는 고집스럽게 고개를 저었다. 그에게 먼저 말을 꺼내는 것도 미례는 내키지 않았다.

"한데, 오늘도 안 들어오시려나 봐요."

유모가 미례의 눈치를 살피며 다시 운을 띄웠다.

미례는 상관없는 듯 어깨를 으쓱하고는 거울로 시선을 맞췄다. 그녀가 처음 오던 날은 없던 것이었다. 며칠 전 머리를 매만지는 미례를 힐끗 보고 지나쳐 가던 그가 사람을 시켜 들여놓은 상반신이 보이는 제법 큰 서역의 거울이었다.

미례는 그를 보면 어떻게 대해야 할지 갈피를 잡지 못하고 떨렸다. 유모 역시 처음에는 그가 싫기만 했다. 그러나 점차로 지나면서 젊고 사내다운 그가 미례에게 아주 부족한 사내는 아니라는 생각이 들었다. 더구나 그에게는 아직 혼인한 부인도 없었다. 잠자리에 관한 미례의 반응이 걱정스럽긴 했지만 그가 미례에게 관심이 있고 계속 정을 준다면 지금으로선 바랄 것이 없을 듯했다.

그런데 어제 그녀는 우물가에서 아낙네들이 수군대는 소리를 들었다. 그가 다시 사스래를 만나더라고 말하며 이제 새로 데려온 여자에게 지겹증이 난 모양이라고 했다. 외지 여자 때문에 속앓이를 하던 마을 장로들이 한숨 돌려도 될 것 같다고 하는 말을 듣자 그녀의 가슴은 철렁 내려앉았다. 오늘도 돌아오지 않고 있는 그로 인한 염려에 유모는 가슴속에 묻어두었던 얘기를 미례에게 해야겠다고 생각했다.

“저기요, 미례 아기씨.”

“왜요, 유모?”

어떤 말도 가리지 않고 하며 어머니같이 보살펴 주는 그녀가 뭔가 망설이자 미례는 의아해하며 쳐다보았다. 유모의 입가에 언뜻 수줍은 웃음이 돌았다. 그러나 곧 정색을 하고는 말을 꺼냈다.

“아기씨, 요즘도…… 그분을 꺼려…… 하세요?”

미례의 표정이 급격하게 굳어지는 것을 보며 유모는 큰일이라고 생각했다.

“그럼 유모는 그 사낼 좋아한단 말이야?”

“제 보기에는 아기씨께 부족하지 않은 사내로 보여요. 저기 아기씨, 요즘도 잠자리가 불편하세요?”

미례의 얼굴이 상기되며 새침해지자 유모가 재차 물었다.

“그러세요?”

“몰라. 왜 그런 걸 물어?”

“부끄러워만 마시고 말씀해 보세요. 아기 때부터 돌봐온 제게 못할 말이 뭐예요?”

“……좋지는 않아.”

“아무런 느낌도 없으세요?”

“어떤 느낌?”

“아랫도리에서부터 간질간질하게 뜨거운 기운이 올라오는 그런 느낌요.”

“아니!”

미례는 생각해 볼 것도 없는 듯 단숨에 말하고는 고개를 저었다. 어느 날 그가 농담처럼 던진 한마디가 새삼 떠올랐다.

너도 나처럼 좋아 죽었으면 하는데?

설마! 그런 일이 좋아질 사람은 없다고 생각하던 미례였지만 유모는 다르게 말하고 있었다.

정말로 그런 행위가 좋아질 수도 있다고? 어떻게……. 말도 안 돼!

유모는 걱정스런 얼굴로 미례를 쳐다보았다. 미례의 작고 여린 몸에 비하면 그는 어른과 아이의 체격 정도로 차이가 났고 미례의 키는 겨우 그의 어깨 정도에도 못 미치고 있었다. 그로 인해 아직은 무리인 것일까. 그가 너무 사내답고 요령없이 거칠게 굴어 겁을 준 것인가.

유모가 걱정스럽게 긴 한숨을 내쉬자 미례가 물었다.

“왜 그래, 유모? 어디 아픈 거야?”

그녀의 말에 유모는 안심시키느라 미소를 지으며 고개를 저었다.

“걱정이 돼서 그러죠. 이왕 이렇게 된 거 아기씨가 그분과 잘되면 좋겠는데, 아기씨가 영 꺼려하시니.”

“언제 우릴 버릴지 모르는 사람이야.”

“그러니 더 잘해야지요. 요령껏 그분의 마음도 사로잡고 그분이 보기에 예쁘다 생각해야 아기씨와 제 신세가 나아지죠. 혹여 알아

요, 아기씨가 그분의 아기를 갖게 되면 나 몰라라 버리지는 않으실
거 아녜요."

미례는 상상조차 하고 싶지 않은 끔찍한 일을 유모는 희망 섞인
음성으로 말하고 있었다.

"유모, 그게 우리에게 좋은 일이야?"

"혹시 알아요, 그분이 아기씨 손을 잡고 그분의 배를 타고 마님이
계신 고국으로 인사 가자 하실지."

그것은 너무나 달콤하지만 결코 실현될 수 없는 꿈이었다. 밤마
다 억지로 몸을 빼앗는 그는 절대로 그럴 사람이 아니었다. 미례가
완강하게 고개를 가로젓자 유모가 조심스레 운을 떼었다.

"아기씨, ……그분에게 다른 여인이 있는 걸 아세요?"

전혀 예상치 못했던 말에 미례의 얼굴에서 미소가 걷혔다.

다른 여인이 있다니? 그게 무슨……?

그 말의 의미가 깨달아지면서 미례는 두 뺨에 불이 붙은 듯 뜨거
운 열기가 올라오는 것을 느꼈다.

"사내들은 여인에게 바라는 게 있는데요, 아기씨. ……아기씨처
럼 차갑게 대하는 여인에게는."

미례가 참지 못하고 그녀의 말을 잘랐다.

"그래서 나보고 어떻게 하라는 거야?"

"조금만 따뜻이 대해주시면……. 아기씬 그분 앞에서 웃지도 않
아요."

"무섭고 싫은 사람 앞에서 어떻게 웃는단 말야?"

"그러면 그분이 다른 여인에게 가도 좋아요?"

"원하는 일이야. 잘됐어, 유모. 영영 가버렸으면 좋겠어. 밤마다

내게 오지 말았으면 좋겠어. 날 그냥 좀 내버려 두면 좋겠어.”

“아기씨!”

유모의 안색이 창백해졌다. 그가 얼마든지 다른 여자에게서도 쾌락을 찾을 수 있는 사내임을 상기시켜 주고 싶었던 유모는 미례의 대답이 청천벽력 같았다.

“그렇게 싫으세요?”

유모와 갑작스레 헤어져 함께 있고 싶다는 열망 하나로 시작된 관계가 이렇게 오래 지속되리라고는 미례도 생각지 못했다. 이젠 그의 관심을 벗어나 어떻게든 유모와 살길을 찾기를 바랄 뿐이었다.

미례는 유모가 나가고 나서도 침상에 누워 잠을 청했지만 유모의 말이 자꾸만 귓전을 맴돌았다.

아프고 무서운 그 짓을 다른 여인에게 가서 한다고? 차라리 잘된 거야. 이제 다신 내게 오지 말았으면 좋겠어!

미례는 긴 한숨을 내쉬며 억지로 잠을 청했다.

14

중원으로부터 온 소식은 그에게 궁금증을 일으켰다. 아버지가 가지고 있던 화병도방의 패를 가지고 복주를 찾은 이방인에 대한 소식 때문이었다. 경휘는 복주를 떠나던 날 이른 아침 자신에게 길을 묻던 사내와 같은 인물일 거라고 생각했다. 그 이방인은 동이의 고구려인으로 그를 직접 만나고 싶다고 했다. 정확히는 화평도방의 주인이 아닌 경휘의 이름을 언급했다고 했다.

지난 시절 아버지의 패를 가지고 있으면서 료허의 아버지가 아닌 그를 직접 만나고 싶어하는 자. 그는 대리인 누구에게도 말할 수 없고 오직 그를 만나서 의논할 것이 있고 그러기 위해서라면 몇 달이고 기다리겠다고 했다.

만나야 할까.

동이의 고구려 사람과는 굳이 직접 만나 할 말이란 없다. 그로서는 만나지 않아도 상관없다. 그럼에도 마음 깊은 곳에서는 한 번 만나보고 싶다는 생각이 떠나지 않았다.

경휘는 밤이 깊어서야 미례가 있는 안채로 향했다. 그날 밤 끝끝내 일관되던 그녀의 고집으로 보건대 그녀는 오늘도 알몸으로 기다리고 있지는 않을 것이다. 우는 여자를 안고 싶지는 않다고 그는 생각했다. 미례를 안던 첫날도 비록 그녀가 원해서는 아니었지만 그렇게 울지는 않았다. 하지만 이제까지 만족스럽지는 않아도 그런대로 자신의 의지에 따라주던 여자가 갑자기 날 선 가시를 세우고 그의 의지대로 움직이지 않겠다고 저항하는 것은 이해할 수 없었다. 안채로 들어가지 말까도 잠시 생각했지만 그는 이끌리듯 그녀가 있는 곳으로 왔다.

불 꺼진 방 안에는 달빛이 흘러들고 있었고 보름에 가까운 환한 빛에 침상 한쪽에 등 돌리고 누워 잠든 미례가 보였다. 그녀의 목을 지나 가슴 위로 하나로 땋은 머리채가 올려져 있었다.

그는 그녀에게서 눈을 떼지 않은 채로 남김없이 옷을 벗으며 침상 안으로 들어갔다. 그녀의 향기로운 냄새가 코끝에 파고들었다. 그녀의 어깨를 당겨 자신의 품 안에 가두고 싶은 유혹이 일었지만 그는 가만히 그녀의 작은 몸을 바라보는 것으로도 흡족했다. 잠이 덜 깬 그녀는 자신의 품 안에서 울지 않고 자신을 받아들일지도 모르지만 그는 단잠에 빠진 여자를 깨우고 싶지 않았다. 그는 고른 숨을 내쉬며 잠을 청했다.

아무도 없는 빈방으로 들어와 혼자서 잠자는 일을 예사로 알던 그였다. 그런데 살갑게 대하지 않는 여자임에도 그녀가 같은 공간에 있다는 사실만으로도 그는 좋았다. 미례가 진심으로 원해서 자신과 함께하면 더 좋겠다는 욕심도 생겼다. 어떻게 하면 좋을까, 생각하다가 그도 단잠에 빠져들었다.

새벽녘 모로 눕던 미례는 그의 벗은 몸에 닿자 흠칫 놀라며 그로부터 거리를 두고 몸을 뺐다. 가능한 멀리 거리를 두고 자리에서 조심스레 일어난 미례는 서둘러 자신의 몸을 더듬었다. 잠자리에 들기 전 입고 있던 옷이 그대로였고, 자신의 몸 어디에도 그를 받아들였던 흔적이 없었다. 안도하는 한편 미례는 의심이 들었다. 그가 들어오지 않던 날들을 제외하고는 이제껏 함께 잠자리에 들고도 이처럼 얌전히 잠만 자던 날은 없었다.

내가 잠들어 있어서 깨우지 않았던 건가?

그러기엔 지난밤을 생각해도 겨우 그에게서 놓여나 울다가 잠이 든 그녀를 깨워서 욕심을 채우곤 했다는 사실을 떠올렸다.

정말로 이 사람에게 다른 여자가 생긴 것인가. 미례는 그랬으면 좋겠다고 안도하는 한편 또 다른 의심이 들었다.

그렇다면 왜 내게로 와서 잠을 자는 거지? 다른 여자에게로 가거나 아니면 나를 이곳에서 내보내면 될 텐데.

미례는 어쨌든 그가 잠에서 깨서 자신에게 무슨 짓을 하기 전에 도망쳐야겠다고 생각했다. 살금살금 그를 깨우지 않도록 조심하며 침상에서 내려섰다. 옷을 입는 짧은 순간도 견딜 수 없을 것 같은 미례는 서둘러 옷을 집어 들고 소리 죽여 문을 열고 밖으로 나갔다. 새벽바람이 속옷으로 거침없이 스며들어 몸을 떨면서도 미례는 그와 함께하지 않은 하룻밤의 자유가 너무도 기뻐서 추운 줄도 몰랐다. 유모의 방으로 도망쳐 간 미례는 날이 밝기 전까지 부족한 잠을 달게 잤다.

다음날도 미례는 그가 들어오기 전에 잠들었다가 새벽녘 빠져나오기를 반복했다. 하지만 유모의 채근으로 하는 수 없이 날이 밝자 자신이 머물던 방으로 돌아갔는데, 아직 잠자리에서 일어나지 않았을 줄 알았던 그가 옷을 입은 상태로 침상에 앉아서 빤히 그녀를 쳐다보았다.

당혹감으로 얼어붙은 미례에게 그가 기분을 가늠할 수 없는 어조로 물었다.

"어딜 다녀오는 길이야?"

"이, 일찍 깨고 보니 더는 잠이 오지 않았어요. 그, 그대로 있다간 깨우게 될까 봐서."

"퍽도 생각해 주는 척하는군. 고단한 것 같아 푹 자게 해주려고 했더니 그게 아닌 모양이지?"

고단한 것 같아서 푹 자게 해주려고 했던 거라고? 저 사람이?

미례는 믿기지 않는 그의 말에 당황해서 변명할 말도 잊었다.

"날 깨워도 좋았잖아."

그의 눈빛은 위험하고 강렬하게 그녀의 몸을 훑고 있었다.

"서, 서두르세요. 곧 아침 식사를 들여올게요."

미례는 그와 눈이 마주치는 것을 피하며 일부러 분주한 척 움직였다. 당장이라도 자신에게 달려들 것 같은 위험한 기운을 내뿜던 그의 얼굴에 한순간 웃음기가 어렸다. 그는 느긋한 태도로 자리에서 일어나 문을 향해 나가며 말했다.

"오늘 밤은 자는 척해도 소용없어. 봐주지 않을 거야."

순간의 위험을 넘겼다는 안도의 마음도 잠시, 그가 남긴 말의 여운은 길었다. 미례는 긴장감이 풀리자 혼자 남겨진 방 안에서 무기력하게 그 자리에 무너지듯 주저앉아 한숨을 내쉬었다.

어떤 일은 아무리 바라도 이루어지지 않고, 어떤 일은 바라지 않아도 다가온다. 어떻게든 밤이 오지 않기를 바라는 미례의 심정과는 달리 낮 시간은 빠르게 지나갔다. 유모는 자질구레한 집안일을 챙기는 틈틈이 미례에게 그를 화제로 이야기를 나누려고 해서 미례의 마음을 불편하게 만들었다.

그간 겪을 만큼 겪어 이젠 더 새로울 것도 더 두려울 것도 없건만 이틀간의 자유가 다시 그녀에게 자신의 처지를 돌아보게 만들었다. 더구나 아무것도 모르던 때와는 달리 그와의 행위로 아기가 생길 수도 있다는 말을 들은 후로는 행위를 떠올리는 것만으로도 더욱 소름 끼치게 싫었다.

그와의 밤을 피할 수 있는 방법이 없을까. 어떻게 하면 그를 거부할 수 있을까. 미례의 머릿속은 온통 그 생각뿐이었다.

아프다고 해볼까. 몸이 아프니까 봐달라고? 그래 봐야 그것은 임시방편일 뿐이었다. 오늘 밤은 어찌어찌 넘어간다고 해도 내일 또는 다음날은 또 어떻게 넘겨야 할까. 몸에 흉한 상처라도 생긴다면……!

걱정이 쌓여 산을 이룰 정도가 되자 아무것도 눈에 들어오지 않았다. 음식도 먹는 둥 마는 둥 미례의 찌푸린 미간은 펴지지 않았다.

"어디 아프세요, 아기씨?"

보다 못한 유모의 말에 미례는 힘없이 고개를 가로저었다.

“그러면, 무슨 걱정 있으세요?”

다른 일이었다면 유모에게 말하고 함께 고민했을 테지만 이 문제만큼은 그렇지 못하다고 생각한 미례는 다시 고개를 가로저었다.

하루가 짧기만 했던 미례와는 달리 경휘에게는 그날 하루가 무척 길기만 했다. 새벽 잠자리서 그녀를 더듬어 깨울 생각이었던 그는 빈 침상을 확인하고는 화가 났다. 전날은 그대로 넘어가 주었지만 이대로는 안 되겠다고 단단히 마음을 먹고 그녀를 찾아 나서려던 때 마침 그녀가 안으로 들어섰다. 당장 침상으로 끌어들이고 싶은 유혹을 느꼈지만 거부하는 미례의 태도가 분명해서 그는 더욱 화가 났다. 제 사정을 봐주면 저도 뭔가 변화가 있어야 하건만 더욱 뒷걸음질쳐 물러서는 태도라니!

그는 해가 저물기를 기다려 서둘러 안채로 향했다.

차를 마시며 억지로 생각을 돌리기 위해 책을 펴 들었던 미례는 생각지 않은 너무 이른 시간에 들어온 그를 보고는 깜짝 놀라는 기색이 역력했다.

책이라니! 누가 귀족 여자 아니랄까 봐 고고한 척하는 태도라니!

그는 놀라는 미례의 태도에 상관없이 성큼 안으로 들어서서 그녀의 팔을 잡고 침상으로 이끌었다. 하루 종일 미례만 눈에 아른거리던 그였다. 미온적인 그녀의 저항을 걷어내며 익숙한 손놀림으로 말없이 그녀의 겉옷과 치마를 풀어내는 그의 손길도 성급했다. 옷으로 가려 보이지 않던 그녀의 젖가슴이 드러나자 그는 탐스럽게 솟은 그녀의 작고 탄력있는 젖가슴과 분홍빛 유두를 한입에 삼키듯 입 안에 머금었다. 입 안, 그리고 그의 얼굴에 닿는 익숙하고 보드라운 그녀의 살결이 그의 피를 들끓게 만들었다. 허겁지겁 하루 종일 타오르던 갈증을 해소하기라도 할 것처럼 그는 단단히 움켜쥔 미례의 젖가슴을 마음껏 주무르고 일그러뜨리며 흡인했다. 놀란 그녀의 신경이 가슴에 집중된 사이 그는 슬그머니 그녀의 다리 사이로 파고들었다. 꽤 다급한 몸짓의 그가 무엇을 하려는지 분명해지자 미례는 순간 정신이 바싹 들었다.

그가 자신의 안에 씨를 뿌리면······.

두려운 마음에 미례는 몸을 비틀고 있는 힘껏 그를 밀치며 그의 팔 사이로 빠져나갔다.

그는 생각지 못한 미례의 저항에 놀라고 어이없어하면서 자세를 바로잡았다. 그는 바닥에 떨어진 옷가지를 입는 듯 마는 듯 품고 몸을 가리며 도망치려는 미례를 쳐다보았다. 미례가 서둘러 문을 여는데 그가 말했다.

"어디로 갈 생각이야?"

순간 미례는 바닥에 단단히 붙박인 채로 부들부들 떨면서 그에게 등을 보인 상태로 멈춰 섰다. 그녀의 숨결도 거칠게 오르내리는데 그는 의외로 침착하고 냉정했다.

"이 섬 어디로 가면 숨을 수 있을 것 같아? 또 네가 그렇게 함께 하고 싶다던 여자는 어떻게 할 거야?"

그의 말이 정곡을 찔렀다. 어떻게든 그를 피하고 싶다는 마음이 앞섰고 그저 그의 눈앞에서 도망치기만 하면 될 것 같았다. 하지만 그의 말대로 냉정한 현실을 인식하고 나자 미례의 온몸에서 힘이 빠져나갔다.

"그 문 열고 나가는 순간 너와 여잔 다시 볼 수 없을 줄 알아."

자신의 처지가 각인되면서 미례는 싸울 기력을 잃었다.

"이리로 와."

미례는 그 자리에서 꼼짝도 하지 않았다. 다시 제 발로 그에게 다가가 그가 하는 대로 몸을 맡긴다는 생각만으로도 끔찍했다.

그는 인내심있게 기다려 주지 않았다. 그는 성큼 다가와 미례가 품고 있는 옷가지를 빼앗아 아무렇게나 바닥에 던졌다. 그는 좀 더 여유있게 벽을 짚고 미례를 가둔 후에 아까와는 반대쪽 젖가슴을 향해 고개를 숙였다. 미례는 벽과 그의 사이에 갇힌 신세로 반대편으로 고개를 돌렸다.

"……가요."

미례가 들릴 듯 말 듯한 어조로 떨면서 말했다.

"뭐?"

"제발 날 내버려 둬요. 다른 여자에게 가요!"

미례가 용기를 내어 마음을 쥐어짜듯 소리쳤다.

그의 실오라기 하나 걸치지 않은 탄탄한 알몸이 미례를 도망치지 못하게 압박하고 있었다. 그의 눈빛에 이제까지와는 다른 분노로 인한 냉기가 돌더니 도전적으로 빛나며 그녀의 눈과 입술, 그리고 목선을 더듬었다.

"다른 여자에게 가라고? 내가 왜? 네가 여기 있는데 뭣 하러?!"

이어진 그의 행위는 이제껏 볼 수 없는 격하고 배려없는 것이었다. 거칠게 흥분된 몸을 부딪쳐 오던 그는 그 자리에서 두 손으로 미례의 허리를 감으며 엉덩이를 감싸고 위로 가볍게 들어 올렸다. 미례가 저항하며 그를 밀어내려 하자 그가 그를 밀치는 미례의 두 손을 모아 쥐고 머리 위로 들어 올렸다. 힘으로는 그에게 상대도 되지 않는다는 것을 새삼 깨달으며 미례는 절망했다. 그의 눈앞에 무방비 상태로 치부를 드러낸 것이 부끄러워 어떻게든 벗어나기 위해 그의 몸 아래에서 꼼지락대던 미례는 한순간 허벅지 사이로 파고든 그가 벌어진 그녀의 다리 사이로 양물을 잇대며 남은 한 손으로도 가볍게 그녀의 몸을 들어 올리자 깜짝 놀랐다. 순간, 단단히 성을 내는 그의 것이 선 채로 깊숙이 그녀의 몸을 가르며 들어찼다.

"노력해도 알아주지 않는 여자에게 배려 따위가 무슨 소용이야!"

그의 음성은 낮게 쉬어 있었다. 대답하지 않는 미례에게 벌을 주듯 그는 허리힘으로 더 깊숙이 밀고 들어오며 신음을 토했다. 미례는 아프게 찔러오는 그의 행위에 기절할 듯 놀라며 다시 한 번 새된 비명을 질렀다. 미례의 몸이 움찔했다. 순간 그가 움직이지 못하도록 움켜쥐고 있던 손목을 풀어주자 미례는 서둘러 그의 어깨를 단단히 부여잡았다. 그가 더 깊이 들어오지 못하도록 하기 위해서였다.

"아파요."

그러나 그는 전과는 달리 뒤로 물러주지 않고 그대로 미례를 바라보았다. 그러자 미례는 자신의 몸 안에 너무 깊이 들어온 그를 물리기 위해 그의 어깨를 두 팔로 꼭 끌어안고 좀 더 위로 올라갔다. 허락하지 않을 것처럼 단단히 그녀의 엉덩이와 허리를 움켜쥔 그의 손에 슬쩍 힘이 풀렸다. 그가 조금 더 몸을 밀착하자 미례의 노력에도 불구하고 다시금 그녀의 더 깊은 곳까지 침범했다.

"그, 그만."

그녀가 따라올 수 있도록 사정을 봐주던 전과는 달리 그녀의 한계를 넘어서서 그가 연이어 진퇴를 거듭하자 그녀는 그의 공격을 견디다 못해 거의 실신하다시피 축 늘어졌다. 그는 그녀의 엉덩이를 쥐었던 한 손으로 그녀의 등을 받쳐 안았다.

미례가 정신을 차렸을 땐 이미 그의 거친 행위는 잦아들었고 그가 침상으로 옮겨 이불까지 덮어준 후였다. 그와 마찬가지로 미례는 실오라기 하나 붙어 있지 않은 상태로 그가 한 팔로 가로질러 그녀의 허리를 감은 채 잠들어 있었다.

온몸이 욱신거리며 아프지 않은 곳이 없었다. 그녀의 몸 안은 아직도 그의 일부가 머문 것처럼 얼얼하고 감각이 둔했다. 마치 그를 처음 받아들인 날처럼.

그의 씨는? 이 모든 일의 발단이 된 그것은 이미 일부는 그녀의 몸 안에 또 일부는 그녀의 몸 밖으로 나와 말라붙어 있었다. 늦게라도 씻어내고 싶은 마음에 미례가 습관처럼 몸을 웅크리며 그의 팔 안에서 빠져나왔다.

몸을 씻고 돌아온 미례가 그에게 닿지 않도록 조심해서 떨어져 누우려는데 잠든 줄 알았던 그가 말했다.

“옷을 벗어.”

미례는 흠칫 놀라며 주저했다. 그러나 하는 수 없이 옷을 벗고 이불 속으로 들어가자 그가 더욱 자신에게 가까이 끌어당겼다. 순간 그는 아까와는 달리 차가운 그녀의 살결에 놀랐다.

“무슨…….”

차가운 피부에 와 닿은 그의 손길은 더욱 뜨거웠다. 유난히 상체에 비해 차가운 그녀의 몸을 확인한 그는 곧 상황을 알아차렸다.

그의 흔적을 말끔히 씻어내고 온 보송보송한 그곳을 덮은 그의 손가락은 무언 중에 그곳을 마음껏 주무르고 만졌다. 수치심을 견디지 못한 그녀가 손을 뻗어 그를 제지하려 했지만 그녀의 두 손으로도 그의 손 하나를 막아낼 수 없었다. 작은 실랑이 끝에 한순간 미례는 움찔하며 더 이상의 저항을 포기하고 눈을 질끈 감았다.

"이젠 별 유난을 다 떠는군. 그런다고 오늘 밤 그냥 재울 것 같아?"

그는 말로만 위협하지 않고 다시 그녀의 몸 위로 올라오며 다리 사이에 파고들었다.

"그만 해요. 제발, 이젠 그만 해요."

그녀가 애원했지만 그는 듣지 않았다.

"어서 오시오, 이질금."

경휘가 다시 새타니를 찾았을 때 가납사니가 반색을 하며 일어나 그에게 자리를 내주었다.

새타니도 웃으며 그에게 인사를 건넸다.

"그동안 별일 없었소?"

웃음기 머금은 새타니의 눈과 마주치자 경휘는 괜히 부아가 치밀었다.

"하늘눈 새타니가 모르는 일도 없을 텐데 새삼스레 날 떠보는 건가?"

그의 퉁명거림에 가납사니가 조심스레 그의 눈치를 살폈으나 새타니는 그저 즐거운 듯 킬킬거리며 웃었다.

"집 안에 여인도 들여놨으면 좀 웃어야 하지 않소? 어디서 넘어지고 와서 어디다 심통이오?"

"새타니, 그만 하게나."

가납사니가 그의 눈치를 보며 새타니의 허리춤을 찔렀다. 그러나 새타니는 여전히 킬킬거리며 웃어댔다.

"언제 떠나면 좋겠는지 알아봐 주기나 해."

경휘는 새타니의 웃음을 무시하며 말을 건넸다.

"가납사니도 그 말을 하더이다. 이달 보름이 좋겠소. 그래, 이번에는 얼마나 걸릴 것 같소?"

새타니가 정색을 하고는 그에게 물었다.

"늦어도 두 달 안에는 돌아올 거야."

"겨울이 빨리 올 것 같으니 서두르는 게 좋을 게요, 이질금. 바다한 길에서 역풍을 만나면 좋을 게 없소."

가납사니도 고개를 끄덕이며 수긍했고 그들은 진지하게 복주와 미지의 서역 길에 대해서 이야기를 나누었다.

새타니에게 따로 묻고 싶은 것이 있던 경휘는 가납사니가 당장 일어설 것 같지 않자 다음 기회로 미뤄야겠다고 생각하며 자리를 털고 일어났다. 그러자 새타니가 짓궂게 물었다.

"여인을 집 안에 들여놓고도 어째 좋은 안색이 아닌 거요? 무슨 걱정이라도 있답니까?"

경휘는 그녀의 말을 무시하려다 생각을 바꿔 다시 자리에 앉았다.

"뭐요, 이질금? 말 못할 고민이 있으면 내게 말해보시구려."

그는 새타니에게 불편한 심기를 털어놓았다. 유모를 데려온 후의 미례의 변화도 그는 털어놓았다.

"사스래는 제가 먼저 몸 달아 안겨들곤 했는데 미례는 죽은 듯 누워 있는 게 다야. 처음엔 손쉽다고 생각해 좋았지만 이젠 그렇지도 않아. 살아 있는 여자 같지도 않아. 그런데다 얼마 전부터는 몸이 떨어지기가 무섭게 나가서 씻고 오는 거야. 하루에 몇 번을 안아도 몇 번씩 나가."

그는 정말 화도 나고 실망스러워 오늘 아침엔 등 돌리고 누운 그녀를 때려주고 싶은 충동이 일기도 했다.

그의 말을 듣고만 있던 새타니가 배시시 웃기 시작하더니 마침내는 못 참겠다는 듯 낄낄거리며 소리 내어 웃었다. 가납사니도 처음엔 놀라는 것 같더니 새타니를 따라 히죽거리며 웃어댔다.

화가 나서 죽을 지경인데 어렵사리 꺼낸 자신의 말에 그들이 웃어대자 경휘는 다시금 부아가 치밀었다.

실컷 말을 하라 해놓고는 기껏 꺼내놨더니 조롱이나 하다니!

가납사니가 먼저 붉으락푸르락하는 경휘의 표정을 살피며 웃음을 멈추고는 헛기침을 하며 새타니에게 눈치를 주었다.

"뭐가 우스운 거야? 실컷 비웃기나 하라고 얘길 꺼낸 줄 알아?"

그의 말에 가납사니가 다시 참았던 웃음을 터뜨렸다.

처음 눈정을 앓는 사내나 다름없었다, 그들의 이질금은!

아직 젊으나 사리분별 잘하며 패기 넘치고 활동적인 이질금을 다들 믿고 따르고 있었다. 그런데 그런 그가 작고 보잘것없어 보이는 여인 하나로 인해 안절부절못하고 있는 것이다.

"이런, 젠장할! 뭐가 그렇게 재미난 거야? 응, 새타니? 나한테도 얘길 좀 해봐. 내 얘기가 그리 우습나?"

쿡쿡거리며 웃던 새타니가 겨우 정색을 했다.

“흠, 흠. 이질금, 원해서 안기는 여자와 억지로 몸을 빼앗은 여자가 같을 수 있는 게요? 그래, 그리 생각된답니까?”

새타니가 겉으로는 눈물을 훔치며 아직도 속으로는 웃음을 흘렸다.

“가납사니, 자네도 그리 생각하나?”

조금은 누그러진 경휘가 가납사니의 시선을 잡으며 물었다.

“흠, 욕심이 지나치시긴 합니다.”

가납사니도 헛기침을 하고는 새타니를 거들었다.

“아무리 그래도 이질금, 혹시 여자 다루는 기술이 떨어지는 거 아뇨? 하룻밤에 몇 번씩이면 이제 알 만도 할 텐데.”

“뭐? 하지만 사스래는.”

“사스래야 이질금 아닌 다른 사내라도 다를 게 없을 게요. 이미 사내를 아는 사스래야 별 기술이 필요없지만 그 나이 어린 여인은 아직 아무것도 모르게 생겼습디다.”

그는 다시 헛기침을 하고는 거드름을 피우며 말했다.

“사실 소솜 어미도 처음엔 발버둥 치고 난리를 하더니 지금은 내가 바다에서 돌아오면 밤도 되기 전에 달려드는 게요. 맛을 알기 시작한 여인네야 별 기술이 필요없지, 암.”

“쓸데없는 소리.”

새타니가 샐쭉하며 빈정거렸다.

“그 기술이란 게 어떤 거지?”

경휘가 심각한 표정으로 묻자 가납사니가 얼굴을 찡그렸다.

“그걸 어찌 말로 한담.”

“허풍쟁이! 아는 게 없는 게지.”

새타니가 키득거렸다.

경휘가 끈질기게 시선을 놓지 않고 채근하자 가납사니가 난처한 기색을 했다. 더구나 새타니는 입을 다물라고 무언으로 윽박지르기까지 했다.

"에, 참! 흠흠, 이질금, 지난번 복주 기루에서 하룻밤 자고 오셨잖소. 그곳의 여자들이 어떻게 해야 좋아하는지야 더 잘 아실 테고, 이번에 복주에 가면 원없이 시험해 보고 그 방법을 써먹으면 되지 않겠수? 여자란 다 거기서 거기지, 뭐 다를 게 있나?"

뽀얀 살결을 쓰다듬는 것만으로도 지레 흥분하며 자지러지는 유녀들은 사내의 욕망을 정점으로 끌어올려 만족스런 화대를 받아내는 것이 목적이었다. 그는 가식적인 유녀와의 잠자리를 즐겨 하지 않았다. 결국 만족할 만한 답을 듣지 못한 경휘가 이번에는 새타니를 쳐다보았다.

"그 여인이 알면 좋아하지 않을 게요."

새타니가 고개를 설레설레 저었다.

"하면 달리 방법이 있나?"

"달래보구려."

"어떻게?"

그는 정말 사탕을 조르는 어린아이 같았다.

"그 여인이 좋아하는 걸 들어주고 같이 달구경도 하고 밀물가도 걸어보고."

"내게 말도 안 하고 쳐다도 안 보는데 그런 걸 좋아할까?"

"아니면 한동안 시간을 두고 잘못을 빌어보구려."

"잘못을 빌어? 무엇 때문에?"

그는 어이가 없는 듯 새타니를 쳐다보았다. 가납사니도 마찬가지로 도끼눈을 뜨고 씩씩거렸다.

"두 사람은 혼인한 사이가 아니질 않소. 여인네가 마음도 허락하지 않았는데 몸을 먼저 빼앗았으니 마음이 좋지 않을 거 아니오?"

경휘의 시선이 돌연 싸늘해졌다.

"그 여잔 내가 포로로 잡은 거야. 노예로 팔아버릴 수도 있는데 내 맘대로 품지도 못한단 말야? 잘못을 빌라고? 그 잘난 귀족 계집에게?"

"그야, 이질금 입장에서야 지금도 봐주는 거라고 할 수 있지만 그 여인네 입장에서 한 번 생각해 보시구려. 도적처럼 나타나 부모 형제 떨어져 그 여인네 신세를 망쳐 놓고 몸까지 버려 하늘이 무너지는데 뭐가 좋다고 이질금에게 깜빡 죽겠소?"

새타니의 말은 틀리지 않았지만 경휘로서는 인정하고 싶지 않은 것이었다.

"쳇, 아예 날 죽이라고 칼을 쥐어주지, 젠장!"

말을 꺼낸 자체가 잘못이라고 생각하며 경휘는 쌀쌀하게 일어서서 바람 소리 나게 밖으로 나가 버렸다.

"허, 거참! 이질금이 정말 눈정이 든 모양인걸. 큰일이로군."

새타니의 편에 섰다가 순간 경휘의 편에 서기도 하던 가납사니가 그의 뒷모습을 보고 중얼거렸다.

"이젠 속정도 들어가는 모양일세그려."

새타니도 혀를 차는 듯 이죽거리며 맞장구쳤다.

"저래서야 어디 그 여자를 떼어놓으라는 말이나 다시 꺼내볼 수 있겠소? 지난번 회의 때는 무조건 그 여자를 이질금에게서 떼어놓아야 한다고, 정이 붙으면 큰일이라고들 난리였는데 말이오."

"떼어놓으려면 진작에 떼어놓았어야지. 벌써 안채로 들여놓았다면서."

"그러게 말이오. 허, 참. 저리 변덕이 심해서야 원, 이번 바닷길은 어째 좀 불안하오."

"그나저나 자넨 왜 그런 쓸데없는 소릴 한 겐가?"

새타니는 생각에 잠긴 얼굴로 가납사니를 못마땅하게 쳐다보며 책망했다.

"내가 뭘 말이오?"

"다른 여인에게 가보라고 한 것 말이네. 되지도 않을 소릴 했더군."

"그게 왜 되지도 않을 소리란 말이오?"

"그 여인네와 휘아 사이를 벌려놓기만 할 뿐인 길 정말 모르나? 이 섬의 모든 여인네가 혹여라도 휘아가 사스래 집에 찾아간 걸 알게 돼보게, 그 말이 그 여인네에게 안 들어갈 성싶은가? 그걸 알고도 잘도 받아줄 성싶은가? 더 담을 쌓게 만드는 걸 몰라?"

"아니, 받아주지 않으면 어쩔 거요. 그 여인도 이젠 할 수 없는 이질금의 여인인 게요. 좋으나 싫으나 말이오."

"쯧쯧, 그렇게 겪어보고도 모르나! 사내들이란 무턱대고 부딪치면 되는 줄 아는 게지? 그래 가지고서야 어디……"

가납사니는 새타니의 못마땅한 시선에 머리를 긁적였다.

"그래도 우리 이질금을 저리 사로잡는 여인이 나타났군. 말해보게, 그 여인이 어찌 생겼던가?"

“운제 부인과는 딴판이오.”

금기시되는 사람의 이름이 나오자 새타니가 그에게 눈을 흘겼다.

“혹여라도 이질금 앞에서는 그 이름.”

“압니다, 알아요. 그 정도 생각도 없진 않아요.”

새타니의 표정이 점차로 풀어졌다.

“어디, 그 여인에 대해서나 말해보게.”

가납사니가 가만히 생각에 잠겼다가는 주섬주섬 말을 골랐다.

“그런데 그게 말이오, 새타니. 나도 잘 모르겠소.”

“모르다니? 자네는 보았을 것 아닌가?”

“글쎄, 그게…… 내 보기엔 그냥 어리기만 한 계집인데 뭘 보고 이질금이 저리 미쳤는지 모르겠다는 말이오.”

“아리따운가?”

“아리땁다고 하기는 좀 뭣하지만 다시 한 번 보게 만드는 구석이 있긴 하오. 처음 배 안에서도 그렇고 이질금에게 지지 않고 제법 따지고 들기도 합디다. 겁도 없이!”

“제 짝을 만난 게지.”

“뭐라 했수? 이질금을 그 여인과 맺어줄 작정이우?”

“자넨 달리 이질금의 짝이 될 만한 여인으로 점찍어둔 사람이 있는가?”

“그런 건 아니지만 그리 말라빠지고 아무것도 가진 게 없는 타지 여인을 이질금의 짝으로는 보지 않소. 애도 잘 못 낳게 생겼습디다.”

“걱정 말게. 휘아는 여러 명의 자식을 볼 게야. 휘아보다 더 나은 이질금이 될 자식들을 볼 게야."

"그 여인에게서 말이우?"

"그건 아직 모르지."

"자식이라면 사스래가 더 잘 낳게 생겼잖소?"

"사스래는 아니야. 휘아는 사스래에게 정이 없어."

15

"이질금, 이질금! 배 떠날 시간이오. 오늘 떠나지 않을 거요?"

경휘는 꿈결처럼 그를 부르는 소리에 힘겹게 눈을 떴다.

자신의 몸이 그녀의 등에 밀착되어 있었고 한쪽 다리가 그녀의 몸을 감고 있었다.

"이질금, 기침하셔야지요."

이번에는 가납사니의 걱정스런 목소리가 들렸다.

"으음. 곧 갈 테니 먼저 준비하고 있어."

"알겠소."

가납사니의 발소리가 멀어져 가자 경휘는 몸을 일으키며 기지개를 켰다. 새 옷을 갈아입고 침상으로 다가가 걸터앉은 그는 깊이 잠든 미례의 모습을 살폈다. 미례는 누가 업어 가도 모를 정도로 깊이 잠들어 있었다.

털을 곤두세운 새끼 고양이처럼 대들더니 자는 모습도 비슷한 것 같군.

그는 피식 웃으며 이불 위로 드러난 하얀 살결을 만져 보았다. 드러난 살결 여기저기에 최근의 격한 몸싸움으로 시퍼렇게 멍든 자국들이 보였다.

언제쯤이면 다소곳이 맞아주려는지! 그가 바라는 것은 중원의 유녀들처럼 기술적으로 허리를 꺾고 감겨들며 과장되게 쾌락의 소리를 내는 것이 아니었다. 미례에게 바라는 것은 단지 그녀 안에 자신을 묻을 때 다만 싫어하지 않는 태도로 수줍게나마 안아주는 것이었다. 훌륭하다고, 너무나 기다렸다고 그의 귓가에 속삭이는 것 따윈 기대하지 않았다.

"그 여인네 입장에서 한 번 생각해 보시구려. 도적처럼 나타나 부모 형제 떨어져 그 여인네 신세를 망쳐 놓고 몸까지 버려 하늘이 무너지는데 뭐가 좋다고 이질금에게 깜빡 죽겠소?"

새타니의 말이 그의 기분을 가라앉혔다.

그래, 그렇기는 하지. 그렇기는 해도 너를 품지 않고는 참을 수 없으니!

이불을 덮어주던 그가 충동적으로 그녀의 드러난 젖가슴의 부드러운 감촉이 좋아 손안에 감싸고 주무르자 미례가 신음하며 눈을 떴다. 마주친 그녀의 눈빛이 흔들리자 그가 낮게 소리 내어 웃었다.

"더 자둬. 오늘 밤은 널 괴롭히지 않을 테니. 내일도! 한동안 돌아오지 않을 테니 당분간 마음껏 혼자 자도 돼. 하지만 다시 돌아왔을 때도 계속 그런다면 어찌 될 건지 잘 생각해 봐."

미례는 빤히 그의 얼굴을 쳐다보기만 했다.

"필요한 게 있으면 곁시를 불러. 소솜에게 말해도 돼. 말썽을 부렸다는 소리가 들리면 가만두지 않을 거야. 명심해."

말을 마친 그는 자리에서 일어서더니 성큼성큼 걸어 밖으로 나가려고 했다.

미례는 서둘러 일어나 앉아 이불을 걷어 올려 몸을 감싸며 용기를 내어 그에게 말을 걸었다.

"저."

"할 말이 있어?"

그가 궁금한 표정으로 미례를 주시했다.

"집 밖에, 마을 쪽으로 나가봐도 될까요?"

"어딜 나갈 생각인데?"

"그냥 갑갑증이 나서."

"그렇게 해."

"정말요?"

"흰둥이를 데리고 나가도 돼. 그 녀석도 바람을 쏘이는 일이라면 좋아할 거야."

그가 나가고 한숨 돌린 미례는 설레는 마음도 잠시, 다시 잠에 빠졌다가 한나절이나 지난 후에야 침상에서 일어났다.

이젠 아예 목욕실로 마련해 놓은 곳에서 머리를 틀어 올리며 옷을 벗고 통 안으로 들어갔다. 어머니의 품처럼 따뜻하며 편안하다고 미례는 생각했다. 그런데 어젯밤 그에게 깨물린 유두가 물에 닿자 쓰리고 아팠다. 미례는 등 돌리고 있음에도 유모가 볼세라 얼른 몸을 가리며 물을 적셔 씻어내었다.

늦은 점심상을 물린 후에 미례는 유모에게 밖에 나가보자고 말했다. 유모의 눈이 휘둥그레졌다.

"여쭤보셨어요? 그분이 허락하시던가요?"

"음."

"거 보세요, 그렇게 나쁜 분은 아니라니까요."

유모가 환하게 웃으며 말했다.

소솜이 찾아오자 미례는 그에게 다가가 수줍게 인사했다. 그는 보기에도 순하고 해맑은 사람처럼 보였다. 그는 미례가 흰둥이와 함께 밖으로 산보를 나가고 싶다는 말을 하자 길 안내를 하겠다고 했다.

"필요한 게 있으면 내게 말을 하시오, 미례 아기씨. 이질금이 안 그래도 내게 당부하고 가셨소."

"고마워요, ……소솜."

미례는 그에게 보일 듯 말 듯 미소를 지으며 대답했다.

미례는 소솜에게 믿음이 갔다. 아마도 이 섬 전체에서 그녀가 믿을 수 있는 사람은 유모와 그뿐일 것이다.

마구간 앞마당에서 흰둥이의 털을 고르는 소솜을 신기하게 바라보던 미례가 한쪽 구석에 쪼그리고 앉아 있자 흰둥이가 기분 좋은 듯 꼬리 짓을 몇 번 하더니 슬금슬금 미례에게 다가왔다. 깜짝 놀라 일어서서 몇 걸음 뒤로 물러나려는 그녀의 치맛자락을 흰둥이가 낚아채더니 잘근잘근 씹으며 다가왔다. 미례는 당황하며 흰둥이에게서 치맛자락을 빼앗으려 했다. 그러나 흰둥이도 버티며 옷자락을 놓지 않았다. 실랑이를 벌이는 와중에 흰둥이의 잇몸이 드러나며 힘주어 물고 있는 이빨도 드러났다. 그 모습이 마치 웃고 있는 것 같았다.

"미례 아기씨가 맘에 드는가 보오."

소솜이 키득거리며 웃었다.

"물지 않을까요?"

"아기씰 해치진 않을 겝니다. 이 녀석은 사람을 가리는 편인데 아무래도 아기씬 예외인가 보오."

소솜이 흰둥이에게서 미례의 옷자락을 빼앗아 돌려주었다.

잠시 후 흰둥이가 자신감을 가지고는 다시 미례에게 다가와 코를 벌름거리며 미례의 몸을 훑더니 미례의 머리카락이 닿자 재채기하듯 숨을 크게 날려 그녀의 머리카락을 불어버렸다. 미례는 흰둥이의 재채기 소리에 두려워하며 다시 몇 걸음 도망쳤다. 그러자 다시 흰둥이가 옆 걸음으로 다가왔다. 제 주인이나 마찬가지로 흰둥이도 집요하고 짓궂은 구석이 있다고 미례는 생각했다. 아니면 겁먹고 도망치는 미례가 만만해 보이는지도 몰랐다.

소솜의 길 안내로 미례는 유모와 함께 마을을 지나 한적한 숲을 거닐었고 바다가 내려다보이는 언덕 위에 잠시 앉아 쉬며 미어지는 가슴으로 바다 너머를 하염없이 바라보았다.

남쪽 끝 짙푸른 바다 저 너머에 나를 걱정하는 가족들이 기다리고 있을 텐데.

작은 뗏목 하나에 선원들을 실어 쫓아버린 그의 일행에게서 살아

남은 사람이 있다면 자신의 생사 여부라도 전해줄 수 있지 않을까 생각하며 미례는 오래도록 그 자리를 떠나려 하지 않았다. 소솜도 말없이 지켜보기만 했다.

두 달 남짓한 평화 기간 동안 미례는 흰둥이와 소솜과 더욱 친밀해졌고 매일같이 그 언덕으로 올라가는 것이 하루의 마지막 일과가 되었다. 가끔씩 마을 여인들의 따갑고 호기심 어린 눈들이 그녀를 훔쳐보는 것을 알았으나 미례는 애써 그들을 무시했다.

경휘는 복주에 도착해서 정황을 보고 받은 후에 전언으로 들었던 동이의 객이 아직도 있는지 물었다. 복주도방의 방주는 그가 매일 아침저녁으로 찾아오는데 근처의 객잔에 머물고 있다고 말했다.

처음엔 단칼에 자르고 만나볼 생각이 없던 그도 점차 긍정적인 쪽으로 기울었다.

만나볼까.

출항하기 바로 전날, 해거름에 그는 마음을 정하지 못하고 새타니를 찾아갔다. 동이의 고구려에 대해 아는 것이 있냐고 묻자 새타니에게서 웃음기가 사라졌다.

"무엇 때문에 그러시오?"

"그곳에서 날 찾아온 사내가 있어."

"……사내라고 했소?"

"아버지의 패를 가지고 있다더군. 한데, 아버지를 만나러 온 게 아니고 나를 만나길 원한다는데?"

"아직 만나보진 않으신 게요?"

"지난번 복주에서 돌아온 후에 연락이 닿았다더군. 내가 그자를 만날 필요가 있을까?"

새타니는 그의 말에는 대답하지 않고 여전히 굳어진 표정으로 물었다.

"그자가 뭐라고 한답니까?"

"아무 말도! 믿을 만하니 말을 하라 해도 나를 만나지 않고는 하지 않겠다고 한대."

새타니는 깊은 생각에 잠긴 듯 아무 말도 하지 않았다.

"동이의 고구려가 나와 무슨 상관이지?"

그가 다시 물었다.

"……하기사."

언제까지라도 굳게 침묵을 지키고 있을 것만 같던 새타니가 천천히 입을 열었다.

"이제는 이질금도 어른이 되었으니 알아서 결정을 하셔야지요."

새타니는 그렇게 운을 떼었다.

"아무 관련 없는 동이의 고구려 사람이 이질금을 찾을 이유는 단 하나뿐인 것 같소."

"그게 뭐지?"

"……어머니, 이질금의 모친께서 찾는 걸게요."

"어머니? 내 어머니가 살아 계셔?"

그는 생각지도 않은 그녀의 말에 놀람을 감추지 못했다.

"내 어머니는 이미 돌아가셨다고 했잖아?"

"이질금이 찾을까 봐 그런 거지요. 어차피 돌아오지 않으실 분인데 기다리고 찾으면 안 되니까, 그래서 그리들 말한 거였소."

"그분이 동이의 고구려에 계시다고? 왜?"

"본시 고구려 분이셨소."

"그런데 어떻게 여기서 날 낳았어?"

"전대 이질금께서 중원에서 여행하다 노예 시장에서 사신 게요."

순간 경휘는 미례를 떠올렸다. 그리고 그녀를 발견한 장로들의 충격도 떠올렸다. 무조건 외지의 여자는 안 된다는 그들의 반대도 이제야 그 이유를 알 것 같았다.

"어머니도 누군가에게 잡혀온 노예였나?"

"그러셨다고 합디다."

"그런데 왜 다시 고구려로 가신 거지?"

"그분이 원하셨소."

"아버지가 순순히 그러라고 하셨나?"

"그런 줄 압니다."

"아버지는 어머니에게 정이 없으셨어?"

"그야 알 수 없는 일이지요."

"……료허에서 고구려 국경이 가까운가?"

새타니는 그렇다고 했다.

어머니! 어머니가 보낸 사람!

그의 의지는 점차 그를 만나고 싶은 생각으로 변해갔다. 굳이 이번 여행을 자청한 것도 그 때문이었다. 그리움 때문이 아니라 근본적인 호기심 때문이었다. 너무 어려서 헤어진 어머니에게 정이 남아 있을 리 없는 그였다. 하지만 그는 궁금했다. 새타니나 다른 사람들을 통해서 듣는 것이 아닌 그를 버리고 떠난 어머니라는 존재의 변명을!

경휘는 다음날 저녁 객잔으로 찾아가 그를 만났다. 사내는 경휘의 짐작대로 이전에 그에게 화평도방의 길을 묻던 사내였다. 그는 부리는 시종으로 보이는 사내 둘과 함께였다. 아랫사람들의 대하는 태도로 보아 그는 높은 지위의 사내처럼 보였다.

"고남무라고 하오."

아랫사람들을 내보내고 앉은 그도 경휘를 기억하고는 반갑게 인사했다.

"석경휘요. 날 직접 만나고 싶어했다고 들었습니다."

그는 자신보다 높은 연배의 그를 대우하며 말했다.

사내는 경휘에게서 다른 이의 모습을 찾는 듯 그를 뚫어지게 바라보고는 고개를 끄덕였다.

"과연 어머니의 모습이 남아 있습니다. 그래서 피를 속일 수는 없다고 하나 보오."

경휘는 말없이 그를 바라보기만 했다. 경휘가 뭔가 물어주기를 바랐던 듯 그는 조금 더 기다렸다가 실망을 감추지 못하고 물었다.

"어머니에 대해 들은 바 있습니까?"

"태어나고 백 일도 안 되어 헤어진 어머니가 기억날 리 없지요."

"……원망이 깊은가요?"

"아무런 감정도 없다는 것이 맞을 거요. 쓸데없는 것은 더 묻지 마시오. 나를 찾아온 용건이 있을 것 아닙니까?"

그는 경휘의 신경질적인 반응에도 개의치 않고 침착한 어조로 말했다.

"어머니가 아들을 만나보고 싶어하십니다."

“직접 오셨으면 이 자리서 뵈었을 텐데요.”

경휘는 직접 오지 않은 일을 꼬집어 말했다. 이제껏 찾지 않던 어머니가 늦게나마 아들이 보고 싶었다면 사람을 보낼 것이 아니라 직접 나타났어야 하는 것 아닌가 싶은 마음에 불쾌했다.

“직접 오겠다 고집했지만 너무 먼 길이어서 내가 말렸어요. 내가 먼저 연락을 하고 그대의 의향을 들어본 연후에 만나도 늦지 않다고.”

남무는 아들이 만나지 않겠다고 말해서 실망하고 먼 길을 돌아올 가능성도 염두에 두고 있었던 것이다.

“어머니가 무척 믿고 의지하는 분인가 봅니다.”

경휘의 음성에는 비아냥이 섞여 있었다. 간접적으로 그가 누구인지 알고 싶은 마음도 묻어 나왔다.

“내게는 무척 소중한 이라 다시 있을지 모르는 어려움에 빠뜨리고 싶지 않았소.”

결국 짧은 침묵을 사이에 두고 경휘가 물었다.

“어머니와는 정확히 어떤 관계입니까?”

“운제는 나와 혼인한, 내 안사람이오.”

경휘의 눈가에 가늘게 경련이 일었다. 그의 가슴에 스산한 바람도 지나갔다. 운제, 어머니의 이름. 그 이름을 자연스레 부르며 안사람이라고 말하는 이가 다른 사내에게서 낳은 아들을 앞에 두고도 저렇게 태연할 수 있다니.

하지만 그의 관용에 대한 찬탄보다는 아버지를 버리고 떠난 어머니에 대한 반감이 더 컸다. 아버지를 버린 것은 결국 그 자신을 버린 것이나 다름없었다.

딱딱한 태도를 풀지 않는 경휘를 응시하며 그가 말을 이었다.

"어머니가 어떤 어려움을 겪었는지 알지 못하지요?"

"이제 와서는 더 알고 싶지도 않습니다."

그는 자리에서 일어섰다. 더는 아무렇지 않게 그 자리에 앉아 있을 자신이 없었다.

"운제를, 그대의 어머니를 만나주시오. 아들을 그리워하고 많이 미안해하고 있소."

그리워하고 미안해한다?

"그게 나와 무슨 상관입니까? 나와 아버지를 떠나 지금은 당신과 잘살고 있으면서! 나는 이미 어머니가 필요한 나이를 지났소!"

거칠게 객잔을 나온 그는 서둘러 쫓는 고남무의 만류도 뿌리치고 서둘러 도방으로 왔다. 그는 다음날 아침 일찍 다시 찾아왔으나 경휘는 다시는 그를 만나지 않았다. 결국 이레가 지나자 요지부동인 경휘의 마음을 읽은 그는 한 통의 편지를 전해달라고 하고는 복주를 떠났다.

어느 날 아침에 미례는 안뜰을 지나치다가 낯선 중년의 사내를 만났다.

그는 희끗희끗한 수염을 기르고 있었으며 떡 벌어진 어깨와 날카로운 눈매를 가진, 그리 쉽게 친숙해질 수 없을 것 같은 사내였다. 사람을 환영치 않는다는 것을 몸으로 표현하는 것처럼 느껴져 쉽사리 그에게 말을 걸기도 힘든 묘한 분위기를 가지고 있었다.

낯선 사람으로 인해 화들짝 놀람을 감추지 못하며 미례는 그를 피해 안채로 들어갔으나 등 뒤에서 그의 시선이 미례를 따르고 있음을 모르지 않을 만큼 그의 시선은 노골적이었고 당당했다.

미례는 부엌일을 하고 있는 유모에게로 다가갔다.

"유모, 유모도 집 안에 낯선 사람이 있는 걸 알아?"

"낯선 사람요?"

미례가 어리광을 부리듯 유모 가까이로 가서는 고개를 끄덕였다.

"좀 전에 밖으로 나가려다가 어떤 사람을 마주쳤어. 그런데 생각해 보니 안채로 향하는 집 안에까지 들어올 정도라면 아주 가까운 사람이 아닐까?"

"아, 곁시의 말로는 그분의 부친 되시는 이께서 어젯밤 늦게 오셨다고 하던데, 그럼 혹 그분을 뵌 건가요?"

"그래?"

"중원 어딘가에 사신다는데 사람을 좀 꺼리신다고 들었어요, 아기씨."

맞다. 그에게선 사람을 부리는 자의 위엄이 있었다. 그건 오래되어 몸에 밴 것으로 보였다. 그러고 보니 그와 경휘에게선 어딘가 닮은 구석이 있는 듯도 싶었다.

그가 나이 들면 그런 모습일까.

미례는 나가려다 말고 음식을 맛보는 유모에게 갑자기 생각난 보리수단이 먹고 싶다고 졸랐다.

"수단요, 아기씨?"

아주 어린 시절에 한 번 먹었음 직한 보리수단을 말하는 미례가 생소한 듯 유모가 웃음을 지으며 물었다.

"음, 유모, 우리 가락국에서 먹던 그 맛이 날까? 어젯밤 잠자리에 들려는데 갑자기 수단이 먹고 싶은 거야. 그래서 잠도 설쳤지 뭐야. 오늘은 유모에게 꼭 해달라고 해야지 했었는데 이제야 기억이 났어. 안 그랬음 오늘 밤에도 갑자기 생각이 나서 잠을 설쳤을 거야. 어때, 유모? 만들어줄 거야?"

"뭐, 어렵지야 않지마는 갑자기 웬 수단이 드시고 싶답니까?"

"몰라, 고향 생각을 하다 보니 갑자기 생각이 나던걸."

"하긴 뭐라도 좀 드셔야지요. 요즘은 통 맘껏 드시는 걸 못 봤습니다. 그래, 만들어 드리면 많이 드시렵니까?"

"음. 약속해, 유모."

미례는 다음날 또다시 그 낯선 이와 마주쳤다. 그는 미례가 잠시 산보 삼아 바다 언덕으로 나왔다가는 돌아가려 할 때 언덕 위에 나타났다. 불편한 마음으로 미례가 그에게 자리를 내어주자 그는 노골적인 시선으로 그녀의 전신을 훑어보았다. 걸음을 옮기려는 미례를 붙잡은 건 그의 확고한 음성이었다.

"저 바다만 건너면 네 갈 곳이 눈에 보일 것 같으냐?"

미례는 그가 묻는 의도를 알 수 없었으므로 아무런 대답도 하지 않았다.

그는 잠시 대답을 기다리다가는 미례를 다시 훑으며 물었다.

"내 말을 못 알아듣는 건가? 네가 아주 말이 통하지 않는다고는 하지 않던데."

"……알아듣습니다."

"그래? 그럼 어디 대답해 보거라. 너 이러고 나와 있는 이유가 바다 건너에 두고 온 이 때문인 거냐?"

미례는 대답하지 않고 그의 얼굴을 바라보기만 했다.

"그리 바라만 보고 있으면 누군가 널 데려다 준다든?"

"……아무리 해도 돌아갈 방법이 없는걸요."

"말해보거라. 거기서 널 기다리는 이가 누구냐?"

"부모님이 계시고, 오라버니들이 있어요."

"그뿐이냐? 너 마음에 둔 사람이 더 있지는 않고?"

미례는 캐묻는 그의 시선을 피하며 입술을 깨물었다.

"이곳을 떠나서 네 처지가 어떤지 괘념치 않고 널 받아줄 것 같으냐?"

여전히 그는 알 수 없는 말을 하고 있었다.

"그래도 돌아가고 싶으냐고 묻고 있는 거다. 너 정 돌아가기를 원한다면 내 도와줄 수도 있으니."

미례는 생각도 못한 그의 말에 놀람을 채 지우지도 못하고 그를 올려다보았다.

그의 눈이 순간 씁쓸한 빛을 띠며 미례를 마주 보았다.

"가고 싶으냐?"

"정말로…… 보내줄 수 있다고 말씀하시는 건가요?"

"그럼 내가 널 데리고 농이라도 거는 걸로 보이는 게냐?"

미례는 다급하게 고개를 저었다. 갑작스럽게 그녀의 가슴이 뛰기 시작했다.

"내 돌아가는 길에 널 보내줄 수도 있다. 어떠냐?"

"가고 싶어요. 부모님을 뵙고 싶어요. 돌아갈 수만 있다면…… 집으로 돌아가고 싶어요!"

미례는 그의 마음이 변하기라도 할까 봐서 갑작스레 불안해졌다.

그가 누군지는 이제 안다. 이 섬에서 무섭고도 두려운 그 말고 그녀를 보내줄 수 있는 사람이 있다면 그는 바로 지금 그녀의 눈앞에 있는 사람이란 것도 안다.

미례는 생각할 것도 없이 그가 내미는 손을 잡고 싶었다.

"그래, 하면 내 떠나는 날 널 데리고 가마. 중원에서 네 식구들에게 연락이 닿을 방법을 찾아볼 수도 있을 게다."

"네."

미례는 갑작스럽게 생겨난 희망으로 밝아지며 눈물마저 글썽였다.

그럴 수만 있다면!

미례는 두 번 다시는 그리운 얼굴들을 볼 수 없을 줄 알았었다. 이렇게 갑작스레 희망이 생겨서 돌아갈 수 있으리라곤 꿈에도 생각지 못했다.

"경휘에겐 아무 말도 하지 말거라."

그가 신중하게 미례에게 다짐을 두었고 미례는 열렬히 고개를 끄덕였다.

16

 $\Large 두$ 달여 만에 저녁 무렵 갑작스레 돌아온 그는 그녀가 일견 보기에도 위험스러울 만치 그녀를 향해 뜨거운 눈길을 보내고 있었다.

 그의 부친의 배는 내일 아침 떠난다고 했다. 아버지의 귀향 소식을 듣고 급하게 일정을 변경했다는 그는 그다지 부친과 뜨거운 부자의 정을 나누지는 않았다. 무덤덤한 그들이 부자지간인지도 그들의 태도만으로는 알 수 없었을 거라고 미례는 생각했다.

 왜 자신을 도우려 하느냐는 미례의 말에 그는 다만 아들을 위해서라고 했다. 미례는 그의 말이 아들에게는 더 나은 여자가 필요하다는 말로 들렸지만 상관없었다. 그녀 자신을 보내고 다른 여자를 그 자리에 앉히고 싶어하는 부모의 마음도 한편으론 알 것 같았으나 마음 한 켠은 이유 모르게 불편했다.

돌아온 뱃사람들은 그의 집에 모여 거나하게 술잔치를 벌였다. 더구나 전대 이질금의 귀향은 돌아온 뱃사람들에게도 큰 기쁨인 듯 들떠 있었다.

"이젠 그만 돌아오십시오, 이질금. 그 낯선 땅이 뭐가 그리 좋으십니까?"

거침없이 술을 들이켜던 가납사니가 전대 이질금을 향해 말했다.

"나이 드니 이제는 몸도 찌뿌드드한 게 뱃길의 노역도 싫고 손자 녀석 귀염이나 보면서 사는 게 제일 좋습니다."

"별일이군. 젊은 사내 녀석들도 못 당할 거라 큰소리치던 가납사니가 맞나!"

주거니 받거니 그렇게 술을 권하던 그들 곁에서 경휘는 말없이 아버지의 얼굴을 살폈다. 검게 그을고 굵은 주름마저 굳어진 그의 딱딱한 외모 어디에서도 여자를 향한 열정 같은 것은 찾아볼 수 없다고 경휘는 생각했다.

어머니 앞에서도 그랬던가.

그는 어머니에 대한 아버지의 감정이 궁금했다. 가납사니와 어울리던 아버지가 아들의 시선을 눈치 채고는 한순간 마주 보았다. 아버지는 말없이 아들에게 술을 권했다.

왜 어머니를 보내준 겁니까. 어머니가 다른 사내와 혼인해서 잘 살고 있다는 거 알고 있기나 한 겁니까.

경휘는 아버지에게 묻고 싶었다. 어머니의 다른 사내를 만났다고 말하면 뭐라고 할까. 경휘는 그 답을 듣지 못할 것을 알면서 연거푸

독한 술을 입 안에 털어 넣었다.

미례는 두 사람만 있는 밤을 어떻게든 피해보고 싶어서 그가 좀 더 사람들과 어울려 술을 마시고 쓰러져 주기를 바랐다. 혹은 간만에 아버지와 함께 자겠다고 그녀를 찾지 않거나. 하지만 두 사람의 사이로 보아 그럴 가능성은 없는 듯했다. 더구나 종종 그녀에게 머물곤 하는 그의 눈빛은 뜨겁고 끈적했다.

곁시와 유모를 도와 늦게까지 음식 만드는 일을 돕고 설거지하는 일을 도왔지만 일은 그 끝이 있었다.

"그만 들어가 보셔요, 미례 아기씨. 남은 일은 저희가 해도 됩니다."

자신의 마음을 모르는 유모의 채근에 이어 곁시마저 그녀를 밖으로 떠밀었다.

"내일 아침이면 일을 도우러 여자들이 올 거예요. 남은 것은 그때 치우면 되니까 들어가셔요. 괜히 저희들만 이질금께 혼납니다."

하는 수 없이 터덜터덜 떨어지지 않는 걸음으로 안채로 들어서니 이미 그가 연못가 다리 난간에 걸터앉아서 그녀를 기다리고 있었다.

그는 다가오는 그녀를 보고는 싱긋 웃으며 그녀의 속내를 다 안다는 듯 말했다.

"내가 보고 싶지 않았던 거군."

더 정확히는 아예 돌아오지 않기를 바랐을지도!

먼저 몸이 달은 그녀가 다가와 유혹할 때까지 기다려 봤으면 좋겠다는 그의 바람과는 달리 그녀는 쌀쌀했다. 정곡을 찌르는 그의 말을 미례는 새침한 표정으로 무시했다.

눈빛으로, 불만스런 작은 한숨으로, 닿을 듯 말 듯 애태우는 몸짓으로 제 사내들을 유혹하는 섬 여인들의 행동이 눈에 들면서 경휘는 그녀들과 똑같이 자신을 대하는 미례를 상상해 보았다. 하지만 미례만큼은 다른 여인들과 달랐다. 그녀는 어떻게든 그의 눈에 띄지 않으려고 안간힘을 쓰며 눈빛이 마주치는 순간에도 서둘러 도망치기 바빴다.

"조금만 더 기다려 보고 그래도 안 오면 데리러 갈까 하던 참이었지."

유모와 곁시 앞에서 그의 팔에 끌려 왔다면 다음날 그들을 제대로 보지 못했을 거라고 생각하며 미례는 붉어진 얼굴로 항의하려 했다.

"그렇게까지."

그가 먼저 그녀의 말을 잘랐다.

"그러니 다음부터는 서둘러서 내게 와."

다음부터!

그래, 다음이란 것이 없다는 것만으로도 다행이라고 미례는 생각했다. 당장이라도 그의 시선이 닿지 않는 곳으로 도망치고 싶은 마음을 다잡으며 미례는 표정을 감추고 그를 지나쳐 다리를 건넜다. 그녀의 몸을 훑는 뜨거운 시선과 함께 그가 그녀의 뒤를 따랐다.

두 달여 간의 자유는 이로써 끝이 났다. 하지만 오늘 밤만 견디면 그로부터 벗어날 수 있다. 미례는 그것으로 우울해지는 마음을 추슬렀다.

긴 밤이 되겠다고 생각하며 미례는 방 한가운데 섰다. 어둠이 그녀의 부끄러움을 가려주었으면 좋으련만 불을 켜지 않아도 밖으로부터 들어온 달빛으로 인해 그녀 자신과 문 앞에 서서 자신을 지켜보는 그의 모습이 유난히 밝았다. 그가 바라보는 가운데 미례는 시키지 않아도 천천히 옷을 벗었다. 아무렇지 않게 그의 시선을 받아낼 수 없었던 미례는 떨리는 손으로 마지막 남은 옷을 입은 채 서둘러 이불 속으로 몸을 감추고 남은 옷을 밖으로 떨구었다.

그는 그 모든 일련의 행동을 지켜보면서 한 마디도 하지 않았다. 그는 이윽고 그녀와는 달리 부끄러움 같은 건 찾아볼 수 없는 태도로 알몸이 되어 그녀의 이불 속으로 들어왔다.

그의 욕망은 강렬했다. 한동안 여자를 품지 못했던 만큼 다급하게 그녀를 몰아갔다. 미례는 그날 밤 단 한마디도 하지 않았지만 자신에게 달려들어 몸을 묻는 그의 어깨를 감싸 안았고 그가 여러 번 자신의 몸 안에 파정을 하고 흔적을 남겨도 굳이 서둘러 일어나 씻으러 나가지 않았다. 잠든 그를 조금이라도 자극하고 싶지 않았기 때문이었다.

깊고 편안한 잠에 빠졌던 경휘는 그녀가 보이지 않자 허전함을 느꼈다. 그녀가 조금은 고분고분해졌다고 생각하니 괜히 기분이 좋아졌다. 가능하면 열 명의 아이라도 낳아 그녀를 붙들어두고 싶다는 열망이 어젯밤 그를 열락으로 몰아갔다. 그 자신과 아이들 말고는 다른 생각을 할 수도 없게 만들고 싶다는 생각뿐이었다.

정말 그렇게 해볼까. 그는 자신의 소유욕에 스스로 놀라 쓰게 웃었다.

침상 위 가장자리에 갈아입을 새 옷이 놓여 있는 것을 본 그는 천천히 일어나 옷을 입고는 밖으로 나왔다. 늦가을 아침 날씨가 청명했다.

경휘는 아침 식사를 한 후 오랜만에 흰둥이와 더불어 산보를 가보자고 생각했다. 미례에게 함께 가보자고 할까, 하는 생각을 하는 순간 그녀가 보이지 않는다는 데 생각이 미쳤다. 곁시를 부르는데 다른 때 같으면 먼저 달려왔을 미례의 유모도 보이지 않았다. 오늘은 아침부터 두 사람을 보지 못했다는 곁시의 말을 확인하고 집 안팎을 확인한 그는 아버지의 배가 출항하는 데에 불현듯 생각이 미쳤다. 그는 흰둥이를 끌어내 포구로 빠르게 내달렸다.

포구에서는 아직 배가 출항하지 않고 있었다. 배웅 나온 사람들과 인사를 마치던 그의 아버지는 숨을 헐떡이며 달려온 그를 보고는 고개를 저었다.

"너의 배웅은 바라지 않았는데?"

"아버지를 보러 온 게 아닙니다."

그는 의아하게 생각하는 사람들을 지나쳐 배 안으로 성큼 걸어 들어갔다.

그는 오래지 않아 선실 안에서 우악스럽게 미례를 끌어 내렸다. 험악한 그의 분위기에 누구도 감히 그를 말리려 들지 못했다. 그의 아버지조차도 그의 이런 모습은 처음인 듯 그 자리서 쳐다만 보고 있었다.

그는 솟구쳐 오르는 모든 분노를 휘어잡은 그녀의 팔목에 실은 듯했다. 미례는 너무나 심하게 아파 그의 손목을 풀어보려 했지만 그는 꿈쩍도 하지 않았다. 오히려 더 강한 힘으로 끌려가지 않게 버

티는 그녀를 끌어당겼다. 모두가 어쩌지 못하고 지켜보기만 하는
가운데 유모가 그에게 사정하며 미례의 잡힌 손목을 빼내려 했지만
그의 강한 힘에 의해 바닥으로 패대기쳐졌다. 미례가 유모를 부르
며 돌아보려고 했지만 그가 이번에는 미례의 허리를 안아 번쩍 들
어 올리더니 그대로 어깨에 들쳐 멨다. 너무 수치스러워서 미례는
몸을 비틀며 사정했다.

"놔줘요, 내려줘요."

"한마디도 지껄이지 마!"

그가 이를 갈며 경고했다.

"따라가요, 따라갈 테니까."

"늦었어. 이 많은 사람 앞에서 어젯밤 하던 일을 계속할 생각 아
니면 입 닥쳐!"

분노로 몸을 떠는 그가 무슨 짓을 할지 몰랐다. 도망치는 그녀가
누구의 것인지 알게 하기 위해서라면, 그리고 그녀를 벌주기 위해
서라면 무슨 짓이라도 할 수 있을 것 같았다. 두려움에 떠는 미례가
잠잠해졌다. 그는 뒤도 돌아보지 않고 성큼성큼 걸음을 옮겨 포구
를 벗어났다.

"네게 해줄 만큼 해줬어. 내가 해줄 수 있는 만큼은 해줬다고! 억
지로 몸을 뺏은 게 미안해서 나도 두고 볼 만큼은 봐줬단 말이다.
알아? 알아들어? 내 아버지가 내게 등 돌리고 내 계집을 채갈 정도
로 내가 네게 못해준 게 없었다는 거야. 이 못된 여자! 날 우습게 만
들어도 분수가 있지. 내 아버지의 배를 타고 도망칠 생각을 해?"

그는 씩씩대며 미례를 방 안으로 던져 놓고는 참았던 고함을 질

렸다. 그의 분노에 찬 우악스런 행동에 미례는 두려움에 질려 방구석에 패대기쳐진 그대로 몸을 웅크린 채 떨었다.

"내게서 도망치고 싶었나? 응? 내 아버지를 따라가고 싶었어? 어디로 갈 수 있다고 생각이 들었어? 이 섬을 나가면 누가 너를 가락국으로 보내주리라 생각했어? 날 속이고도 네가 무사히 빠져나갈 줄 알았다면 그건 오산이지. 어림도 없는 짓이라고!"

미례는 지금껏 이렇게 죽일 듯이 쏘아보며 화를 내는 사내를 본 적이 없었다. 그는 통제할 수 없는 분노로 부들부들 떨고 있었다.

"어디 할 말이 있으면 해봐, 어디 잘난 척하는 가락국 계집의 말이나 한 번 들어보자고! 내 허락 없이 이곳을 빠져나갈 수 있다고 생각했어? 그런 생각이 잘도 들었어?"

더구나 어젯밤 아무런 내색도 않고 그를 받아주었다는 사실이 그의 분노에 더욱 불을 붙였다. 아무것도 모르고 그녀의 태도가 나아졌다고 혼자서 좋아했다니!

화평도의 사람이라면 누구나 그의 그런 분노의 대상이 되었다는 사실만으로도 두려움에 떨었을 것이다. 미례 역시도 처음에는 차라리 기절해 버리고 이 자리를 모면할 수 있었으면 하고 바랐을 만큼 집으로 끌려오는 내내 두려움에 떨었다. 그러나 점차로 무섭게 뛰던 가슴이 가라앉으면서 차분하게 돌아볼 수 있는 기회를 가지게 되었다. 그가 언성을 높이며 화를 내면 낼수록 그 사실은 더욱 명백하게 다가왔다.

그에게 내쳐진 그대로 쓰러지듯 앉아서 벽을 향해 시선을 모으고 입술을 다물고 있는 미례의 모습은 도도해 보이다 못해 아주 밉살맞았다.

차라리 잘못했다고 빌기라도 하면 조금은 덜 화가 나기도 하련
만!

그는 더욱 그녀를 다그쳤다.

"어디 네 속을 들어보자고! 갑자기 벙어리라도 된 거야? 말을 해
보란 말이다! 내 아버지에게 무어라 말을 한 거야? 무어라 얘길 해
서 보내달라 한 거냐고? 응? 교활한 계집 같으니!"

그는 정말로 가증스럽다는 생각이 들 만큼 미례의 쌀쌀하고도 고
고한 모습이 미웠다. 눈빛으로 사람을 죽일 수 있다면 아마도 그는
벌써 그녀를 죽이고도 남았을 것이다.

어느 한순간 결심이 서고 나자 미례는 아주 차분한 어조로 씩씩
대며 거친 숨을 몰아쉬는 그를 향해 말문을 열었다.

"고향을 그리고, 부모님을 그리고 그래서 집으로 돌아가고 싶어
하는 것이 그토록 잘못인가요?"

"뭐라고?"

그는 숨소리에 묻혀 버릴 만큼 아주 작은 미례의 소리가 정말 그
가 알아들은 말이 맞는지 확인하며 반문했다.

미례는 그의 시선을 외면한 채로 다시금 자신의 의견을 토로했
다.

"나는 내 의지로 이곳에 있는 것이 아녜요. 부모님이 그립고 고향
이 그리운 것은 인지상정 아닌가요? 나는 성실해야 할 당신에게서
도망쳐 나온 못된 여인이 아닐뿐더러 당신의 이런 분노의 대상도
아니라고 생각해요."

"그래? 그렇단 말이지?"

그는 그녀가 울며 잘못했다고 매달리기를 바랐으나 그녀의 반응

은 영 달랐다.

"그저 이곳의 기억쯤 잊어버리고 떠날 수 있다면 그것으로 족한 거예요. 당신이나 이곳에 해되는 어떤 일도 할 생각이 없어요. 그것은 처음부터 말했다고 생각하는데요."

그녀의 말은 그의 분노를 정점으로 끌어올리기에 충분했다. 그는 정말로 죽이고 싶을 만치 그녀가 밉다는 생각 말고는 다른 어떤 생각도 할 수가 없었다. 그는 그녀 말의 옳고 그름을 판단하고 대처할 수 있는 상태가 아니었다.

"죽여 버릴 테다! 차라리 내 손으로 죽여 버릴 테다!"

그는 정말 그녀를 죽일 수도 있었다. 처음 만났을 때 아무런 생각 없이 그녀를 바다 속에 던져 버렸다면, 혹은 사람들의 말처럼 노예상에게 팔아버렸더라면 그녀는 지금쯤 비참한 생활에 찌들어 이렇게 잘난 소리를 입에 올리고 있지는 못할 것이다. 그런데도 그녀는 그 사실은 조금도 생각지 않고 있었다.

마음이 풀릴 때까지, 그리고 그녀 입에서 용서의 말이, 애원하는 말이 나올 때까지 그냥 안 된다면 때려서라도 그녀를 이기고 싶은 마음 이외에 다른 것은 아무것도 없었다. 조금도 사정 두지 않는 손속으로 그녀를 향해 경휘가 손을 뻗었을 때 뒤에서 누군가 그의 팔을 막아서며 붙잡았다.

그 자리에 버티고 서 있는 사람은 바로 그의 아버지였다.

"평생을 데리고 살 작정이면 여잘 아껴야지. 네 성질을 있는 대로 부려 반병신을 만들면 네 속은 편할 것 같으냐?"

신경을 긁는 그 말에 경휘는 그의 팔을 제어하고 있는 아버지에게서 힘주어 손을 빼냈다. 그리고는 홱 돌아서며 아버지를 쏘아본 그는 이를 갈며 대꾸했다.

"아버지완 상관없는 일이니 더 안 좋은 꼴을 보기 전에 그만 떠나세요!"

그녀가 아직도 죽이고 싶을 만큼 밉다면 그의 아버지라고 예외는 아니었다. 지금껏 그와는 이렇다 하게 말도 해본 적 없는 아버지가 어떻게 보면 사건의 발단이기도 했으므로! 그의 배에 태워 미레를 빼내기로 마음먹었고 그녀가 그 배 안에 있었다는 사실만으로도 그는 자신의 아버지 역시 못마땅했다.

그의 아버지가 아니고는 이 섬에서 누구도 이런 식으로 그의 뒤통수를 치는 행위를 할 엄두도 내지 못했을 것이다. 냉철하게 판단을 할 수 없는 상태에서도 아버지는 화평도의 일에는, 아니, 그 자신의 여자와 관련된 일에는 끼어들 자격이 없는 사람이었다.

경휘의 속을 능히 짐작하는 그의 아버지는 쓰게 웃으며 아들을 향해 침착하게 입을 열었다.

"아니, 그럴 수 없다. 네게도 이미 말했듯이 정말로 평생 데리고 살 여인이 아니거든 그렇게 상처를 줘서 좋을 게 없다. 그만 보내주는 게 좋아."

"아뇨. 싫습니다. 보내고 싶을 때가 되면 내가 알아서 결정합니다. 아버지의 충고 같은 건 필요없어요! 아버지가 내 여잘 빼돌리지 않아도 내가 알아서 해결한단 말입니다!"

"사람의 마음을 아프게 하고 억지로 붙들어두는 게 잘하는 일이냐?"

"그래서 아버지는 어머니를 보내주었어요? 억지로 붙들어두는 게 싫어서? 그래서 어머니가 다른 사내와 혼인하게 내버려 두었습니까?”

“뭐라고?”

갑자기 세차게 뒤통수를 맞기라도 한 듯 그의 아버지는 고통스레 일그러진 얼굴로 그를 보았다.

“아버지 마음이야 그래서 편해졌는지 몰라도 내겐 어머니가 없는 세월이 좋지 않았어요. 나도 아버지처럼 내 여자를 저 원하는 곳으로 보내야 합니까? 그래서 저 여자가 제 정혼자와 혼인하라고요? 아니요, 아버지는 괜찮을지 몰라도 나는 살아서 그런 꼴을 두고 보지 않을 겁니다. 아버지가 성인군자인 척하는 거야 내 알 바 아니지만 다른 사람에게는 강요하지 마세요! 저 여잔 내 마음대로 할 겁니다!”

탁하고 둔탁한 소리와 함께 그의 말이 끊겼다. 이제껏 아들의 못난 행동을 보기만 하던 아버지가 분노를 드러내며 그의 뺨을 때렸다. 경휘의 뺨 위로 붉은 손자국이 선명해졌다.

“아버지가 상관할 일 아닙니다!”

경휘는 지지 않고 말했다. 이를 갈 듯 나지막하게 억지로 쥐어짜 내는 음성이었다.

“네 어미의 일을 알고 있었어? 알고서도 저 여자를 취하고 싶었니?”

그의 음성에는 깊은 회한이 묻어 있었다.

“어머니와는 상관없어요.”

“아니, 상관있지. 상관있다! 저 여자애 마음속에 네가 있는 줄 아니?”

“그깟 마음 상관없어요. 저 여잔 이미 내 여자고 다른 사내 따윈 몰라요. 죽을 때까지 그렇게 만들 거예요.”

“몸은 아무 소용 없다. 몸이 아무리 아닌 것 같아도 마음이 따르지 않으면 소용없다! 너는 네 혼자 몸도 아닌 걸 알잖니! 네가 경우에 어긋난 일을 하면 다른 이들이 그런 일을 할 때에 무엇으로 벌할 수 있겠니? 그게 다 네 살과 뼈를 깎는 일인 거다.”

“다 필요없어요!”

경휘는 분노 어린 숨결을 가다듬지 못한 상태로 그들만 남겨두고 큰 걸음으로 방을 나가 버렸다. 그가 남긴 신경질적인 문소리가 긴 여운을 가지고 벼락치듯 울려 퍼졌다.

정점에 선 그의 분노는 비껴갔지만 다음에도 그러리란 보장은 없으리라 생각하면서 미례는 허탈한 신음 소리를 작게 내쉬었다.

사실 속으로 놀라기는 그의 아버지도 마찬가지였다. 그는 자신의 아들이 이렇게 자신에게 대들며 분노하리라고는 생각지 못했다. 그는 경휘가 미례를 섬에 억류한 이후에 몇 번의 잠자리를 했다는 것과 그 관심이 한편으론 좀 지나친 것 같다는 우려의 소리를 듣기는 했다.

그저 잠시 스치는 눈정만은 아닌 것 같습니다.

가납사니가 말했었다. 가납사니를 비롯한 마을 장로들의 우려를 아는 그는 자신이 나서서 해결하겠다고 생각했다.

애초부터 끝이 보이는 관계는 일찍 끝내 버리는 것이 좋다.

그는 경험으로 그것을 알고 있었으며 자신의 아들이 그런 일을 겪는 것 또한 바라지 않았다. 그리고 아들이 관심을 보인 여인을 만났을 때 그는 그녀의 눈빛에서 예전에도 한 번 본 적 있는 애절한 슬픔을 읽었다. 머물 사람의 눈빛이 아니라고 그는 판단했다.

경휘가 스스로 자를 수 없다면 그 몫은 자신의 것이라고 그는 판단했다. 그러나 오늘 본 경휘는 아직 그녀를 보낼 마음이 안 되어 있을 뿐만 아니라 그 자신의 감정이 무엇인지도 모르고 있는 게 분명했다. 더구나 아들은 누구도 언급하지 않던 제 어머니의 일을 알고 있었다.

다른 사내와 혼인했다고?

더는 놀랄 일도 실망할 일도 없다고 생각했던 그의 가슴이 심하게 조여들었다.

"네게 약속을 지키지 못해 미안하구나."

미례는 나지막한 그의 음성을 듣고는 그를 올려다보았다.

이제는 단 한 사람의 구원자라고 생각했던 그에게 가졌던 희망이 조각조각 부서지고 있었다. 그를 쳐다보는 미례의 눈에서 투명한 슬픔이 흘러내렸다.

그는 이후로 자신을 시험하듯 무시할 수 있는 만치 그녀를 무시하며 지냈다.

고향이 그립고, 부모님이 그립고, 집으로 돌아가고 싶은 것이 그토록 잘못인 거냐고? 사람이 살아가는 인지상정이 아니냐고? 자신이 남고 싶어 남은 것이 아니니 돌아가고 싶은 것이 당연한 것 아니냐고?

그녀의 한마디 한마디를 되새길 때마다 그는 울컥울컥 분노가 새삼스레 치밀어 올랐다.

그래, 물론 옳은 말이지! 그래, 아주 옳은 말이야. 그 잘난 여자가 하는 말이니 왜 옳지 않겠어?

　그러나 그의 마음 한편이 뒤틀리면서 그것을 인정하기란 쉽지 않았다. 그는 정말로 가납사니의 말처럼 다른 여자에게 찾아가 도움을 구해서라도 냉담하기 그지없는 미례가 변화하는 모습을 보고 싶었다. 그러나 화사하게 웃으며 그를 반기는 사스래의 모습에서 그는 묘한 죄의식을 느꼈다. 그리고 더욱 확실해진 사실은 그 자신이 다른 여인에게서는 미례를 향한 욕구의 절반도 느끼지 못한다는 것이었다. 그저 사내로서의 욕구를 풀기 위해 여자를 이용한다는 사실 또한 자신에게도 용납되지 않았다.

　그가 사스래와 헤어져 흰둥이와 산책을 하던 중에 발길이 멈춘 곳은 새타니가 사는 움막이었다. 일 년에 서너 번도 찾지 않던 새타니를 요즘은 부쩍 찾게 된다고 그는 생각했다. 그녀는 사실 지금껏 씁쓸한 기억과 함께 그의 기억 속에 묻어둔 존재였다.

　새타니는 그녀 특유의 킬킬거리는 웃음을 웃으며 그를 맞았다.

　"어서 오시구려."

　새타니는 그를 기다리고 있었던 것처럼 반색을 했다.

　경휘는 말없이 그녀가 권하는 자리에 앉았다.

　"심기가 그다지 좋아 보이질 않소."

　"마을 장로든 누구에게든 들어 알고 있을 거 아냐."

　퉁명스런 그의 말에도 그녀는 웃음으로 맞았다. 그는 새타니가 건네는 찻잔을 받아 단숨에 들이켜고는 말했다.

　"부탁이 있어서 왔어."

　"그게 무어요, 이질금?"

　그는 잠시 망설였지만 단도직입으로 말했다.

　"약이 있다고 들었어."

"어디가 아픈 거요?"

"아니, 그게 아니고…… 여인을 달아오르게 하는 그런 약이 있다고 해서."

새타니의 표정이 의외인 듯 그를 미심쩍은 눈으로 쳐다보았다.

"그런 걸 어디에 쓰려고 그러시오?"

"그런 게…… 있나?"

"있기야 있습지요마는."

새타니가 말끝을 흐렸다.

"그걸 내게 줘."

그가 단호하게 말했다.

"후훗, 내가 그런 약을 짓는다고는 안 했소, 그런 약이 있다는 게지요."

"알고 있다니 약을 지을 수도 있지 않나?"

"무얼 하려고 그러오?"

"귀찮은 할망구 같으니! 그걸 내가 어찌할 것 같아? 내가 먹을 것 같나?"

그녀는 쿡쿡 웃으며 말했다.

"꼭 심술난 아이 같구려."

그녀의 말이 그의 속을 긁었다.

"제길!"

복주였다면 새타니를 통하지 않고도 쉽게 원하는 것을 구할 수 있었을 것이다. 이렇게 부탁하는 것이 아니고 그저 한마디 말로써도 충분했을 것이다. 다만 조금쯤 얼굴을 붉힐 수도 있겠으나 그들은 경휘의 명령에 그저 고개를 끄덕일 뿐 새타니처럼 이렇게 어디에 쓸 거냐고 묻지도 않을 것이다. 사내로서 이런 부탁을 하러 새타니에게 오는 것이 쉬운 일은 아니었다. 하지만 도도하기 그지없는 그날 미례의 태도를 생각하면 속에서 불이 났다. 그런 경휘의 불안정한 심기를 눈치 챈 가납사니가 그에게 다가와 조심스런 어조로 운을 띄웠던 것이다.

제가 먼저 몸이 달아 뜨겁게 안겨드는 미례를 품는다고 생각하자 그는 상상만으로도 중심으로 피가 몰렸다. 새침한 그녀에 대한 보복으로 한껏 그녀가 안달하게 만든 후에 그녀의 손길을 거절하는 상상도 해보았다. 달려들어 어떻게든 그를 품고 싶어하는 여자. 쌀쌀하게 거절하고 약 올리는 자신의 모습이 그려지자 그 어떤 상상보다 더 짜릿했다. 그는 결국 자존심을 꺾고 도움을 줄 새타니를 찾았다.

"그런 약은 무얼 하려고 그러오?"

새타니가 재차 그에게 물었다.

"미례에게 쓸 작정이야."

그는 솔직하게 털어놓았다.

"미례 아씨 말이우?"

새타니가 처음엔 놀란 표정이더니 곧 알겠다는 듯 고개를 끄덕였다.

미례 아씨? 새타니뿐만 아니라 다른 이들도 점차 미례를 그렇게 불렀다. 처음 그들의 호칭을 들었을 때 경휘는 코웃음을 쳤다. 노예 계집일 뿐인데 마치 그의 부인인 양 그들은 깍듯이 대하고 있었던 것이다. 그러나 처음 몇 번 그는 눈썹을 치켜올리며 냉소를 지었을 뿐 더 이상 신경 쓰지 않았다.

“그 약을 내게 지어줘.”

그는 단호하게 요구했다.

“아직도 잠자리에서 미례 아씨와 그렇게나 안 좋은 게요?”

“나를 속이고 도망치려던 얘기 못 들었나?”

그는 이를 갈며 대꾸했다.

“내게 약을 줘, 새타니!”

그는 다시는 차가운 미례를 대하고 싶지 않았다.

“약기운에만 의지하시겠다? 그 약이 미례 아씰 해쳐도 말이우?”

그는 생각지 못한 말에 움찔하며 말을 잇지 못했다.

“그, 그럴 수도 있나?”

“약은 때때로 독이 되기도 하오. 그래, 미례 아씨에게 잘 대해주긴 하는 거요? 괜시리 퉁퉁거리고 지금처럼 심술이나 부리는 게 아니오?”

“잘 대해주면 뭐가 달라지나? 아버지를 꼬드겨서 도망이나 치려는 여자야. 나도 더는 그런 꼴은 보고 싶지 않아. 약을 줘!”

“이질금, 그런 약을 쓰고 나면 미례 아씨가 이질금을 더 싫어하게 될지도 모르오. 그래도 좋소?”

“어째서?”

“말했잖수. 마음도 허락하지 않은 여인의 몸을 빼앗고는 마음을 안 준다고 약을 써서 억지로 마음을 움직인들 좋을 리 있겠소? 차라리 마음을 열 때까지 기다려 보오.”

그는 아버지와 새타니의 마음 타령에 진절머리가 났다.

“마음 같은 건 상관없어. 내가 원하는 건 다른 여인처럼 내게 안겨드는 거야. 내가 원하는 건 그뿐이라고! 마음 같은 건 상관없어.

혼인하려던 사내에게 가 있든 다른 사내에게 가 있든 알고 싶지 않아!"

"그게 정말이오? 참말로 마음 따윈 상관없는 거요?"

새타니가 걱정스레 물었다.

"몇 번을 말해야 해? 내가 원하는 건 잠자리서 내게 안겨드는 거야. 이젠 더 참아내질 못하겠어. 그 여자 때문에 화가 치밀어 못 견디겠다고!"

"흠흠."

새타니는 헛기침을 하고는 애꿎은 불씨를 뒤적였다.

"……복주에서 어머니는 만나보셨소?"

그의 조급한 마음과는 달리 새타니는 엉뚱한 말로 화제를 돌렸다.

"그게 무슨 상관이야?"

눈을 흘기며 쏘아보는 경휘에게 새타니가 안타까운 미소를 지었다.

"상관있으니 하는 말이오. 그러지 말고 말해보구려."

"……어머니와 혼인했다는 사내를 만났어."

"잘 지내시는 듯합디까?"

"내 알 바 아냐."

그는 단호하게 말하며 고개를 돌렸다.

"사실 운제 부인은 전대 이질금과 그리 나쁘지 않았소. 오히려 몸으로는 잘 지냈던가 보오. 그래서 전대 이질금도 안심하셨던 게요. 휘아를 배고 있는 모습을 흐뭇하게 보면서 이곳에 정붙이고 남아주지 않을까 기대하면서 말이오."

그것은 전혀 의외의 말이었다. 저절로 그의 눈이 새타니에게 고정되었다.

어머니와 아버지의 다정한 한때. 마치 경휘는 새타니의 말이 마술적인 주문인 양 그들의 모습을 본 것 같은 착각을 일으켰다.

"하지만 그렇질 못했잖소."

그녀의 말은 한순간에 자신과 미례에 대한 그의 환상도 깨뜨렸다.

"약을 쓰면 약 때문에 그런지 이질금이 좋아서 그런지 알 수도 없잖소. 그래도 정말 상관없소?"

"상관없어!"

그는 머리로 생각해 보기를 원치 않았으므로 단숨에 대답했다.

"더 좋은 수도 있잖소, 이질금. 굳이 차가운 미례 아씰 참아낼 필요가 뭐 있소."

"정말? 달리 좋은 수가 있단 말야?"

"있다마다요, 그리 차갑고 화나는 여인을 품을 필요가 뭐 있소? 다른 여인을 찾아보면 되지. 이질금이 어디 따르는 여인이 없겠소? 복주만 나가도 넘쳐 난다고 합디다."

새타니의 말에 잠시 빛이 나던 경휘의 얼굴이 굳어지며 차가운 눈으로 분노를 내쏘았다.

"그 여자를 꺾어보고 싶단 말야, 새타니! 내가 뭘 원하는지 정말 모르는 거야, 아니면 모른 체해서 내 속을 뒤집어놓을 생각이야? 그 여자의 콧대를 꺾어버리고 싶다고! 차갑고 새치름한 얼굴로 쳐다보는 그 여자가 잠자리서 달아올라 까무러쳐도 좋으니 내게 안겨드는 걸 보고 싶다고! 누가 다른 여자를 품을 줄 몰라 그러는 줄 알아!"

새타니가 쓰게 웃었다.

"그러다 속정까지 들면 어쩌려고 그러오?"

"괜한 걱정할 필요 없어. 달아올라 안겨드는 그날로 노예로 팔아 버리든지 다른 사내에게 주든지 할 작정이야."

그랬다. 아버지를 꼬드겨 도망치려던 순간, 그에게 들키고도 당당하게 돌아가고 싶은 것이 인지상정 아니냐고 말하던 그녀의 말이 생각날 때마다 그는 화가 나서 어떻게든 차가움을 벗어던지고 안겨드는 날이면 보란 듯이 내팽개치기로 결심을 굳혔다. 그젯밤 그는 분노를 털어내듯 미례를 찾아가 몸을 나누었지만 그녀는 처음부터 죽은 듯 누워 있기만 했다. 그를 끌어안지도 않았고 아프다는 소리 한 번 내지 않았다. 도망치려는 생각을 하고서 잘도 그를 안심시키며 몸을 내주던 미례를 생각하면 배신감에 미칠 것 같던 그도 얼음 같은 그녀는 견딜 수 없었다. 그녀만큼 그를 화나게 하고 애타게 하는 여자는 없었다. 자신의 의지로 남아 있는 것이 아니란 것을 확인시키듯 내뱉던 그녀의 말을 기억할 때마다 그는 새로운 수련을 하듯 치밀어 오르는 분노를 삭여내지 않으면 안 되었다.

"미움이 깊은가 보구려. 서로 생채기만 낼 뿐이오. 그렇게까지 할 필요가 뭐 있소!"

그를 달래려던 아버지의 말이 생각나 경휘는 더욱 화가 치밀었다.

"쓸데없는 소리 말고 약이나 줘!"

"약을 써서 미례 아씨를 안는다고 이질금이 만족하겠소?"

“무슨 상관이야.”

“보아하니 이질금이 원하는 건 그게 아니잖소? 미례 아씨 스스로 안겨드는 걸 원하는 게 아니오?”

그녀의 말이 정곡을 찔렀다. 그가 정말 원하는 것은 약에 취해 그가 아닌 다른 사내 누구라도 좋다고 하는 미례가 아니라 그 자신만을 원하는 미례였다.

“아닌 거요?”

“그래, 빌어먹을!”

그는 마지못해 인정했다.

“하면 이질금, 미례 아씨 마음을 열어보오. 여인은 마음이 따라야만 사내에게 몸도 주는 거요.”

“얼마나 기다리라는 거야?”

그가 짜증스럽게 새타니를 쳐다보았다.

“낸들 알겠수? 이질금 하기 나름이오, 그건.”

“하룻밤만이라도 그 약을 써보면 안 될까?”

“생각지도 마시오. 이 늙은이 말 들으시오!”

“젠장!”

새타니는 생각대로 안 되자 토라지는 그의 모습에 속웃음을 웃었다.

“하늘눈 새타니의 주술로도 사람의 마음을 돌려볼 순 없는 건가?”

“여인의 마음을 움직이기가 어디 쉬운 줄 아시오?”

경휘는 실망하며 한숨을 길게 내쉬었다. 그가 자리를 뜨기 위해 일어서자 밖에서 흰둥이의 울음소리가 들렸다. 경휘를 재촉하는 소리 같았다.

새타니가 다시 속웃음을 웃었다. 키득거리는 그녀의 웃음소리가 귀에 거슬린다는 생각이 드는 순간 경휘의 온몸에 소름이 돋았다.

저 웃음소리!

오래전 그를 질리게 만들었던 웃음소리였다. 그는 잠시 그 자리에 굳어졌다. 뒤를 돌아다보며 확인하고 싶지도 않았다. 풀솜 어미를 내주기 싫었던 경휘를 잘도 괴롭히던 그 어린 못된 계집아이가 그곳에 있는 듯했다. 하지만 아주 오랫동안 경휘는 그녀를 보지 못했었다.

그때 익숙한 새타니의 목소리가 그를 불러 세웠다.

"이질금, 내가 미례 아씨의 마음을 돌려준다면 내게 무얼 내놓겠소?"

그 말은 그를 돌려세우기에 충분했다. 그는 의심을 버리고 용기를 내서 새타니를 돌아보았다. 그 어린 계집아이는 그곳에 없었다. 아니, 그의 눈에 띄지 않았다. 그는 새타니에게 다가가 눈을 빛내며 물었다.

"정말 그래 줄 수 있다는 거야?"

"내게 무얼 내놓을 거요?"

새타니는 배시시 웃으며 그를 보았다.

"원하는 걸 말해봐."

그가 단 한순간의 망설임도 없이 대답했다.

"흐흠, 그래요?"

"정말 미례를 바꿔놓을 수 있는 거야?"

그는 다짐하듯 물었다.

어린 시절의 그를 보는 것 같아서 새타니는 정감 넘치게 웃었다.

"그건 모르오. 다만 옛날 풀솜 어미 적 생각을 해서 이질금을 도와주려는 거요."

그가 기대하는 대답이 아니었다. 그의 얼굴에 실망이 어리는 것을 보며 새타니는 덧붙였다.

"내가 시키는 대로 한다면 머지않아 이질금이 원하는 걸 얻을 수 있을 게요."

조금 전보다는 확신과 기대감을 심어주는 대답이었다.

"시키는 대로 하겠어."

"시간이 좀 걸릴 거요."

"얼마나?"

"글쎄요, 넉넉잡고 한 서너 달은 필요할 거요."

경휘가 실망스런 한숨을 내쉬었다.

"더 빨리는 안 되는 거야?"

"우물가에 와서 숭늉을 찾는구려."

새타니의 얼굴에 냉소가 스쳤다.

"알았어, 믿어보지."

"자, 그럼 내게 내놓을 게 있지 않소?"

"그래, 말해봐."

"밖에 있는 녀석 말이우, 그 녀석을 내게 주오."

"뭐? 흰둥이를? 그건……."

그의 표정이 차갑게 굳어지며 말을 맺지 못했다.

"왜요, 싫습니까?"

경휘는 낭패감에 인상을 찌푸렸다. 새타니도 경휘가 흰둥이를 얼마나 아끼는지 알고 있다. 그런데도 그에게 흰둥이를 내놓으라고 요구를 했다. 어린 시절부터 정붙이고 키워온 그 녀석은 서로 눈만 봐도 알 만큼 서로를 이해한다. 그런데 다른 사람도 아닌 흰둥이가 가장 두려워하는 새타니에게 넘겨줘야 하는 건가. 다른 것도 아닌 밉살맞기 그지없는 그 여자 때문에?

평소 같았다면 그것은 어림도 없는 일이었을 것이다.

"싫으면 관두구랴. 가서 실컷 그 녀석이나 끼고 살아보시우. 미례 아씨가 차게 굴면 좀 위로해 달라고도 해보시우."

미례와 흰둥이! 그녀와의 뜨거운 하룻밤을 위해 흰둥이를 팔아넘기게 되는 건가.

그는 속으로 욕을 했다.

차가운 여자를 안고 기분도 상하며 쓸데없는 힘을 허비하느니 흰둥이를 새타니에게 넘겨주고 뜨거운 미례를 안아봐?

경휘는 미심쩍게 새타니를 쳐다보았다.

"자신있는 거야? 정말 미례가 잠자리서 달아오르긴 하는 거야?"

"뭣하면 그 약이라도 지어주리다. 한 달에 몇 번은 소원도 푸실 게요."

"흰둥이를 어떻게 할 셈이야? 설마 잡아먹진 않을 테지?"

"낄낄낄, 저 질긴 걸 잡아먹어야 별맛이나 있겠소?"

"그럼 흰둥이를 어디에 쓰려는 거야? 새타닌 말을 타지도, 잘 돌아다니지도 않잖아?"

"그야 내가 알아서 할 일이고. 줄 거요, 말 거요?"

"다른 걸 말하면 안 되겠나? 서역에서 왔다는 귀한 보물도 있고 금이며 쌀도."

"급하지 않은 거면 그냥 가시오. 흥정하고 싶지도 않고 그렇게 기운 빼고 싶지도 않소."

새타니가 쌀쌀하게 말하며 그에게서 등을 돌렸다.

그는 망설였으나 곧 결정했다.

"젠장! 주면 될 거 아냐. 좋아, 새타니! 흰둥일 가져. 하지만 알지? 흰둥인 내게 형제나 다름없어. 소중히 대하지 않으면."

"흠흠, 또 있소."

느닷없는 그녀의 말에 놀란 그는 하려던 말을 잊고 쏘아보았다.

"흰둥이 말고도 더 뭘 달라는 거야?"

"지금은 저 녀석 하나지만 나중에 생각나면 더 달라고 할 생각이오. 그래도 되오?"

뻔뻔하기까지 한 요구였다.

"너무하다고 생각되지 않나?"

"미례 아씨와 지낼 밤을 생각해 보시구랴. 그만한 가치는 있을 게요. 이것도 내 옛날 휘아를 생각해서 크게 생각해 주는 게요. 달리 방법이 있거든 그리로 가보시우."

경휘는 씁쓸함을 안고 일어서서 움막을 나왔다가 다시 안으로 들어갔다. 흰둥이가 염려스러워 걸음이 떨어지지 않았던 것이다.

"새타니, 하나만 더 물어도 되나?"

"뭐요?"

"왜 흰둥이가 자넬 싫어하는지 알고 싶어. 그냥 이대로 저 녀석을 남겨두기엔 내 마음이 편치 않아. 알려줘, 왜 그러는 거지?"

"낸들 아오? 난 저 녀석에게 못되게 군 적 없소. 세상엔 그저 까닭없이 싫은 것도 있나 보오."

새타니가 능청스레 대답했다.

그러나 경휘는 그 말에 만족하며 쉽게 물러서지 않았다.

"아니, 저 녀석은 그저 까닭없이 사람을 싫어하고 꺼리는 녀석이 아니야. 새타닌 알고 있을 거야. 내게 말해줘."

"그런 일 없다지 않소. 공연히 트집 잡지 마오."

"아니! 아는 걸 내게 말해줘. 무슨 일이야, 새타니? 응? 무슨 일이 냐고!"

그는 물러서지 않고 고집스럽게 새타니의 얼굴을 뚫어져라 바라보았다. 마지못해 그를 바라보던 새타니의 눈빛이 어느 순간 푸르게 변했다. 그것은 불길한 징조라고 그가 마음속에서 생각하는 것과 동시에 신경질적으로 쏟아져 나온 그녀의 목소리는 나이 든 여인의 목소리가 아니었다. 그를 소름 돋게 만들었던 바로 그 옛날 새타니의 목소리였다. 어린 계집아이의 앙칼진 목소리였다.

"바보 같으니, 그것도 몰라? 설마 날 잊어버린 건 아니겠지? 네 녀석을 떼어버리려고 하던 날 몰라? 궁금하니, 경휘야? 그래, 내가 말해주지. 내가 그랬다. 네가 저 녀석을 아끼는 걸 알고 저 녀석을 좀 놀려줬지. 너만큼이나 저 녀석도 겁이 많더구나."

큭큭큭. 그녀의 소름 돋는 웃음이 이어졌다.

경휘는 그녀의 말에 부아가 치밀었다. 생각하고 싶지 않았던 어린 시절의 기억이 떠올랐고, 오랫동안 잊고 있던 못된 계집아이의 존재와 대면하자 그는 치를 떨었다.

"흰둥일 어떻게 할 생각이야? 내게 그랬듯이 괴롭힐 건가? 말해 두지만 그런 건 용서 못해."

"걱정 말아라, 경휘야. 이젠 저 녀석하고 잘 지내볼 생각이야. 널 괴롭힐 이유가 없잖아.”

옛날과 하나도 변하지 않은 아주 밉살스런 목소리였다. 그를 놀리는 것이 즐거운 듯 그녀는 콧소리까지 내고 있었다. 어린 시절 그녀에게 무기력하게 지고 그가 패배감을 곱씹을 때에도 그녀는 종종 그렇게 비웃음을 던지곤 했었다.

“흰둥이에게도 내 주위의 그 누구에게도 못된 짓을 하게 내버려 두지는 않을 거야. 몹쓸 것! 기억해 둬. 난 예전에 네게 지던 어린 경휘가 아냐. 내 주위로 얼씬거리기만 해보라고!”

“얼씬거린다고? 흠! 그러면 어쩔 테야? 네가 날 어쩌기라도 한단 말이냐, 경휘야?”

무슨 짓을 할 수 있겠냐는 듯 변죽을 울리며 그녀는 그를 약 올렸다.

“약한 사람을 괴롭히는 못된 귀신쯤 없애 버릴 수 있어. 그건 너도 알 거야. 그러니 너도 내게 다시 달려들지 못하는 거지.”

“흠! 날 어쩌려다가는 네 풀솜 어미도 무사치 못할걸?”

“그러니 하는 말이야. 넌 네 자리에 있는 거야, 지금처럼! 내 주위로 나타나는 꼴은 두 번 다시 보지 않을 테다. 두 번 다시 날 괴롭히는 짓은 통하지 않을 거야. 난 받은 만큼 꼭 돌려줄 테니!”

경휘는 날카롭게 그녀를 쏘아보고는 그대로 일어나 움막을 빠져나왔다.

 17

새타니는 그에게 쑥을 말려 태운 듯한 냄새가 밴 작은 부적을 접어서 그에게 주었다. 그것으로 두 사람 사이의 계약은 성립되었다. 새타니는 그것을 보름간 그의 몸에 가지고 있으라고 했다. 그리고 보름이 지난 후 그녀와 잠자는 침상 바닥에 보이지 않게 잘 두라고 했다. 순순히 고개를 끄덕이는 그에게 새타니는 그가 부적을 지니고 있는 보름간은 미례와 잠자리를 해서는 안 된다고 덧붙였다.

하루 이틀도 아니고 보름씩이나!

뜨겁게 안겨드는 여자를 원한다고 했더니 도리어 여자를 안지 말라고 하는 그녀의 말에 경휘는 못마땅한 표정으로 대꾸하지 않았다.

"이제껏 맘껏 품었는데 까짓 며칠을 못 참는단 말이오?"

새타니도 퉁명스레 그럴 거면 관두라고 했다.

맘껏 품었으면 여기까지 오지도 않았다고 내심 투덜거리며 그가 마지못해 알겠다고 수긍하고 돌아서는데 그녀가 오금을 박았다.

"지키지 않아서 효험이 없으면 내 탓을 하면 안 되오."

새타니는 그의 등을 보면서 겨우 참고 있던 웃음을 터뜨렸다.

그럼, 효험이 없어도 내 탓은 아니지. 그런 재주를 가졌으면 내가 벌써 한 재산 모아도 모았을 게요.

클클클. 그를 속인다는 생각에 조금 미안한 감이 없지 않았으나 새타니는 즐거웠다.

그나저나 미례 아씨, 이 늙은이 덕에 얼마간은 홀가분해지겠구 랴.

새삼 그녀의 입가에 미소가 걸렸다.

이후로 그는 일체 그녀가 있는 안채로 들어서지 않았다. 유모의 걱정은 늘었지만 미례는 안도했다. 미례는 그를 생각하면 마음이 불편해졌다. 그가 자신의 아버지에게 말하는 것을 떠올리면 더욱 한숨만 나왔다.

"저 여잔 이미 내 여자고 다른 사내 따윈 몰라요. 죽을 때까지 그 렇게 만들 거예요. 저 여잔 내 마음대로 할 겁니다!"

죽을 때까지 벗어날 수 없다니! 미례는 당장 다시금 그와 얼굴 을 맞대고 살을 맞대며 밤을 보낼 생각만으로도 끔찍한 생각이 들었다. 그렇게 뛰쳐 나가고 다시 올 것 같지 않던 그가 얼마 전 깊은 밤 찾아왔을 때도 놀랐지만 그들은 서로 아무 할 말이라곤 없는 사람들처럼 불편한 숨만 내쉬며 서로를 바라보기만 했었다. 그리고 그가 먼저 손을 뻗어 그녀의 옷을 벗겨냈다. 미안하다는 말도, 다시는 그러지 말라는 말도 없었다. 미례 또한 그에게 했던 말을 주워 담거나 그에게 잘못했다 사과하고 싶지도 않았다. 결국 그렇게 말 한마디 없이 그들은 몸을 섞었다. 미례는 전처럼 그를 안을 수 없었다. 손가락 하나 대지 않는 그녀의 태도에도 전과는 달리 그는 어떤 불평도 토해내지 않았다. 그녀가 도와주지 않아도 얼마든지 혼자서 해결할 수 있다는 듯 그는 오로지 한 가지 행위에만 집중했다. 그리고는 자리에서 일어나 밖으로 나가 버렸다. 앞으로 얼마나 그런 일들을 겪어야 할까. 생각할수록 한숨만 깊어졌다.

삼 일 후, 미례는 답답한 마음을 달래기 위해 산책을 나섰다. 그는 딱히 사람을 두고 그녀를 집 안에만 가두어둘 생각은 없는 듯했다.

늘 가던 그 자리의 언덕 위에 앉아 있자 머리 하얀 노파 하나가 그녀 뒤로 다가왔다.

"여기 나와 계셨구려."

미례는 고개를 돌려 낯선 노인을 바라보았다. 창백해 보이는 얼굴에 흰머리를 틀어 올렸고 제법 나이 들어 보이는 노인임에도 반짝이는 광채를 잃지 않은 특이한 눈빛을 가지고 있었다. 미례로선 처음 대하는 사람이었으나 그 노인은 그녀를 아주 잘 아는 것처럼 말했다. 미례는 그녀가 자신을 누군가와 착각하는 게 아닌지 의심했다.

"미례 아씨, 고향 생각을 하오?"

노인이 다가와 앉자 미례는 그녀가 자신의 이름을 알고 있음에 더욱 놀랐다.

"나를 알아요?"

"이곳에 사는 사람들치고 지금껏 미례 아씨를 모르는 사람이 있겠소?"

새타니의 웃음에 미례 역시 헛웃음을 지으며 시선을 다시 바다 너머로 보냈다.

하긴 이곳 섬사람들치고 날 모르는 사람도 있을까. 이곳에 잡혀 와 그들의 수장인 그와 몸을 섞고 사는 처지이고 보면 남의 입에 오르내리고도 남겠지.

"고향 생각이 나오?"

새타니가 다 안다는 표정으로 미례에게 물었다.

미례는 고개를 끄덕였다.

새타니는 작고 여린 선을 가진, 앳된 소녀티를 못 벗은 미례를 꼼꼼히 훑어보았다.

가납사니가 한 말 그대로군.

클클거리며 새타니가 속으로 웃었다. 이질금이 왜 그녀에게 미쳤는지 모르겠다고 고개를 갸웃하던 가납사니의 말이 생각나서였다. 그러나 새타니는 미례의 얼굴에서 귀하고 함부로 대하기 힘든 기품 같은 걸 발견했다. 그것은 단지 그녀가 귀족이라서만은 아니었다.

맑은 기운이 있어.

새타니가 속으로 중얼거렸다.

아직은 어리지만 휘아를 감싸줄 포근한 가슴을 지닌 여인이겠군.

경휘의 외로움을 아는 까닭에 새타니는 미례를 보며 적이 안도했다.

"이곳에 정붙이기 힘든 게요?"

미례는 먼바다만 바라볼 뿐 대답하지 않았다.

"반년이 되어가나? 이제는 우리 이질금을 받아줄 때도 되지 않았소?"

그가 화제에 오른 것만으로도 미례는 마음이 불편해졌다.

"그 사람과 무슨 관계인지 모르나 그는 내 낭군이 아니에요."

미례가 경계심을 가지고 딱딱한 목소리로 말했다.

새타니는 불쾌한 기색도 없이 피식 웃기만 했다.

이래서 휘아가 더 몸 달아하는 게로군. 여지가 없어, 여지가!

그것은 그녀가 아직 어려서 세상을 읽지 못하기 때문이라고 새타니는 생각했다.

"반년이 넘도록 몸을 섞은 사내가 낭군이 아니면 뭐라고 불러야 하오?"

아픈 상처를 정면으로 짚어내는 그녀의 말에 미례는 단호하게 말했다.

"그 사람에게 물어보세요. 난 다만, 잡혀온 거지 내 의지로 남아 있는 게 아니에요."

그것은 이미 그에게도 분명하게 해두었던 말이었다.

"한낱 잡혀온 이에게 좋은 옷을 입히고 감시도 없이 밖으로 내보내는 사내도 있답니까?"

미례가 아무리 인정하지 않으려 해도 자신의 처지는 이미 나락으로 떨어진 지 오래였다. 그럼에도 차마 스스로 인정하고 싶지 않은 것 또한 사실이었다.

새타니는 교묘하게 그런 미례의 속내를 헤집었다.

"휘아에게 미움증이 많은 게지요?"

"미워요."

미례는 순순히 인정했다.

"숫색시였으니 처음엔 싫었다 해도 이젠 사내를 알 터인데 그래도 휘아를 내치는 게요?"

미례의 눈이 다시 놀라며 생소한 시선으로 새타니를 쳐다보았다. 한 번도 본 적 없는 낯선 노파가 과할 정도로 그녀에 대해 많은 것을 알고 있었다.

새타니는 미례의 생각을 읽고는 다시 웃었다.

"그걸 아오, 미례 아씨? 이곳 사람들이 미례 아씨 기분에 따라 울고 웃는다는 걸?"

"그건 왜죠?"

"이질금이 아주 변덕스러워서 미례 아씨께 대우받지 못하면 다른 이들에게 심술을 내기 때문이지요."

미례는 얼굴을 붉혔다.

"우리 이질금이 그리 싫습니까?"

"할머니가 나였어도 싫었을 거예요."

새타니도 그녀의 말에 수긍이 가는 듯 고개를 끄덕였다.

"우리 이질금이 못난 얼굴도 아닌 데다 사내다워서 이 근방 여인네들이나 바다 건너 복주에서도 더할 나위 없는 사내인데, 미례 아씨껜 가당치도 않던가요?"

"그런 건 내게 아무런 소용 없어요."

그가 그녀에 대해 아는 게 없듯이 미례 또한 그에 대해서는 아무것도 모른다. 어느 여인이 다정다감한 자신만의 사내를 원하지 않을까. 그저 겉으로 보이는 그의 모습은 정말 미례에게 아무런 의미도 없었다.

새타니가 한참 후 입을 열었다.

"바리공주 얘길 아시우?"

미례가 고개를 저었다.

"어느 나라에 임금님이 계셨다오. 왕비님이 바라던 왕자 대신 내리 공주 아기씨만 여섯을 낳았는데 일곱째는 왕자 아기씨를 기다렸건만 또 공주 아기씨를 낳으신 게요. 임금님은 그만 화가 나서 왕비마마의 눈물 섞인 애원도 뿌리치고 일곱째 공주 아기씨를 내다 버렸다오. 그 가엾은 공주 아기씨가 바로 바리공주라오. 그런데 임금님은 그만 자식을 내다 버린 죄로 하늘의 노여움을 사 병이 들게 되었소. 신의를 불러도 병이 차도가 없자 영험한 무녀를 불러 점을 치게 되었다오. 무녀 말이 일곱째 공주를 버린 죄로 병이 들었다 하며 서역서천의 불사약수를 구해 마셔야만 병이 나을 것이라 했소. 그래 방방곡곡을 수소문해 일곱째 바리공주를 찾았다오. 이젠 불사약을 구하러 서역서천 먼 길을 가야 하는데 고이 기른 여섯 공주 모두 부모 수양 아니 하겠다 이리 두르고 저리 두르는데 바리공주님 말씀이, 고이 길러주진 않았으나 뱃속에서 열 달 길러준 은혜도 은혜라며 먼 서역서천으로 불사약을 구하러 떠났다오. 사내 복장을 하고 혼자 길을 나서 죽을 고비도 여러 번 넘기고 힘

들게 불사약수를 찾았으나 그만 약수를 지키는 험상궂게 생긴 무
장승을 만났다오. 나뭇짐 삼 년, 불 지피기 삼 년, 물 긷기 삼 년을
하는 동안 바리공주가 여인임을 알아챈 무장승이 아들 일곱을 낳
아달라 했지요. 그래도 바리공주는 그리하겠다 했다오. 그리고 정
말 몸을 섞고 아들 일곱 낳아주고 약수를 얻어 부모 수양 마쳤다
오.”

부모를 살리기 위해 싫은 사내와 몸을 섞고 아들 일곱을 낳다니!
바리공주의 처지 또한 자신 못지않게 여자로서 안타깝다고 미례는
생각했다.

“미례 아씬 그래도 행복한 게요, 바리공주에 비하면.”

미례는 열없이 웃음을 지었다.

“내겐 약을 구할 목적도 없고 앓아누운 아비도 없어요. 더 견디기
힘든 건 그에게서 놓여날 그 어떤 조건도 없다는 거예요.”

다시 바다로 시선을 돌리며 미례가 한마디 덧붙였다.

“차라리 아들 일곱을 낳은 후라도 좋으니 풀어주기만 한다면 좋
겠어요.”

“마음에 둔 다른 사내가 있으시오?”

그렇지 않고서야 아들 일곱을 낳도록 한 사내와 살고서도 마음을
열지 않을 리 없다고 그녀는 생각했다. 만약 그렇다면 정말 큰일이
라는 생각으로 한숨도 나왔다.

“그렇지 않아요.”

미례의 대답에 새타니는 절로 안도의 숨을 내쉬었다.

그렇지, 그런 비극은 다시 없어야지.

“한데 왜 휘아에게 막 대하시는 게요?”

"난 그 사낼 막 대한 적 없어요."

막 대하다니? 그런 일이 가당키나 할까! 그는 절대 그런 대접을 받고 가만히 참아낼 사내가 아니었다.

"우리 이질금이 다른 여인넬 품으면 좋겠소?"

새타니가 꺼내는 말들은 미례의 마음을 흔들어놓았다. 유모도, 노인도 그녀가 정말 바라는 것이 무엇인지 모른 채 자꾸만 그가 다른 여자를 찾으면 좋겠냐고 몰아세우기만 했다.

"날 그냥 내버려 두길 바라는 게 뭐 잘못된 건가요?"

"예서 고향으로 돌아간다면 다른 사내와 혼인할 수 있을 것 같소?"

"난, 혼인하지 않을 거예요. 평생 혼자 살아갈 거예요."

그와 몸을 섞는 경험을 하고서는 미례는 다시는 누구와도 혼인할 생각은 꿈에도 하지 않았다.

미례의 고집에 새타니가 혀를 찼다.

세상 사는 일이 어디 뜻대로만 되겠소?

새타니도 원망스럽기만 한 바다를 한동안 쏘아보았다. 그녀의 가슴에 만감이 교차하며 스쳐 지나갔다.

절대 어찌어찌하지 않겠다, 하는 맹세는 쓸모없는 것이라오, 미례 아씨.

"그런데도 돌아가고 싶은 게요? 혹 사내가 그리우면……."

미례의 얼굴이 빨갛게 달아올랐다.

"그런 일 없어요. 부모님이 계시고 언니 오라버니가 있는 고향으로 가서 살고 싶을 뿐이에요. 그 사람이 날 보내주길 바라요."

고향의 바람 소리, 바다 내음, 풀 냄새, 새소리까지 온통 그리운

걸요. 그리워서 죽을 것만 같고 가슴이 답답해지는걸요.

미례는 다시금 생생히 떠오르는 고향 생각에 울먹이며 눈물이 차올랐다. 눈을 깜박이며 기어이 손등으로 눈물을 훔쳐 내고야 마는 미례를 보며 새타니가 고개를 설레설레 저었다.

한참 후 자리에서 일어선 새타니가 말했다.

"미례 아씨, 이 섬에서 이질금의 눈 밖에 나면 말이오, 미례 아씰 다시 찾지 않으면 미례 아씨 처지는 어찌 될 것 같소?"

물론 스스로 원하고 마음이 움직여 맺어진 사이가 아닌 줄은 새타니도 알고 있었다. 그러나 미례는 자신이 가진 게 무언지조차 잘 모르고 있는 듯했다. 새타니가 보기에 이미 그녀의 사내인 경휘는 세상 어디에 내놔도 모자란 사내가 아니었다.

이제 그만하면 마음을 열 때도 된 거 아니오, 미례 아씨? 손에 쥔 것을 잃기 전에 한 번이라도 제대로 휘아를 살펴보시구려.

새타니는 답답한 마음에 속으로 되뇌었다. 물론 그것은 풀솜 어미의 마음이었다. 미례는 아무런 미동도 하지 않았다.

"다 미례 아씨 하기 나름이오. 우리 이질금 마음을 얻으면 혹여 아오? 미례 아씨 하자는 대로 다 들어줄지?"

지금 같아서는 살갑게 눈웃음 한 번 치고 그를 한 번 다정하게 보듬어 안아주기만 해도 달도 별도 따다 주마 약속할 거라고 생각하며 새타니는 속웃음을 지었다.

미례는 새타니의 말에 얼굴이 확 달아올랐다. 노인의 말은 몸으로 사내를 녹여보라는 음흉한 제의처럼 들렸다.

"그, 그런 일 나는 몰라요."

이후로도 새타니는 가끔씩 미례에게로 와서 한마디씩 물어

보기도 하고 다른 이야기들을 해주기도 했다. 새타니는 재미난 이야기꾼이었다. 점차로 미례는 새타니에게 마음을 열어가고 있었다.

그런가 하면 경휘도 가끔 새타니를 찾아와 얼마나 더 기다려야 하는지 묻기도 하며 떼를 쓰기도 했다. 그때마다 새타니는 그저 기다리라며 웃기만 했다.

그야, 이질금 하기 나름이지요.

새타니는 속으로 중얼거렸다.

저리 문 닫아걸고 있는 미례 아씨 마음을 열기가 쉽지 않을 것 같소.

자신이 정말로 미례의 마음을 바꿔놓을 수 있다고 믿는 경휘의 생각에 새타니는 코웃음을 쳤다. 노력이야 해보겠지만 쉽지 않다는 걸 새타니는 알고 있었다. 새타니는 다만 꽁꽁 문 닫아건 미례의 마음을 조금쯤 누그러뜨릴 수 있기를 바랄 뿐이었다.

사실 그녀에게 딸아이가 있어 혼인을 시켜야 한다면 새타니는 망설임없이 경휘를 택했을 것이다. 어린 시절 외롭고 아팠던 그의 상처를 알지만 그는 제 여인을 울리지 않을 미더운 사내였다.

새타니는 그런 사실을 미례가 알도록 시간을 들일 생각이었다. 미례가 원하던 귀족의 사내가 아니더라도 그는 미례에 견주어 조금도 기울지 않는 사내라고 새타니는 믿었으며 그 사실을 미례 역시 볼 수 있게 해주고 싶었다. 그렇게만 된다면 이미 몸까지 섞은 사이에 속정이 붙는 것은 물이 머물지 않고 흐르는 것처럼 당연한 귀결일 것이다. 흰둥이를 내놓은 경휘였다. 그의 마음이야 이미 알고도 남았으나 아직은 다만 경휘 스스로 자신의 마음을 깨닫지 못하고 있을 뿐이었다.

세상에 무엇이 있어 그에게 흰둥이와 맞바꾸게 할 수 있단 말인가.

18

늦가을 햇볕이 제법 쌀쌀해졌다고 생각하며 미례는 한나절에 바다가 보이는 언덕을 오르기 위해 문을 나섰다. 이제는 웬만큼 익숙해진 마을이며 길들을 지나며 미례는 홀가분한 느낌이었다.

마을을 빠져나가는 담 귀퉁이에 작고 앙증맞은 한 계집아이가 쪼그리고 앉아 있었다. 햇볕이 잘 드는 곳이긴 했으나 아이의 얼굴은 핼쑥하고 힘이 없어 보였다.

미례는 아이를 스쳐 지나다 말고 다시 돌아와 잠시 머뭇거렸다. 아이도 그녀를 올려다보더니 도로 고개를 숙이고는 땅 위에 나뭇가지로 그림을 그리는 일에 다시 열중했다.

"왜 혼자 나와 있는 거니?"

미례가 아이의 곁에 다가앉으며 말했다. 집 안에서는 유모 말고 달리 얘기할 상대가 없었으므로 재잘대며 이야기하길 좋아하던 미례로서는 우울할 수밖에 없었다.

아이의 모습에서 풍겨오는 외로움에 미례는 용기를 냈다.

아이가 다시 미례를 힐끔 쳐다보더니 말없이 고개를 숙였다. 마주친 아이의 맑은 눈망울이 흔들리는 것을 미례는 놓치지 않았다.

"함께 놀아줄 동무들이 없는 거니?"

아이는 그렁그렁한 눈으로 고개를 저었다.

"그러면……?"

"……난 동무들 있는 데로 가면 안 된댔어요."

"왜?"

"아파서……. 아직은 혼자 놀라고 했어. 이제는 다 나았는데."

아이가 볼멘소리로 말했다.

"어디가 아픈데?"

아이는 손가락을 내어 보였다. 생인손을 앓는 듯 아이의 왼쪽 약지 손가락이 빨갛게 부풀고 곪아 있었다. 통통한 듯했던 손등 여기저기에 벌레에 물린 듯한 발적도 몇 개 남아 있었다.

"많이 아프겠구나."

"이젠 괜찮아요 뭐. 나도 애들이랑 놀 수 있는데."

"그래. 그럼 언니하고 같이 놀까?"

아이가 환히 웃으며 미례를 따라 손을 털고는 일어났다.

"어디로 갈 거예요, 언니는?"

"음, 저기 언덕만 넘으면 바다가 잘 보이는 곳이 있어."

"나도 알아요."

"그래? 그럼 그곳에 가봤겠네?"

그러나 아이는 고개를 저었다. 약간의 두려움도 묻어 있는 표정이었다.

"왜?"

"그 위로는 새타니가 사는 곳이라 거기는 귀신이 나온다고 다들 안 가요."

"새타니? 그게 누군데?"

미례가 앞서서 천천히 걸음을 옮기자 아이가 망설이면서도 그녀의 뒤를 조금씩 따라왔다.

"하늘눈 새타니요. 새타니를 몰라요?"

아이가 희한하다는 듯 미례를 올려다보았다. 아이가 아는 모든 어른이나 아이들은 모두들 새타니를 두려워했다.

"응."

"어, 이상하다? 귀신을 부리는 새타니는 정말 무섭게 생겼대요."

"그래?"

미례는 아이의 말에 미소로 대답했다.

"거기는 가지 말아요. 귀신이 잡아갈지도 몰라요."

아이가 뒤에서 미례의 치맛자락을 붙잡으며 잔걸음으로 그녀를 말렸다.

"음, 난 매일매일 그곳엘 올라갔지만 귀신은 한 번도 본 적이 없는걸?"

미례가 자신있게 웃으며 말하자 아이의 눈이 커졌다.

"정말요?"

"응, 정말! 소솜도 귀신이 나온다는 말은 한 적이 없었어."

"정말로 소솜 아저씨가 그랬어요?"

“응!”

아이는 차츰 미례의 치맛자락을 놓으며 따라 걸었다.

“네 이름은 무어니?”

미례가 옆에서 따라 걷는 아이를 보며 물었다.

“반하.”

“반아?”

“아니, 반하요, 반하!”

“그래, 반하. 몇 살인데?”

“일곱 살요.”

아이는 그보다 훨씬 작고 어려 보였다. 그러나 영리해 보이는 눈이며 생김새를 다시 보니 그 정도는 되어 보이기도 했다.

“언니는 이름이 뭐예요?”

“미례.”

“미래?”

“아니, 미례.”

“음, 미래, 미래 언니!”

반하의 손을 잡고 언덕에 올라선 미례는 아이의 눈을 통해 주위를 바라보며 또 다른 느낌을 받았다.

시간이 좀 흐르자 반하가 가끔씩 오들오들 떠는 것을 본 미례는 집에서 나올 때 유모가 둘러준 목도리를 풀어 반하에게 매어주었다. 옷도 시원치 않게 입은 아이가 걱정스러웠다.

반하가 미례를 향해 멋쩍게 씨익 웃었다. 내려가는 길에 미례는 반하가 안쓰러워 등에 업었다. 아이가 미례의 목에 작은 팔을 두르며 업혀들었고 그녀의 등에 얼굴을 기댔다. 반하는 정말 가벼웠다.

병을 앓고 나서 더한 것 같았다.

"반하야."

미례가 걱정스러워 길을 내려가며 물었다.

"응?"

"잠들면 안 된다? 언닌 반하네 집을 모르거든."

아이가 키득키득 웃으며 미례의 등으로 떨림을 전했다. 그들은 처음 만났던 그 담벼락 근처에서 헤어졌고 다시 또 만나기로 약속했다.

그날도 언덕으로 올랐던 미례는 싸늘한 바람과 함께 갑작스레 하늘이 어둑어둑해지더니 한두 방울 떨어지는 빗물을 피해 집으로 돌아왔다. 밤이 되어 잠자리에 들었을 때 미례는 날이 많이 춥다고 느끼며 침상 한 켠 모퉁이에 웅크리고 누웠다.

늦은 밤, 새타니와 약속한 보름이 지나기를 기다려 안채를 찾았던 경휘는 잠이 든 미례를 한 번 보고는 실소를 지으며 옷을 벗었다. 그가 이불 속으로 들어오는데 가늘게 미례가 몸을 떠는 게 느껴졌으나 경휘는 대수롭지 않게 생각했다. 가늘게 앓는 듯한 소리도 새어 나왔으나 그는 미례가 깊이 잠들어 꿈을 꾸는 줄 알았다. 그러나 그녀의 옷을 벗기려고 손을 뻗은 경휘는 깜짝 놀라 이불을 걷어냈다. 그녀의 옷이 축축해질 정도로 땀이 배어 있었고 몸이 불덩이처럼 뜨거웠다. 그녀의 이마에 손을 얹은 그는 인상을 찌푸리며 그녀를 흔들어 깨웠다.

"이봐, 어디가 아픈 거야?"

간간이 들리던 신음 소리가 그의 말에 낮은 흐느낌처럼 변했다.

지금껏 그런 적 없던 그녀가 의식도 놓은 채 앓고 있었다.

아프면 아프다고 말이라도 할 것이지.

그는 미례를 바로 누이며 떨고 있는 몸 위로 이불을 눌러 덮어주었다. 그는 침상에서 내려서서 겉옷을 입었다. 그리고는 밖으로 나가 잠자리에 든 유모를 불러 깨웠다.

유모가 허둥지둥 옷을 걸쳐 입으며 그에게 왔다.

그는 인상을 찌푸리며 말했다.

"미례를 가서 봐줘. 어디가 아픈 건지 온몸이 불덩이 같아."

"예? 미례 아기씨가요? 저녁나절까지도 괜찮으셨는데."

유모는 그의 방으로 들어가 의식마저 흐릿하며 열에 들뜬 미례를 깨우며 품에 안았다.

"미례 아기씨, 미례 아기씨? 어디가 아프신 겁니까? 미례 아기씨, 아프면 아프다 말씀을 하셔야지요? 미례 아기씨!"

미례가 유모의 부름에 힘겹게 눈을 떠서 확인하고는 낮게 흐느꼈다.

"어떤 것 같아?"

경휘가 따라 들어와 유모를 다그쳤다.

"열이 심하셔서 몸을 좀 식혀야겠습니다. 이리 심하게 앓으신 적이 없으셨어요. 땀이 식어 옷이 다 젖었으니 옷을 갈아입혀 드려야 할 것 같습니다. 찬 물수건도 대드려야겠어요."

유모가 당황하며 미례를 놓고 일어났다.

"옷은 내가 갈아입힐 테니까 물을 떠와."

그가 그녀의 옷을 찾으며 말했다.

"예."

그가 젖어서 달라붙은 그녀의 옷을 벗기고 갈아입히고 나니 유모가 찬물을 떠서 가지고 들어왔다. 곧 미례의 이마에 찬 물수건이 놓여졌다. 옷을 벗기던 때와 마찬가지로 물의 찬 기운이 닿자 미례는 몸을 움츠리며 신음 소리를 냈다.

경휘는 방 안을 겉돌며 불안한 눈으로 유모를 쳐다보았다.

"의원을 불러야 할 것 같지 않나?"

"그러면야 좋지요마는 너무 늦은 밤이라."

"그게 무슨 상관이야!"

경휘는 성큼 밖으로 나가 곁시를 불러 깨웠고 새타니를 불러오도록 시켰다.

"예? 새타니요?"

잠결에 불려 나온 그녀는 눈을 비비며 의아하게 물었다.

"그래, 새타니! 가서 당장 새타니를 불러와."

경휘가 그녀를 쏘아보며 말했다.

곁시가 하얗게 질리며 울먹이는 얼굴로 경휘를 올려다보았다.

"이, 이질금, 밤이 깊었습니다. 전, 전 그 길은 무서워서……. 제발요, 전 못 갑니다, 이질금."

경휘도 새타니에 대한 사람들의 두려움을 알고 있었다.

새타니와 새타니가 사는 곳. 귀신만큼 당해내지 못할 존재가 또 어디 있을까.

어린 시절의 떠올리고 싶지 않은 기억을 가진 그 역시 그녀의 두려움을 아는지라 더 이상 답답하게 쏘아보는 걸 그만두고 다시 물었다.

"그러면 의무려를 부르러는 갈 수 있는 거야?"

“예? 의무려요?”

“그래, 의무려 말이다. 새타니를 부르러 가든지 의무려를 불러오든지 그건 네가 알아서 하고, 미례가 많이 아프니까 어서 다녀오너라.”

“예, 예! 그러면 의무려를 불러오지요. 가서 뭐라고 할까요?”

“당장 오라고 해! 미례가 아프다고, 온몸이 불덩이같이 뜨겁고 의식도 가물가물하다고. 어서 다녀와!”

“예, 알겠습니다.”

의무려는 중원을 떠돌다가 경휘의 도움으로 살아나고는 그를 따라와 이 섬에서 살고 있었다. 그가 머물기 전에는 집안의 사람이 아프거나 궂은일이 생기면 새타니를 찾아가던 마을 사람들이 그가 어깨 너머로 의원 수업을 받았던 것을 알고는 침이나 간단한 처방을 원하는 경우에는 점차로 그를 찾아가곤 했다.

그는 아예 의원을 본업으로 삼고자 중원으로 가끔씩 나가 경휘의 휘하에 있는 화평도방에 묵으며 이름난 의원 밑에서 제자로 지내곤 했다. 그것 또한 주술의 힘이 아닌 진정한 의술의 필요를 원한 경휘의 배려 때문이었다.

새벽이 지나면서 미례는 열이 더 올라 사경을 헤맸다. 유모는 땀을 비 오듯 쏟는 미례의 몸을 연신 닦아주고 두 번이나 더 마른 옷으로 갈아입혔다.

곁시를 따라 허겁지겁 달려온 의무려는 미례를 보더니 고개를 갸웃거리며 지켜보다가 약을 지어주겠다고 말했다. 그리고는 유모가 하던 대로 계속하도록 당부했다.

“방을 좀 덥혀주시오. 그저 스치는 몸살 정도라면 다행인데.”

"왜 그런 것 같은가?"

경휘가 그를 채근하며 물었다.

"아직은…… 그저 몸살 같기도 한데요, 이질금. 그런데 열이 너무 높습니다. 좀 더 지켜봐야겠습니다."

"오늘도 미례가 밖으로 나갔다 왔나?"

경휘가 유모를 쳐다보며 못마땅한 어조로 물었다. 유모는 그의 눈을 피하며 고개를 숙였다.

"아플 만도 하지. 찬바람이 부는 데다 비도 오는 날에 그 언덕엘 왜 올라가는 거야? 죽고 싶다던가?"

"비가 쏟아지기 전에 들어오셨습니다."

유모가 미례의 이마에 물수건을 다시 올려놓으며 작은 소리로 변명했다.

"다시 또 올라가기만 해봐, 아예 집 안에 묶어두고 꼼짝 못하게 해버릴 테다. 이게 무슨 짓이야? 제 몸 아프고 여러 사람 신경 쓰이게 만들고!"

그의 성질을 아는 의무려도 유모도 아무 말도 못하고 미례가 낫기만을 바라며 멀뚱히 서 있었다.

씩씩대며 혼자서 화를 삭인 경휘는 의무려를 보고 말했다.

"돌아가지 말고 여기서 자고 아침에 다시 봐주게."

"예, 그리하지요."

경휘의 당부에 유모도 안심했다.

아침이 되자 조금 열이 내린 듯하던 미례는 목이 쉰 듯하더니 심하게 마른기침을 해댔다. 그리고 한나절이 되면서 걱정스럽게도 온몸에 붉은 열꽃이 피기 시작했다. 미례의 숨소리도 상당히 빠르고 거칠어졌다.

의무려는 유모에게 미례가 어려서 홍역이나 마마를 앓은 적이 있는지 물었다. 유모의 눈이 걱정스럽게 변하며 고개를 저었다.

"열이 심상치 않더니 큰일이구려. 홍역을 앓는 것 같소."

"홍…… 역이라구요?"

유모가 놀라며 미례의 온몸에 돋아난 빨간 열꽃들을 바라보았다.

"어려서 앓는 경우가 많은데, 다 자라서는 좀체 드문 일이오."

의무려도 의아한 듯 고개를 갸우뚱했다.

미례의 열이 떨어지는 것을 확인한 이틀 후에나 그는 집으로 돌아갈 수 있었다. 불안해하며 자주 그를 불러대는 경휘 때문이었다.

"답답해하더라도 어쨌거나 찬바람을 쏘이지 않게 조심하시오."

집으로 돌아가면서 그는 유모에게 몇 가지 대처법을 일러주면서 그렇게 당부했다. 그리고 매일매일 미례의 상태를 보러 왔다.

경휘는 아침나절이면 미례의 상태를 보러 잠깐씩 들어왔으나 별 차도는 없어 보였고 열꽃만 더 심해졌으며 쉰 듯한 기침 소리도 나아지지 않았다. 아직도 그녀의 몸은 자주 땀으로 젖어들곤 했다.

다른 방에서 혼자 잠을 청하던 경휘는 사흘째가 되자 새벽녘에 일어나 앉았다.

걱정으로 그는 잠을 이룰 수 없었다. 어찌어찌 겨우 보름을 참고 그녀를 안을 수 있겠다고 생각하며 기대를 가지고 들어왔지만 그녀의 아픈 상태에도 불구하고 실망보다는 걱정이 앞섰다.

이래서 한 번 여인을 알아버리면 이후로는 혼자 잠들기 힘들다고 한 건가.

홀아비 된 옥장이가 어느 날 그렇게 말했었다.

낮에는 그래도 견딜 만하오, 이질금. 아주 몹쓸 빈자리가 밤만 되면 보이는 게요. 긴긴 겨울밤은 더 하더이다.

씁쓸히 웃어넘기던 그의 말이 오늘따라 이해된다고 경휘는 생각했다.

그는 간간이 이어지는 미례의 기침 소리를 들으며 안채로 향했다. 유모가 밤새 지친 얼굴로 미례 곁을 지키고 있었다. 어려서 앓는 홍역으로 죽는 아이도 있으나 자라서는 좀체 걸리지 않는다며 미례의 상태가 심상치 않다고 의무려는 고개를 갸웃했었다. 찬바람을 쏘여 몸살에 폐장까지 병이 뻗친 것 같다며 잘 넘겨봐야 할 것 같다고도 말했었다.

"에고, 아기씨. 안 됩니다!"

의식을 놓은 중에도 열꽃 핀 얼굴로 손을 올리는 미례의 움직임에 소스라치게 놀라며 제지하던 유모가 말했다.

그가 다가가자 유모가 침상가에서 일어섰다.

"이질금, 안 주무셨습니까?"

"좀 어떤가?"

"아직은 별 차도가 없으십니다."

낮에는 잠깐 곁시에게 맡기고 밤을 꼬박 새며 지키던 유모의 얼굴은 많이 지쳐 있었다. 잠시라도 자리를 비우면 얼굴을 긁어 지워지지 않는 흉터라도 남길까 조바심을 내는 그녀는 누구에게도 미례의 곁을 맡기지 못했다.

"가서 좀 쉬게, 미례는 내가 지킬 테니!"

"아, 아닙니다, 이질금."

"아니긴, 몇 날 며칠을 더 새야 할지 모르는데 자네마저 앓아누우면 어쩌라고! 어떻게 하면 되는지 내게 말해주고 가서 좀 쉬어. 어차피 잠도 오지 않는군."

"하면……."

유모는 마지못해 그에게 자리를 내주며 손으로 열꽃을 긁거나 만지려고 하면 손티 날지 모르니 절대로 못하게 해야 한다고 당부하고는 자신의 방으로 건너갔다.

그는 미례 곁에서 땀을 닦아주기도 하고 열꽃 핀 몸으로 올라가는 미례의 손을 제지하며 그렇게 아침을 맞았다. 미례는 흐린 의식 중에도 가끔씩 앓는 소리를 내며 몸을 뒤척이곤 했다.

아침 일찍 방으로 들어서던 유모는 천으로 감아 놓은 미례의 손을 보고는 놀라며 경휘를 쳐다보았다.

그는 어깨를 으쓱하고는 유모에게 자리를 비켜주었다.

"그대로 내버려 두게. 온몸이 가려운지 자꾸 손을 가만두지 않는데 그러다 정말 손티라도 생기면 어떻게 해. 별로 보기 좋은 꼴은 아니어도 손톱으로 긁지는 못할 테니까 자네도 덜 신경이 쓰이겠지!"

유모가 소리 죽여 웃으며 고개를 끄덕였다. 다음날 새벽에도 그는 미례 곁에 있었다.

앓아누운 지 오 일째 되던 오후부터 차츰 호전되던 미례는 저녁 무렵엔 열도 떨어지고 숨결도 많이 안정되었다. 정신도 들어 미음을 받아먹고 편안히 잠이 든 미례를 한 번 보고는 경휘도 피로가 몰려옴을 느끼며 자러가기 위해 방을 나섰다.

이젠 확실히 죽지는 않을 것 같았다. 그런 확신이 들자 그도 마음이 안정되어 편히 잠을 이룰 수 있을 것 같았다.

그로부터 이틀 후에는 열꽃도 많이 가라앉았고 기침 소리도 가라앉아 쉰 듯한 소리는 아니었다. 정오에 미례는 두텁게 옷을 입혀준 유모와 함께 안뜰에 앉아 햇살을 받고 있었다. 흰둥이를 보고 가던 소솜이 미례를 보기 위해 찾아왔다.

"며칠 앓으셨다 하더니 얼굴이 많이 상하셨소."

"그래도 많이 좋아졌어요, 소솜."

미례가 수줍은 미소를 머금으며 작은 소리로 말했다.

"낯선 곳에서 병을 얻으셔서 염려했는데, 그래도 이만하시길 다행입니다."

소솜은 미례의 병치레 소식을 듣고는 죽은 여동생 아로의 생각으로 불안했었다.

"고마워요, 소솜. 걱정해 줘서."

"나뿐 아니라 반하도 걱정하더이다."

"어, 소솜도 만났어요? 건강해 보이던가요?"

미례가 반색을 하며 물었다.

"확실히 좋아져서 이젠 아이들과 뛰어놀고 있소."

"다행이에요."

"이질금이 알면 가만있지 않을 테니까 반하 얘긴 하지 마시오, 미례 아기씨."

"왜요?"

미례가 의아한 눈으로 그를 쳐다보았다.

"안 그래도 홍역을 앓으신단 말 듣고 언덕을 오르시던 걸 못마땅해하셨는데 반하를 만났었단 얘길 들으면 역정을 내실 게요."

"왜요?"

"모르셨소? 반하가 얼마 전 홍역을 앓고 난 뒤였소. 반하 때문인 줄 아시는 날엔 아마도 불같이 화를 낼 겁니다."

경휘는 사랑채의 창을 통해 아직 회복되지 않은 몸으로 안뜰에 나와 햇빛을 쪼이고 있는 미례를 힐끗 바라보았다. 아직 걸음을 오래 걸으면 금세 피곤해져서 언덕으로 올라가고 있지는 않지만 그의 눈치를 살피며 내심 원하고 있는 걸 그도 알고 있었다.

그는 소솜과 나지막이 말하며 웃음까지 짓는 미례를 보며 약이 올랐다. 자신에겐 한 번도 그런 표정을 보여준 적 없는 그녀였다.

하긴 어디 웃음뿐인가, 그와는 눈도 마주치지 않고 짧은 대꾸도 잘하지 않았다.

아플 때 제 곁에 있던 게 누구였는데!

경휘는 창가 주위에서 서성이며 울컥 분노를 토해냈다. 그러나 그녀만 미워할 수도 없는 노릇임을 그도 알고 있었다. 그는 무슨 싸움이나 하듯이 말도 없이 그녀의 몸을 탐하기만 했었다. 새타나 아버지가 마음이 중요하다고 말했지만 믿지 않던 그도 사실은 좀 더 그녀와 친밀한 시간을 보내고 싶었다. 말 같은 건 몇 마디 오가지 않는 몸을 섞는 행위 말고도 그녀에게 원하는 것은 많았다. 하지만 차갑기 그지없는 그녀는 그가 무슨 말을 한들 제대로 받아주지 않을 거라는 생각이 들었다.

"당신은 도적이에요. 당신을 다시 보지 않을 수 있다면 노예로 팔려가는 편이 나아요."

"고향을 그리고 부모님을 그리고, 그래서 집으로 돌아가고 싶어하는 것이 그토록 잘못인가요?”

“나는 내 의지로 이곳에 있는 것이 아녜요. 부모님이 그립고 고향이 그리운 것은 사람이 살아가는 인지상정 아닌가요? 나는 성실해야 할 당신에게서 도망쳐 나온 못된 여인이 아닐뿐더러 당신의 이런 분노의 대상도 아니라고 생각해요.”

그녀는 차분하고도 조용한 어조로 자신의 마음을 분명하게 털어놓았다. 그런 그녀에게 몸뿐만 아니라 마음도 원한다고 말한다면? 그녀는 코웃음을 치며 그를 한껏 비웃을 것이다. 경휘는 괜스레 혼자 붉으락푸르락 마음을 잡지 못했다.

새타니는 그런 그에게 달래보라고 했다.

달래본다고? 잘못했다 비는 것은 이제 와 죽어도 할 수 없지만 조금은 부드럽게 달래보는 것쯤은 양보할 수 있잖을까.

그의 가슴 한 켠에서 그렇게 말하고 있었다. 그제 밤 열에 들떠 흐느껴 울던 그녀가 안쓰러워 품에 안고 달래며 몸을 부드럽게 흔들어주자 미례가 다정히 웃으며 작은 소리로 중얼거렸었다.

“보고 싶었어요, 오라버니.”

그녀의 천으로 싸맨 손이 그의 얼굴을 부드럽게 만지며 눈물 맺힌 눈으로 한없이 다정하게 그를 바라보았었다.

그렇게 다정한 음성으로 다시 한 번 자신을 향해 보고 싶었다고 말해준다면!

다음날도 그는 안뜰 햇볕 잘 드는 곳에 앉아 허공을 바라보며 멍하니 앉아 있는 미례를 발견하고는 용기를 내어 다가가 손을 내밀었다. 의아해하는 미례에게 그는 언덕을 오르고 싶지 않느냐고 물었고 미례는 한참이 지나서야 고개를 끄덕였다.

그는 미례와 함께 언덕을 오르며 바람을 쏘였다. 비록 아무 말도 하지 않았으나 어색한 중에도 그는 미례가 싫어하지 않는다는 것을 알았다. 그는 이틀을 더 미례와 함께 언덕을 올랐다가 오래지 않아 데리고 내려왔다.

19

유모와 함께 안뜰을 거닐던 미례는 갑자기 생각난 듯 배시시 웃으며 말했다.

"유모, 유모! 나 앓아누웠을 때 말야."

"앓아누우셨을 때 뭐요? 아기씨, 그때 일은 듣고 싶지도 않습니다. 얼마나 애를 태웠는지 아셔요? 아씨께서 밖으로 나가면 넘어질까 혹 고뿔이라도 걸릴까 얼마나 귀하게 기르셨는데 홍역이 다 뭡니까? 아마도 아씨께서 이 일을 아셨더라면 많이도 맘 상해하셨을 거예요. 낯선 이곳에서 아기씰 영영 잃어버리는 줄 알았답니다."

미례는 유모의 말에 겸연쩍어하면서도 어머니를 떠올리자 한없는 그리움이 밀려왔다. 눈물이 그렁그렁하게 고인 눈으로 미례는 하늘을 쳐다보다가는 손등으로 눈물을 훔쳤다. 그녀의 모습에 안타까워하면서 혀를 차는 유모에게 눈물을 수습한 미례는 안심시키듯 웃음을 짓고는 말을 이었다.

"유모, 나 그때 꿈결 중에 미루 오라버니를 만났어요. 오라버닌 내가 마지막 보았을 때보다 더 자라신 것 같았어. 내게 다정히 웃으면서 다시 보게 돼서 좋다고 하셨어. 오라버니를 부르면서 손을 내미니까 오라버니가 날 안아주었어. 다시 만날 줄 알았다고, 다시는 어디로도 보내지 않을 거라고 오라버니가 날 다독거려 주었어. 한없이 울다가 오라버니가 그리워 얼굴을 더듬어 만졌는데 꿈결 같지가 않았어. 마치 생시인 것처럼 오라버닐 만질 수 있었어. 살아 있으면 다시 만나게 될 거라고, 그런 날이 있을 거라고 오라버니가 말했어."

눈시울이 뜨거워져 다시 넘쳐 나는 눈물을 훔치며 애써 웃음기를 띠려는 미례를 보고 함께 고국을 생각하며 눈물짓던 유모가 말했다.

"아기씨는 열이 심하셨어요. 이질금께서 밤마다 침상을 지키셨는데 혼몽 중에 이질금을 미루 오라버니로 잘못 보신 거 아니셔요?"

미례의 얼굴에서 순식간에 웃음기가 걷혔다.

"유모도 참! 어떻게 미루 오라버니를 그 사람과 착각할 수 있어? 달라도 그리 다를 수가 없는데!"

그랬다. 두 살 어린 미례의 투정을 다 받아주고 놀아주던 한없이 다정한 미루 오라버니와 무섭고 무뚝뚝한 그를 어떻게 비교나 할 수 있을까. 닮은 구석이라곤 조금도 없는데!

"그래도 아기씨, 아기씨 아프셨을 때는 참으로 잘하시던걸요. 늦은 밤이었는데도 의원을 부르러 사람을 보내고 제가 낮을 지키고 그분께서 밤을 지키면서도 싫은 내색 한 번 안 하셨어요.”

미례는 그가 화제에 오르는 것이 싫어 고집스레 입을 다물었다. 그래도 눈치없는 유모는 계속 그의 이야기를 했다.

“땀으로 흠뻑 젖은 아기씨가 혹여 더 안 좋아지실까 자주 마른 옷으로 갈아입히시고 열꽃 때문에 흉이라도 생길까 얼마나 조심하셨게요. 또.”

“그만 해, 유모! 그 사람 얘긴 듣고 싶지 않아.”

“아기씨! 이제는 그분에 대한 미움을 좀 푸시고 달리 보셔도.”

미례는 불편한 마음을 실어 유모의 말을 잘랐다.

“달라진 건 아무것도 없어, 유모. 우린 그 사람 마음 여하에 따라 어떻게 될지 모르는 처지야. 제멋대로인 그 사람은 언제라도 마음이 내키면.”

“아기씨가 그때 못 보셔서 그래요. 그분이 얼마나 아기씨를 걱정했는데요. 아기씨 자리에서 일어나신 후에도 잠자리가 불편하실까 봐 일부러 따로 주무시는 것만 봐도.”

유모는 그에 관한 건 뭐든지 좋게만 보려고 하는 게 문제라고 생각하면서 미례는 쌀쌀하게 한마디 했다.

“내게서 병이라도 옮을까 봐 무서운 거야.”

다정스러운 데라곤 찾아보기 힘든 그를 미루 오라버니와 혼동하는 일은 없을 거라고 미례는 다시 한 번 생각했다.

“정말 그럴 것 같으면 아픈 아기씨 곁에서 간병도 하지 말았어야죠.”

미례는 화난 표정으로 유모의 시선을 피했다.

"아기씨가 하기 나름이에요. 지금처럼 아기씨가 차갑게만 구시면 곧 그렇게 될지도 모르지요. 저도 처음엔 아기씨에게 못된 짓을 한 나쁜 사내로만 생각했어요. 하지만 자꾸 보니 아기씨를 아끼는 마음이 보이는걸요."

"무슨 그런 말을?!"

우리 이질금 마음을 얻으면 혹여 아오? 미례 아씨 하자는 대로 다 들어줄지?

새타니에 이어 유모까지 약속이나 한 사람처럼 거들고 나서자 미례는 속이 상했다.

"그분이 그냥 못된 짓을 하기로 마음먹었으면 아기씨, 한두 번 그러다 말았을 거예요. 하지만 그분은 장로님도, 마을 사람들도 다들 걱정하는데도 아기씨를 보호하고 계시잖아요. 이곳에선 누구도 그분의 말씀을 거역할 수 없으니."

"그만 해요, 유모!"

미례의 눈가에 눈물이 그렁그렁 맺혔다. 누구도 그녀의 마음을 몰라주었다. 자신이 얼마나 마지못해 지옥 같은 밤들을 견디고 있는데 그에게 살갑게 굴라니! 더구나 다른 사람도 아닌 어머니 같은 존재인 유모까지! 이렇게 나락으로 떨어진 것으로도 모자라 마음에 없는 웃음까지 지어가며 비굴하게 목숨을 이어가야 한단 말인가?

"누가 그런 사람을, 그런 사람 조금도 좋아할 수 없……."

유모가 무거운 한숨을 내쉬었다가는 차분하게 말을 이었다.

"들어보니 아기씨, 이곳 안채에 여자를 들여놓은 적도 없답니다. 아기씨가 처음이래요. 여자면 아무나 좋다고 하는 사내는 분명 아닌 듯하니 아기씨도 달리 생각을 좀……."

미례는 어떻게든 그를 좋게 말하고 싶은 유모의 말에 입술을 잘근 깨물며 신경질적으로 고개를 돌리는데 그때 조그만 계집아이가 안채의 문 앞에 빠끔히 얼굴을 내밀다가 사라지곤 하는 것이 보였다. 반하였다.

"너, 누구니? 어디서 왔어?"

유모가 미례의 시선을 좇아 아이의 존재를 알아보고는 물었다. 그러자 반하는 용기를 내서 문 앞에 온전히 모습을 드러냈다.

"미래 언니가 보고 싶어서 왔어요."

천진한 아이의 대답에 유모는 부러 환히 웃으며 미례에게 말했다.

"별일이네요, 아기씨한테 꼬마 손님이 다 찾아오고."

미례도 감정을 추스르며 반하를 불러 다가오도록 했다.

어느 날부터 반하를 비롯한 또래 아이들은 미례 주위로 하나둘 모여들기 시작했다.

겨울은 미례를 움츠러들게 하기에 충분했으나 집 안에 머무는 것은 그녀를 무료하게 만들었다. 하나둘 그녀가 머무는 거처로 찾아오는 아이들은 이제 대여섯이 넘었다. 아이들은 나가서 놀기를 원했지만 또 한편으로는 유모가 만들어서 내주는 간식거리에 홀려 집으로 찾아드는 것을 좋아했다.

유모는 미례가 당장은 그에게 마음이 없다고 해도 그의 섬과 섬 사람들을 열린 마음으로 보게 되면 조금씩 달라질 거라고 생각했다. 당장은 그도 아이들의 안채 출입에 대해 뭐라고 할지 알 수 없어 조마조마했으나 미례가 이곳의 사람으로 정착해 간다면 그녀를 대하는 태도도 달라질 거라고 생각했다.

유모가 아직은 찬바람을 자주 쐬는 것은 좋지 않으니 나가지 말라고 했으므로 미례는 방 안에서, 아이들은 연못가에서 뛰어다니며 놀다가 미례 곁으로 몰려와 이야기를 조르기도 했다. 미례는 그의 눈치를 보며 조심했지만 아이들은 천진하게 뛰어다녔다.

사흘간의 추위가 지속된 뒤 햇볕이 따스한 날 미례는 유모의 허락을 얻어 아주 잠깐만 있다가 들어오기로 하고 산책을 나섰다. 가락국의 따뜻한 햇살에 비하면 지극히 차가운 햇볕이라고 미례는 생각했다.

미례를 발견한 반하와 몇몇 아이들이 따라왔고 그녀 일행은 따뜻한 햇볕을 찾아 골라 앉았다. 반하를 비롯한 아이들은 섬의 어른들과는 달리 그녀에게 경계하는 모습을 보이지 않았다. 미례 역시도 그들에게는 경계하는 마음을 품지 않았다.

아이들은 지금껏 그들이 알지 못했던 세계, 미례가 들려주는 이야기 속으로 빠져들고는 했다.

이야기해 줘요, 이야기해 줘요.

아이들은 흡사 먹이를 달라고 조르는 아기 새들처럼 그녀를 올려다보며 시끄럽게 졸라댔다. 몇몇 아이는 아예 미례 주위로 어지럽게 치맛자락을 붙잡으며 빙빙 돌기도 했다. 지금까지 그녀만큼 자신들에게 진지하게 대하는 어른들은 없었다. 어른들은 그들이 자유롭게 놀도록 기회를 주는 것이기보다는 그저 아이들이 저지를지도 모르는 혹은 방해할지도 모르는 어떤 일로부터 떼어놓는 것에만 신경을 쓰는 것 같았다. 더구나 아들이라면 몰라도 계집아이들은 천

덕꾸러기처럼 나이에 상관없이 버거운 집안일들을 따라 배워야만 했었다.

미례처럼 자신들을 마치도 소중한 친구처럼, 마치도 어른인 것처럼 대해주는 일은 전혀 생각지도 못한 것이었다. 더구나 아이들의 눈으로 보기에도 그녀는 섬에서는 비교할 상대가 없을 만큼, 언젠가 들어본 적 있는 선녀만큼이나 아름다웠다.

신비의 세계 같기만 한 가락국이라는 나라며 아유타의 시장에 관한 이야기는 아이들의 상상에 날개를 붙여주었다. 아이들은 지난번 얼핏 듣다가 만 공주 이야기를 졸랐다.

"거북이를 타고 바다를 건너간 공주님 얘기 해줘요."

"그래요, 그래요. 움직이는 바윗돌 얘기요."

"음, 묘견 공주님 이야기를 해달라고?"

"그래요, 그래요."

"어, 맞아요. 묘견 공주! 묘견 공주!"

아이들은 그녀의 이야기며 말투를 흉내 내는 일이 즐거운지 키득키득거리며 자신들과는 다른 억양의 미례 말투를 은연중에 따라 하고 있었다.

미례의 입가에도 환한 미소가 떠올랐다. 지금까지의 그녀가 어른들로부터 이야기들을 듣기만 하는 입장이었다면 이제 미례는 자신이 들은 이야기들을 아이들에게 전해주는 입장으로 바뀌었다는 사실이 변화된 자신을 직시하게 만들었다.

"묘견 공주님은 아유타에서 험한 뱃길을 건너 가락국으로 오신 왕비님이 나중에 보신 따님이셨는데, 원래 어려서부터 보통의 사람과는 다르셨대. 어느 날은 왕께서 잃어버리고 오래도록 찾으시는 물건이 있었는데, 공주님은 어려서 본 적도 없으면서 아버님을 기쁘게 할 물건을 드리겠다며 어느 곳에 가보라 말씀하시기도 하고 시종들의 미래도 점쳐 주시기도 해서 범상한 인물이 아니라고들 생각은 하고 있었지. 태자께서 왕 되시고 언니 공주님도 이웃 나라로 시집가셨는데, 묘견 공주님은 그렇게 여인의 길을 가는 것을 싫다고 하시곤 동생 되는 선견 왕자님과 궁에서 가까운 바닷가로 놀러 나가곤 하셨단다.”

“묘견 공주님은 예뻤나요? 미례 언니만큼 예뻐요?”

미례는 아이들의 순진한 말에 겉으로는 태연한 척 웃으면서도 볼이 붉게 물들었다.

“묘견 공주님을 내게 비교할 수는 없지. 공주님의 아름다움과 현숙함은 이웃 나라에도 알려져서 공주님을 배필로 맞으려는 귀공자들로부터 혼담이 끊이질 않았는걸.”

미례도 그 이야기를 들었을 때 유모나 어머니로부터 너도 나중에 자라서 그런 여인이 되어야 한다는 말을 들었으므로 아이들의 말은 그녀에게 어머니에 대한 그리움을 부추겼다.

가락국에는 이미 전설적인 인물이 되어버린 수로 왕비님의 이야기와 이웃 나라로 건너간 묘견 공주였다. 그녀들은 아유타와 가락국을 오가는 미례에게는 꿈만 같은 이상적인 여인이었다. 할머니가 그래 왔고, 어머니가 그래 왔던 것처럼 그저 그렇게 정해진 대로 여인의 길을 가는 것은 미례가 꿈꾸던 일이 아니었다. 미례는 비록 자신의 처지가 그런 많은 것들을 꿈꾸지는 못하더라도 자라는 아이들만은 더 먼 곳을 바라보고 꿈을 꿀 수 있기를 바랐다.

너무 진지해지는 분위기에 심취한 건지 주눅 든 건지 제법 심각한 표정들이던 아이들은 미례가 생각에 잠기며 이야기를 이어주지 않자 몸을 비틀고 어깨를 비비적거리며 지루함을 내보였다. 싫고 좋음이 그대로 드러나는 아이들에게 미례는 웃음으로 화답했다.

"묘견 공주님이 바닷가에서 이웃한 섬으로 어떻게 가게 되었는지 얘기했던가?"

"바위가 움직였다고 했어요."

"바위가 어떻게 움직여? 배를 타고 간 거야."

"바보! 여자는 배를 태워주지도 않는걸. 힝, 오라버니도 동생 녀석도 아버지가 배에 태워준다고 좋아하는데 나는 타본 적도 없어."

"나도 멀리서 구경한 적밖에 없어. 자랑하는 녀석들 때문에 배 아프다. 나쁜 녀석들!"

아이들은 제법 자신들이 속으로 느껴왔던 불만을 토로했다. 아이들의 시선은 한순간에 멀지 않은 숲에서 얼음 위를 타고 노는 사내아이들에게로 원망 어린 시선을 보냈다. 미례도 아이들의 시선을 따라가다가는 주위를 둘러보며 입술을 삐죽이는 아이들의 질투에 쓴웃음을 지었다. 미례도 한때 사내아이들과는 다른 대우에 속상해하며 괜스레 만만한 미루 오라버니에게 투정을 하던 기억이 떠올랐던 것이다.

"어쩌면 고래를 타고 갔을지도 몰라. 고래는 바위처럼 생겼다고 들었어."

아이들 중 하나가 자신만만한 목소리로 말하여 미례의 생각은 다시 현실로 돌아왔다.

"고래라고?"

미례 역시도 가락국에서 멀리 떨어진 바다 위에서 간혹 물을 뿜는 물체를 보기는 했다.

뱃사람들도 그들의 그림자가 멀리서 보이기만 해도 두려워하며 그들이 해를 끼치지는 않을까 염려했다. 그들이 믿는 관음상에 대고 무사 안전을 기원하기도 했다. 폭풍이 두려운 만큼이나 고래의 분노도 두려운 것이었다. 그 산만한 덩치로 뱃전에 부딪쳐 온다면 순식간에 배는 좌초될지도 모르는 일이기 때문이었다. 그런데 아이들의 입에서 나오는 고래의 존재에는 그녀가 알았던 뱃사람들이 가지는 두려움은 담겨 있지 않았다.

"고래에 사람이 탈 수 있다고? 그런 게 가능할까? 무섭지 않을까?"

"음, 소솜 아저씨가 하는 말을 들었는데요, 고래는 사람을 해치지 않는대요. 사람이 먼저 건드리지 않으면요."

"아기 고래가 옆에 있을 땐 좀 무섭기도 하다고 했어요."

"맞어, 그때 엄마 고래는 보이는 게 없어서 배도 들이받고 물길도 뻗치고 그런대요."

"그래?"

아이들은 크게 고개를 끄덕이며 눈을 반짝였다.

"음, 그렇구나."

"미례 언니는 몰랐어요?"

"음, 내가 아는 고래는 아주 무서워서 가까이 가면 안 된다고 배웠는걸."

"헤헤, 미례 언니도 모르는 게 있구나. 우리 배들은 고래 옆으로도 잘 지나간대요."

아이들은 마치도 자신들이 그러는 것처럼 자랑스럽게 말했다. 미례도 웃으며 아이들의 머리를 쓸어주었다. 아직은 앳된 뽀얀 피부에 톡 튀어나온 이마를 가진 아이들은 무척 귀여웠다.

"바위도 고래도 아니면 그럼 뭘 타고 갔는데요?"

지금껏 조용히 이야기를 듣기만 하던 아이 하나가 궁금증을 참기 힘든 듯 약간은 짜증스럽게 물음을 던졌다. 그러고 보니 이야기는 제대로 방향을 찾지 못하고 이리저리 표류하고 있었던 것이다.

미례는 그 아이를 향해 미소를 지으며 대답했다.

"음, 그건 말이다, 거북이였어."

"거북이요?"

"음, 백 살이 넘는 늙은 거북이가 바위틈에서 등을 내밀고 쉬다가 공주님을 태우고는 그대로 거북이 태어난 이웃한 나라로 헤엄쳐 간 거야."

"와아, 재미있겠다."

"그래서."

미례가 이번에는 샛길로 빠지지 않고 다음 이야기로 넘어가려는 순간 사내아이들이 놀던 숲에서 작게 들려오던 아이들의 소리가 갑작스럽게 커졌다. 그녀 주위로 몰려들어 있던 아이들 중 귀 밝은 몇몇은 벌써 소리나는 숲 쪽으로 달려갔다.

"무슨 일이야?"

미례도 자리에서 일어나 아이들이 우루루 몰려가는 숲으로 걸음을 떼며 누구에게랄 것 없이 물었다.

웅성거리는 아이들의 소리며 겁을 집어먹고 인가가 있는 쪽으로 달려가는 사내아이들도 있었다. 점차로 무언가 큰일인 것 같다는 생각에 걸음의 속도를 내던 미례는 숲에서 나오는 아이 하나가 그녀와 부딪치자 아이의 어깨를 붙들고는 급하게 물었다.

"무슨 일이니? 왜 그러는 거야?"

"어, 얼음이 깨졌어요."

아이는 겁을 잔뜩 집어먹고 있었다.

"얼음이 깨졌다고? 그래서? 그러면 혹, 친구가 빠지기라도 했니?"

아이는 여전히 두려움에 떨며 고개를 끄덕였다.

"그래서 지금 어디로 가는 길이니?"

"지, 집으로."

아이는 그저 겁이 나서는 어른들에게 혼이 날까 봐 도망치던 중이었다.

"어른들에게 알려야지. 그렇지? 가서 어른들을 불러와."

아이는 미례의 마주 바라보는 눈빛에 잠시 어쩔까 흔들리는 듯했으나 바로 고개를 끄덕였다.

"그래, 그래야 착한 아이지. 어서 가렴."

미례는 아이에게 다짐을 받을 겨를도 없이 숨을 헐떡이며 계집아이들이 달려가는 곳으로 무작정 뛰었다. 숲에 들어서자 빼곡한 나무들 사이로 군데군데 공터가 눈에 띄었고 곧 제법 큰 물웅덩이에 다다랐다. 아이들이 얼음을 지치며 놀던 곳이었다.

하늘로 솟은 큰 나무의 길이와 맞먹을 만큼 작지 않은 얼음판에는 며칠 전 뚝 떨어진 기온과 눈 때문에 이미 생겨난 얼음 위로 아이들이 눈을 지치던 상황이었다. 다만 두껍지 않은 얼음 위로 아이들이 몰려들며 무게가 더하고 무리가 가며 호수의 중간쯤 이르러서는 그만 점차로 균열이 가고 있었던 것인데, 놀이에 빠졌던 아이들은 그것을 무시했다. 그러다 금이 가면서 운이 없던 한 아이는 호수 가운데에서 그만 한쪽 발이 깨진 얼음 속에 빠지며 잔뜩 겁을 집어먹었다.

아이는 눈에 띄게 금이 가는 얼음 위에서 한 발과 몸의 일부가 빠진 채로 꼼짝도 못하고 얼음 위로 손을 내밀어 겨우 버티고 있었다. 겁 많은 아이들은 도망치고 개중에는 용감한 아이 몇이서 동무를 구해보겠다고 손을 연결해 아이에게로 구원의 손길을 보내려 했으나 그것은 도리어 얼음에 무게를 더하는 꼴이 되었고 사방으로 금이 가기 시작하자 아이들도 더는 어찌해 볼 도리가 없었다.

아이의 몸이 점차 물속으로 빠져 들고 있었고 그 무엇이라도 잡으려고 허우적거리는 사이에 얼음은 조각조각 갈라졌다. 그나마 남아 있는 얼음을 필사적으로 잡고 있는 아이의 손이 빨갛다 못해 이제는 하얗게 보였다. 그 아이의 입술도 점점 새파랗게 변했다.

미례는 아직도 포기하지 못하고 호수면 위에서 동동거리는 아이들에게 밖으로 나오도록 말했다.

아이는 시간이 흐를수록 점차로 힘을 잃어갈 것이고 몸이 얼어 결국에는 빨리 손을 쓰지 않으면 목숨을 잃고 말 것이다. 자신의 눈앞에서 사람의 생명이, 그것도 아이의 생명이 가라앉는 것을 두고 볼 수는 없다고 생각하며 미례는 주위를 둘러보았다.

아이에게 던져 줄 줄이라도 있다면 하는 생각이 들자 미례는 발을 동동 구르고 있는 반하를 불러 이곳에서 가장 가까운 새타니의 집으로 달려가 길게 이을 줄을 구해오도록 시켰다. 반하는 대번 알아들었는지 크게 고개를 끄덕이며 잽싸게 달려갔다.

사람을 부르러 간 아이는 제대로 갔겠지?

그러나 아직 어른들의 모습은 눈에 띄지 않았다. 사람들이 오기 전에 무언가 수를 내야만 할 것 같다고 미례는 생각하며 여차하면 아이를 구하려 물속으로 뛰어들어야 할지도 모르겠다고 결심했다.

오늘은 그리 냉혹한 바람이 불지는 않지만 옷 사이로 스며드는 바람은 찼다. 아무리 따뜻한 겨울 햇살이라도 봄 햇볕에는 미칠 바가 아니라고 했던가.

뼛속까지 얼릴 것이 분명한 얼음물을 상상하며 미례의 살결에 소름이 돋았으나 결심을 굳히며 아직 얼음이 튼실해 보이는 가장자리로 걸음을 떼었다. 둘러선 사람들 사이에 가장 연장자인 그녀이고 보면 이름도 모르는 아이가 누구이건 간에 자신이 외면할 수는 없는 일이라고 미례는 생각했다.

짧은 순간이지만 기다림의 시간은 길었다. 미례는 조급한 마음에 참지 못하고 호수의 중심부로 조심스레 걸음을 내딛었다. 드르륵드르륵하며 호수 표면의 얼음에 금이 가는 소리가 들렸다. 아이들도 숨죽이며 미례의 행동을 지켜보고 있었다.

미례는 아이에게서 너무 가깝지 않은 곳에서, 그러나 팔을 뻗으면 닿을 정도의 거리에서 미례가 조심스레 무릎 꿇고 앉아 도움의 손길을 내밀려 하자 지금까지 용케 버텨냈던 아이의 손에서 힘이 빠지더니 한순간에 물속으로 잠겨들었다.

미례는 당황하며 아이의 손을 잡으려 물속으로 급하게 손을 넣었으나 아이뿐 아니라 미례가 있던 곳까지 순식간에 금이 가더니 우지끈 얼음이 깨어지며 무어라 형언하기 어려운, 감각을 무디게 하는 차가운 물이 그녀의 옷자락으로 스며들며 몸을 가라앉혔다. 마치 물밑에서 힘센 존재가 짓궂게 그녀의 발목을 잡아끌어 내리는 듯했다. 아이를 구하겠다는 생각이나 보이지 않는 아이의 존재는 까마득하게 잊고 미례는 자신에게 엄습한 위험에서 벗어나 살아야 한다는 것 이외에는 아무것도 생각되지 않았다.

미례는 아이가 했던 것처럼 그나마 얼음판에 지탱해 아래로 끌려 내려가려는 힘에 대항하려고 했다. 하지만 얇은 얼음은 그녀의 무게를 지탱해 주지 못했다. 정신없이 물 위에서 숨을 쉬려는 노력에도 불구하고 단단하고 무거운 철갑 옷을 입은 듯 그녀의 몸은 점점 더 지탱하기 힘들었다. 이렇게 죽을 수도 있겠다는 생각에 두려움으로 아무것도 보이지 않는 바로 그때 미례는 강인한 손에 의해 바깥으로 끌어내졌다. 따뜻하고 든든한 팔의 주인공에게서 떨어지는 순간 죽을 수밖에 없다는 한 가닥 집념은 간절하게 그의 품 안에 매달리게 만들었다. 사람의 체온이 그처럼 뜨거울 수도 있는 줄 처음 알았다고 생각하면서 오들오들 떨면서도 미례는 그를 올려다보았다. 그녀와 마찬가지로 머리부터 발끝까지 젖은 채로 그녀를 품에 안고 있는 그는 다름 아닌 경휘였다.

"괜찮아, 이제 안전해졌어."

그는 전과는 다른 사람처럼 걱정스런 얼굴로 그의 품 안에 달라붙어 떨어지려고 하지 않는 미례를 달래주었다. 자신도 모르게 삼킨 물로 인해 호흡도 가빠졌고 기침이 났다. 그가 서둘러 그녀의 등을 두드려 물을 뱉어내도록 했다. 겨우 발작적인 기침이 가라앉고 비로소 주위가 눈에 들어오자 어느새 달려온 몇몇의 사내와 여인들도 보였다.

"아, 아이가……."

그녀의 몸은 자신의 생각대로 움직일 수 없었고 그것은 입술도 마찬가지였다. 덜덜덜 떨리는 몸을 감싸 안으며 말이 되어 나오지도 않는 것을 눈으로 대신하듯 미례는 마주한 그의 시선을 잡아 깨진 얼음가로 향했다. 그가 서둘러 다른 사내에게 그녀를 떠맡기고는 말릴 새도 없이 물속으로 뛰어들었다. 아이가 빠졌다는 말을 들은 사내 하나가 그의 뒤를 따라 물속으로 들어갔다.

미례는 낯선 사람에게 안겨 호수 밖으로 안전하게 나오는 중에도 그의 어깨 너머로 걱정스럽게 아이가 잠긴 물속에서 시선을 떼지 않았다.

누군가가 미례에게 겉옷을 벗어주었다. 미례는 체온을 앗아가는 냉혹하기 이를 데 없는 바람으로부터 그녀의 몸을 보호해 주는 그 따뜻함에 전적으로 의지했다.

그사이 모여든 사내들이 일하던 채로 가지고 온 연장을 들어 얼음을 깼다.

"왜, 왜 얼음을……?"

미례는 파리하게 떨리는 입술로 곁에 있는 사람을 올려다보았다.

"아이를 구해낸다 해도 나오는 곳에 얼음이 있다면 나올 수가 없지 않겠소?"

"아, 아이는 사, 살아 있을까요?"

그녀의 음성은 추위에 떨며 이가 부딪쳐 제대로 나오지 않았다.

"그러길 바라야죠. 안 그러면 어느 어미 눈에 피눈물을 뿌리는 일 아닙니까?"

그래요, 제발 아이가 살아 있기만을 바라야겠죠. 제발 나쁜 일은 없기를 바라요!

공포로 떨면서 그녀의 눈길을 붙잡던 아이의 마지막 표정이 지워지지 않았다. 미례는 이제 자신의 몸을 얼리는 추위보다 아이의 안전이 염려가 되었다. 제대로 침도 살킬 수 없을 것 같은 길고도 짧은 시간이 지났다. 그사이에도 미례는 날카로운 바늘이 후벼파는 것 같은 고통과 멈출 수 없게 터져 나오는 기침으로 인해 흉통을 느꼈다. 한순간 물 위로 늘어진 아이를 안은 그가 떠올랐고 사람들은 그에게서 차갑게 굳어진 아이를 안아 들고는 엎어놓고 등을 두드리고 온몸의 피가 돌게 마찰하기도 했다. 죽은 듯 꼼짝 않는 아이로 인해 모두들 가슴을 졸이며 그 모습을 지켜보았다. 다행히 아이의 몸이 들썩이더니 울컥울컥 물을 잔뜩 쏟아냈다. 이어 강박적인 기침이 이어졌다. 그제야 모여들었던 사람들은 안도하며 가슴을 쓸었고 그것은 미례도 마찬가지였다. 뒤늦게 미례는 사람들 사이에서 터벅터벅 걸어나와 미례에게 고개를 숙이며 냄새를 맡는 흰둥이를 알아보았다.

미례와 아이, 그리고 경휘와 그를 따랐던 사내는 가까운 새타니의 움막 안에서 몸을 녹였다. 아이의 어미는 세상 어디에 그토록 소중한 존재는 없는 것처럼 아이를 보듬고 안으며 그 존재감을 확인하곤 했다.

그녀에게 마른 옷을 갈아입히고 물에 젖어 사각사각 소리를 내며 얼어가고 있던 머리카락에서 물기를 털어 말려준 사람들은 마을 여자들이었다. 굳어진 손을 움직일 수도 없던 미례는 부끄러움을 참고 그들에게 몸을 맡길 수밖에 없었다. 미례가 그중 한 사람에게 눈을 맞추며 고맙다고 말을 건네자 여자는 어색하게 웃으며 눈을 피했다. 여자들이 이제 되었다며 그녀에게서 멀어지고 나자 새타니가 뜨거운 물이 담긴 잔을 그녀의 손에 건네주었다. 뜨거운 물이 입 안으로 넘어가자 미례는 겨우 주변을 둘러볼 여유가 생겼다. 아직도 남의 살 같은 감각없는 차가운 두 손에도 점차 물의 온기가 느껴지기 시작했다. 미례는 그녀 곁에서 허름하고 짤막한 옷소매에도 신경 쓰지 않고 최대한 몸을 모포로 감싸고 화롯불 가까이서 몸을 녹이는 그의 모습도 힐끔 남모르게 살폈다.

그도 간헐적으로 몸이 떨릴 때마다 뜨거운 물을 넘기며 미례의 안위가 염려되는지 쳐다보다가 그녀와 시선이 얽혔다. 미례는 그의 눈빛에서 단순한 염려만이 아닌 은근한 분노가 깃들어 있는 것을 알아보았다.

몸에 온기가 돌기 시작하자 경휘는 미례에게 그만 돌아가자고 했다. 만류하는 사람들을 뿌리치고 경휘는 먼저 움막을 나섰다.

"잠시만 기다려 보오, 이질금."

새타니가 구부러진 허리로 움막 한 귀퉁이로 가더니 뭔가를 찾아 들고는 그에게 내밀었다. 단단히 밀봉된 중치의 호리병 안에서 액체가 출렁이는 소리가 들렸다.

"이대로 있다가는 고뿔에 몸살 들기 십상이오. 집에 가는 대로 두 분이서 드시구랴."

경휘는 그것을 말없이 받아 들었다. 새타니가 경휘에게만 들릴 정도로 작은 소리로 덧붙였다.

"언 몸을 녹이는 데는 사람의 온기가 제일이오. 보름도 지났으니 한낮인들 누가 뭐라겠소."

서둘러 움막을 나서며 성큼성큼 걷는 그의 얼굴이 붉은빛으로 상기되었다.

"두 모금은 미례 아씨 것, 나머지는 이질금 몫이오."

새타니가 그의 등에 대고 큰 소리로 말했다.

미례도 새타니와 남은 사람들에게 눈인사를 전하고는 잰걸음으로 그의 뒤를 따랐다. 물에 빠지기 전만 해도 따스하던 햇살이 이제는 닿을 때마다 살결이 따끔거리며 바늘로 찌르는 것 같았다.

꼭 정해진 보름을 지켜야 했던 건가.

경휘는 집으로 돌아오는 길에서야 문득 새타니가 말했던 부적의 금기에 대해 떠올렸다. 보름이 지나고 처음 하루 이틀은 안채로 들어가고 싶은 욕구가 거셌으나 그녀가 아파 병치레를 하는 사이 시간이 어떻게 가는지도 몰랐다. 그녀가 자리에서 일어난 후에도 당장 그녀를 찾는다는 것은 무리가 되지 않을까 싶었던 그는 어떻게든 참고 있었다. 그러나 새타니의 한마디는 그의 욕구에 불을 질렀다.

치료를 빙자해서 그녀를 안아도 아무도 뭐라고 할 사람은 없다. 그러자 집으로 향하는 길이 몹시도 멀게 느껴졌다. 그의 걸음도 불편해졌다. 잰걸음으로 그를 따르던 그녀가 어느새 그를 앞서 걷기 시작했다. 몸에 불이 붙은 듯 화끈거리는 그와는 달리 그녀는 아직도 추위를 타는 듯 양팔로 몸을 감싸 안고도 몸을 떨고 있었다.

그사이 숲의 호수에서 있었던 일을 전해 들었던 모양으로 유모와 곁시는 그들을 보고는 호들갑스럽게 괜찮은지 물었다.

경휘가 자신의 옷으로 갈아입기 위해 사랑채로 들어가자 유모가 미례를 따르며 그에게 들리지 않도록 소리 죽여 말했다.

"자리서 일어나신 지 얼마나 됐다고 그러셨어요, 그래? 이러다가 이질금께 혼나고 금족령이 내리면 좋으시겠어요?"

"유모, 나 너무 추워."

"에그, 빨리 들어가셔요. 옷을 더 껴입으시고 누우셔요. 이불도 더 덮어드리고 화롯불도 불을 갈아 준비해 놓았어요. 에그, 이러다 정말 몸살 나시면 안 되는데!"

유모가 침상에 눕는 미례의 위로 이불을 단단히 덮어주고 있는데 경휘가 안으로 들어왔다.

"약을 가져왔어."

그의 손에는 새타니가 준 호리병과 잔이 하나 들려 있었다.

"예, 이질금, 달리 필요하신 건."

"필요하면 부를 테니 나가 봐도 돼."

유모가 그에게서 풍기는 미묘한 눈치를 살피고는 서둘러 밖으로 나갔다.

미례가 일어나 앉아 그가 건네는 맑은 액체가 든 잔을 받아 입에 가져갔으나 깊은 솔향과 더불어 코를 쏘는 역한 내음이 나자 얼굴을 찡그리며 잔을 내려놓으려고 했다.

"남김없이 삼켜! 약이라고 했잖아."

그의 명령을 거부하지 못한 미례는 하는 수 없이 입 안에 한 모금 물었으나 지독하게 쓴맛에 다시 한껏 얼굴을 찌푸렸다.

"맛을 보고 약을 먹는 사람도 있나! 그대로 삼켜!"

그의 태도는 아주 단호했다. 그녀는 억지로 눈을 감고 입 안에 든 액체를 꿀꺽 삼켰다. 그것은 목을 타고 넘어가는 것과 동시에 싸아하게 뜨거운 기운을 냈다.

“한 번만 더!”

“너무 쓰고 독해요.”

“좋은 약은 본래 입에 쓴 법이야.”

미례는 지은 죄가 있어 어쩌지 못하고 다시 그가 주는 잔을 받아서 삼켰다. 약의 효과는 대단해서 이제는 그녀의 목뿐만 아니라 약이 내려간 위장 부분까지 불이 붙는 것 같았다. 뿐만 아니라 온몸의 힘을 단숨에 앗아갔고, 머리도 어지러우면서 아찔했다. 이상한 느낌을 견디지 못한 미례는 겨우 그에게 빈 잔을 넘겨주고는 무거운 머리를 베개에 기대며 이불 속으로 파고들었다. 빈틈없이 이불 속에 들어간 후에도 미례는 한차례 부르르 몸을 떨었다.

그런데 밖으로 나갈 줄 알았던 그가 호리병째 입에 대고 남은 것을 꿀꺽꿀꺽 아무렇지 않게 삼키더니 입고 있던 옷을 하나둘 벗었다. 잠깐 무거운 눈꺼풀을 들었던 미례는 그의 발아래 떨어지는 옷가지를 보며 놀란 눈을 들어 그를 쳐다보았다.

지금은 환한 대낮이고, 밖에는 유모와 곁시가 있는데 설마…….

하지만 그는 조금도 망설임없이 그녀의 이불 속으로 들어왔고 그는 망연하게 바라보는 그녀의 옷가지도 하나둘 벗겨서 바닥으로 내던졌다.

“지, 지금 무슨 짓…… 왜, 왜 이러는 거예요?”

몸은 춥고 머리는 어지러운데 그의 손길까지 보태서 그녀를 어리둥절하게 만들었다.

“새타니의 치료법이야.”

그는 건조한 음성으로 대답했다.

“이, 이게 무슨 치료…….”

미약하게 저항하며 다가드는 그를 밀치려는 그녀의 몸짓을 걷어내며 그가 그녀의 몸 위로 올라왔다. 미처 그를 위해 자리를 피하거나 물러날 겨를도 없이 무거운 그의 몸에 눌려 미례는 꼼짝도 할 수 없었다. 그는 한 팔은 그녀의 어깨를 지나 목 뒤로, 다른 팔은 그녀의 겨드랑이 밑으로 파고들며 자신의 품 안에 가두었다.

미례는 어지럼증과 혼란스러움이 밀려오는 와중에 그에게 사로잡힌 채 진지하고 심각한 그의 얼굴을 응시했다. 검고 짙은 눈썹, 그에 대조될 만치 섬세한 속눈썹이 눈에 들어왔고 곧고 오뚝한 코를 지나 사내답게 보이는 입술은 꽉 다물려 있었다.

유모뿐 아니라 고향 사람 누구라도 한 번 더 뒤돌아봄 직한 사내라고 미례는 생각했다. 단지 약 기운 때문일까. 머릿속이 명징하지 않은 탓에 그에 대한 두려움도 잠시 놓아버린 걸까.

미례는 전과는 달리 그의 모습을 빤히 쳐다보았다. 한순간 그와 눈빛이 얽혔는데 그녀도 그도 무언가에 사로잡힌 듯 서로를 향한 눈빛을 거두지 않았다.

눈싸움이라도 하듯 언제까지라도 깜빡거리지 않을 것 같은 순간의 긴장을 먼저 깨뜨린 것은 그였다. 그가 물기 하나 없이 버석거리며 마르고 떨리는 그녀의 입술을 덮었다.

놀란 미례는 뜨거운 그의 입술이 다가오자 다급하게 고개를 돌리며 눈을 감았다. 하지만 뜨겁게 겹쳐진 그의 입술에서는 그녀가 마신 것과 같은 약 내음이 났다. 그사이에도 그의 손길은 그녀의 몸 구석구석을 쓰다듬었다. 미례는 자신의 몸이 자신의 것처럼 생각되지 않았고 자신의 몸을 더듬는 그의 손길도 낯설게 느껴졌다.

약 기운은 그녀뿐 아니라 그의 몸을 뜨겁게 만들어놓았다. 미례는 부끄러운 한편으로 그의 뜨거운 몸이 전하는 온기가 싫지 않았다. 그런데 그와 겹쳐지지 않은 팔다리의 틈새로 찬 기운이 훅 끼쳐왔다.

"이, 이불……."

그녀가 눈을 뜨고 조금의 찬 기운도 싫어 그가 제쳐 놓은 이불 쪽으로 손을 뻗자 그가 서둘러 손을 뻗어 두 사람의 몸 위로 이불을 덮었다. 그의 어깨를 지나 머리까지 덮은 이불로 인해 미례의 시야는 밤인 듯 어두웠다. 미례는 믿을 수 없는 한낮의 침상에서의 낯 뜨거운 행위보다는 그나마 조금 낫다고 생각했다.

약의 효과인지 충격의 여파인지 그녀는 자신의 몸 곳곳을 만지고 쓰다듬으며 입술로 확인하는 그의 손길을 걷어낼 힘이 없었다. 걷어내고 피하기는커녕 몸의 결합을 위해 그가 만지는 곳마다 열감이 퍼져 나갔다. 그녀보다 백만 배는 뜨거운 그의 체온이 닿는 느낌도 전처럼 싫지 않았다.

그의 뜨거운 손길이 마치 제 몸의 일부를 만지듯 그녀의 몸을 마음껏 탐닉했다. 그가 결합을 위해 그녀의 다리 사이에 자리 잡느라 넓게 벌려놓으면서 단단히 맞물렸던 그녀 몸의 일부가 그와 맞닿았다. 미례는 은밀한 곳에 닿는 화끈거리는 감각도 전처럼 죽을 만치 수치스럽게 느껴지지 않았다.

추위와는 다른 이유로 그녀의 몸이 떨렸다. 민감한 허벅지와 중심부, 가슴, 팔다리, 어느 한곳 밀착되지 않은 곳이 없었다. 미례는 뜨거운 화롯불을 끌어안고 있는 것 같았다. 그의 체온이 전하는 뜨거움이 좋은 미례는 자신도 모르게 그의 겨드랑이 아래로 더욱 파고들었다. 거의 동시에 그녀의 몸 안으로 상상할 수 없는 뜨거움이 밀려들었다. 꽉 맞물려 더 이상은 들어설 수 없을 것 같은 감각이 몸 안쪽으로부터 퍼져 나갔다.

"언 몸을 녹이는 데는 사람의 온기가 제일이오. 보름도 지났으니 한낮인들 누가 뭐라겠소."

새타니의 말이 맞다고 생각하면서 경휘는 한 가지 의문이 생겼다.

부적의 효험이 있을까. 반신반의하면서도 그는 그러기를 바랐다. 그간 불쑥불쑥 솟아나는 욕구를 눌러 참았던 만큼 효과가 있어야 덜 실망할 것이다.

누구의 몸이 더 뜨거운지 모르는 와중에도 그들은 서로의 몸을 느꼈다. 그가 허리를 움직일수록, 그녀의 말랑하고 부드러운 젖가슴을 핥고 빨며 깨물수록 그녀의 입에서는 그를 자극하는 신음 소리가 끊기지 않았다. 하지만 감당할 수 없는 격한 그의 움직임에는 그녀의 팔이 그의 어깨를 파고들며 가늘게 애원했다.

어쩔 수 없어, 그동안 아픈 널 안을 수 없어 미칠 것 같았으니까. 경휘는 어떻게든 자신의 욕구를 진정시켜 보려고 노력했으나 미례의 제지하는 손길은 종종 이어졌다. 그녀를 더 깊이 안고 싶은 충동과의 사이에서 배려하며 맞춰가는 사이 그는 미례의 입에서 앓는 듯 새어 나오는 신음 소리가 고통을 호소하는 것만이 아니라는 것을 알았다. 격한 행위뿐만 아니라 조심하고 부드럽게 안을 때도 희열 섞인 신음 소리가 그녀의 작은 입에서 새어 나왔다. 그것이 그를 더욱 격정으로 몰아갔다.

그런데 한순간 그녀 몸에서 변화가 일어나기 시작했다. 그를 수용한 그곳이 물기 젖어들더니 가늘게 경련하며 그의 몸을 조이기 시작했다. 아주 작은 변화였으나 그는 그것을 놓치지 않았다. 미례 또한 자신의 몸 안에서 일어나는 이상한 감각에 놀랐다. 그녀의 마음과는 달리 그와 결합된 부분에서 점차로 불편한 통증이 사라지고 열감이 느껴지며 버거운 그의 행위에도 점차로 아픔이 느껴지기보단 알지 못할 쾌감이 밀려왔다.

조금만 더. 조금만 더 깊이. 조금만 더 오래.

그녀 자신이 아닌 다른 이의 몸처럼 그녀는 그를 향해 다른 요구를 하기 시작했다. 미례는 자신도 모르게 그에게로 밀착되며 들어 올려지는 몸의 움직임에 놀라며 제지하기 위해 숨을 깊게 들이마시고 미약하게나마 버텨냈다. 그러나 그는 미례의 그러한 변화를 놓치지 않았고 뜨거운 손을 뻗어 미례의 한쪽 무릎을 들어 올려 그의 가슴 아래 두었다. 그러자 그녀의 제지로 닿지 않았던 미례의 민감하고 보드라운 점막 안쪽으로 단단히 일어선 그의 양물이 깊숙이 찌르고 들어왔다. 어떻게 해야 미례가 몰아지경으로 흐느끼며 매달리는지 그도 차츰 배워 나갔다.

그녀의 의지와는 다른 그녀 몸의 일부가 별개의 생명을 가진 것처럼 흐름을 타며 반응하기 시작했다. 몸이 침상으로부터 조금씩 조금씩 멀어지는 것 같았다. 몸살이 나거나 어쩌다 뜨거운 열병을 앓아 제 살의 감각조차 희미해지고 몸이 떠 있는 것 같은 낯선 감각이 그녀를 사로잡았다.

"어, 어지러워. 떠, 떨어질 것 같아요. 떨어질 것 같아."

미례는 정말 그를 놓으면 천 길 낭떠러지 아래로 떨어지기라도 할 것처럼 그에게 매달렸다. 이곳이 어디인지, 밤인지 낮인지, 계절이 겨울인지 봄인지조차 떠올릴 수 없었다. 그녀의 몸은 어느새 까마득히 높은 곳에 떠 있는 것 같았다.

그가 잠긴 음성으로 다급하게 미례를 달랬다.

"괜찮아, 괜찮아져. 내가 잡아줄게."

그는 불안해하는 미례를 위로하고 싶었다. 괜찮다고 말해주고 싶었다. 불안해하는 그녀를 다그치며 자신의 욕구에만 침잠하고 싶지 않았다. 더 깊은 전진을 요구하는 그의 일부가 느리게 그녀의 몸 안에서 별개의 생명을 가진 것처럼 움직였다.

하앗. 미례의 입에서 고통과는 다른 탄성이 흘러나왔다. 그가 자극의 정점으로 미례를 이끌었다. 작은 진동이 큰 파동을 일으켰다. 한순간 미례의 몸이 미세하게 경련하며 활짝 열렸다. 그리고 그와 단단히 결합된 그녀 몸의 중심이 그를 품은 채로 강하게 조여들기 시작했다. 순간 스스로도 놀란 미례가 꿈꾸는 눈빛을 들어 그를 응시했다. 처음 그녀를 마주하고 각인했던 배 위에서 이후로 그처럼 사랑스런 여자의 모습은 처음이라고 생각하며 그는 만족한 웃음을 지었다. 그녀의 욕구와 속도감은 그보다 느렸다. 서서히 그를 사로잡았고 느리게 그를 놓아주었다. 경휘도 그녀의 흐름을 따랐다. 그를 사로잡고 있는 미례의 흐름에 맞추어 한 치의 틈도 없이 결합되었다가 물러날 때마다 미례가 느끼는 낯선 열락의 파도는 더 깊고 멀리 퍼져 나갔다. 한 번의 열락이 지나간 후 두 번째, 세 번째는 더 쉽게 왔다. 더는 그의 자극에 따라갈 수 없을 것처럼 탈진한 것 같은 상태에서 다시 그의 움직임에 따라 낯선 감각에 휘말렸다. 그의 허리가 빠르고 거칠게, 간혹 아주 느리고 부드럽게, 집요하게 미례의 몸을 압박했다. 그때마다 그를 제지하거나 재촉하며 그녀의 신음 소리가 달라졌다.

단순히 술의 힘이 이처럼 강렬하진 않을 거라고 생각하며 그는 마침내 견디지 못하고 격한 움직임 뒤에 그녀의 몸 깊은 곳에서 파정하며 몸을 떨었다.

한동안의 여운을 즐기며 그녀의 가슴에 얼굴을 묻었던 그가 옆으로 누우며 만족스런 숨을 내쉬었다. 이전보다 몇 배는 만족스러웠다. 이전에도 가졌던 단순한 욕구의 해소나 성적인 결합을 위한 행위가 신비로운 느낌으로 각인되었다. 작고 부드러운 여자의 몸 어디서 그런 포만감을 줄 수 있는지 그는 의아했다.

그들의 몸은 아직도 뜨거웠고 그대로 끌어안은 채 그들은 거의 동시에 나른한 깊은 잠에 빠졌다. 이불 속은 두 사람의 체온이 만들어내는 후끈한 열기로 그들은 결코 추운 줄 몰랐다.

 20

미례의 체온은 정상으로 돌아와 있었다. 숨결도 고르고 편안해 보였다. 경휘는 자신의 가슴팍에 얼굴을 묻고 모로 누워 자고 있는 미례의 몸을 가만히 쓸어안았다. 잠결 중에도 그녀는 안온함을 주는 그의 체온을 찾아 그의 어깨 아래로 더욱 파고들었다.

얼마나 깊이 잠들었던지 밖은 이미 깊은 어둠이 내려앉아 있었다. 중간에 다시 깨어 그녀를 안았을 때도 밖은 환한 낮이었다. 따라오는 그녀의 속도가 느리다는 것을 감안한 그가 성마르게 자신의 욕구대로 움직이기보다는 조금 천천히 느리게 그녀에게 맞추며 허릿힘을 조절했다. 꿈같은 그녀의 반응이 황홀할 정도로 그를 홀리게 만들었지만 한편으로 다시 그렇게 맞아주지 않으면 어쩌나 걱정스럽기도 했다. 하지만 확실히 약 기운 때문만은 아니었다. 유모가 그들의 동향을 살피러 다가오는 발소리가 들렸다가 그들이 내는 뜨거운 희열의 소리에 화들짝 놀라 사라졌다.

그는 미례가 깨면 함께 저녁을 먹고 한 번 더 몸을 나눌 생각이었다. 그런데 잠깐 그가 잠이 든 사이 그녀가 먼저 잠에서 깼는지 움직이는 기척이 들렸다. 그녀는 그의 품 안에서 조심스레 몸을 일으키더니 옷을 입고는 조심조심 소리나지 않게 문을 열고 밖으로 나갔다. 그리고 잠시 후 다시 들어와 그의 곁에 누운 그녀에게선 전에도 익숙한 찬 기운이 풍겨왔다.

순간 경휘는 온몸이 싸늘하게 굳었다.

이 여자!

너무 곤해서 씻으러 갈 여유조차 없이 잠에 떨어졌을 때는 어쩔 수 없었어도 미례는 결국은 정신이 들고 가장 먼저 한 일이 그녀의 몸에서 그를 씻어내는 일이었다. 아무리 조금 전까지 몸으로는 적극적으로 그를 받아들였어도 그 일만은 그만두지 않았다.

화가 난 그는 그에게서 조금 떨어져 등을 돌리고 눕는 그녀에게 물었다.

“뭘 하고 왔어?”

그의 음성은 잠겨 있었다.

미례의 등이 순간 움찔하며 굳어졌다. 침 삼키는 소리도 어색하게 들리는 적막이 흘렀다.

“묻고 있잖아. 뭘 하고 왔어?”

그가 다그쳤다. 이번에는 그의 음성 그대로였다.

“모, 몸을 씻었어요.”

미례는 그가 알면서 묻는 것을 순순히 대답했다.

다른 때는 일부러 씻은 그녀의 몸 안에 다시 파정하는 그를 원망하기도 했던 미례였으나 오늘은 큰 잘못을 하다 들킨 것처럼 움츠러들었다.

"왜?"

짧은 그의 물음 속에는 딱딱한 노기가 묻어 있었다.

"……."

그가 그녀의 어깨를 돌려 세워 그를 바라보게 했다. 미례는 그의 시선을 피했다.

"하룻밤에도 몇 번씩, 참 유난을 떤다고 생각했어. 이유가 뭐야? 내가 그렇게 싫었나? 잠깐도 참을 수 없을 만큼 그렇게 싫어?"

그가 싫기는 했지만 그것 때문만은 아니었다.

"그, 그런 게 아녜요."

미례가 적절한 말을 찾기 위해 노력하며 작은 음성으로 대답했다.

"그럼 무엇 때문이야?"

"……몸을 섞는 건 어쩔 수 없다고 해도."

그는 말을 고르며 주저하는 미례를 뚫어지게 응시했다.

"……아기를 가지는 건 싫었어요."

"뭐?"

그는 지난번 아버지에게 뺨을 맞았던 때보다 더 큰 충격으로 멍해졌다.

"당신이 내 안에 씨를 뿌리면 아기를 가지게 된다고……."

그래서 그것이 싫었던 그녀는 그때마다 달려가 그의 흔적을 씻어 낸다? 몸을 섞는 건 어쩔 수 없으니 참아도 그의 씨를 품고 아기를 배는 건 참을 수 없다?

그것이 좀 전까지 그의 전부를 받아들일 것처럼 온몸을 열고 맞아들였던 여자가 하는 말인가.

경휘의 표정이 싸늘하게 굳어졌다. 눈빛으로 그녀를 해칠 것처럼 뚫어지게 쏘아보던 그는 한순간 자리에서 벌떡 일어나더니 바닥에 떨어진 자신의 옷을 주워 입었다.

미례도 조용히 일어나 앉아 이불로 몸을 감싸며 그의 분노가 담긴 폭언을 기다렸다. 전과는 달리 그를 막아줄 누구도 존재하지 않았다. 하지만 그는 단 한 마디도 하지 않고 그대로 방을 나갔다. 한참을 그대로 얼어붙었던 미례는 그가 돌아오지 않을 것을 알았다. 거칠게 닫히던 문소리만 그의 기분을 조금이나마 짐작케 했다.

고요한 폭풍. 아무런 일도 없었던 것처럼 방 안은 조용했지만 당장이라도 집채보다 더한 파도가 몰려올 것 같은 두려움이 급습했다. 미례는 그가 나가고 혼자 남은 방 안에서 한동안 꼼짝도 하지 않았다. 그를 받아들이던 몸의 변화를 그녀 스스로도 알았다. 미례는 확실히 유모가 말하던 남녀 간의 잠자리가 주는 즐거움이 무엇인지 알게 되었다. 그의 행동은 전과 크게 다르지 않았다. 그럼에도 미례는 그를 전과 다르다고 생각했다.

고마움에 대한 표현이었던가? 그녀 자신도 확실히 알 수 없었다. 다만 전과는 다르게 그가 싫기만 하지 않았고 무엇보다 몸이 자신의 의지를 따르지 않았다. 하지만 이후에 있은 그녀의 행동은 그것과는 별개의 것이었다. 그것을 어떻게 제대로 그에게 설명할 수 있을까.

유모가 걱정스레 무슨 일이냐고 물었지만 미례는 아무 말도 하지 않았다. 다음날 아이들이 찾아와도 병을 칭하며 미례는 침상에 누워만 있었다. 찬바람이 돌고 싸늘해서 닿기만 해도 얼어붙을 것 같은 그로 인해 미례는 어떤 것에도 집중하지 못했다. 차라리 평소의 그답게 비아냥대거나 화를 냈다면 마음이 편했을 것이다. 말없이 나가던 그의 뒷모습이 미례는 마음에 걸렸다. 그의 방해 없이 혼자이길 바랐던 그녀의 희망이 이루어졌음에도 미례는 홀가분하지 못했다. 꿈에서도 그는 냉담하게 등을 돌리고 나가 그녀를 불편하게 했다.

그로부터 이틀이 지난 오후, 유모가 들어와 열이 없는지 그녀의 이마를 짚는 손길이 느껴지자 미례는 가만히 눈을 떴다.

"괜찮으셔요?"

미례는 대답 대신 고개를 끄덕였다.

"그러면 천천히 일어나 거동해 보셔요. 이리 누워만 있으면 더 깔아지십니다."

지난번 앓고 일어나서도 바람 쐬고 싶다며 밖으로 나가지 못해 안달하던 미례와는 영 다르자 오히려 유모의 걱정이 깊어졌다. 아프지 않다고 말은 하면서도 눈빛과 말, 태도 어디에서도 생기를 찾아보기 힘들었던 것이다.

"오늘 아주 재미난 놀이가 있다고 하던데 거기 한 번 구경가 보실래요?"

"무슨 구경?"

"이곳의 습속이라고 하는데요, 작은 강이 하나 있는데 거기 물이 바다로 든답니다. 소원을 빌고 등불을 밝히고 내려보내서 꺼지지 않고 바다로 이르면 소원을 이룬다고 하네요. 아까 보니 곁시도 정성 들여 등을 만들고 있던데 주로 마을 처녀 총각들이 그곳에 모인다나 봐요. 가보실래요?”

전 같으면 눈을 빛내며 따라나섰을 테지만 미례는 내키지 않았다. 혹시라도 그 사람을 다시 만나게 되면 어떻게 하지?

그것은 두려움이기도 했고 알 수 없는 설레임이기도 했다. 제대로 들으려고 하지 않는 그를 다시 만나게 되면 뭐라고 말해야 할지 혼란스런 미례를 억지로 일으키고 머리를 빗겨 밖으로 데리고 나선 이는 유모였다. 움직여야 생기가 난다는 유모의 지론 때문이었다. 미례는 못 이기는 척 따라나섰다.

목적지로 향하는 동안 마을 사람들과 하나둘 마주쳤다. 전과 다른 것은 그들의 호기심 어리고 경계하는 빛은 그대로였으나 빤히 쳐다보다가 눈이 마주치면 외면하곤 하던 전과는 달리 그들은 미례 일행과 눈이 마주치면 웃을 듯 말 듯 어색한 표정으로 눈인사를 하는 사람들이 생겨났다는 것이다. 그들은 일전에 호숫가에서, 그리고 새타니의 움막에서 잠깐 스쳤던 사람들이었다.

전에는 수수한 차림이던 마을 사람들은 제법 표나게 성장을 하고 단정한 옷으로 차려입고 있었다. 특히, 젊은 남녀는 무지갯빛 색실로 만든 머리띠나 허리띠를 매고 있었는데, 그 이국적인 풍습이 눈에 띄게 아름다웠다. 어둑어둑 해가 질수록 하나둘 등불의 아름다움도 빛을 발했다. 아이들도 신이 나서 사람들 사이를 헤치며 가볍게 내달렸다.

흐름이 얕고 물살이 세지 않은 곳을 찾아 사람들이 모여들었다. 그 와중에 쭈뼛거리는 십여 살 정도로 보이는 사내아이 하나를 앞세운 마을 여자가 미례에게 다가와 인사를 했다.

"아씨 덕분에 자식 놈 목숨을 건졌습니다. 찾아뵈러 갔었는데 아프시다고 해서 그냥 돌아왔습죠. 이제 몸은 좀 괜찮으신가요?"

아이 어미는 미례의 마음을 거스르지 않게 어떻게 대해야 할지 정하지 못한 이들과 유사하면서도 확실한 호감을 보이며 말했다.

"네, 괜찮아요. 작은 몸살 기운이 있었던 것뿐인걸요. 아이는 건강해 보여요."

"예, 이 녀석이야 뭐, 언제 그랬냐 싶게. 아씨가 아니었으면 이 녀석 다시 품에 안아볼 수 없었다고 생각하면 은혜를 어떻게 갚아야 할지."

"은혜라니요. 저보다는 그, 사람에게…… 저도 그, 사람이 아니었으면……."

미례는 그에게 공을 돌리면서도 그를 호칭하는 데 적이 당혹하며 어색함을 감추지 못했다.

"예, 이질금께도 인사를 따로 드렸지만 우리 녀석 때문에 곤욕을 당하신 분께도 마음을 전해야 한다고 생각해서."

"아이가 무사해서 정말 다행이에요. 그때는……."

새삼 그날의 일을 떠올리면 그 다급한 순간 믿음직한 팔로 자신을 물속에서 건져 내던 그와 집으로 돌아온 후의 일이 떠올라서 미례는 얼굴이 붉어졌다.

"어서 인사드려야지."

어미의 채근에 아이는 여전히 부끄러운 기색을 얼굴에 띠며 고맙다고 고개를 조아리며 인사했다.

미례가 그들 모자와 더불어 사람들이 오밀조밀 모여드는 강가에서 조금 떨어진 곳에서 구경하고 있는데 그녀를 알아본 반하가 달려왔다. 확실히 아이들은 어른들보다 그녀를 경계하지 않고 스스럼없이 반겼다.

"미래 언니도 소원 빌 거예요?"

"소원?"

"음. 어? 등을 가지고 오지 않았네요? 산호 언니도, 청미래 언니도 다들 등을 가지고 왔는데."

그리고는 말릴 새도 없이 어디론가 달려가더니 허겁지겁 손에 작은 등을 가지고 돌아와서 미례에게 건네주었다.

"이걸 왜?"

"점을 쳐봐야죠."

"음? 무슨 점?"

의아하게 반문하는 미례에게 반하는 키득키득 웃으며 어디론가 달려갔다. 그리고는 잠시 후 아이들 몇몇이 '어서요, 어서요' 하면서 포위하다시피 경휘를 이끌고 미례에게 왔다. 아이들의 장난에 웃으며 못 이기는 척 따라오던 그가 미례를 보고는 순식간에 얼굴에서 웃음기가 걷혔다. 미례 또한 당혹한 표정을 감추지 못했다. 유모는 모르는 척 뒤로 물러나 아이들 틈에 섞였다.

"불을 붙여주세요. 그래야 물 위에 띄우죠."

아이들은 익숙하게 보아온 순서들을 그에게 요구했다.

"미래 언니도 점을 쳐보고 싶대요. 이질금, 어서요."

"그래요, 점을 쳐봐요."

"한 번 해봐요."

아이들뿐 아니라 주변에 모인 사람들의 눈길도 은연중에 그들에게 집중되었다.

이미 어두워지는 검푸른 강물 위에 하나둘 등불이 띄워져 물결을 따라 흘러가는 모습도 보였다. 그 주위로 강둑을 타고 하나둘 등불을 따라 걷는 사람들의 모습도. 다정하게 불을 붙이고 함께 강물 위에 띄우는 젊은 남녀의 모습이 있는가 하면 가슴에 꼭 끌어안듯 등불을 들고 간절히 뭔가를 기도하다가는 천천히 불을 붙이는 처녀의 모습도 보였다.

미례는 아이들이 무엇을 기대하며 불을 붙이고 등불을 강물에 띄우라고 하는 것인지 모른 채 낯선 풍경들을 건네다 보았다. 그날 그렇게 방을 나섰던 그는 아이들의 채근에도 쉽사리 다가오지 않을 것처럼 보였다. 슬쩍 훔쳐본 그의 눈빛은 그날 돌아서 나가던 사람의 그것과 다르지 않았다.

그런데 한순간 그가 마음을 정한 듯싶더니 아이들의 요구대로 그녀에게 다가왔다. 미례의 가슴이 세차게 뛰기 시작했다. 침을 삼키는 일도, 눈을 깜빡이는 일도 그가 지척에 있자 더는 자연스럽지 못했다. 그의 마음을 알고 싶은 미례의 호기심과는 달리 그는 화난 것처럼 미간을 찌푸리거나 눈에 띄게 인상을 쓰고 있지는 않았다. 어쩌면 귀찮거나 지루함을 겨우 참고 있는 듯한 무덤덤한 표정에 가까웠다. 미례는 일부러 그를 의식하지 않으려고 노력했지만 그의 가슴으로부터 위쪽으로 향하는 시선을 거둘 수 없었다. 하지만 미례의 바람과는 달리 그는 단 한 번도 눈을 맞추지 않았다.

아이들은 그가 미례의 등을 받아 들고 그 안에 불을 붙이는 모습을 흐뭇하게 바라보았다. 미례는 무심한 척하면서도 눈길로 따르는 나이 든 어른들과 호기심 어린 젊은 남녀의 이목을 느낄 수 있었다.

그중 가장 마지막까지 눈을 떼지 못하던 사람은 조금 떨어진 곳에서 도끼눈을 뜨고 그녀를 잠시나마 쏘아보던 사스래가 아니고 아직 앳되면서도 여성스런 자태를 보이던 수수한 젊은 여자였다. 산호라고 불린 그녀는 제 또래 여자들의 부름을 받고서도 미례와 그가 함께 강가로 향하는 모습을 힐끔거리며 쫓았다.

눈을 감고 마음속의 소원을 빈 후 막 물가에 내려놓은 등불에서 손을 떼려는데 아이들 중 하나가 어디서 났는지 종이로 접은 꽃을 그들의 등불 위에 올려놓았다. 그로 인해 물을 따라 흐르는 고만고만한 등불의 무리 중에서 그들의 등불이 눈에 띄었다. 아이들과 유모가 먼저, 그리고 소원을 빌고 등을 강물에 띄운 어른들의 무리가 여유로운 걸음으로 그 뒤를 따랐다. 미례와 그도 천천히 둑을 따라 걸었다. 그 어느 때보다 입이 바짝바짝 타 들어가는 것 같았지만 미례도, 그도 선뜻 입을 열지 않았다.

미례는 강물과 지나는 사람들, 아이들의 소리를 들으며 걷는 일에 집중하면서도 어떻게 그에게 말을 걸어야 할지 고심했다.

어쩌면 사람들의 이목이 있는 곳이니 전과는 달리 그가 화를 내지 않을지도 모른다는 생각이 들었다. 지금의 기회를 놓치면 언제 또다시 말할 기회가 있을지도 알 수 없었다. 하지만 미례는 어떤 말로 입을 떼어놓아야 할지 알 수 없었다.

"괜한 일을 한 거야."

혼잣말 같은 그의 낮은 탄식에 미례가 서둘러 고개를 들어 그를 바라보았다. 다시는 한마디 말조차 건네지 않을 것 같던 그가 먼저 말을 걸어주었다는 사실이 고마웠다.

그가 눈으로는 등불을 따라가며 이번에는 분명하게 그녀를 향해 말했다.

"저 등불이 바다까지 다다르도록 꺼지지 않으면 원하는 일을 이룰 수 있다는 거야."

다정하다고까지는 할 수 없어도 화난 음성은 아니라는 사실이 그녀를 안도하게 만들었다. 그녀의 가슴이 세차게 뛰었다.

경휘는 지금껏 단 한 번도 이런 등불 놀이를 지켜보면서 직접 불을 붙이고 등불을 떠내려 보낸 적이 없다는 사실과 함께 결과에 연연하지 않는 무덤덤한 마음으로 걸음을 옮겼다.

"비슷한 일을 내가 사는 곳에서도 해요."

미례가 떨리는 음성을 가다듬으며 조심스레 말했다.

"그래?"

"계욕일이라고, 그때는 봄빛이 따뜻한 즈음인데, 나라의 모든 사람들이 묵은 고민을 벗어내고 새로운 마음을 갖는 의미로 물가를 찾아가 목욕을 해요."

젊은이들은 그럴 때면 아름답게 꾸미고 나가 가슴 설레는 상대를 찾아 유혹하느라 꽃을 띄워 보내기도 하고 마음에 드는 상대가 주는 꽃을 옷이나 머리에 꽂기도 해서 나이 든 어른들의 근심을 만드는 날이기도 했다. 그녀의 오빠도 바로 그 계욕일에 만난 상대에게 마음을 빼앗겨 놀림을 받기도 했다.

그런데 마치 다른 세상의 일인 양 아련하고 그리운 마음에 젖어드는 그녀와는 달리 그의 눈빛이 싸늘해졌다. 그녀가 고향의 습속을 말한 것이 그에게는 부작용을 낳은 모양이었다.

"집으로 돌아가게 해달라고 기도했나?"

무뚝뚝한 그의 음성에서는 묻는 의도를 짐작하기 어려웠다.

아니라고 말하면 그의 마음이 풀어질까. 하지만 집으로 돌아가고 싶은 마음은 숨길 수 없었다. 누군들 그리운 사람들이 있는 곳으로 돌아가고 싶지 않을까. 하지만 마음속 진실 그대로를 말한다면 그가 뭐라고 할지…….

그가 이제라도 마음을 바꾸어 인정을 베푼다면 좋겠다고 생각하며 미례는 조심스레 대답했다.

"……그랬으면 좋겠어요."

그녀의 말이 그에게 전달되는 것과 거의 동시에 그에게서 분노 섞인 날선 말이 날아왔다.

"몸을 섞는 건 어쩔 수 없어도 아이는 배지 않게 해달라고도 빌었어?"

미례는 생각지 않은 그의 말에 당혹감으로 굳어져 숨도 쉬기 힘들었다. 역시 그의 마음속에는 그날의 일이 단단히 맺혀 풀리지 않고 있는 것이 분명했다.

그는 흠칫 놀라는 미례의 태도를 오해하며 말했다.

"왜, 더는 몸을 섞는 일도 없게 해달라, 소원해 보지."

"저기, 그때 일은."

그가 나란히 걷는 일조차 참을 수 없다는 듯 거칠게 앞서 나가며 말했다.

"어디, 결과가 어떨지 기다려 볼까."

조금은 친절해졌는가 하면 금방 욱하며 접근조차 못하게 만드는 그의 태도에 미례는 난감했다. 하지만 어떻게든 말해야만 했다.

"저기, 뭔가…… 오해하고 있는 듯해요."

"오해할 일이 뭐 있어."

그가 퉁명스레 쏘았다.

그의 반응은 안 그래도 어렵기만 해 잦아들던 미례의 용기를 흔적도 없이 쓸어버렸다. 미례는 성큼 보폭을 넓혀 앞서 가는 그의 등을 바라보며 한숨을 내쉬었다. 그의 말대로 있는 그대로, 오해할 여지도 없는 일이었다. 달리 뭐라고 그의 마음을 달래기 위해 돌려 말하기도 힘든 일이었다.

미례는 조금 더 기다려 보기로 했다. 그가 마음이 풀려 자신을 찾으면 그때 그의 오해를 풀어줄 수도 있다는 생각이 들었다. 그는 지난번 미례가 그의 아버지의 힘을 빌려 도망치려 했을 때에도 불같이 화를 냈지만 결국은 다시 돌아왔었다. 오늘 밤, 아니, 내일이라도 밤에 그가 찾아오면 그의 마음을 풀어줄 수 있도록 노력해 볼 수도……. 거기까지 생각하던 미례는 화들짝 놀라며 얼굴이 뜨겁게 달아올랐다.

그의 마음을 풀어주기 위해 어떻게 한다고? 고통스럽고 수치스럽기만 하던 그와의 밤을 기다린다는 생각은 다시 생각해 보아도 부끄러운 일이었다. 열에 들뜬 듯 꿈결인 듯 낯선 감각 앞에서 혼란스러웠던 경험은 아직도 현실이 아닌 듯했다.

온몸의 감각이 나른하게 퍼지던 그날의 경험은 미례에게는 아직도 충격이었다. 그녀는 그를 원치 않았고 단 한 번도 그와 살을 맞대고 몸을 겹치며 불끈 성내는 그의 일부를 자신의 몸 깊은 곳에 고통이나 상처없이 받아들이는 일이 가능하다고는 생각해 보지 못했다. 유모는 남녀 간에 이루어지는 그 일이 즐거울 수도 있다고 했지만 미례는 수긍할 수 없었다. 단 한 번도 기꺼이 그를 받아들일 수 있을 거라고는 상상할 수 없었다.

그와 서너 걸음 앞서거니 뒤서거니 하며 걷는 동안 미례는 마을을 둘러싼 풍경을 바라보며 자신의 고향 못지않게 아름다운 곳이라는 것을 인정했다. 그렇지만 지금은 주변 경치보다는 앞서 걷고 있는 그에게 신경이 쓰였다. 지금의 그는 옷으로 감추어둔 몸의 비밀을 속속들이 알고 있는 사람이라고는 전혀 생각되지 않을 만큼 완전한 타인 같았다. 무심한 눈빛과 태도의 그는 그토록 뜨겁게 자신의 몸을 원하던 사람이 아닌 것 같았다. 완벽하게 낯선 타인! 그가 지금처럼 자신을 보아주길 원했던 적도 있었지만 지금은 아니었다.

"어떻게 하면……."

화가 풀리겠냐고 겨우 용기를 그러모아 입을 여는데 저만치 먼저 갔던 아이들이 와아 하며 즐거운 웃음과 비명, 환호를 지르며 달려왔다.

"여기요, 여기!"

아직도 물기가 뚝뚝 흐르는 그녀의 등불을 건져 들고 제일 먼저 달려온 것은 사내아이였다. 호수에서 그의 손에 구사일생으로 살아남은 아이는 언제 그런 위험을 겪었냐는 듯 환한 웃음을 지으며 바람에 심하게 흔들리면서도 불꽃이 살아 있는 등불을 내밀어 보였다. 체격에서 뒤지는 여자아이들이 씩씩대며 그 뒤를 이었다.

"불이 살아 있어요!"

"꺼지지 않았어요, 보세요!"

"이젠 미래 언니도 여기서 사는 거죠? 이질금과 혼인해서 계속 사는 거죠?"

등불을 아이에게서 건네받은 그는 입가에 웃음을 지으며 아이들을 대하는 미례를 쌀쌀한 눈으로 일별하고 등불을 건네주었다. 하지만 그는 기대 어린 아이들이 새끼 새들처럼 그만을 바라보고 있는데도 화난 사람처럼 아무런 약속도 하지 않았다.

"가서 엄마한테 말해줘야지."

"나도!"

아이들은 다시 서로 누가 먼저인지 경쟁하듯 숨 가쁘게 어디론가 내달았다.

그는 저만치서 오는 유모를 확인하고는 다시 한 번 그녀를 돌아보았다. 그의 눈과 얼굴에는 비아냥이 가득 담겨 있었다.

"소원을 이룰 것 같으니 즐거워?"

그의 마음이 바위처럼 단단한데 소원이 이루어질 리 없다는 것쯤 모를 그녀가 아니었다. 하지만 그는 미례의 대답을 기다리지 않고 홱 돌아서서 성큼성큼 멀어져 갔다.

그 밤에도 그는 돌아오지 않았다. 그를 기다리다 잠드는 밤이 그처럼 길고 실망스러울 수가 없었다.

다음날도 유모는 햇빛이 좋다면서 산책을 권했다. 떠밀리다시피 문밖을 나선 미례는 익숙한 언덕길을 올랐다.

오래지 않아 새타니가 그녀 곁에 다가와 앉았다. 미례는 미소를 머금었다. 이제 미례는 반가운 말동무처럼 새타니가 편했다.

"한동안 안 보이기에 돌아가서 많이 아팠나 했소. 괜찮으신 게요?"

미례가 다소곳이 고개를 끄덕였다.

"어디, 안색은 좀 나아 보이는구려. 내가 준 약은 효과가 좀 있습디까?"

미례의 얼굴이 조금 상기되는가 싶더니 새치름해졌다.

이 노인은 마치 모든 일을 내다보는 사람 같아.

"약이 아니고 술이었잖아요."

"언 몸을 녹이는 데는 독한 술이 더 나을 때가 있소. 이질금은 어떻소, 요즘은 좀 낫게 대합니까?"

그 말에 다시 미례의 얼굴에 그늘이 졌다.

쯧쯧, 별 소용이 없었나 보군.

새타니는 혀를 차고는 말했다.

"어제는 등불 놀이도 나가 보셨답디다."

미례는 그 말에 고개를 끄덕여 대답했다.

"부러워할 젊은이들도 꽤 있었을 텐데, 두 사람 확실히 보통 인연은 아닌 게지요."

"그게 무슨 말이에요?"

"등불이 꺼지지 않았다면서요?"

"네."

"그게 무슨 의미인지 말해주지 않던가요?"

"내가 바라던 소원이 이루어지는 거라고 말하던데요."

"그건 혼자서 소원을 비는 사람들 말이고, 혼기 찬 두 사람이 불을 붙이고 결과를 기다리는 것은 또 다른 의미라오. 몇 년째 정성으로 등불을 만들어 띄워도 채 그곳에 다다르지 못해 혼인하지 못하는 사람들에게는 허탈하기도 할 게요."

"그냥 소원을 빌고 점을 치는 게 아니었어요?"

"눈이 맞은 젊은 남녀가 등불을 밝히고 띄워 보내는 건 또 다른 의미인데, 우리 이질금이 아무 말도 하지 않던가요?"

그제야 미례는 아이들이 눈을 빛내며 그를 부르고 불을 붙여 띄우라고 채근하던 이유를 알 것 같았다. 건져 낸 등불을 보며 아이들이 그녀가 함께 살게 될 거라고 좋아하던 모습도!

떨떠름한 표정으로 등불을 바라보며 아무 말도 하지 않던 그의 모습도, 소원을 이루게 돼서 기쁘냐고 비아냥대던 그의 말뜻도 그제야 알 것 같았다. 그가 떠나고 싶어하는 그녀의 소원을 이루게 될 거라고 생각해서 화가 나 등 돌리고 가버린 것은 아니라는 것도 알게 되었다.

"우리 이질금이 미례 아씨 생각처럼 모질고 나쁜 사내만은 아니라오."

자신과 아이를 구하기 위해 얼음물도 마다 않고 뛰어드는 사람인 것은 이제 미례도 알았다. 하지만 이전 그와의 경험은 아직 지워지지 않고 있는 것도 사실이었다. 그에 대한 감정은 아직 혼란스러웠다.

"우리 이질금을 도적의 수장 정도로 생각하시오?"

"……그게 사실이잖아요."

자신들은 아니라고 믿고 싶겠으나 도적은 도적일 뿐이었다.

"그래서 싫은 게요? 미례 아씨 같은 귀족의 신분이 아니라서?"

"신분 때문은 아녜요. 하지만 그가 도적질을 하는 나쁜 사람인 건 확실하죠. 난 그런 사내의 여인으로 살고 싶진 않아요."

"우리 이질금이 그런 무지막지한 도적이 아니라면 좀 나아지겠소?"

붙잡혀 있는 처지에 나을 것도 더 나쁠 것도 없다고 미례는 속으로 생각했다.

"휘아가 바다 건너 복주에서 무얼 하는지 말 안 합디까? 해적질을 하는 건 이 섬을 지키기 위해서요. 그게 본업은 아니라오."

"하지만…… 날 팔아버리겠다고 했어요. 그런 게 해적들이 하는 짓 아닌가요?"

새타니는 빙그레 웃으며 물음을 던졌다.

"그래 팔려갔소?"

둥글고 모나지 않으면서도 정곡을 찌르는 말이었다. 미례는 의아한 눈으로 새타니를 바라보았다.

"그 사람에 대해서 어떻게 그리 잘 알아요?"

"어려서부터 내가 키우다시피 했지요. 어미 정을 그리워하며 자라 많이도 외로워했드랬소."

미례도 잠시 그와 아버지 사이에 오간 대화를 떠올렸다.

"휘아가 미례 아씰 아끼는 걸 아오?"

"그 사람은 날 자기 마음대로 하고 싶은 것뿐이에요."

그리고 마음대로 되지 않는다고 화를 내죠.

마지막으로 화를 내던 그를 떠올리자 그녀의 마음은 더욱 무거워졌다.

"흐음, 그래요? 한데 벌써 마음대로 하고도 남았을 텐데, 도대체 왜 그리도 미례 아씨에게 몸달아하는 게요?"

미례의 얼굴은 발갛게 달아올랐다.

"휘아는 자라면서 말수가 좀 적었다오. 여인에게 모질게 대하지도 않았지만 그렇다고 정을 주는 사내도 아니었소. 그의 어머니처럼 떠나갈까 두려워해서라오. 나 역시도 그 애보다 신을 택했으니 더 외로움이 사무쳤지. 그래서 여인에게 깊은 정을 안 주는가 보오.

다들 떠나갈 테니."

새타니가 한숨을 내쉬었다. 살아온 그녀의 날들은 너무도 힘에 부쳐 다시 돌이키고 싶지 않았으나 무심한 바다를 보니 가슴 한곳이 저리며 지난날이 스쳐 갔다.

인다리라고 했던가. 신기를 가지고서도 신을 받아들이지 않는 무녀에게 내리는 저주스런 신의 벌.

경휘의 풀솜 어미였던 그녀는 결국 신기로 인해 지아비도 자식도 다 잃어버렸다. 가슴에 한이 된 그녀를 아는 경휘의 아버지인 전대 이질금이 위로하며 가끔씩 경휘를 맡겼고 그녀는 어미처럼 믿고 따르는 경휘를 몹시 아꼈었다.

그러던 어느 날부터 경휘의 표정이 어둡고 음기가 서리더니 앓아 눕는 걸 본 그녀는 다시금 신의 저주가 시작됐다는 걸 알았다. 더는 앗아갈 무엇도 없노라 생각했던 그녀에게 경휘가 얼마나 소중한 존재인지 깨달아지더니 어느새 자신의 몸 안으로 들어오곤 하는 새타니의 존재를 느꼈던 것이다. 그 새타니는 어느 순간 그녀 안에 들어와 아무것도 모르는 경휘를 혼란시키며 떨쳐 버리려고 괴롭히고 있었다. 결국 경휘마저 잃고 싶진 않았던 그녀는 두 손 들었고 신을 받아들였다. 이후로 결국엔 경휘를 잃었으나 그가 건강하게 살아 있는 것만으로도 그녀는 위로받았으며 만족했다.

"다른 여인이 있는 걸 알아요."

경계하는 다른 사람들과는 확연히 다른 눈빛으로 쏘아보는 그 여자가 유모가 말하던 그의 여자일 거라는 생각은 이제 점차 확신으로 번져 갔다.

새타니는 나직이 내어놓는 미례의 말에 옛 기억에서 벗어났다.

“사스래 말이오?”

“…….”

“사스래에게 정이 있었다면 미례 아씰 집 안에 들이지도 않았을 거요. 휘아는 다섯 해 넘게 사스래를 알았드랬소. 젊어서 사스래는 홀어미가 되었지요. 돌아오는 뱃길에서 사고가 있어 그만 폭풍에 휩쓸려 버렸지. 휘아가 가라치를 구하려 했지만 잘 되지 않았다오.”

미례는 다시금 자신을 구해내고 가슴에 안던 그의 모습을 떠올리지 않을 수 없었다.

“휘아는 그 일로 상심하고선 홀어미 된 사스래를 돌봐주는 게요.”

그때 소솜이 그녀들에게로 다가왔다. 그는 잠시 주위를 서성대다 새타니의 말이 끝나고 한동안 침묵이 계속되자 두어 걸음 다가오며 미례에게 말했다.

“미례 아씨, 그만 돌아가시지요.”

새타니가 소솜을 돌아다보더니 자리를 털며 일어섰다. 소솜이 무언으로 고개를 숙이며 예의를 갖춰 인사를 했다. 새타니가 그를 한 번 흘끗 쳐다보았다.

“미례 아씨, 날이 차니 다음에는 내 집으로 한 번 찾아오시오. 맛난 차를 좀 대접하리다.”

미례가 그러겠다고 대답하자 새타니는 뒷짐을 지고 하나도 급할 것 없는 걸음으로 걸음을 옮겼다. 미례도 일어서서 소솜을 따라 길을 내려갔다.

“그 사람이 날 찾아오라 하던가요?”

미례는 답답한 가슴을 진정시키며 물었다. 그가 드디어 입을 열어 분노를 쏟아낼 작정인가 보다고 생각하자 가슴은 두려움으로 뛰고 발걸음은 무거웠다.

소솜이 뒤를 돌아 그녀를 흘끔 보더니 보일 듯 말 듯 미소를 지으며 고개를 저었다.

"유모가 보냈소."

그의 대답에 미례의 가슴은 안도하며 진정되었다. 걸음걸이도 가벼워졌다.

"소솜, 새타니 말예요. 혼자 살아요?"

"그렇지요."

"새타니 눈빛이 예사롭지 않은 거 다들 알아요?"

미례는 수줍어하면서도 왠지 그에게는 그녀가 가지고 있는 궁금증을 쉽사리 털어놓을 수 있었다.

"새타니가 가진 힘 때문인지도 모르지요. 새타닌 이 마을을 지키는 무녀라오. 하늘눈을 가졌다고 다들 따르고 또 두려워하지요."

"첨부터 무녀였나요?"

"아니오. 바다에 사내 잃고 자식마저 잃고는 혼자 살았댔소. 어려서 나도 이질금 따라 몇 번 새타니에게 갔던 적이 있는데, 아! 하긴 그땐 새타니라고 부르지도 않았지. 경휘는 풀솜 어미라 불렀는데 유난히 새타니를 따랐었소."

"지금도 그 사람이 새타니를 자주 찾나요?"

"웬걸요, 새타니가 되고 나선 이질금은 그쪽으론 잘 걸음도 하지 않소. 다만 바다로 나가기 전 날을 받을 때나 마지못해 가거나 그것도 아니면 내 아비나 다른 사람을 시키곤 했지요."

미례는 고개를 끄덕이며 소솜을 다시 한 번 살피고는 작은 소리로 말을 이었다.

"소솜, 당신은 도적처럼 보이지 않아요."

소솜이 머리를 긁적이며 낮게 웃었다. 그녀가 무엇을 말하려는지 그 의미를 모르지 않았다.

"미례 아씨, 나뿐만 아니라 다른 이들도 도적은 아니라오. 미례 아씨가 왜 그리 생각하는지는 알겠지만 이 마을 사람들은 각자 벌어먹을 생업이 있고 그리 살고 있소. 언제 한번 살펴보시오. 마을서 만든 것을 내다 팔기도 하고 필요한 것을 뱃길로 나가 복주나 광주로 가서 사오기도 하고 교역을 해서 이문을 내기도 하오."

"그럼 왜 배를 빼앗고 날 이리 데려온 거예요?"

"그게 말이오, 미례 아씨. 안 그래도 다들 놀랐소, 이질금이 그리 결정해서 말이오. 이제껏 다만 겁을 주고 물건을 빼앗아 쫓아버리기만 했는데, 미례 아씰 섬으로 데리고 와서 말이오."

일에 파묻혀 지내는 것으로 복잡한 머릿속을 정리하려던 경휘는 아침 일찍부터 개삭 작업을 하는 뱃사람들과 어울려 팔을 걷어붙이고 땀을 흘리는가 하면 나무를 베고 담장을 보수하는 일들도 가리지 않았다. 아무리 말려도 묵묵히 팔을 걷어붙이는 그로 인해 함께 일하는 이들도 차마 더는 말을 걸거나 다가가지 못했다. 다음날은 겨울철에는 금하고 있는 북쪽 숲으로 사냥도 나섰다. 바다로 나가 낚시도 해봤고 장작을 패는 일도 마다하지 않았다. 삼 일째 저녁 무렵 마을 장로 대표와 가납사니가 그의 사랑채로 찾아왔을 때는 그도 낮의 노동으로 피곤해져서 하품을 하던 참이었다.

그들은 제법 심각한 얼굴로 찾아왔다.

"무슨 일이십니까, 늦은 밤에?"

"드릴 말씀이 있어서 찾아뵀었습니다."

경휘는 살피던 중요 문서에서 눈을 떼고는 그들을 빈 의자에 앉도록 권했다.

장로 대표와 가납사니는 서로 먼저 말을 꺼내도록 눈짓을 했다.

"왜요, 하기 어려운 말씀인가요?"

"지난번에도 말씀드렸던 일입니다. 이질금. 전대 이질금께서 오셨을 때 마무리 지었으면 했는데 그것이 뜻대로 되지 않았는데, 이대로 또 해를 묵혀서는 안 되겠다고 중론이 모아져서."

가납사니가 꺼낸 서두에 장로가 침착하게 말을 이었다.

경휘의 표정이 그의 다음 말을 예상하고는 굳어졌다.

"이질금의 혼인에 대한 일입니다."

혼인. 그 자신의 개인적인 문제로만 치부할 일도 아니고 마을 장로들과 의논해서 결정할 만큼 중대한 문제임은 그도 알고 있었지만 지금 이 순간만큼은 가장 원치 않는 주제였다.

섬의 기억을 잊고 떠나고 싶다던 여자의 말이 생각나자 그는 주먹을 단단히 틀어쥐었다. 죽을 때까지 자신만의 여자로 만들 거라고 아버지에게 소리쳤지만 이제는 자신이 그러고 싶은 건지도 딱히 알 수 없었다. 새타니를 다그쳐 몸이 달아오르게 하는 약을 달라고 조르기도 했고 흰둥이와 맞바꿔 그녀의 마음을 열어보겠다고 계약도 했지만 그 모든 것이 다 부질없다는 생각이 들 만큼 그는 귀찮았다.

“상대는, 알아보셨어요?”

무시하거나 지치지도 않느냐는 말이 나올 줄 알았던 그들은 경휘의 말에 도리어 당황했다.

“예? 아, 예, 전대 이질금께서도 말씀이 있으셨고 저희들 생각으로도 이 섬에서 나고 자란 이라야 이곳에 정도 있고 이질금께도 도움이 될 것이라고 생각됩니다. 그래서 하메 장로의 손녀 산호가 어떤가 합니다.”

산호라면 경휘도 아는 여자였다. 그보다 다섯 살 아래의 여자는 어려서 그의 집 안채 문을 잡고 자신이 그 집의 주인이 되고 싶다고 떼를 써서 사람들의 놀림이 되었었다. 그러던 그녀가 자란 후에는 소심해져서 그와 눈도 제대로 마주치지 못했다.

“의지가 깊고 마음이 착해서 섬의 대소사를 잘 살펴줄 거라고 생각됩니다.”

“지금 내게 다른 여자가 있는 걸 알면 싫어할 텐데요?”

“예, 아무래도 그렇습죠.”

가납사니가 머리를 긁적이며 대답했다. 그들이 온 목적도 바로 그 때문이었다.

“이질금, 지금까지는 저희도 이질금의 의향을 존중해서 더 말씀드리지 않고 있었습니다만, 혼인을 결정하시면 그에 대한 마음의 준비를 하셔야 하니 안채에 거둔 외지 여인은 그만……”

어렵게 말끝을 흐리는 장로와는 달리 가납사니는 제법 호탕하게 말을 이었다.

“사실 뭐 그만큼 가까이 하셨으면 물리실 만도 하지 않겠소?”

경휘는 말없이 생각에 잠겼다.

“이제는 그만 안정을 찾으시는 것이 좋을 듯합니다. 할아버님이나 전대 이질금에 견주어보아도 이질금의 혼인은 좀 늦은 감이 있습니다.”

“몸을 섞는 일은 어쩔 수 없다 해도 아기를 가지는 일은 싫었어요.”

그는 담담하게 심정을 토로하는 그녀의 표정과 말투가 떠오르자 진저리를 치며 눈을 감았다. 그도 더는 정나미가 떨어져 미례를 안고 싶은 마음도, 가까이 두고 보고 싶은 마음도 없었다.

“오늘 당장 답을 해야 하는 겁니까?”

그들은 생각지 않은 경휘의 대답만으로도 흡족해져서 조만간에 대답을 듣겠다고 물러서고는 자리에서 일어났다.

그들이 떠난 후에도 한참을 서성대던 경휘는 문득 서랍 깊은 곳에 넣어둔 서신을 꺼냈다. 복주의 객잔에서 만나 어머니의 소식을 전하던 사내가 두고 간 편지였다. 당시 그는 어머니를 만나볼 생각은 전혀 없다고 생각했는데, 갑자기 어머니의 심경이 궁금해졌다.

제 몸으로 낳은 아들도 버리고 한동안 몸 섞고 산 사내도 버리고 야멸치게 떠나 버린 어머니. 몸 섞고 사는 거야 어쩔 수 없어도 그의 아이는 가지고 싶지 않다던 미례.

낳아준 어머니의 심경도 그랬던 걸까. 그래서 아직은 어머니의 손길을 필요로 하는 어린 자식을 내버리고 떠날 수 있었던 걸까.

생각해 보면 그의 아이를 원치 않는다는 미례만큼이나 그도 그녀에게서 자식을 원하지는 않았다. 다만 그것까지는 생각지 못하고 그녀에 대한 욕구와 갈증만을 풀었을 뿐이었다.

자식을 원하지도 않았는데 그녀가 알아서 신경 쓰고 배려했다면 차라리 더 잘된 일이 아닌가. 그런데도 그녀로부터 들은 말은 그녀를 돌아보고 싶은 마음도 들지 않을 정도로 그를 화나게 만들었다. 욕망의 불씨에 찬물을 끼얹어 꽁꽁 얼어붙게 만들었다. 아이를 빌미로 섬에 남지 않겠다는 그녀의 의지를 확인한 것처럼 그의 자존심을 상처 내고 알 수 없는 배신감에 치를 떨게 만들었다.

더 이상은 그녀로 인해 기분 상하고 싶지도 골머리를 앓고 싶지도 않다고 생각한 그는 그녀를 보내자고 생각했다.

보내고 눈에 두고 보지 않으면 그만이지! 미례를 가까이한 이후로 아버지도 마을 장로들도 하나같이 안 된다고 할 때는 그 나름의 이유가 있는 게다.

경휘는 상처 입은 마음을 달래며 그렇게 생각했다. 그녀를 안고 싶은 욕구에 사로잡혔을 때는 그들의 말이 귀에 들어오지 않았다. 그러나 한발 물러서 생각하니 이제는 알 것도 같았다.

자신을 낳고도 버리고 떠난 어머니. 그 어머니에 대한 추억이 무거워 섬을 떠나 사는 아버지. 아들인 그마저 그렇게 잃어버릴까 안절부절못하는 섬사람들. 미례를 보내는 것은 모두에게 좋은 방법이었다. 누구보다 좋아하며 환하게 웃을 그녀를 생각하니 마음이 불편했지만 그는 마음을 정했다.

흐린 하늘에서 비가 조금씩 떨어지기 시작하더니 이내 소나기처럼 큰 소리를 내며 갑작스레 비가 쏟아졌다.

미례는 자리에서 일어나 달리기 시작하다 언덕을 조금 올라 솟아 있는 움집을 보고는 그리로 올라갔다. 그리고 잠시 망설이다 비를 피하기 위해 미례는 안으로 들어갔다.

새타니가 그녀를 보고는 환히 웃으며 들어오라고 했다.

"어서 오오, 미례 아씨. 옷이 다 젖었구려. 이리 오시오."

새타니가 마른 수건을 주며 빗물을 닦도록 시켰다. 미례는 그녀가 시키는 대로 몸을 닦으며 비에 젖어 축축 처지는 치마를 살짝 들어 올렸다.

"비를 피하려고 잠깐 들렀어요. 폐가 되진 않았나요?"

"별소릴 다 하십니다. 이리 불 가까이 오시오."

미례는 지난번엔 제대로 보지 못한 낯선 물건들에 눈이 휘둥그레져 경외심을 가지고 둘러보는 사이 새타니가 비에 젖은 몸을 말리도록 수건을 건넸다. 미례는 얼굴과 손의 물기를 닦고 틀어 올린 머리를 늘어뜨리고는 천천히 물기를 닦았다. 웃으며 지켜보던 새타니가 뜨겁게 끓인 차를 건네주었다. 향기로운 냄새와 뜨거운 기운이 목을 타고 넘어가자 미례는 한기를 쫓을 수 있었다.

"내 고향에서도 차를 마셔요. 그곳에서 나는 황차는 인근의 다른 나라에서도 탐을 낼 만큼 향도 맛도 뛰어나요."

"그래요?"

고향을 그리는 그녀의 말에는 진한 그리움이 담겨 있었다.

"이 차는 맛이 좀 색다르네요. 이상한 향기가 있어요."

"마음을 안정시키는 데는 아주 좋다오."

뜨거운 차가 몸속으로 퍼져 가자 마음도 홀가분해졌다.

그토록 그리웠던 고향으로 돌아가면 이곳이 떠오르기도 할까. 다른 것은 몰라도 반하, 새타니, 소솜, 흰둥이, 그리고 숲 속 호수에서의 사건은 오랫동안 남아서 기억될 것 같았다. 그러고 보면 도적들에게 잡혀와 불안으로 잠을 못 이루던 날들도 있었지만 단 한 터럭의 좋은 기억도 없을 것 같던 이곳에서의 생활은 그와의 일을 제외하면 그리 나쁜 경험은 아니었다고 미례는 생각했다.

그래, 한 가지 일만 가슴속에 꼭꼭 묻어둔다면 어쩌면 그리 나쁜 모험담은 아니었을지도!

"어쩌면 새타니, 이번이 마지막으로 보게 되는 걸지도 몰라요."

"응? 그게 무슨 말이오, 미례 아씨?"

"그 사람이 어제 내게 물었어요. 집에 돌아가고 싶으냐고."

한동안 얼씬도 않던 그가 안채로 향하는 다리 위에서 그녀를 기다리고 있는 것을 보았을 때 미례는 놀라면서도 한편으론 마음을 놓았다. 그가 원하는 것이 당장 대화를 나누는 것이 아니더라도 미례는 기다렸다가 새벽이라도 말을 꺼내볼 수는 있겠다고 가늠해 보았다. 그러자 전과는 달리 그와 함께 밤을 보내는 일이 지옥에 끌려가는 것처럼 몸서리 쳐지고 소름 돋을 정도로 싫은 일은 아니라는 생각마저 들었다. 미례는 어떤 말로 그를 덜 화나게 만들면서 이야기를 나눌 수 있을지 고심하고 있었다.

그런데 잠시 스치듯 마주친 그는 집어삼킬 듯 그녀의 몸을 더듬던 눈빛이 아니었다. 여전히 차가운 기운과 거리감이 남아 있었다. 더구나 그는 더 이상 안채로 들 생각은 없는 듯 그 자리에 꼼짝 않고 서서 할 말이 있다고 했다.

미뤄둔 그날의 일을 화제로 삼을 거라고 생각했는데 그의 말은 엉뚱했다.

내가 보내준다면 고향으로 돌아가겠어?

미례는 그가 다시 한 번 다그치듯 묻고 나서야 그가 자신을 시험하는 것인지 의심하면서도 곧이곧대로 그렇다고 고개를 끄덕였다.

"그랬더니 뭐라고 하십니까?"

새타니는 놀라운 듯 반문했다.

"보내주겠다고, 원한다면 고향으로 보내주겠다고 했어요."

"정말 그렇게 말했단 말이오?"

처음 그 말을 들었을 때의 미례만큼이나 새타니도 못 믿는 눈치였다.

"지난번 일로 날 놀리려는 줄 알았는데 아니었어요. 정말로 보내주겠대요. 날짜도 잡혔다면서 준비하라고 했어요."

"언제라고 합디까?"

미례가 말한 날은 정말 복주로 출항하는 날짜와 맞았다.

"지난번 일이라니요? 그간 두 분 사이에 또 무슨 일이 있었던 게요?"

"그냥 좀…… 다투었어요."

미례는 부끄러워서 차마 두 사람이 나누었던 이야기는 덮어두었다.

"그냥 좀 다툰 정도가 아닌 듯하오만."

새타니의 예리한 눈이 미례를 응시했다. 미례를 제대로 품지 않고는 돌려보낼 생각이 없고, 그래서 자신과 흰둥이를 건 계약까지 맺은 그였다.

"그러지 말고 무슨 일인지 이 늙은이에게 말해보시구려. 세상을 살아도 더 오래 살아 혹여 생각지 않은 도움이 되는지 누가 압니까?"

"아, 아니에요. 그냥 그런 일이 좀 있었……."

새타니는 미례의 빨갛게 달아오르는 얼굴을 보고는 짐작했다.

"그날 여기서 돌아가 잠자리에서 무슨 일이 있었던 게지요?"

미례는 새타니가 그들의 일을 보기라도 한 것처럼 말하자 당혹감으로 어디론가 숨고 싶은 마음이었다.

"이질금이 오래 참았다 잠자리에 들어서 미례 아씨가 감당하기 힘들게 만들었던 게지요?"

"아, 아니에요. 그런 것이 아니고……."

"그게 아니면 달리 내게 못할 말이 무어요?"

미례는 답답한 마음과 부끄러운 마음 가운데서 고민하다가 결국은 유모에게도 털어놓지 못한 그 일을 더듬거리며 털어놓았다. 그렇게 뜨겁게 자신을 몰아세우던 사내가 일시에 얼음장처럼 굳어져 돌아서던 모습에 당혹했던 마음까지 묵묵히 듣고 있던 새타니가 쯧쯧, 하고는 혀를 찼다.

미례는 새삼 억울한 마음에 눈물까지 그렁그렁한 눈으로 새타니를 바라보았다.

"차라리 큰 소리로 화를 냈으면 마음이 편했겠어요. 그런데 아무런 말도 없이 그냥 나가 버리고 또, 다시는 안 볼 사람처럼 그러니까……. 내가 그렇게까지 잘못한 거였어요? 나는 그저."

미례는 참았던 눈물이 의지를 거스르며 뺨을 타고 흐르자 서둘러 손등으로 눈물을 훔쳤다.

"그러기 전까지는 미례 아씨도 잘 대해주었다는 말이지요?"

미례는 다시 한 번 눈물을 훔치면서 고개를 끄덕였다.

새타니가 그녀의 반응을 지켜보다가는 작은 한숨을 내쉬었다. 겨우 한 고개 넘어섰는가 했더니 또 새로운 고개를 만나 힘이 빠진 격이었다. 겨우 제 마음에 드는가 싶게 여자를 품고 났더니 여자가 언제 그랬나 싶게 나가 제 흔적을 지우고 오니 그 마음에 심술이 나기도 했을 것이다.

"괜한 일로 이질금의 마음을 건드린 게요."

"그렇지만."

"미례 아씨 마음이야 그래서 편해졌는지 모르지만 그래 봐야 생기는 아이를 막을 수는 없을 게요."

"그게 무슨……? 소용없는 일이었다고요?"

"그렇다오. 아무리 미례 아씨가 그렇게 조심해도 생기기로 치면 벌써 생기고도 남았을 게요. 그러니 쓸데없는 일로 미례 아씨 몸도 고될뿐더러 사내 마음만 상하게 만들고 말지 않았소."

미례에 관해서라면 어떻게든 마음을 얻어보겠다고 잔뜩 기대를 품고 노력하는 사내에게 찬물을 끼얹고 말았으니!

"그날은 그 사람이 싫어서 그런 게 아니었어요. 그리고 그 사람도 전에는 일부러 더 괴롭히려고 다시 그러기도 했고……. 그게 그렇게 마음 상하는 일이라고는."

"제 목숨을 걸고 구해낸데다 전과는 달리 미례 아씨가 알음해 줬다고 좋아하는 사내 마음에는 예사로 보이지 않았겠지요."

한겨울 얼음물을 뒤집어쓴 셈이니 얼마나 꽁꽁 얼어붙었을지. 새타니가 다시 혀를 차는 소리를 내며 내심 염두를 굴리는데 미례가 부러 밝은 투로 말을 돌렸다.

"어, 그런데 새타니, 생각해 보니 밖에서 흰둥이를 본 것 같아요."

미례의 태도를 물끄러미 지켜보던 새타니도 더는 추궁하지 않았
다.

"……그렇소?"

이제는 조금이나마 벽을 허물고 서로의 본심을 대할 수 있으려니
마음 놓았던 새타니로서는 여간 실망이 아닐 수 없었다.

"흰둥이가 맞아요?"

미례는 새타니의 묻는 눈길을 피하며 화제를 바꾸었다.

"그럴 게요."

"하지만 흰둥이는 그가 아끼는 말이라고 들었어요."

"그렇지요. 어려서부터 정 붙일 데 없는 휘아를 위해 전대 이질금
께서 사주셨다오. 어미 젖 떨어진 어린 망아지였지요. 그 후론 늘
붙어 다녔다오."

"그 사람이 흰둥이를 새타니에게 준 건가요?"

클클거리며 음흉하게 웃던 새타니가 말했다.

"그런 게 있었소. 그런 셈이오."

"새타니는 말을 탈 일도 없어 보이고, 또 말을 탈 수도 없어 보이
는데요."

"미례 아씨, 흰둥이를 내게 보낸 이는 이질금이 아니고 바로 미례
아씨요."

"네? 그게 무슨 말……? 나는 그런 적."

"우리 이질금이 미례 아씨 마음을 얻겠다고 가지고 있던 가장 소
중한 것을 내게 내놓은 게요."

그래도 미례는 새타니의 말이 무슨 뜻인지 이해할 수 없었다. 자
신의 마음을 얻는데 왜 굳이 흰둥이를 새타니에게 내놓는다는 것인

지. 그리고 마음을 얻는다는 것은 또 무슨 말인지.

"내 우리 이질금의 비밀 한 가지를 말해줄 테니 미례 아씨도 이번 일에 대해서는 먼저 나서서 이질금에게 해명하고 마음을 풀어주시겠소?"

"하지만 그 사람은 내 말은 들으려고 하지 않아요."

"그야 미례 아씨가 어떻게 말을 하느냐에 따라 다르지요. 미례 아씨가 진심으로 우리 이질금의 오해를 풀게 하고 싶다면 듣지 않을 리 없을 겁니다."

"……."

"약속해 주시는 거요."

새타니가 망설이는 미례의 태도를 간단히 어르며 약속을 받아냈다. 그리고 흰둥이가 그에게 어떤 존재인지, 그가 왜 자신을 찾아와 떼를 쓰듯 계약을 했는지 말해주었다. 그 모든 것은 그와 미례가 조금이라도 더 가까워지길 바라는 마음 때문이었다.

새타니의 말을 들은 미례의 얼굴이 달아올랐다.

"그리고 흰둥이라면 걱정 마시오. 그 녀석을 동무 삼고 싶어하는 이가 있어서 걱정 안 해도 되오. 아마도 휘아에게 있을 때보다야 못할 테지만 그래도 편안할 겁니다."

비가 그치고 새타니와 헤어져 나오면서 미례는 허름하게 지어놓은 마구간에서 비를 피하는 흰둥이에게로 다가갔다. 얼마 전부터 마구간에 흰둥이가 보이지 않는 걸 알고 있었으나 미례는 그에게 물어볼 엄두도 내지 못했다. 소솜 역시 모르기는 매한가지였다. 종잡을 수 없는 그의 마음을 알기란 힘들 거라고 생각하며 미례는 궁금증을 접을 수밖에 없었다. 그러면서도 한 가지는 확실했다고 생

각하는 미례였다. 그가 그리 아끼는 말도 버릴 수 있다면 자신쯤이
야 두 번 생각해 볼 필요조차 없다고!

하지만 새타니의 말은 미례의 마음을 심란하게 만들었다. 집으로
돌아갈 마음에 설레기만 했던 전과는 달리 미례는 무거운 마음을
달래며 흰둥이에게로 다가갔다. 흰둥이는 그녀를 알아보고는 반가
운 소리를 내며 그녀 가까이 머리를 가져다 댔다. 그리고는 그녀의
몸을 훑으며 냄새를 맡았다. 미례가 웃으며 손을 내밀어 그의 콧잔
등을 쓸어주자 그의 큰 눈이 물기 젖으며 반짝이는 게 느껴졌다.

"미안하다, 흰둥아. 그 사람에게서 내가 널 떼어놓았다니, 몰랐
어. 하지만 내가 떠나고 나면 너도 곧 집으로 돌아갈 수 있을 거야."

흰둥이가 가끔씩 귀를 털며 고개를 흔들어댔고 미례를 보내기 싫
은 듯 그녀의 옷자락을 물고는 놓지 않았다.

21

복주로 향하는 배 위에서 미례는 유모와 함께 선실 창으로 간혹 바다를 바라보았다.

"그리도 좋으셔요?"

유모는 오전부터 선실 창에서 떨어질 줄 모르는 그녀를 보며 놀렸다.

"꿈만 같아, 유모! 유모는 그렇지 않아?"

"저도 좋지요. 좋기는 한데……."

그런데도 어쩐지 마음이 썩 좋지만은 않다는 말을 그녀는 꾹 삼켰다. 괜히 미례의 마음을 상하게 하고 싶지는 않았던 까닭이었다. 엿들으려고 일부러 했던 것은 아니지만 그날 대낮부터 두 사람이 함께 안채의 방에서 나오지 않던 날, 점심도 거른 두 사람이라 혹시

약에 취해 너무 깊이 잠든 것은 아닌지 늦으나마 식사를 준비할지 물으러 갔던 유모는 방 안에서 낯 뜨거운 소리가 흘러나오자 화들짝 놀라 발길을 돌렸었다. 그러면서도 몸을 나눈 지 오래되었음에도 미례가 남녀 간에 오가는 오묘한 희열을 느끼지 못하는 것 같아 걱정스러웠던 유모는 그의 소리에 섞여 간간이 새어 나오는 미례의 들뜬 신음 소리가 그저 통증 때문만은 아니어서 안심했다. 그녀가 듣기에는 사내의 몸을 아는 여자의 소리였다.

그제야 마음이 놓이며 조금은 두 사람 사이가 다정해질 것 같다고 짐작했던 예상과는 달리 그날 이후 일절 안채로는 그림자도 비추지 않는 경위로 인해 유모는 다시금 안절부절못했다. 미례는 미례대로 전과는 달리 아무 말도 하지 않으니 무슨 일이 있는지 알 수도 없어 속만 태우던 그녀는 뜬금없이 고향으로 돌려보내 준다는 그의 전언에 덜컥 걱정이 앞섰다. 안 그래도 그의 혼인 이야기가 오간다고 들은 터에 이젠 정말 지겹증이 나서 미례를 버릴 작정이라는 의심이 든 것이다.

유모는 차마 미례에게는 그의 혼인 이야기를 전하지 못했다. 미례는 집으로 돌아간다는 생각에 일견 기쁜 것처럼 보였지만 그 속은 알 수 없었다. 작은 일도 시시콜콜 말하던 예전의 미례가 아니었던 것이다.

아무리 생각지 않으려 해도 유모는 배에 오르기 전부터 가슴이 무거웠다. 세상 온갖 풍파를 세월로 겪어온 그녀는 집으로 돌아간 후의 일이 걱정되었던 것이다. 줄을 선 구혼자들이 있었던 전과는 달리 미례는 이제 좋은 집안의 혼처를 구하기는 어려울 것이다. 뿐인가. 발 없는 소문은 온 가락국에 퍼져 미례는 살아도 산 사람이 아닐 것이다. 꿈에 그리던 가족의 품이 도리어 피 말리는 감옥이 될 수도 있을 터였다. 해적에게 붙잡혀가 거의 한 해가 지나 돌아온 여자를 누가 이전의 그녀로 보아줄 것인가. 직접 눈으로 보진 않았어도 많은 사내의 손을 탔을 것이라고 의심하며 그녀를 아는 모든 사람의 입에 오르내리는 존재가 될 것도 불을 보듯 뻔했다.

이제라도 마음을 돌리는 것이 어떠냐고 말해볼까.

유모는 어떻게든 말을 꺼낼 틈을 보고 있었다. 어차피 아주 먼 곳으로 시집가느니 이곳에서 마음 정하고 그의 사랑을 받으며 산다면 더 이상 상상도 못할 마음고생은 하지 않아도 될 것이라는 생각이 들었다. 유모는 어떻게든 아끼는 미례가 경휘와 잘되기만을 바랐다. 하지만 그가 다른 여자를 들여 혼인할 것이란 사실을 떠올리자 유모는 그만 허탈해졌다.

불쌍한 우리 미례 아기씨.

유모의 입에서는 깊은 한숨이 이어졌다.

"왜 그래요, 유모?"

그녀의 속을 모르는 미례는 의아한 표정으로 물었다.

세상의 눈과 귀, 그리고 입이 얼마나 무서운지 아기씨는 몰라요. 나는 벌써부터 세상 사람들의 심한 소리가 얼마나 아기씨 가슴에 생채기를 낼지 생각하면 무섭답니다. 왜 하필이면 우리 착하고 예쁜 아기씨가 세상 사람들 앞에 말하기 좋은 먹잇감이 돼야 하는지 하늘이 원망스러워요. 그래도 지금 상황에서는 구차하게 남는 것보다 떠나는 것이 나은 선택일까요.

"아기씨."

"응? 왜요, 유모. 말해요."

"돌아가면 곧바로 다시 외할머니를 뵈러 갈까요?"

"응?"

바닷길 여행에서 큰 화를 당하고 간도 삭지 않아 다시 또 먼 길을 떠나자는 유모의 마음을 미례가 알 리 없었다. 유모는 자신도 모르게 다시 한 번 깊은 한숨을 내쉬고는 서둘러 화제를 바꾸었다.

"아기씨 그사이 좀 변하신 거 알아요?"

"내가? 어디가?"

"아기씨 전에는 이렇게 선실 안에서 가만 계시질 못하고 갑판 위를 사내아이처럼 뛰어다녔어요. 온갖 참견을 다 하시면서요."

"그랬던가?"

"그때는 장난꾸러기, 말괄량이에 몸이 얼마나 재고 날래던지 붙잡을 수도 없었죠. 하기야 뭐, 가만히 엉덩이를 붙이고 앉아 있기나 하셨던가요? 이제는 그러고 계시니 누가 봐도 어여쁜 여자로 보입니다."

미례는 미소를 지으며 까마득히 먼 옛날인 듯 생각되는 아유타에서 집으로 향하는 배 위의 일을 떠올려 보았다. 그러고 보니 유모는 한시도 가만있지 못하는 미례에게 주의를 주며 잔소리를 해댔었다. 하지만 미례는 배 위의 모든 것이 궁금했고, 자신의 힘닿는 것은 무엇이든 어떻게든 해보고 싶었다.

지금은 선실 안에만 갇혀 있는 신세도 아니지만 선뜻 그가 있는 뱃전으로는 나갈 수 없었다. 대신 미례는 간간이 뱃사람들과 똑같이 허름한 옷을 입고 그들과 노를 젓기도 하고 직접 돛을 올리기도 하는가 하면 어둠이 내려앉은 검은 밤 갑판 위에서 낚싯대를 드리우고 사람들과 어울리는 그의 모습을 몰래 눈으로 좇았다.

우리 이질금이 못난 얼굴도 아닌데다 사내다워서 이 근방 여인네들이나 바다 건너 복주에서는 더할 나위 없는 사내라오!

미례는 새타니의 말을 새삼 떠올리며 그럴 수도 있겠다는 생각이 들었다. 그렇다고 그에 대한 두려움이 완전히 사라진 것은 아니었다. 그렇게 완강하게 거절하던 그가 순순히 돌려보내 준다고 하니 고마운 마음이 들긴 했지만 여전히 그는 어렵고 싫은 사람이었다.

새타니는 어떻게든 그의 오해를 풀어주도록 미례가 노력하라고 다짐을 두었지만 미례는 선뜻 그가 쳐둔 거리감을 해소하지 못했다. 그리고 그의 오해를 풀어준다고 한들 미례는 집으로 돌아가고 싶은 마음이 더 우선했다. 이유야 어찌 됐든 그가 그녀 일행을 섬에 억류하고 내킬 때마다 잠자리 상대가 되었다가 버림받느니 보단 그리운 사람들이 있는 고향으로 돌아가고 싶었다. 새타니는 그가 자신을 좋아하는 마음을 제대로 표현하지 못하는 것이라고 했지만 미례는 그의 눈길이 자신에게 머무는 것조차 불편하기만 했다.

그래, 고맙고 미안한 마음은 마음속에 두고, 지금은 집으로 돌아가는 것이 중요해. 지금이 아니면 언제 돌아갈 수 있을지도 모르는 일이야.

망을 보는 사람을 제외하고는 늦은 밤 피로에 지친 뱃사람들이 모두 잠이 들었다고 생각한 새벽 미례는 조심스레 바람이 차가운 갑판으로 나섰다.

밤하늘과 별이 섬에 있을 때보다 더 가까이 있는 듯했고 속을 알 수 없는 깊은 바다 한가운데 비치는 보름에 가까운 달은 물결이 움직일 때마다 함께 일렁거렸다. 간혹 그들이 탄 배가 물살을 가르는 소리나 돛이 바람의 저항을 받아 펄럭이는 소리, 어디선가 깊이 잠이 든 뱃사람의 코고는 소리만이 어쩌다가 불협화음처럼 적막을 깨며 뒤섞이곤 했다.

그녀가 갑판을 걸어 선미 쪽으로 다가가는데 그녀의 뒤에서 제지하는 소리가 들려왔다.

"조심해. 여차하면 미끄러져 물속으로 빠질 수도 있어."

주의를 준 것은 익숙한 그의 음성이었다. 미례의 가슴이 덜컥 내려앉았다. 배 위에서 그와 단둘이 마주치게 될 거라고는 생각지 못했던 그녀였다. 그렇지만 이전 그와 한 공간에 있을 때마다 숨 막힐 듯 무섭고 두려웠던 것과는 달리 조금은 덜 불편했다. 언제부터였을까. 미례는 자신의 심장 소리가 너무 크게 뛰어 그에게 들릴까 봐 걱정되었다.

미례는 천천히 돌아서 어둠 속에서 그의 위치를 확인하고는 애꿎은 머리카락을 귀 뒤로 넘기며 가까운 뱃전의 측면을 단단히 붙잡고 바다 쪽을 향해 섰다.

"……자러 가지 않았어요?"

선실 안에서 그를 훔쳐볼 때와는 달리 심장뿐 아니라 호흡도 불편했다. 그럼에도 미례는 이 불편한 상황을 당장 벗어나기보다는 조금 더 머물러 있고 싶었다.

"때론 너무 피곤해도 잠이 오질 않아."

경휘는 그녀에게서 열 걸음도 떨어지지 않은 선체에 몸을 반쯤 기대고는 어깨의 근육이 뭉친 듯 주무르며 말했다. 그도 그럴 것이 그들은 벌써 사흘째 배 위에서 항해 중이었다.

그가 잠을 이루지 못하는 이유는 그것 말고도 그녀가 차지하는 부분이 컸지만 경휘는 그렇게 둘러댔다. 그는 갑판 위에 선 미례가 못 미더운 듯 등불을 밝혀 들고 그녀가 서 있는 가까운 곳의 걸이에 익숙한 손놀림으로 걸어놓았다. 곧 그녀의 발밑과 주위가 환해졌다. 그는 다시 자신의 자리로 돌아가지 않고 그녀로부터 충분한 거리를 두고 아무렇게나 걸터앉았다.

뭐라고 말하지? 무슨 말을 해야 할까?

미례는 어색하지 않게 말을 이어가고 싶었다. 지금이 마지막 기회임을 알면서도 미례는 막상 무슨 말을 어떻게 풀어내야 할지 혼란스러웠다.

아주 잠깐 미례는 자신이 그의 손으로는 닿지 않는 어깨의 부분을 주물러 주면 어떨까 생각했다. 하지만 그녀는 선뜻 그렇게 말할 용기도 없었고 실천할 생각도 없었다. 그가 누구인데, 그가 자신에게 어떤 짓을 한 사람인데 그를 안되었다고 생각한단 말인가. 다만 어떻게든 고마운 마음을 전하고 싶었던 미례는 처음 배에 오른 후부터 떠올랐던 생각을 말했다.

"우리…… 가락국의 배와는 비교도 할 수 없게 빠른 것 같아요."

"나면서부터 바다를 육지처럼 여기고 살았으니까."

그는 덤덤한 말투로 말했지만 그에게선 자부심이 느껴졌다.

미례는 처음부터 억지로 몸을 나누는 일 말고 이렇게 이야기를 나누는 것부터 시작했으면 어땠을까 상상해 보았다. 그랬다면 조금은 그를 덜 미워하게 되었을지도……. 자신을 두고 새타니와 얼토당토않은 계약을 맺었다는 데 생각이 미치자 미례는 슬쩍 그의 얼굴을 살폈다. 이 사람이 날 아프게 하기 위해서, 또는 괴롭히기 위해서 몸을 빼앗은 게 아니었다고? 하지만 그의 표정 어디에서도 그런 기색은 보이지 않았다. 새타니가 그냥 해본 말인 걸까.

"쌀쌀하지 않아?"

그가 가늘게 떠는 미례의 어깨를 보며 물었다.

자리를 피하고 싶었다면 그가 좋은 빌미를 준 셈이었다. 춥다는 이유로, 혹은 피곤하다는 이유로. 하지만 미례는 서둘러 이 애매한 자리를 파하고 싶지 않은 낯선 감정에 스스로 의아해하면서도 고개를 세차게 가로저었다.

그도 마지막이라는 생각에 미움보다는 아쉬운 마음이 컸으므로 미례와 함께 있고 싶었다. 보내겠다고 마음먹은 후로는 시간이 너무 빠르게 지나가고 있었다.

어느 날 갑자기 바다 위에서 그의 가슴에 뛰어들었던 여자. 이젠 정말 놓아주는 거다. 다시 여잘 제 갈 곳으로 놓아주는 거다. 그리고 돌아서면 다시는 생각하지 않는 거다.

"아침이면 복주에 도착할 거야."

"……그래요?"

좋아해야 옳았다. 고향으로 돌아가는 길에 한 걸음 가까웠는데 싫지 않은 것이 본마음이어야 했다. 그럼에도 미례는 고개를 돌려 그를 바라보았다. 잠깐이지만 그와 시선이 얽혔는데, 그가 먼저 시선을 피했다. 마지못해 이야기는 나누면서도 마음은 아직도 편치 않은가 보다고 미례는 생각했다.

"포구에 도착하면 혹시 모르니까 미리 말해두는 거야. 일단은 복주에 있는 우리 도방에 머물러. 믿을 만한 사람을 붙여놓을 테니 네가 원하는 곳으로 가는 배를 찾아줄 거야. 배가 떠나는 날까지는 도방에 머물러도 돼."

"……알겠어요."

그가 함께하지 않을 거라는 사실은 알고 있었지만 실제로 그의 말을 들으면서 미례는 실망감을 느꼈다. 그녀가 원치 않아도 놀리곤 하던 이전의 태도가 묘하게 그리워졌다.

돌아가면 다시는 만나지 못할 것은 분명했다. 그전에 할 말이 있다면 다 풀어내고 가는 것이 좋다. 하지만 미례는 두 사람 중 누구라도 크게 숨을 쉬거나 움직이는 순간 당장이라도 깨져 버릴 것 같은 지금의 순간이 오래 지속되었으면 좋겠다고 생각했다. 이대로 아침을 맞더라도……!

그러나 경휘는 알겠다는 그녀의 말에 실망했다. 기회를 주어도 떠나지 않겠다는 말 따위를 기대한 것도 아니었는데 그는 실망감을 감출 수 없었다.

"그만 들어가서 쉬도록 해."

그가 고정시켰던 등불 쪽으로 손을 뻗으며 말했다.

미례도 서둘러 감정을 수습하며 고개를 끄덕였다. 두 사람의 사이와 그 거리에 덧붙은 낯선 감정에 휘말리기 싫은 그녀는 서둘러 선실로 들어가 문을 닫았다.

혹시 모르니 미리 말해두는 것이라고 했지만 그는 정말 배에서 내린 후에 부방주라는 중년의 사내를 그녀에게 붙여두고는 어디론가 사라졌다.

부방주는 예의 바르게 미례 일행을 포구에서 멀지 않은 화평도방으로 안내했다. 그는 일체 미례와 유모에게 아무것도 묻지 않았다.

"저도 이번에 두 분과 함께 동행할 것입니다."

그의 말에 유모는 마음이 놓였다.

"길이 꽤 멀어요. 하루 이틀에 다녀올 수 있는 곳이 아닌걸요."

미례가 걱정스레 말하자 그가 덧붙였다.

"사양치 마십시오. 이질금께서 여자들만 배를 타는 것은 위험하니 끝까지 동행하라 다짐을 두셨습니다. 그렇지 않아도 저 역시 가락국이라면 한 번 가보고 싶었습니다. 이곳은 철이 귀해져서 그곳을 통해 무역을 터보려던 중이었지요."

그의 말대로 현재의 중원은 진나라가 그 힘을 잃은 후 절대의 패자가 없어 오늘 새로운 나라가 생기면 내일 하늘의 뜻을 받았다고 하는 또 다른 나라가 일어나곤 했다. 그러다 보니 싸움만 늘고 힘없는 백성만 골병이 들고 근방의 철이 귀해졌다. 이제 철은 금과 같은 가치를 지니게 되었고, 그 자체로 화폐가 되어 철 덩어리를 가지고 물건을 바꿀 수도 있었다. 그런데 그들이 들은 정보로는 동이의 바다 끝에 연한 나라에 캐내도 캐내도 끝이 없는 철산이 있다는 것이었다. 그것도 아주 질 좋은 최상의 철이!

미례와 유모는 말없이 그를 따랐다. 그가 안내한 도방은 일반의 객잔 다섯 배 이상으로 큰 건물이었다. 다양한 외형과 의복을 입은 사람들이 짐꾼들을 피해 드나드는 바깥채를 지나니 비가 오는 날에도 진창이 생기지 않는 단단하고 굳은 드넓은 마당이 있고 그 앞의 물품을 채워두는 창고로 보이는 건물이 크게 입을 벌린 채 문이 활짝 열린 상태였는데 문 바로 앞에는 창고를 지키며 수납을 적는 사람이 꼼꼼하게 물건의 들고 남을 확인하는 중이었다. 보물 창고 같

은 그곳을 지나 문을 하나 나서니 양쪽 회랑마다 방문이 있었고 중
앙으로 들어선 그는 이층 계단을 올라 한적하고 내밀한 방의 문을
열고 그녀들을 들어가게 했다.

"제가 먼저 사람을 풀어 알아볼 테니 오늘은 편히 쉬십시오."

배편이 마련되고 떠나는 날이 되어도 미례는 그를 다시 볼 수 없
었다. 배 위에서도 십여 일, 복주에서도 십여 일이 지났다. 일부러
피해 다니는 것이 아니고서야 단 한 번도 마주치지 않을 수는 없다
고 미례는 생각했다. 마침내 미례는 망설이다가 부방주에게 말했
다.

"떠나기 전에 그 사람을 만나고 싶어요."

"예? 누구 말씀이십니까?"

"그, 사람……. 이질금이라는 그 사람요."

"아, 이질금께서는 지금 이곳에 안 계십니다."

그가 이곳에 없다?! 미례는 그 말을 듣는 순간 가슴이 그대로 쿵
하고 내려앉았다.

"함께 왔는걸요. 혹, 그날로 다시 돌아간 건가요?"

그는 하얗게 질린 그녀의 얼굴을 걱정스레 바라보며 말했다.

"아닙니다. 이질금께선 이번에 중원을 돌아보시겠다고 하시고선
유람을 떠나셨습니다."

"유람…… 요?"

"예."

"그럼 언제쯤 돌아올까요?"

"기약을 두지 않고 떠나신지라 언제 돌아오실지는 저도 잘…….

중원 곳곳에 우리 도방이 있으니 도착하시면 전언을 남길 수는 있겠지만 장담할 수는 없습니다. 왜요? 꼭 남기실 말씀이 있으십니까? 그러면 편지를 써주십시오. 사람을 통해 보내도록 하겠습니다.”

“아, 아니에요. 굳이 그럴 필요는 없어요.”

미례는 다리에 힘이 풀리고 맥이 빠졌다.

그가 이곳에 없다? 그가 이곳에 없다!

그녀가 이곳 포구에 내려선 이래 단 한 번도 보지 못했지만 그래도 이곳 어딘가에는 묵고 있는 줄 알았는데 그렇지 않다고 하자 실망했다. 망설이다 겨우 용기를 낸 그녀의 등줄기에서 힘이 빠졌다. 아직도 그를 생각하면 그날 섬에서 등을 돌리고 나가던 모습이 눈에 선해서 마음 한구석이 불편했는데, 그래서 그 불편함을 남기고 떠나지 말자고 생각했는데 막상 그가 중원을 돌아볼 생각으로 유람을 떠났다고 하니 이제 그는 아무렇지도 않은 모양이라고 미례는 생각했다.

그러면 된 거잖아. 그 사람이 아무렇지 않다고 하면 된 거잖아.

그의 아버지 배에 숨어 그에게서 도망치려다 붙잡혔을 때는 그가 아무리 불같이 화를 내도 미례는 잘못했다 말하지 않았다. 그의 분노가 폭발해서 심한 해를 입지는 않을까 두려웠지만 그 몰래 떠나려고 한 자신의 행위가 잘못되었다거나 그를 속이는 나쁜 것이라고는 생각되지 않았다. 그의 입장에서는 화가 날지 몰라도 그녀로서는 어쩔 수 없는 선택이었다. 같은 기회가 온다면 다시 그러한 선택을 할 것이라고 미례는 생각했다.

몸을 씻는 것도 마찬가지였다. 어쩔 수 없어 그에게 몸을 내주며 살았지만 그의 씨를 품어 아기를 갖게 되는 것만은 어떻게든 막고 싶었다. 그녀 자신의 힘으로 가능한 것이라면 어떻게든 해보고 싶었다. 그것이 그에게 죽을 만큼 잘못한 일은 아닐 터였다.

그럼에도 미례는 이전과는 달리 그에게 미안한 마음이 들었다. 도리어 그가 소리 지르고 발을 구르며 분노하는 것보다 아무런 말도 하지 않고 나갔던 그날이 더 두렵고 무서웠다. 그녀와 마을의 아이를 구하기 위해 얼음물도 마다 않고 뛰어들었던 그에게 갚을 수 없는 커다란 빚을 진 것 같았다. 그를 만나서 무언가 한마디 하지 않고는 마음의 짐을 덜 수 없을 것 같았다.

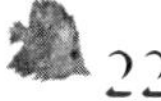

22

도착한 첫날부터 경휘는 복주의 화평도방 집무실에서 방주로부터 그간의 보고를 받았다. 그는 또한 각각의 도방으로부터 온 중원과 북방 유목민들에 관한 새로운 정보가 든 서신을 꼼꼼히 읽으며 요동치는 대륙의 판세를 점치며 도방의 확장을 고심하고 있었다.

잠시 자리를 비웠던 방주가 조심스레 실내로 들어섰다. 그는 오십오 세의 인심 좋게 생긴 중년인으로 화평도방 내의 많은 인물들이 그러하듯이 중원말 외에도 백제말에 능통했으며 제법 인덕을 얻고 있는 복주 내의 유지였다.

"피로하지 않으십니까?"

그는 젊으나 방탕하지 않고 의욕적인 자신의 주군에게 존경스런 태도였다. 경휘는 살풋 웃음기 어린 눈으로 그를 쳐다보고는 고개를 저었다.

"하실 말씀이 있습니까?"

"아, 좀 전에 임읍(베트남)으로 배가 도착했습니다."

"그래요?"

"서역에 관한 소식도 가지고 왔습니다. 그들과 말이 통하면 곧 험한 육로가 아니어도 서역의 길을 틀 수 있을 듯합니다."

중원인들에게 있어 미지의 길인 해로보다는 북방의 흉노나 선비족 등 다른 유목민들이 지키고 있는 육로가 더 안전하다 하겠으나 지리적 여건으로나 해운에 통달한 경휘나 화평도방 사람들에게는 해로가 더 손쉽고 매력적인 길이었다.

"지난번 파사의 상인으로 보이는 자들이 포구에 왔었다면서요."

"예, 그들도 해로를 열어 교류하길 원했습니다."

방주는 서역 해로에 관심을 보이는 경휘와 생각이 같았다. 방주는 지난번 육로를 통해 복주에 도착한 대식국 상인과 파사의 상인, 그리고 돈이 될 만한 그들의 진기한 물건에 대한 이야기를 풀어놓았으며 경휘도 호기심 가득한 눈을 빛내며 진지한 태도였다.

"아, 서주 자사 유공이 무역을 위해 돈을 내놓을 생각이 있다더군요."

경휘의 말에 방주가 호기심을 보이며 물었다.

"입번자를 구하고 있다고는 들었는데 벌써 만나보셨습니까?"

"남궁가를 통해 의중을 전해왔더군."

"그럼 이번 왕림하신 이유도 그래서."

"아니, 아직은 만나볼 생각 없어요. 누군가 적당한 인물을 보내볼까 싶긴 하지만."

"선박과 본전을 대주겠다 하더이까? 얼마나 내놓을 생각이기에 하는 양이 그토록 거만한지 이곳 상인들도 고개를 내두릅니다."

"금 백만 냥!"

방주도 그제야 이해가 되는 듯 고개를 끄덕였다.

"놓치기 아까운 기회이긴 하지만 중원의 선박은 굳이 필요없지 않을까요? 도방의 선박만으로도 가능할 터인데 굳이 그들의 배를 빌린다면 이익 분배에서도 원하는 게 많을 테니 이쪽에서도 별 이득이 없을 듯합니다."

"내 생각도 그래요. 더구나 그들은 3:7제를 원하고 있다는군."

"3:7제요?"

방주의 얼굴이 불쾌함으로 시뻘게졌다.

"배와 자본을 대니 7을 취하고 싶다는 거지."

온화해 보이는 방주가 기가 막힌 듯 불만을 토로했다.

"도대체 이질금과 우리 화평도방을 어찌 보고 그런 씨도 안 먹힐 소리를!"

"그들은 관이잖소. 우리를 번으로 보니 황실을 등에 업고 유세를 떨고 싶은 게지."

"설마 그런 제의를 받아들여야 할까요?"

"지금 당장은 우리가 나서지 않아도 다른 이를 구해보겠지. 그의 요구에 좋아라 나설 자가 아직은 줄을 섰을 테니."

"지난번 그리 손해를 보고도 아직 정신이 덜든 게지요? 이 근방에 화평도방 외에 바닷길을 제대로 열고 나갈 암해자가 있지도 않을뿐더러 그들도 우리의 명성을 익히 알 터인데 감히 3:7제라니요."

그랬다. 서주 자사는 그동안 축적한 금으로 더 많은 욕심을 내며 관을 사칭하여 무역에 손을 댔고, 그는 지난번에도 경휘가 그의 제의를 거절하자 다른 입번자를 구하여 무역에 나섰다가 배가 난파하여 큰 손해를 보았었다.

"배운 바가 있다면 오래지 않아 연락이 다시 오겠지. 우리가 급할 것은 없어요. 그동안 나는 잠시 바람도 쐴 겸 중원이나 돌아볼 생각이니 연락이 오거든 내게 알려주시오."

"전대 이질금께 가십니까?"

그가 경휘의 눈치를 살피며 물었다.

"아니, 료허는 다음번 평주를 거쳐 가볼 생각입니다. 이번엔 설민과 잠시 유람이나 해볼까 하고."

"언제 떠나십니까?"

"내일!"

"아, 그래서 일을 서두르시는 거로군요. 아, 그런데 이질금, 함께 오신 아가씨 일은 어떻게."

"부방주의 실력은 믿을 만하겠죠?"

"예, 이질금. 어디서도 웬만한 장정 수십쯤은 제압할 만합니다."

"그렇다면 잘 알아서 하겠지. 굳이 내게 따로 보고할 필요는 없어요. 부방주가 가락국에서 돌아오면 그때 알려줘요."

"예."

더 이상은 경휘를 방해하지 말아야겠다고 생각하며 문을 나서던 방주가 다시 그의 곁으로 돌아왔다.

"저, 그런데 이질금."

경휘가 다시 눈을 들어 그를 보니 방주는 조금 곤란한 듯 조심하며 운을 떼었다.

"일전에 전대 이질금의 패를 가지고 찾아왔던 사내, 기억하십니까?"

저절로 경휘의 신경이 곤두섰다.

"얼마 전 그자가 다시 나타났습니다."

"다시 만나지 않겠다고 했을 텐데요?"

그의 말투도 곱게 나오지 않았다.

"예, 그렇게 전하기는 했습니다."

"그런데 왜?"

"이번에는 여인과 함께입니다."

"여, 인?"

"예, 그 사내보다 여인의 고집이 보통이 아닙니다. 꼭 이질금을 만나보겠다고."

"……어디 있습니까?"

"예?"

"어디 머물고 있냐고!"

고집불통 이국인에 대한 적개심이 괜스레 방주에게 전가되었다.

"만나보시겠습니까?"

"아니! 어디 머물고 있는지나 알려주시오."

분명하게 만나지 않을 것이라고 의사를 전했건만 잊을 만하면 나타나 그의 속을 긁어대는 이족의 부부에게 경휘는 화가 났다.

방주는 그들이 머물고 있는 객잔을 알려주었다. 경휘는 가능하면 그곳을 아주 멀리 돌아서 가더라도, 우연이라도 만나지 않도록 신경 쓸 요량이었다. 설령 어떻게 생긴 여자인지 보고 싶은 마음이 동하더라도 그들과 맞닿뜨리지 않고 잠시 멀리서 한 번 보고 떠날 생각이었다. 유유자적 중원을 유람하다 보면 뒤늦게 어머니라고 나서며 찾아와 마음을 어지럽히는 여자나 고향으로 돌아갈 생각뿐 조금도 그에게 마음을 열지 않는 여자쯤은 깨끗이 잊고 다시 섬으로 돌아갈 생각이었다.

하지만 저녁 무렵 오랜 지기인 설민을 만나기 위해 도방을 나서던 그는 문지기를 잡고 실랑이를 하는 고구려 사내와 여자의 모습을 마주치고 말았다. 고남무가 안채로부터 나오는 그를 알아보고는 여자의 어깨에 가만히 손을 올려놓으며 뭐라고 말하자 여자의 눈길이 급하게 그를 향해 쏟아졌다.

"겨, 경휘! 경휘야!"

여자는 중년이라고 할 수도 없게 아직 아름다운 젊음을 간직하고 있는 투명한 살결에 풍성한 머리카락을 단아하게 올리고 있었는데 촉촉한 눈매로 그에게 몸을 돌렸다. 시원시원한 눈매와 콧날은 어디선가 본 듯한 착각을 일으킬 만큼 낯설지가 않았다. 경휘는 생각지 않은 만남에 불쾌함을 숨기지 못하고 미간을 찌푸리며 그 자리에서 멈춰 섰다.

"저, 정말 경휘가 맞니? 저 애가 경휘가 맞아요, 여보?"

남무가 그렇다고 하자 여자는 한 발 더 그에게 다가왔다.

화평도방의 식솔들은 무슨 일인가 해서 순간 그들에게 모든 이목이 집중되었다. 경휘가 경고를 담아 주위를 둘러보자 다시금 사람들은 자신들의 하던 일로 돌아갔다. 그제야 고구려인 부부도 자신들이 그를 난처하게 만들었다는 사실을 깨달은 듯했다.

경휘는 그들을 무시하고 지나쳐 가려 했다. 하지만 무례하게도 여자의 손이 그의 팔을 잡았다.

"잠시만, 그러지 말고 잠시만 내 이야기 좀 들어주지 않겠니?"

경휘는 뜨거운 불에 닿기라도 한 듯 서둘러 그녀에게 잡힌 팔을 뿌리쳤다.

"소용없는 짓이라고 저 여자에게 말 전하지 않은 거요?"

경휘는 운제의 말을 무시하고 남무를 쏘아보며 험악하게 반문했다. 그런데 남무의 반응은 도리어 차분했다.

"자네만큼이나 고집이 센 여자인 걸 어쩌겠나."

경휘는 그의 반응에 노기가 한풀 꺾였다. 불에 덴 듯 펄펄 뛰며 반응하면 할수록 그는 그녀로 인해 상처받은 것을 드러내는 것밖에는 안 된다는 생각이 들었던 것이다.

만나지 못할 것이 무언가. 어머니라는 여자가 무슨 말을 하든 스물네 해를 보지 못했던 사람을 단 한 번쯤 만나본들 무슨 해가 되겠는가.

그는 그녀가 어떤 변명을 둘러댈지 알고 싶기도 했다.

"어디, 할 말이 있으면 해보시오."

그가 앞장서 자신의 집무실로 향했다. 남무는 운제에게 따뜻한 격려를 담은 눈빛을 건네고는 그를 따라가라고 했다. 운제는 남무의 양손을 한 번 꼭 마주 쥐고는 그를 남겨두고 경휘의 뒤를 따랐다.

그녀는 발밑을 살피지 않고 경휘의 어깨에 시선을 두고 있었다. 아들을 만나지 않고는 한 발짝도 이곳에서 걸음을 떼지 않겠다던 처음의 완강한 기세와는 달리 그를 따라 계단을 오르고 복도를 걷는 동안 그녀의 걸음은 조금씩 느려졌다. 점차로 그와의 거리가 멀어졌지만 경휘는 단 한 번도 그녀를 돌아보지 않았다.

그가 들어선 활짝 열린 방문턱에서 그녀는 일견 보기에도 양팔을 교차하여 마음을 굳건하게 닫고 있는 그를 보았다. 성장한 아들의 모습에는 한때 그녀와 인연을 맺었던 사내의 모습이 남아 있었다.

올 테면 와보라고, 하고 싶은 말이 있으면 해보라고 버티고 서 있는 그의 성은 높고 견고해 보였다. 운제는 마음을 다잡고 천천히 문턱을 넘어 안으로 들어섰다.

그녀가 가만히 문을 닫는 뒷모습을 보는 동안 경휘는 알 수 없는 감정에 사로잡혔다.

저 뒷모습이 내 어머니의 모습인가. 죽었다고 생각했던 내 어머니가 정말로 저기 서 있는 것인가.

뚫어지게 그녀의 뒷모습을 바라보던 그는 북받쳐 올라오는 감정을 주먹으로 불끈 누르고 그녀에게서 몸을 돌렸다. 보고 싶지 않은 마음과 보고픈 마음 사이에서의 갈등이 커졌다. 그에게 그런 마음이 들게 하는 여자는 둘뿐이었다. 눈앞의 여자와 미례.

격한 감정을 추스르지 못한 운제는 깊은숨을 내쉬고 천천히 문손잡이를 놓고 그를 향해 돌아섰다. 단 한 번도 제대로 안아준 적 없고 넘어지면 달려가 일으켜 주지도 못했던 아들은 그녀가 남무와 행복하면 할수록 미안함으로 자리를 더해갔다. 남무와의 사이에서 남매를 두었지만 그 아이들이 자라면 그리움도 덜하리란 남무의 생각과는 달리 운제는 그 아이들을 볼 때마다 두고 온 경휘를 생각했다. 어미가 돌보지 못한 아들은 배고프지 않은지, 울지 않는지, 아프지 않는지……!

그런데 그녀 앞의 경휘는 고구려 어느 제가의 아들 못지않게 듬직하고 건강하게 성장해 있었다. 하지만 아들의 눈은 그녀를 바라보지 않았다.

"경휘야, 어디…… 내게 얼굴 좀 보여주렴."

그의 냉정함에도 불구하고 운제는 다정한 어조로 말했다.

그는 터무니없는 그녀의 요구를 쌀쌀하게 내쏘았다.

"나는, 어떤 말도 듣고 싶지 않으니 찾아오지도 말라고 그 사내에게 말 전했소!"

"그래, 그렇게 들었단다."

몇 번을 그가 손을 뿌리치고 어깨를 흔들고 모욕을 주어도 그녀의 다정함은 변하지 않을 것 같았다. 상처받지 않을 것 같았다.

"내게 어머니를 향한 정 같은 건 없소."

"그것도 들었어."

"그런데도 더 할 말이 있단 말입니까?"

그녀의 입가에 자조적인 서글픈 미소가 희미하게 떠올랐다가는 사라졌다.

"더 나이 먹어 몸을 움직일 수 없을 때는 너무 늦어버릴 것 같아서 말이다. ……자리에 누워 후회한들 네가 날 보러 와주지 않을 것 같아서. 그러니 내가 이렇게 와서 네게 미안하단 말은 전해야 하지 않겠니?"

미안하다고? 잘도!

그가 참았던 울분을 토하며 버럭 고함을 질렀다.

"그딴 말 한마디가 지금 와서 다 무슨 소용이야!"

"네게 위로되지 않더라도 해야만 했단다."

“왜요? 그러면 당신 마음이 조금이라도 편안해집니까? 무거운 짐 하나 내려놓는 거요?”

“아니, 아니다. 혹여 네 마음이 조금이라도 풀렸으면 해서…….”

“그깟 게 다 무슨 소용이야!”

그는 한 걸음 두 걸음 다가오는 그녀에게 경고하며 험악하게 소리쳤다. 그런데도 그녀는 걸음을 멈추지 않았다. 그녀가 다가올수록 눈물이 그렁그렁 맺혀 금방이라도 굴러 떨어질 듯한 깊고 슬픈 눈이 선명해졌다.

그녀는 그의 바로 코앞까지 다가오더니 그가 뿌리치기 전에 그의 겨드랑이 사이로 손을 넣어 가만히 끌어안았다. 여자로서는 작지 않은 그녀의 큰 키에도 불구하고 그녀의 머리는 그의 턱에 닿았다.

도무지 그의 말이 먹혀들지 않는 여자였다. 두려움을 모르고 염치도 모르고 자신의 말만 하는 뻔뻔한 여자라고 그는 생각했다. 그런데 참 허무하게도, 그는 태어나서 스물네 해를 어머니라는 존재 없이 살았음에도 단 한순간 자신이 어머니라고 말하며 다가와 끌어안는 여자를 뿌리칠 수가 없었다. 그녀는 스물네 해 동안 안아주지 못한 것을 보상하기라도 하듯이 그를 안은 팔을 풀지 않았다. 그리고 작은 소리로 자신의 이야기를 하기 시작했다.

경휘는 설민을 찾아갔다. 복주의 상권을 쥐고 있는 남궁가는 관가와도 밀접한 관계를 유지하고 있으며 대륙을 연결하는 표국마저 손에 쥔 무시 못할 가문이었다. 그 표국을 운영하는 젊은 주인이며 남궁가의 재산을 물려받을 가주이기도 한 설민은 오래전 경휘와 인연을 맺은 절친한 친구였다.

스산하게 상처받은 눈을 하고 무뚝뚝하게 술을 찾는 경휘에게 의아해하면서도 설민은 아무것도 묻지 않고 순순히 술을 내왔다.

한동안 말없이 술만 기울이던 설민이 말했다.

"바람 앞의 등잔마냥 다들 불안해하고 있네. 지난번 자네가 다녀간 후론 더 하다네."

이대로 안으로만 침잠해 가는 것은 안 되겠다 생각한 그가 적당한 주제를 찾아낸 것이다.

"전쟁이 있을 것 같은가?"

경휘가 술잔을 내려놓으며 무심한 눈으로 그를 흘끗 바라보았다.

"원성이 높은 것을 아니 녹을 먹는 대신들도 만류하고 있다지만 황제의 고집을 꺾기가 어디 쉬운가. 하긴 목에 가시 같은 존재이긴 하지만."

"원정 준비를 하는 거야?"

"음, 군량미와 마초를 거두어들인 지가 꽤 됐거든. 전쟁의 기미만 보여도 다들 치를 떨지. 싸우다 개죽음하느니 도망쳐 산속에 숨어 도적질이라도 하는 게 낫다고들 한다네."

북쪽의 위나라와는 화친한 상태였으나 강남의 송나라는 끊임없이 국경 부근에 신경을 곤두세우고 있었다. 중원을 차지하고 싶은 욕심은 남북조 어디에서나 마찬가지였고 틈틈이 마찰을 일으켜 왔으며 그때마다 민심은 동요되었다. 더구나 양자강 유역에 둑을 쌓고 수리 시설을 돕는 공사가 잦아지면서 노역이 많아지자 안 그래도 불만이 쌓인 힘없는 농민들의 원성은 커져 갔다.

유목 민족인 선비족이 세운 위나라의 호전적인 기질에 밀려 내려온 한족들도 전쟁보다는 안정을 원했다. 위나라가 아주 미치지 않는 한 까닭없이 서쪽의 토욕혼이나 북쪽의 연나라, 동쪽의 고구려를 경계로 두고 확연하게 기울지 않는 송나라에 먼저 전쟁을 일으킬 리는 없다고 설민과 경휘는 생각하고 있었다.

하루하루 입에 풀칠하고 살기 바쁜 하호들이야 위나라의 백성이든 송나라의 백성이든 상관없었다. 배 불려주고 세금의 부담만 덜하면 어디서건 정착해서 살면 그만이었다.

"민심이 흉흉해지겠군."

"그건 그렇고, 자네 중원 진출의 뜻은 어찌 되어가나? 정말로 그 섬에 아예 눌러 살 생각인 거야?"

"내 근거지인 건 확실하지. 나고 자란 곳인데."

"내 자네 중원 진출의 가교 역할을 해줄까?"

"어떻게 말인가?"

술기운이 돌면서 경휘가 피식 웃었다.

"자네도 알잖아. 한족이 아닌 이상 크게 힘을 쓰기는 어려워. 그러자면 자네 같은 기반과 힘을 필요로 하는 지방 호족이나 귀족과 연계하는 거지. 혼인 말일세. 혼인할 나이가 지났는데 아직 이러고 있는 이유도 그런 야심 때문이 아닌가?"

경휘는 긍정도 부정도 하지 않았다.

"아니면 조정과 손잡고 그들의 크고 작은 골칫거리를 해결해 주는 방법도 있지. 황실이나 권력있는 대신의 눈에 든다면 자네도 혹아나? 등용되어 크게 쓰여질지."

경휘가 설민을 좋아하는 이유 중 하나는 그가 말하고 싶지 않을 때는 굳이 무슨 일이냐고 따지며 묻지 않는 데 있었다. 다른 데로 생각이 옮겨가자 점차 경휘의 마음도 풀리기 시작했다.

"아직도 날 모르나? 난 그들에게 매이고 싶지 않아. 이대로가 좋다고."

"그래도 원하는 걸 얻자면 그 정도는 감수해야지. 이대로는 아무래도 불안정하지 않나? 관을 등에 업지 않고서는 아무래도."

"후후, 내 조부께서 그리했다가 어찌 되셨게. 아무 상관 없는 중원의 싸움에 개입했다가 공을 세웠지만 결국 그 싸움에서 목숨을 잃으셨지."

"그 덕에 황실의 인정을 받아 이렇게 복주에서 기반을 다질 수 있지 않았나."

그것도 맞는 말이기는 했지만 대가로 흘린 피가 너무 많았다.

"섬의 장로들도 그 후로 싸움은 질색이야. 피를 보면서 부를 가져오는 건 원치 않아. 칼로 일어선 자는 칼로 망한다고 내 아버지도 귀에 딱지가 앉을 정도로 말씀하셨네."

"허, 그런데 자넨 왜 칼을 배웠나. 우리가 동문수학한 사이이니 자네의 실력이 뛰어나다는 걸 모르지 않아. 강호의 웬만큼 이름있는 자도 자네와는 상대가 안 될걸?"

"자기 목숨쯤은 책임질 수 있어야지. 내 아버지가 원한 것도 그뿐이야. 다른 데 써먹길 원치 않으시지."

"하면 방법은 한 가지뿐이로군. 내 누이와 혼인하여 남궁가의 사위가 되면 자네 입지도 탄탄해질 테니, 어떤가?"

경휘가 어이없어하며 웃었다.

"자네 누이? 이제 겨우 열두 살 먹은 아이를 데려다 뭘 하라고?"

설민도 그를 따라 웃었다. 그는 정말 자신의 어린 누이동생이 좀 더 나이 먹었더라면 하고 바란 적이 많았다. 그는 경휘를 혈연으로 묶어두고 싶을 만큼 아꼈다. 경휘가 누이를 쾌히 받아주지 않을 것을 알면서도 그런 마음이나마 알아주기를 바랐으므로 그는 한 번 떠보는 말을 했던 것이다.

"사실은 낙양에 말일세, 그곳 유지인 사마 가문이 있네. 진나라의 왕족이었다고는 하지만 이제 와선 별 이름이 없는 거나 마찬가지지. 나이도 자네와 비슷할 거야. 젊은 가주인 사마혼에게 골칫덩이 누이동생이 있지. 낙양제일미라고는 하는데 콧대가 여간 센 게 아니야. 웬만한 귀공자들도 눈에 안 차는 모양이더군. 열여덟이던가. 꽃다운 나이 아닌가? 어때, 이번에 낙양에 들르거든 한 번 찾아보겠나?"

남들에게는 혹할 만한 이야기였으나 경휘에게는 조금도 끌리지 않았다.

"자네가 모르는 게 하나 더 있군."

"음? 그게 뭔가?"

"장로들은 외지 여자와 혼인하는 걸 탐탁지 않게 생각해. 그래선데, 이번에 돌아가면 나도 장로들이 정해둔 여자와 혼인할까 해."

"뭐? 자네 진심인가?"

"음."

그렇게 말하는 경휘의 표정은 평온해 보였다. 그러면 그 여자는 어떻게 되는 거냐는 말이 목전까지 나왔으나 설민은 꾹 눌러 참았다. 경휘에게 여자가 생겼다는 말을 들은 후로 설민은 자신의 마음을 빼앗은 여자가 생긴 것처럼 괜스레 궁금하고 설레곤 했는데, 아직도 그녀를 보지 못했다. 한 번쯤 모르는 척하고 그의 섬으로 달려가 볼까도 생각하던 그였다. 도대체 어떤 여자이기에 경휘가 이리 안달하는지 설민의 궁금증이 꼬리를 물었다. 그의 짐작대로 경휘는 여자 때문에 마음이 상한 듯했다.

섬의 장로들이 원하는 여자와 혼인한다!

경휘는 어머니의 말을 듣고 나서 더더욱 확신이 들었다. 마을 장로들과 아버지의 근심을 덜어주고 싶기도 했고, 정말로 가져서는 안 되는 여자를 깨끗이 잊고 싶은 마음 때문이기도 했다.

죽은 남편의 동생을 차지하기 위해 동생이 사랑하는 여자를 속여서 납치하고 북쪽의 유목인들에게 팔아버린 못된 여자. 형사취수라는 듣도 보도 못한 이상한 법에 묶여 꼼짝달싹 못하고 매여 버린 사내. 고향에서 사랑하는 이와 행복한 미래를 꿈꾸던 어머니를 약탈하고 욕보인 사내들. 끝내 돌아가겠다는 꿈을 버리지 않고 결국은 아들에 대한 마음까지 놓고서 돌아가야 했던 절절한 어머니의 마음.

돌아온 여자를 기어코 다시 해치려다가 꼬리가 잡힌 사내의 부인은 끝내 처벌받는 순간에도 죄를 뉘우치지 않았다고 했다. 그들도 필요할 때는 언제든 초원으로 달려가 여자든 짐승이든 곡물이든 약탈하곤 했는데 적이 된 여자 하나 약탈해 넘겨준 것이 무어 그리 잘못한 일이냐고 죽는 순간까지 소리쳤다고 했다.

어머니의 운명을 동정하고 모정이라는 그 여자를 죽이고 싶을 만큼 미워하는 마음이 들었던 그는 한순간 그 자신이 누군가를 미워할 자격이 있는지 돌아보게 되었다.

내가 그 여자와 다를 바 있을까. 어머니에게 그런 짓을 한 여자는 미워하면서 순진한 한 여자를 본래의 운명에서 훔쳐내 몸을 빼앗고 마음을 주지 않는다고 미워했던 그 자신. 그는 한순간도 어머니 앞에 있을 수 없을 만큼 부끄러움이 몰려왔다.

설민과 유람을 나섰지만 경휘는 전혀 홀가분한 마음이 아니었다. 이십 년이 지났지만 자신의 잘못된 운명이 낳은 아들에게 미안하단 말을 전하고 싶어 대륙을 넘어온 어머니.

그는 단 한마디도 미안하다, 잘못했다고 미례에게 말하지 않았다. 그녀를 돌려보내 주겠다 결심한 것도 그녀를 위해서가 아니었다. 그녀로 인해 상한 마음 때문이었다. 믿을 만한 사람이라고는 하지만 부방주에게 맡겨두고 다시 그녀를 붙잡게 될 것이 두려웠던 그는 작별 인사도 없이 떠나오고 말았다.

잘한 짓이 아냐.

경휘는 후회하는 마음이 들었다. 하지만 그는 설민과 함께 시작된 유람의 여정을 강행했다. 말이 유람이지 그들은 민심을 살피고 지형을 살피며 새로운 정보를 직접 확인해 볼 생각이었다.

경휘는 사람들의 이목을 끌지 않기 위해 설민과 같은 중원인의 복장을 했다. 그리고 그들은 용문동굴을 목적지로 삼았다. 그곳에서 멀지 않은 유연과 토욕혼의 유목 민족들을 접해볼 생각이기도 했다.

"낙양서 좀 떨어진 이수(伊水) 가에 말이야, 경휘. 강줄기를 따라 동굴이 있다네. 그런데 굴만도 천여 개가 넘고, 곳곳에 불상이 모셔져 있고 탑신만도 수십 개가 넘는다네. 다들 놀랍다고들 하던걸. 나도 꼭 내 눈으로 확인해 보고 싶고."

“언제 또 가보겠어. 내친김에 그곳도 한번 가볼까.”

“그거 좋지!”

설민은 신바람이 나서 맞장구를 쳤다.

그들은 밤낮을 걷고 또 달려 번화한 낙양 시내가 한눈에 들어오는 언덕에 서자 감탄 어린 찬사를 감추지 못했다. 복주가 송나라의 주된 항구로서 번화한 곳이었지만 이곳 낙양에는 비교할 만한 것이 못 됐다. 위의 효문제가 중원의 중심으로 차지하려 욕심낼 만했다. 하긴 그 이전에도 낙양은 중원을 차지하려는 제국들이 눈독 들이는 곳이었다.

누런 황톳물 흐르는 강줄기 위로 교통의 중심지답게 배들이 돛을 자랑하며 드나들고 있었고, 마치 위세를 자랑하기 위해 만들어진 듯 화려한 건물들이 눈에 띄었다.

그들은 피로를 풀기 위해 비교적 깨끗해 보이는 객잔에 방을 잡았다. 해가 지고 어둠이 깔리자 도시는 그 화려함을 드러냈다. 닫힌 시장판으로 길이 생기더니 하나둘 어둠을 날리는 형형색색의 등불이 켜져 걸렸다.

금지되어 있음에도 도시를 관통하는 밤의 강 지류 위에 불을 밝힌 배가 적잖이 띄워져 있기도 했고 달밤에 비친 갑판 위에서 화려한 비단옷 자락을 나부끼는 기녀가 춤을 추는 모습도 보였다.

“선이 곱군. 여희도 만만찮은데, 데리고 올걸 그랬나.”

야경을 감상하자며 경휘를 끌고 나온 설민이 느릿느릿 주위를 살피며 거리를 걷다가는 강 쪽을 바라보며 걸음을 떼지 못했다.

“네가 자랑하는 곱상한 얼굴에 새로운 흉터를 만들고 싶어 몸이 근질거리는가 보지?”

경휘가 이죽거리자 설민이 키득키득 웃었다.

"여희가 콧대가 좀 세긴 해도 너와 함께라면 싫다고는 안 할걸?"

"관심없어."

"정말로? 영웅호색이라지만 아름다운 여인을 싫다는 사내는 못 봤는데!"

경휘는 그저 열없이 웃어넘겼다.

"아직도…… 그 여자를 잊지 못했어?"

설민이 경휘를 떠보며 조심스레 물었다.

"잊고 말고 할 것도 없어."

경휘는 그렇게 말하며 빤히 쳐다보는 설민을 향해 슬쩍 눈을 흘겼다.

"호오, 정말 그런가 보군. 단단히 걸렸는걸."

설민은 경휘의 뜬금없는 유람 제안이 복주의 화평도방 사람들을 궁금증 나게 만들던 함께 온 여자 때문이라고 단정했다.

"그러게 그럴 만한지 아닌지는 내가 봐야 아는 건데, 내게도 좀 보여주지 그랬나. 여자에는 돌부처인 자네를 몇 달이나 섬에 붙들어둔 여자라니 거참, 궁금하네. 지금이라도 다시 복주로 방향을 틀어볼까."

설민이 혼잣말처럼 중얼거렸다.

"쓸데없는 소리 말아."

"그러게 좀 보여달라 했더니 내 소원이라고 그리 말해도 무시하고는, 쳇! 어디 말이라도 해보게. 도대체 어떤 점이 그리 좋던가? 응? 속 시원히 말이라도 해보라고!"

한참을 졸라서야 설민은 경휘에게서 한마디를 끌어냈다.

“딱히 마음에 들었던 것도 없는 여자야.”

“그런 여자 때문에 중원 유람까지?! 거보라고! 단단히 홀린 게 맞다니까!”

“단단히 홀렸다면 보내 버리지도 않지.”

“그러니 안 하던 짓을 하는 거 아닌가. 마음을 잡기 힘드니 몸이라도 떠나 볼까 하고. 아닌가? 전 같으면 내가 졸라도 가당키나 했겠냐고!”

설민의 말도 안 되는 추측에도 이력이 붙고 보니 경휘도 이제는 그럭저럭 그녀를 주제로 이야기를 나누는 일도 생겼다. 그는 한편으로 떠올리기 싫으면서도 한편으론 그렇게라도 그녀를 떠올리고 싶었다.

“……그래서 싫다는 거야?”

“아니, 나야 뭐, 좋긴 하지만. 사실 경휘, 치료 방법이 틀렸네. 여자로 다친 마음은 여자로 풀어야 한다고!”

“누가 여자로 마음을 다쳐?”

결국 위험수위를 넘어선 설민으로 인해 그가 발끈했다.

“아, 글쎄 연애에는 내가 도통했으니 내 말을 들으라니까.”

설민은 아주 천연덕스러웠다.

“밤새도록 내 옷자락을 붙들고 그 여자가 아니고는 혼인하지 않겠다고 울던 사내를 따라 하라고?”

경휘의 그 한마디는 설민의 입을 막기에 충분했다.

“쳇, 잊어버리지도 않는군.”

생각지 않은 기습을 받은 설민은 붉으락푸르락하는 얼굴로 불만스럽게 투덜거렸다.

"그거야 내가 어려서 그런 게고! 첫정을 앓을 때야 그렇지 않은 사내가 어딨나. 어……? 그러고 보니 자네, 그 여자가 첫정이지?"

"그럴 만한 여자가 아니래도!"

경휘가 불편한 심기를 얼굴에 드러내자 설민이 다시 교묘하게 주제를 바꿨다.

"하여간, 여자를 잊고 싶으면 가장 손쉬운 방법이 다른 여자로 잊는 거야. 기루에 널리고 널린 게 여자 아닌가. 멀리 갈 것도 없지. 당장 우리 오늘 밤은 괜찮은 유곽을 들러볼까?"

"아무 여자하고나 잠을 자는 건 내키지 않아. 그런 건 천하의 바람둥이나 하는 짓이지 나는 아니라고."

"그래그래. 나는 천하의 바람둥이야!"

화가 난 듯 잠시 입을 닫고 있던 설민이 오래 못 가 다시 입을 열었다. 이번엔 제법 진지한 어투였다.

"그래서 자네, 혼인을 서두르나?"

"……."

"것도 좋은 건 아니야. 애매한 여인 눈에 눈물나게 하는 짓이지. 차라리 마음을 달래고."

"내 마음은 아무렇지도 않다니까!"

"그래그래. 뭐, 자네가 그렇다면야."

오랜 시간 말을 타고 여행을 해서인지 온몸이 무겁게 느껴졌으므로 그들은 돌아와 일찍 자리에 누웠다. 하지만 잠자리에 누워서도 그는 미례를 떠올리자 잠을 이룰 수 없었다.

"그래서 혼인을 서두르나? 것도 좋은 건 아니야."

설민의 말도 자꾸만 귓전을 스쳤다.

다음날 그들은 일찍 길을 떠났다. 말들은 밤새 잘 쉬었던 모양으로 팔팔하니 기운이 넘쳤다. 그들은 원하는 곳은 어디든 갈 수 있었다. 하지만 경휘는 어디로도 가고 싶지 않았다. 멀어질수록 그는 점점 더 복주로 돌아가고 싶었다. 이제는 아무리 좋은 것을 보아도 마음이 동하지 않았다. 그는 설민이 다시 말 머리를 돌려 복주로 돌아가자고 해주기를 은근히 바라기도 했다.

그들은 근방에서 이름난 사찰로 들어섰다. 푸른 대나무와 소나무가 울창한 사이로 난 오솔길을 말에서 내려 걷는 사이 숲 속에 그런 곳이 있었나 싶게 공터가 나타났고 하늘을 찌를 듯이 웅장해 보이는 일주문이 보였다. 한참을 걸어서야 황색 가사를 걸친 스님이 눈에 간간이 띄었고 방문객에게 공손히 합장하며 인사하는 어린 동자들도 있었다. 불심과는 상관없으나 그들에게 인사치레를 되돌리는 경휘와는 달리 설민은 정말로 숙연해 보였다.

설민은 순서를 기다려 대웅전 올라가는 넓은 계단의 앞뜰에 만들어진 소원을 빌기 위한 제단의 촛대에 불을 붙이면서 몇 번이나 고개를 숙이며 머리를 조아렸고 주문 같은 몇 마디를 입속으로 중얼거렸다.

경휘는 오는 길과는 달리 꽤 진지한 태도의 그가 신기할 뿐이었다.

"뭘 하는 거야?"

경휘가 작은 소리로 그에게 묻자 그가 한쪽 눈만 살짝 뜨고는 의아해하는 경휘를 보더니 다시 손을 모으고 머리를 조아렸다.

"자네도 불을 켜고 소원을 빌어."

설민이 다른 사람에게 방해가 되지 않게 속삭였다.

"소원?"

설민이 다시 소리 죽여 대꾸했다.

"이곳은 소원을 빌면 잘 이루어진다고 해서 유명한 곳이야. 내가 왜 이곳을 찾았게……."

소원을 빌고 또 그것이 이루어진다는 믿음 같은 건 다 헛된 짓이라고 경휘는 생각했다. 함께 불을 붙이고 그 등불이 바다에 이르면 두 사람이 함께한다고? 돌려보내 주겠다는 그의 말에 그녀는 단 한 터럭의 망설임도 없이 그러겠다고 했다.

뭐가 이루어진다는 거야?!

그는 한순간이나마 꿈꾸었던 헛된 믿음 따위 다시는 갖지 않겠다고 다짐했다.

"그래서 자넨 무슨 소원을 빌었는데?"

경휘가 부러 가벼운 어조로 설민의 귓전에 대고 속삭였다.

그가 아는 설민의 소원이래야 진지할 리 없었다. 설민은 귀 안에 경휘의 숨결이 닿자 진저리를 치며 웃고는 그로부터 두 걸음 정도 떨어져 손으로 귀를 후볐다.

"이 몹쓸 친구 같으니! 내가 진중하게 소원 좀 빌어보자는데 영 도움이 안 되는군."

"그래, 뭐라고 빌었냐고?"

경휘가 웃으며 재차 물었다.

"흠, 흠, 미인을 얻게 해달라고 했지."

"이젠 정말 그나마 멀쩡한 얼굴도 상하고 싶은 게로군."

"미인을 얻기가 그리 쉬운 건 아니잖나. 그러지 말고 자네도 소원을 빌어보라니까."

"빌 소원 같은 거 없어."

"혹시 아나? 역풍이 불어서 그녀를 태운 배가 돌아올지도, 아니면 포구에 발이 묶여 떠나지 못하고 있을지도."

결국 그는 험악한 얼굴로 다가간 경휘의 일격을 복부에 받고 그 자리에 주저앉아 과장된 신음 소리를 냈다.

"쓸데없는 소리를 한 벌이야!"

경휘는 일침을 놓고 발길을 돌렸다.

오래된 사찰임이 분명한 흔적들이 여기저기 보였다. 그들은 사찰의 경내에서 나와 위쪽으로 좀 더 올라갔고 수많은 거대한 탑신들이 자리한 숲을 보고는 감탄을 금치 못했다.

"이곳이 경휘, 경지에 오른 스님들이 잠든 곳이라네. 더 가까이는 가지 못할 거야, 금역이라는군."

몇십 년, 혹은 몇백 년 묵은 나무들 사이로 뾰족하게 솟은 탑의 모습이 듬성듬성 보였다. 다시 사찰 경내로 들어오는데 전각에 안치된 불상에 절을 하겠다며 설민이 안으로 들어간 사이 경휘는 아까 설민이 소원을 빌던 곳으로 걸어갔다. 아직도 그곳에는 소원을 비는 사람들이 줄을 서 있었다. 그들의 표정 하나하나는 조금도 의심 없이 예의 바르고 신중했다.

정말 이루어질까.

정말 빌어볼까.

경휘는 반신반의하면서도 자신의 차례가 오자 향을 피우고 설민이 하던 것처럼 그 앞에서 눈을 감고 마음의 소리에 귀 기울였다.

무엇을 바라?

얽힌 마음의 실타래는 선뜻 풀려 나오지 않았다.

미례가 용서해 주었으면 좋겠다고? 미례가 무사히 고향에 돌아가길 바란다고? 내 못된 짓을 미례가 마음에 담지 않도록 섬에서의 기억은 모조리 잊어버리기를 바란다고?

아니! ……어머니처럼 다시 돌아오길 바란다고?

그는 서둘러 고개를 저었다. 눈을 번쩍 뜨고 주위를 돌아보니 설민이 그를 찾으며 두리번거리고 있었다. 설민에게 다가간 경휘는 더 이상 자신의 마음을 속이지 않기로 작정했다.

"돌아가자!"

"안 그래도 나가는 길이잖아."

"아니, 복주로 돌아가자고!"

"뭐? 왜 그래? 용문동굴도 보고 여차하면 토욕혼까지도 보자고 하고선."

"갑자기 급한 일이 생각났어."

23

"뭐야, 급한 일이 있다고 돌아오고선!"

복주로 다시 돌아와서 그들이 간 곳은 방주와 선원들, 암해자, 역어, 도장 등과 함께 안전 항해를 비는 관음사의 발원 기도에 합류한 것이었다.

관음암은 작은 암자였으나 화평도방의 후원을 입어 배와 선원의 안전을 기원하고 순탄한 뱃길을 염원하는 선원들의 발원을 위한 사찰로서 지난해에 증축을 하고 이름도 관음사로 바꿨다. 관음사의 입지가 커지는 것은 그만큼 후원자인 화평도방의 세력이 커진다는 것을 의미했다.

각각의 귀한 보물을 쥔 천 개의 손을 가졌다는 자비로운 마음의 관음은 바다를 항해하는 뱃사람들의 안전을 기원한다고 해서 중원의 뱃사람들에게는 절대적으로 신봉하는 부처였다.

경휘나 섬의 사람들은 새타니의 발원을 믿기에 사찰에 별 의지를 하지 않았다. 그러나 항시 죽음의 길이 될지도 모를 물 위에 있는 다른 뱃사람들은 믿고 의지할 마음의 신적 존재가 필요하다는 것을 경휘도 알기에 그는 필요한 만큼의 돈을 관음사에 내어주고 있었다. 부처가 있든 없든 간에 그들이 믿고 의지가 되어 안심할 수 있다면 그것으로 족하다고 경휘는 생각했다.

설민은 계속 경휘를 그림자처럼 따라다니며 중원을 일주하지 못해 실망스럽다고 투덜거렸다. 결국 조르는 설민의 요구에 못 이겨 오후부터 기루에서 설민의 주사를 들어가며 술을 마시던 경휘는 먼저 취해 쓰러진 설민을 옆에 두고 혼자 술을 잔에 부어 마시기를 반복했다.

복주로부터 멀어질수록 불안한 마음이 들어 돌아와야만 할 것 같았다. 하지만 이미 떠나고 없는 여자를 찾는 것이 때늦은 일임은 그도 모르지 않았다.

그 여자가 스스로 남아주기를 기대했던가.

그는 자신의 마음이 진정으로 원했던 일을 깨닫자 허탈한 웃음을 머금었다. 갈증이 깊어 그는 다시금 술 한 잔을 털어 삼켰다.

미례…… 미례…….

아름다운 이름이었다. 그처럼 그녀에게 꼭 어울리는 이름은 없을 거라고 그는 생각했다. 다시는 볼 수 없는 여자의 이름 하나를 떠올리기만 해도 누군가 그의 심장을 세게 움켜쥐었다가 놓는 것처럼 시리고 통증이 일었다. 이럴 줄 알았다면 그녀를 처음 본 배 위에서 무시하고 쳐다보지 말았어야 했다고 그는 후회했다.

남아주겠냐고 한 번쯤 말해볼 걸 그랬나? 돌아가길 원한다는 그녀에게 무릎 꿇고 빌어서라도 남아달라고 말해볼 걸 그랬나? 비웃음을 당하더라도 혼인해서 남아달라고 말해볼 걸 그랬나. 이미 놓친 여자를 두고 후회하느니 다시 한 번 회복하지 못할 자존심의 상처를 입더라도 한 번쯤 말해보는 것이 나았을까.

갑자기 목이 타 들어가듯 심한 갈증이 일었다. 어머니를 생각하면 그녀에게 무언가를 기대한다는 것 자체가 미친 짓이었다.

울컥울컥 연거푸 술을 마시고 다시금 술을 따르는데 옆방으로부터 들려오는 소리가 귀에 걸렸다.

"그 공자, 오늘도 나올까?"

호기심 어린 술 취한 사내의 말이었다.

"포구의 미공자 말씀이셔요?"

시중드는 기녀가 아는 척하며 끼어들었다.

"미공자? 그렇지, 그래. 과연 미공자라 할 만하지."

"보셨습니까?"

"복주에서 그 공자 보지 못한 이가 있으려고."

"그렇긴 하죠. 그 공자님, 비가 오나 눈이 오나 한결같이 나와 있더라고 합니다."

또 다른 기녀의 음성이었다.

"도대체 누굴 기다리는 건가?"

"따르는 여종도 있는 걸 보면 귀한 집 공자인 것 같은데, 혹 길을 잃었나?"

"혹 집이 패가망신하여 쫓기는 신세 아닐까요?"

"쫓기면 도망을 가야지 왜 거기서 꼼짝도 않고 있어?"

“하기는.”

“벌써 스무날이 넘었다지?”

“정확히 언제인지는 몰라도 넘었다는 듯해요.”

“누구를 기다리나.”

“제가 가서 물어볼까요?”

간드러진 여자의 음성에 사내가 웃으며 놀렸다.

“미공자라니 네가 어찌해 보려고 그러는 거 아니야?”

“호호, 그야 모르죠. 마음에 들면.”

그때 막 그 방 안으로 기녀 하나가 대화에 끼어들었다.

“마음에 들면 어떻게 하게? 사내도 아닌 것을 어떻게 해보려고?”

“에잉? 사내가 아니라니?”

“흥! 그게 무슨 소리예요?”

“어제 내가 직접 보니 눈썹이 얇고 입술이 도톰하고 보드라운 것이 천상 여자이던걸요. 그 손매는 또 어떻고? 가녀린 뼈가 딱 봐도 여자입니다, 여자. 내 눈은 못 속인다니까요.”

“여자라고? 그러면 지금까지 남자 행세를 했다는 거야?”

“그래? 그렇다면 어디 내가 가서 그 허리를 낭창 휘어 안아볼까?”

다른 사내가 정말 당장이라도 그렇게 할 기세로 자리에서 일어나는 소리가 들렸다. 곧이어 말리는 소리도 들려왔다.

“어어, 몸 다치지 말고 앉으셔요.”

“왜?”

“지키는 사내가 있는 걸 못 봐서 하는 소리요.”

"지키는 사내?"

"저기 화평도방의 부방주가 항시 그림자처럼 나와 있는 걸 봤어요."

"뭐, 뭐? 그럼 화평도방의 사람인 거야?"

순간 술을 따르던 경휘의 손이 그대로 허공중에 멈추었다.

저자들이 뭐라고 말하는 거야. 화평도방의 사람이 포구에서 뭘 한다고?

그는 술병을 내려놓고 술잔으로 뻗으려던 손을 거두며 무료한 표정으로 곁을 지키던 기녀에게 물었다.

"저들의 말이 무슨 소리지?"

이제껏 체념한 듯 앉아 있던 기녀의 얼굴에 급하게 화색이 돌았다.

"아, 포구의 미공자 이야기 말씀이세요? 유명한 이야기인데 모르십니까?"

"무슨……?"

"아, 정확히는 모르지만 언제부턴가 포구로 향하는 길 한쪽에 새벽부터 늦은 밤까지 나와 서 있는 아직 젖살이 덜 빠진 듯한 미공자가 있답니다. 누구를 기다리는 건지 어쩐 건지 날이 궂어도 하루도 빠지지 않는다고 해서 다들 이상히 생각하는 거예요."

"미공자?"

기녀는 소년티를 못 벗은 미공자 하나가 시종인 듯 보이는 나이 든 여종 하나를 데리고 새벽부터 늦은 밤까지 무엇을 기다리는지 하염없이 바다를 보고 있다고 했다.

소년티를 못 벗은 미공자에 나이 든 여종, 그들을 지키는 화평도방의 사내?

한순간 확인해 봐야겠다는 생각이 들자 경휘는 흐트러진 옷차림에 신발도 신지 않은 채로 자리에서 일어나 포구로 달려갔다. 이미 깊은 어둠이 내려앉고 있었다.

숨이 목전에 닿게 한참을 뛰어가 포구에 닿고 보니 어두운 가운데 정말로 흰옷을 입은 사람의 인영이 보였다. 그는 닳아서 반질반질한 포구의 바위 위에 걸터앉아 있었다. 그가 바라보는 쪽을 보니 깊은 어둠이 내려 하늘과 바다가 구분되지 않는 곳에서 늦게 도착한 배 한 척에서 짐을 내리느라 횃불을 밝혀 든 사람들과 서둘러 짐을 나르는 사람들이 보였다.

그에게서 멀지 않은 곳에 그도 아는 중년의 여자가 걱정스레 많이 지친 듯 고개를 숙인 채 쭈그리고 길가에 앉아 있었다. 유모는 급한 그의 걸음 소리에 놀라 긴장하며 고개를 들다가 그를 확인하고는 벌떡 일어나며 반색을 했다.

"이질금!"

가락국으로 가는 배에서 끌려 나온 이래 유모는 지금처럼 그가 간절하게 반가웠던 적이 없었다. 이제나저제나 고집을 꺾지 않고 말라가는 미례의 곁을 지키던 그녀였지만 미례를 말려줄 사람은 오직 그뿐이라는 생각에서였다. 미례는 맨발에서 흐트러진 옷, 그의 얼굴, 그의 존재를 확인하고도 그 자리에 붙박인 듯 앉아 있기만 했다. 설마설마하며 달려왔지만 정말로 그녀가 있을 줄은 몰랐던 그도 놀랐다.

거칠어진 숨을 고르며 허겁지겁 그가 미례에게 다가가 물었다.

"여기서 뭘 하는 거야?"

하지만 그녀는 대답하지 않았다.

벌써 제가 원하는 곳으로 떠났어야 할 여자가 왜 이곳에 있는 건가.

그때 바닷가 근처까지 나갔다가 돌아오던 부방주가 그를 보고는 그 자리에서 걸음을 멈추었다.

"배가 없었어?"

그의 물음에 미례가 가만히 고개를 가로저었다.

"그러면……?"

그가 한 발 더 다가가자 그녀의 눈에 눈물이 맺히더니 하염없이 흘러내렸다.

그는 답답한 마음으로 물었다.

"왜…… 왜 아직 떠나지 않았어? 배가 없는 것도 아닌데, 그토록 돌아가고 싶다기에 보내주었더니 지금 여기서 뭘 하고 있는 거야?"

미례의 어깨가 가늘게 떨리고 있었다. 그녀의 눈물은 어지간해서는 그칠 것 같지 않았다.

그를 나쁜 사내로 만드는 여자. 그녀의 앞에만 서면 도무지 진중한 생각이란 할 수 없게 만드는 여자.

그는 자신의 옷소매 속에서 수건을 꺼내서 그녀에게 건네주었다. 그녀가 추위에 언 떨리는 손으로 그의 수건을 받아 들고는 눈물을 닦아냈다. 하지만 눈물은 그녀가 닦아도 닦아도 계속 흘러내렸다.

경휘는 그제야 자신의 흐트러진 옷차림을 수습하며 한숨을 내쉬었다. 소리도 내지 않고 눈물만 흘리는 여자 앞에서 그는 아무 말도 하지 못했다.

마침내 미례가 눈물을 그치고 말을 할 수 있게 되자 원망을 토해 냈다.

"당신은 죽을 때까지 날 놔주지 않겠다고 했어요."

그것이 그의 진심이었다.

"그래, 그러고 싶었어. 그런데도 놔줬으면 도망가야지, 멀리 가지도 못하고 겨우 이 포구에서 뭘 하는 거냐고?"

"……그냥 떠날 수 없었어요. 미안하다고 말하고 싶었어요."

그는 순간 둔중한 것으로 머리를 맞은 것 같은 충격을 받았다.

"……미안해? 뭐가?"

셀 수 없이 많은 밤을 내 혼자의 기분에 취해 당신을 짓밟고 아프게 했는데, 미안하다는 말은 내가 해야지 왜 당신이……?

그는 그녀의 말을 이해할 수 없었다.

"그날, 내가 다 말하지 않았어요."

"뭐를?"

"당신이 말없이 나갔던 날요. 아이를 물에서 구했던 날……."

그도 그제야 그녀가 무슨 말을 하려는지 알았다. 설명할 수 없는 배신감으로 그를 못 견디게 했던 그날의 일은 다시 떠올리고 싶지도 않았지만 쉽게 잊혀지지도 않았다.

"나는 당신이 더럽다거나 싫어서 그랬던 게 아녜요."

전과는 달리 그렇게 자신에게 모든 것을 내줄 것처럼 몸을 나눈 후에 그처럼 모욕감을 갖게 해주는 여자도 없다고 곱씹어 미워했던 그였다.

"전에는 싫었어요. ……어떻게든 피하고 싶고, 도망치고 싶었지만…… 그때는 그렇지 않았어요."

미례의 솔직한 마음이 그의 마음을 움직였다.

"그러면……?"

정말 몸서리쳐지게 싫어서 그랬던 게 아니었다고? 오해였다고?

그는 그녀가 무슨 말을 할지 떨리는 심정으로 기다렸다.

"나는 당신에게 붙잡혀 온 처지였어요. 나는 언제라도 당신이 싫다고 하면 버려질 수 있는 그런 신세였어요."

그도 알았다. 그녀가 그의 마음대로 할 수 있는, 자유가 없는 노예라고 생각하고 마음대로 하고 싶었다. 그 마음대로 되지 않아 화가 나고, 그를 봐주지 않아 마음이 상했다.

"내 처지가 어떻게 될지 모르는데 덜컥 아기까지 갖게 되면 더 처량한 신세가 될까 봐, 그래서 그런 거예요. 내 힘으로 할 수 있다면 더 비참한 신세는 되지 말아야겠다고, ……그렇게 생각해서……."

다시 그녀의 눈에서 눈물이 흐르기 시작했다.

"그건 정말 당신이 싫은 것과는 다른 거였어요. 그건 어떻게든 내 처지를 더 깊은 나락으로 떨어뜨리고 싶지 않으니까…… 그러고 싶지 않았으니까 그래서……. 나를 물에서 구해주고 아이를 구해준 당신이 죽을 만큼 싫어서 그랬던 게 아니었어요."

미례는 끊어질듯 이어지는 작은 소리로 그에게 자신의 진심을 전했다.

그런데도 나는 네가 나를 견디기 싫어서 그런 거라는 생각이 들었어. 머리로는 이해할 것 같으면서도 네가 여전히 날 밀어내는 것 같아서, 억지로 몸을 빼앗은 것 말고는 무엇 하나 해준 것도 없고

제대로, 안심하도록 약속해 준 것도 없으면서 그저 나를 믿었으면
했어.

"그 말을 하고 싶었어?"

미례가 수건으로 눈물을 계속 훔치며 고개를 끄덕였다. 그녀는
그가 겨우 둘러치고 있던 모든 가식의 끈을 내려놓게 만들었다.

"당신이 그렇게 말하면."

경휘가 잠긴 음성으로 천천히 말했다.

"내가 얼마나 많은, 미안하단 말을 해야 하는지 알아?"

그가 미례의 발 앞에 무릎 꿇었다. 당황한 미례의 눈이 휘둥그레
졌다.

"단지 그 일 때문에 당신이 미안하다고 하면 나는 백번 천번 미안
하다고, 잘못했다고 빌어도 용서받지 못할 거야."

어머니의 상처! 미례의 상처!

어머니를 아프게 했던 상처들이 안타까운 만큼 자신이 그녀에게
했던 그 밤의 행위들이 차곡차곡 그녀의 가슴속에 쌓여 있을 거라
고 생각하자 그는 고개를 들 수 없었다. 그런데도 그녀는 자신의 상
처를 토해내기는 커녕 그녀가 할퀸 작은 상처가 아프지 않냐고 오
히려 그를 걱정하고 있었다.

그녀의 아픔이나 상처쯤은 돌아보지 않은 채 오로지 그 자신만의
욕구에 응해주지 않는다고 다그치고 화내면서 숱한 밤에 그녀에게
지울 수 없는 상처를 주었던 그였는데!

"내가 잘못했어. 당신을 욕심내고 그렇게 대하는 게 아니었어. 당
신에게 뭐라고…… 할 말이 없어."

차가운 흙바닥의 냉기도 그의 후회로 저린 마음을 식게 하지 못

했다. 몇 겹으로 뒤덮인 짙은 어둠도 그의 부끄러움과 후회를 가려주지 못했다.

"……일어나요."

미례가 작은 음성으로 말했다. 그녀의 음성은 당장이라도 흐느낄 듯 물기 젖어 있었다. 그럼에도 그녀는 겨우 버텨내며 그를 쳐다보았다. 그를 미워한 시간들이 있었고 죽기보다 더 그와의 밤을 맞는 일이 고통스런 때도 있었다. 그에게 자신이 겪은 것과 똑같은 고통을 줄 수 있다면 무엇이라도 할 수 있겠다고 생각한 적도 있었다. 그가 아무리 이처럼 무릎을 꿇고 잘못을 빌어도 그 모든 아픈 기억들이 눈 녹듯 사라지지는 않았다.

"그만 해요. 당신이 뭐라고 말해도 그 일은…… 잊을 수 없어요."

그녀의 목숨을 구해주고 다른 아이의 생명을 살렸어도 그것과는 별개로 그녀에게는 아픈 상처였다. 그가 무릎 꿇고 빌어서 용서하고 잊을 수 있는 행동과 상처가 아니었다.

"일어나요."

하지만 그는 고개를 저었다.

"용서를 바라는 게 아냐. 그래도 말하고 싶은 거야. 당신에게 잘못했다고 말하고 싶은 거야."

자신을 버렸던 어머니도 그랬다. 결코 자식의 용서를 바라고 대륙을 넘어 아들의 얼굴을 마주한 것이 아니었다. 그가 용서하든 안 하든 그녀로서는 해야 할 일이었기에 더 늦기 전에 용서를 구하는 것이라고 했다. 그녀의 마음이야 두고두고 가져갈 것이지만 아들에게 늦게라도 작은 위안이 되기를 바란다고 어머니는 말했다. 그 또한 같은 심정이었다. 미례가 용서하지 않아도 그가 후회하고 있으며 잘못을 되돌리기 바란다는 마음을 그녀가 알아주기를 원했다.

"이제 와서 왜."

미례는 그의 태도가 이해되지 않았다. 왜 그가 굳이 불편한 주제를 꺼내놓는지! 왜 이제 와서 지난 일을 후회한다고 말하는 건지!

"당신에게 필요한 건 뭐든지…… 당신이 원하는 것이 있다면 뭐든지 말해줘. 이제라도 당신의 마음을 풀어줄 수 있다면."

미례가 쌀쌀한 어조로 그의 말을 잘랐다.

"그걸로 당신의 잘못을 덮으려고요? 그럴 수 있다고 생각해요?"

"……아니, 그렇게까지는 바라지 않아."

그래도 그는 무엇이든 그녀에게 해주고 싶었다. 보상이라는 이름이든 뭐든지 간에 그녀에게 미안한 마음을 어떻게든 전하고 싶었다. 하지만 미례는 완강하게 고개를 저었다.

"차라리 그냥 잘못했다는 말이면 돼요. 괜찮다고 당신에게 말해주지는 못하겠지만 그래도, 그게 나아요. 무엇으로든 보상하고 잊으려고 하는 것보다는 그게 나아요."

그를 다시 한 번 만나고 미안하다는 말로 그의 마음을 풀어주고 떠나고 싶었던 미례는 예기치 않은 그의 사과에 혼란스럽기만 했다. 그가 나쁜 사람으로만 기억되었다면 좋았을 텐데, 그저 나쁜 사람으로만 기억되면 어떻게든 잊을 수 있었을 텐데.

"일어나요."

미례는 불편한 심정으로 다시 한 번 그를 재촉했다.

하지만 그는 그녀에게서 듣고 싶은 말이 있었다. 이것이 그가 바라고 바란 단 한 번의 기회라면 그는 놓치고 싶지 않았다.

"이제 내게 하고 싶은 말을 했으니 집으로 돌아갈 건가?"

마음이 조금은 가벼워졌다고 생각하며 미례는 고개를 끄덕였다.

"아마도 당신 때문에 겪은 마음의 상처, 죽는 날까지 지우지 못할 거예요. 하지만…… 잊으려고 노력할 테니까, 나도 지우려고 노력할 테니까 당신도 이제 다시는 그러지 마요. ……그러지 말아요."

다른 누구에게도 그런 식으로 상처 주지 마요.

결국은 그렁그렁 맺혔던 그녀의 눈물이 다시 넘쳐흘렀다.

차라리 뺨을 맞고 채찍을 맞아 아픈 것이 낫지 그런 식의 상처는 너무 고통스럽고 지워지지 않아요. 내 스스로의 의지대로 할 수 없는 몸. 내 의지와는 달리 알지 못하는 누군가의 욕구를 풀기 위한 상대가 되어야만 하는 것은 너무나 고통스럽고 치욕스런 경험이니까! 눈물을 수습한 미례가 자리에서 일어나 그의 팔을 일으켜 세우려고 했지만 그는 꼼짝도 하지 않았다.

"바닥이 차요."

그의 안위를 걱정하는 그녀의 말에 그는 울컥 마음이 움직였다. 그는 마음속 깊은 곳에 있던 소원을 털어놓았다.

"……나와 혼인해 주겠어?"

"네?"

미례가 울어서 심하게 부은 눈으로 그를 응시했다.

"나와 혼인해 줄 수 있는지 물었어!"

자유가 주어졌을 때 끝내 아버지와 자신의 곁을 떠났던 어머니와는 달리 혹시 미례가 그의 곁에 남아줄 수 있을지 그는 알고 싶었다. 그녀가 떠나겠다고 말한다면 붙잡지는 않을 것이다. 하지만 떠났다고 생각했던 그녀를 다시 본 순간 그의 가슴과 입 안에서만 맴돌던 소원을 그는 결국 토해내고야 말았다. 뻔뻔하고 염치없다고 뒤도 돌아보지 않는다면 어쩔 수 없지만 혹시라도 미례가 남아준다면……! 그가 했던 잘못을 용서할 수 없다고 말하는 그녀이지만 앞으로 살아가면서라도 갚을 수 있는 기회를 준다면……!

조금 떨어져서 그들의 말을 듣고 있던 유모가 더 이상의 오열을 참지 못하고 소리 내어 울었다.

그는 확고한 의지를 담아 다시 한 번 말했다.

"……남아주겠냐고, 다시는 집으로 돌아가겠다 하지 않고 그곳을 고향 삼아 나와 살아주겠냐고 묻는 거야."

미례는 그의 팔을 잡아끌던 손을 힘없이 놓았다.

"……나와 혼인해 주겠어?"

그는 미례를 향해 손을 내밀었다. 미례가 자신의 손을 잡아주지 않는다 해도 그것은 누구도 아닌 그 자신의 탓임을 알고 있었다. 듣기 싫다고 했지만 새타니의 말처럼 그는 미례를 곁에 두기 위해서는 그녀의 마음을 얻기 위해 먼저 노력했어야 했다. 하지만 그는 손쉽게 그녀의 몸을 먼저 차지할 생각만 했다. 그는 미례의 눈빛, 숨소리 하나에도 집중했다.

미례는 당혹스럽고 어지러운 와중에도 그의 손과 그의 눈, 그의 제안 사이에서 갈등했다.

"이것도 당신이 말하는 그, 잘못에 대한 보상인가요? 그런 거라면, 그, 그렇다면 굳이 그러지 않아도 된다고 내가 말했죠?"

그가 천천히 그러나 강하게 고개를 가로저었다.

"당신이 욕심나는 이유를 모르면서도 나는 알고 싶지 않았어. 그 냥 당신 몸만 차지하면 된다고, 한두 번 그러다 보면 생각나지 않을 거라고 생각했지만 이젠 당신이 없는 곳에 돌아가고 싶지 않아. 당 신을 보내고 싶지 않아."

그녀의 대답을 기다리는 사람은 비단 무릎 꿇고 있는 그뿐만이 아니었다. 유모와 부방주의 이목도 그들에게 집중되어 있었다.

대답하세요, 아기씨. 대답하세요.

유모는 소리 되어 나오지 않는 음성으로 간절하게 두 손을 맞잡 고 기원하는 심정이었다. 부방주도 그제야 미례와 그의 관계를 제 대로 이해하는 유일한 화평도방의 목격자로서 그간 그녀의 이해할 수 없는 행동을 알게 되었다.

경휘가 낯선 사람들만 수두룩한 낯선 땅 복주에 자신과 유모를 남겨두고 자신이 찾을 수 없는 곳으로 떠나 버렸다는 것을 알았을 때 실망했던 심정을 미례는 떠올렸다.

이대로 집으로 돌아가게 되면 모든 걸 잊을 수 있을까. 나는 이 사람에게 미안하다는 말을 전하기 위해서만 기다렸던 것일까. 이 사람이 이렇게 무릎 꿇고 잘못을 빌지 않아도, 가지 말라고 자신의 곁에 남아달라고 말해줄 것을 내심 기다렸던 것인가.

"당신을 보내고 싶지 않았어. 한 번도, 본마음으로는 보내고 싶은 적 없었어."

미안하다고 말하는 지금도 그는 미례를 붙잡고 싶었다.

"……지금 대답해야 해요?"

지금껏 그는 그녀에게 원하는 것이 있으면 그때그때 요구하고 그 녀가 고분고분 주지 않으면 힘으로 빼앗기도 했다. 하지만 그녀를 붙잡고 싶은 마음이 얼마나 강렬하든지 간에 이제 그래선 안 된다는 것을 인정할 수밖에 없었다.

"아니, 강요하지 않아. 당신이 마음으로 깊이 생각해 보고 대답할 시간이 필요하다면 그렇게 해."

"그래도 돼요?"

불안하게 되묻는 그녀의 음성이 떨리면서도 밝아졌다.

경휘는 당장 미례의 마음을 확인하고 싶은 욕심과 미련을 끊어냈다. 결코 쉽지 않은 결정이었다.

그래서 당신이 내게 남아주기만 한다면! 어머니처럼 떠나가지 않고 당신이 남아주기만 한다면!

"원하는 대로 해. 싫다고 해도 당신을 더 붙잡지는 않을 거야."

그녀가 떠나겠다고 결정해도 받아들이겠다고 그는 생각했다. 결코 쉽지는 않겠지만!

윽박지르지도, 명령하지도 않는 그가 낯설었지만 미례는 그가 진심으로 말하고 있다는 것을 알았다.

"내가 떠나겠다고 결정해도 더는 붙잡지 않겠다고요?"

"그래."

울음소린지 웃음소린지 모를 소리가 미례에게서 흘러나왔다.

"……다른, 여자와 혼인할 건가요?"

"……필요하다면!"

그것은 별개의 일이었다. 그에게 주어진 책임과 의무를 다하자면 그가 원치 않아도 해야만 하는 일이었다.

"당신은 돌아가면 다른 사내와 혼인할 건가?"

그것은 언젠가 새타니도 한 적 있는 물음이었다. 미례의 생각은 그때나 지금이나 변함없었다.

"아니요."

그녀의 분명한 대답은 그를 비난하는 것처럼 되돌아왔다. 그럼에도 그는 단념했던 작은 희망의 불씨가 되살아난 것처럼 마음이 밝아졌다.

"미례."

자신이 아니어도 상관없는 사내. 이 사람과 혼인하고도 후회하지 않을까. 자신의 잘못을 뉘우치고 무릎 꿇고 빌며 언제든지 돌려보내 주겠다고 약속하는 이 사내가 변하지 않을 거라고 믿을 수 있을까.

"다시 물어요, 내가 아니어도 다른 여자와 혼인할 건가요?"

그가 다른 여자에게 가도 좋으니 자신만 괴롭히지 말았으면 좋겠다던 이전의 생각과 달라졌다.

"그래요? 내가 아니어도 상관없는 사람에게 혼인하겠다고 답해야 해요?"

"아니! 누구라도 상관없다는 게 아냐. 당신이 허락해 주길 바라지만 그렇지 않다고 하면 언젠가는, 필요하다면 할 수밖에 없다는 거야. 그러니 당신 앞에 지금 이렇게 무릎 꿇고 청하는 거야. 지금까지는 당신에게 좋은 모습 보이지 못했지만 앞으로는, 울리지 않도록 노력할 테니 곁에 있어달라고! 당신이 싫어하는 어떤 일도 하지 않을 테니 당신이……."

마음을 열어서 보아달라고 말하려고 했지만 그는 말을 잇지 못했다. 강요된 선택으로 남는 것이 아니길 바란다고 했지만 결국 그가 바라는 것은 어떤 식으로든 그녀가 떠나지 않는 것이었다.

더 오래 시간을 두고 그의 마음을 졸이게 하고 싶은 마음도 있었지만 미례는 대답했다.

"혼인…… 하겠어요."

그녀의 음성은 가늘고 떨렸다.

그녀가 긍정의 답을 했다는 사실에 놀란 그가 아무 말도 못하는 사이, 미례가 수건을 쥔 손으로 그의 팔을 끌었다. 그는 미례가 일으키는 대로 자리에서 일어섰다.

아직도 믿기지 않는 듯, 뭔가에 홀린 듯 그가 물었다.

"혼인, 하겠다고 했어?"

"하겠다고 했어요."

기쁘고 행복한 음성은 아니었다. 오히려 결연하고 의지가 담긴 음성이었다.

"날 놀리려는 거라면."

"안 하겠다고 할 거예요."

뭘 어떻게 하겠다는 건지.

다시 그가 사색이 되었다. 또 묻는다면 미례가 뭐라고 대답할지 그는 두려워졌다.

미례가 다시 눈물을 훔치며 애써 웃음을 지었다.

"지금 춥고 배고파서 하겠다고 한 건 아니에요."

"그럼?"

"두고두고 당신이 미안해하는 걸 보려면 곁에 있어야 할 것 같아요."

이제야 조금 실감이 나면서 그의 심장이 달아올랐다.

"잘 생각한 거야."

“그렇지만 진짜 대답은 내일 아침에 일어나서 다시 생각해 보고 할래요.”

그녀의 말로 경휘는 순식간에 지옥과 천국을 오갔다.

그는 피곤하고 지친 미례와 유모가 식사를 하는 모습을 말없이 지켜보았다. 며칠을 굶은 사람처럼 허겁지겁 밥을 먹고 나자 미례는 그제야 밝고 따뜻한 곳에서 그의 얼굴을 확인하고는 겸연쩍게 웃었다.

저렇게 웃을 수 있는 여자였나. 그는 미례에게서 눈을 뗄 수 없었다.

“물을 데워놓으라고 했어.”

그의 말에 발갛게 뺨을 물들이며 부끄러워하는 미례는 유모와 함께 기다리는 시종의 뒤를 따라갔다.

늦은 밤인데도 방주는 남아서 그의 곁에 있었다.

“아무리 말려도 듣지 않으셨습니다.”

그는 경휘의 질책을 두려워하고 있었다. 하지만 경휘는 그를 다그치거나 질책하지 않았다.

“미례에 대해선 됐어요. 내가 부주의했으니 누구의 잘못도 아니오.”

그의 말에 더욱 몸둘 바를 몰라 하던 방주는 조심스레 또 다른 정보에 대해 이야기했다. 포구를 중심으로 어디서 들어온 자인지 모르는 몇몇의 인물들이 화평도방에 관해 은밀하게 묻고 다닌다는 것이었다.

처음에는 배의 위력이며 암해자들에 관련해 묻는다기에 방주는 그저 지난번 서주 자사의 무리이거나 혹은 사람을 빼내 바다로 가는 길을 열어보려는 자들이겠거니 하면서 암해자들과 도방 사람들의 관리에 더욱 만전을 기했다. 도방의 식솔들이야 그럴 리 없겠지만 그저 잡역에 쓰는 떠돌이들은 언제 마음이 바뀌어 돌아설지 모르는 일이었다. 그러나 그것은 시작에 불과했고 그들의 차림새나 말투로 보아 중원의 인물도 아닐뿐더러 화평도방의 본거지 위치를 묻더라는 말을 전해 듣고는 무언가 심상치 않다고 느꼈다. 역으로 사람을 풀어놓은 방주는 급하게 전언을 보내려던 참이었다고 했다.

경휘는 순간 기루에서 만난 설민의 말을 떠올렸다. 그의 표국 사람도 시장과 기루를 돌며 은근하게 화평도방의 실질적인 주인이 누구인가를 묻는 자가 있더란 말을 전했었다.

"중원의 말씨에 서툰 듯도 하고 오로지 역어처럼 보이는 자 하나가 젊은 사내의 말을 받아서 기녀에게 물었다더군. 이상하지 않은가?"

어머니 쪽 사람들이었나. 아니면 백제인들?

그러나 고남무와 어머니는 이미 그를 만났다. 그들이 굳이 섬에 대해 궁금해할 필요는 없었다. 경휘는 그들의 말을 종합해 볼 때 혹시 세력을 확장하려는 백제인들이 아닌지 의심했다. 그도 백제인들이 자주 드나드는 명주 근처에 크고 작은 섬으로 이루어진 군도가 있으며 그곳에는 언제부터 이주했는지 모르나 이미 원래의 토박이들과 뒤섞여 섬을 차지하고, 나면서부터 노를 저을 줄 알 만큼 뱃길을 헤치는 데도 일가견을 가진 뱃사람들의 무리가 있다는 말은 들었었다. 그러나 복주와 그곳과는 거리도 있고 화평도의 세력이 그곳까지는 미치지 않듯이 그들 역시도 이곳까지는 세력을 뻗지 않고 있었다. 그것은 마치 묵계처럼 지켜온 것이었다.

그들이 뱃길에 주도권을 쥐고자 변화를 꾀하는가. 만약 그러한 충돌이 생긴다면 단단히 대비할 일이었다.

잠자리에 들기 전 경휘는 미례가 묵고 있는 방으로 갔다. 그가 들어서자 유모가 서둘러 자리에서 일어나더니 눈치껏 밖으로 나가려고 했다.

"잠깐 들른 거니 멀리 가지 말게."

유모가 알겠다며 문을 닫고 나갔다.

목욕으로 혈색을 되찾은 미례는 아름답고 매력적으로 보였다. 처음 만났을 때와는 달리 키도 좀 더 자란 것 같았다. 이제 그녀를 두고 여인이 아닌 계집아이 같다고 놀릴 사람은 없었다. 영영 잃어버릴 수도 있었던 여자를 되찾았다는 생각에 그는 새삼 안도했다.

이 여자. 이 작은 여자의 눈빛 하나 웃음 하나가 나를 가슴 졸이게도 하고 편안하게도 하다니!

이전의 그로서는 상상도 할 수 없던 일이었다.

"피곤할 테니 푹 쉬도록 해. 섬으로 돌아가면 할 일이 많을 거야. 혹 필요하다고 생각되는 게 있으면 이곳에서 둘러보고 마음에 드는 걸 골라도 돼."

"무엇을요?"

"뭐든지. ……당신에게 소용될 것이 있을 거 아냐."

당신!

미례는 오늘 밤 포구에서부터 들었던 처음 듣는 그의 호칭이 무척 낯설게 느껴졌다.

"돌아가면 마을 장로들이 꼬치꼬치 캐물으며 꽤 귀찮게 할지도 몰라."

"나는 괜찮아요."

"나는 괜찮지 않아."

"……왜요?"

"당신을 보내고 장로들이 원하는 여자와 혼인하겠다고 말해두었거든."

순간 미례의 표정이 해쓱해졌다. 다른 여자와 혼인하고 싶지 않다던 포구에서의 말은 거짓이었던가.

경휘가 자조적인 웃음을 지으며 변명했다.

"너, 아니, 당신한테 희망이 없다고 생각해서 그랬던 거야. 혼인하지 않을 거야."

미례의 표정은 다시금 평정을 찾았다.

"그런데 당신을 다시 데리고 가면 마을 장로들, 기함하고 쓰러질 노인네도 있을걸."

그의 장난스런 웃음에 전염된 듯 미례도 수줍게 웃었다.

"웃으니까 한결 예쁘군."

이전에는 단 한 번도 듣지 못했던 칭찬이었다. 미례의 뺨이 붉게 물들었다.

당장이라도 그녀를 품에 가두고 종종 그를 못 견디게 만들던 그 날 낮의 열정을 재현해 보고 싶은 욕망을 겨우 다잡으며 그가 일어섰다.

“피곤할 텐데 그만 쉬어.”

더운 목욕물을 준비해 놨다고 했을 때부터 그가 다시 자신의 몸을 요구할까 봐 부끄러워하면서도 정성스레 몸을 씻었던 미례는 등을 돌려 나가는 그의 뒷모습이 낯설기만 했다. 눈빛은 그녀를 당장이라도 삼켜 버릴 것 같은데 행동은 일정한 거리를 두고 있었다.

“늦었지만 이제부터라도 혼인할 때까지는 사람들의 이목을 신경 쓰려고.”

그가 문턱을 넘어 밖으로 나가며 그녀의 얼굴에 떠오른 의문에 답했다.

“혼인하는 날까지 기다릴 생각이야!”

그것이 당신을 아끼는 내 마음이야. 늦었지만 이제라도 당신을 손만 뻗으면 언제든 취할 수 있는 그런 여자처럼 대하지 않을 거야.

24

미례를 숨겨두고 아무에게도 보여주고 싶지 않은 마음이 있는
가 하면 누군가에게 자신의 여자임을 보여주고 싶은 마음도 있었
다. 경휘가 복주의 화평도방에서 일하는 동안 미례는 유모와 함께
이국적인 도시의 신기한 것들을 구경 다녔다. 처음 보는 새로운 물
건들에 눈을 빛내며 호기심을 감추지 못하는 미례의 모습을 보는
것은 즐거운 일이었다. 그간 두려움에 떨며 어쩔 수 없이 해야 하는
일들에 그늘지고 겁을 먹은 모습만 보았던 그로서는 전혀 다른 여
자를 보는 듯했다.

그가 복주를 떠나기 전날 저녁 무렵 관음사의 법회에 동행하자고
말했을 때도 미례는 놀라면서도 설레고 기뻐하는 얼굴을 감추지 못
했다. 하마터면 그런 미례를 영영 볼 수 없었을 거라고 생각하면 아

찔했다.

관음사의 법회 가는 길에 경휘는 특별히 설민을 불렀다. 아무것도 모르고 기녀를 대동해 나왔던 설민은 미례를 보고는 깜짝 놀랐다. 단아한 흰색 옷에 화려하지 않으면서도 아름답게 치장하고 나선 미례는 붉은색 비단옷에 갖가지 머리치장을 하고 나선 설민의 기녀와는 격이 달랐다.

"미리 언질을 주었어야지."

설민이 경휘에게 항의하고는 곧 부리는 시종과 기녀를 동행시켜 돌려보냈다. 그리고는 본격적으로 점잔을 빼며 미례의 주위를 맴돌았다. 우습게도 설민은 제대로 미례와 눈을 맞추지 못하면서도 힐끔거리며 눈을 떼지 못했다.

"자꾸 그렇게 훔쳐보면 미례가 닳겠어. 불안해서 보여줄 수도 없겠군."

경휘가 그를 놀렸다.

설민은 그에게만 들리도록 푸념했다.

"소원은 내가 빌었는데 왜 자네에게만 미인이 돌아가나. 이건 억울해도 보통 억울한 게 아니야."

"미례를 만난 건 소원을 빌기도 전인데?"

"쳇! 눈을 머리 꼭대기에 달고 다니니까 다른 여자가 안 보였던 게로군."

설민이 쓸쓸하게 말했다. 미례 앞에서는 있는 대로 점잔을 빼면서 귀공자처럼 말하다가도 경휘에게만은 몹시 배가 아픈지 투덜거리며 속내를 드러냈다.

"자네가 보기에도 그렇게 아름다워?"

경휘가 되려 무덤덤한 척 물었다.

"지금보단 앞으로가 더 기대가 되는데? 자네가 왜 그렇게 미쳤었는지 알 것도 같군."

이미 경휘와 몸을 섞고 산 것을 아는데도 불구하고 설민은 사내의 손이 타지 않은 여자처럼 보이는 미례의 자태가 믿기지 않았다. 경휘의 애를 태울 만도 하겠다고 그는 다시 한 번 감상했다.

마을 장로들이 붉으락푸르락 화평도의 집무실로 몰려들었을 때 경휘는 이미 마음의 준비를 하고 있었다.

"이, 이질금! 이러시는 경우가."

"이것은 약속하신 것과 다르지 않습니까?"

"다시 데려온다는 게 말이 됩니까? 그 여자는 안 된다고 그렇게 누누이 말씀드렸는데."

"이질금께서도 그러마 하셨잖습니까."

그들은 앞 다투어 불평을 쏟아냈다.

"혼인은 합니다. 하는데 다만 장로들께서 정해준 여자가 아니고 미례와 혼인할 겁니다."

"예?"

잠시 장로들이 놀란 눈으로 그를 쳐다보기만 했다.

"그 여자가 하겠다고 할 리도 없고 설사 입으로 말한다고 해도 혹."

"하겠답니다. 떠나지 않겠다고, 여기 남아서 살겠다고 내게 약속했어요."

그래도 장로들의 얼굴엔 미진하고 찜찜한 불안이 남아 있었다.

"정 못 믿겠으면 장로들께서 미례를 만나보시던지요."

떠나기 전과는 달리 경휘는 한결 여유롭고 편안해 보였다.

"그래도 되겠습니까?"

"미례를 겁줘서 떠나보내려고만 하지 않는다면요. 만나는 그 자리에 나도 함께하겠어요."

"안 됩니다. 이질금께서 함께하시면 그…… 분이 제대로 마음에 있는 말을 못할지도 모르니 함께하시면 안 됩니다."

그들은 자신들의 요구대로 경휘가 없는 상태에서 미례를 만났다. 장로들은 그들의 수장이 원하는 여자를 어떻게 대해야 할지 당황하면서도 그녀의 외모를 꼼꼼히 살피는 것도 잊지 않았다. 무엇보다 그들을 안심시켰던 것은 미례가 이전의 운제 부인과는 다른 분위기의 여자였다는 것이었다.

"몇 가지 물을 것인데 본마음을 이야기하면 되오."

장로가 먼저 말문을 열자 미례는 가만히 고개를 끄덕였다.

"그대 이전에도 우리는 이곳에서 외지 여인을 겪은 바 있소. 꼭 여인이어서가 아니어도 고향을 생각하는 마음이야 매한가지 아니겠소?"

여섯 명의 크고 작은, 마르거나 풍채 좋은 나이 지긋한 노인들이 그녀 앞에 대면하고 있었지만 묻는 사람은 대표 한 사람이었다.

"그 여인도 결국은 이곳에 뿌리를 내리지 못하고 떠났소. 떠나고자 하는 사람을 억지로 붙들어 매두는 것도 순리에 어긋나는 것이라고 우리는 알아요. 해서 우리가 그대를 원하는 곳으로 보내준다고 하면 어떻겠소?"

미례는 그녀를 다시 보면 기함을 할 노인도 있을 거라던 경휘의 말이 떠올랐다. 돌아오는 배 안에서 미례는 그에게 그의 어머니에 관한 이야기를 들었다. 왜 그들이 외지 사람인 자신을 그의 짝으로 탐탁히 여기지 않는지 알고 있었다.

"복주에서도 고향 가는 배편을 구할 수 있었어요."

미례는 불안한 눈길로 그들을 바라보았다.

"한데 왜 가지 않았소?"

그들은 그녀를 이해할 수 없는 기색이 역력했다.

왜 떠나지 않았던가. 그녀 또한 돌아오는 배 안에서 밤낮으로 떠올린 질문이었다. 그가 보내주기만 한다면 그의 발아래 엎드려 빌어서라도, 하룻밤 그의 여자가 되어서라도 떠나고 싶었던 그녀였다. 떠나고 싶었으나 정작 떠날 수 없던 그 마음을 어떻게 남에게 털어놓을 수 있을까.

신중하고 사려 깊은 장로 대표는 그녀가 침묵하며 답하지 않자 질문을 바꾸어 물었다.

"우리 이질금을 어찌 생각하오?"

그 질문 또한 미례로서는 쉽게 대답할 수 있는 성질의 것이 아니었다. 그의 그림자만 보아도 뛸 듯이 놀라 바닥에 주저앉을 것 같고, 살이 닿는 것만으로도 싫었던 사내였는데 이제는 미움이 사그라지고 도리어 그를 보면 다른 이유로 떨리는 듯 설레는 마음이 생기더라고 어떻게 말을 할까.

"우리는 잠시 머물다 떠나는 이질금의 짝을 원하지 않소."

미례도 부끄러움을 무릅쓰고 용기를 내서 말했다.

"이곳에 남겠다고 마음을 정했어요. 그 마음은 변하지 않을 거예요."

미례는 자신의 진정이 그들에게 전해지기를 바라는 마음으로 대표를 바라보았다.

"복주에서 그 사람이 내게 기회를 주었지만 가지 않았어요. 이제는 이곳에 남아서 이곳의 사람들과 더불어 살겠어요."

미례와의 면담을 마친 장로들은 기다리는 경휘에게 말했다.

"혼인 준비를 하겠습니다, 이질금."

환하게 웃는 경휘에게 그들은 덧붙였다.

"하지만 이제부터는 혼인하는 날까지 안채에 금줄을 칠 겁니다. 이질금. 혼인하는 날까지는 그 선을 넘으시면 안 됩니다."

"마음을 정하게 하고 준비를 하셔야 합니다."

경휘는 선선히 알겠다고 했다.

안채는 그날부터 소란스러웠다. 방 안 곳곳의 먼지를 털고 섬의 창고를 열어 필요한 물건들을 옮기기 시작했다. 이불을 만들고 비단으로 화려하게 벽을 붙이고 새로이 바람을 막으며 창과 문의 장막을 대는 일들이 미례의 최종 허락을 얻어가며 진행되었다.

"과실나무의 묘목을 구할 수 있나?"

그의 사랑채 집무실에서 경휘가 생각난 듯 묻자 소솜이 문서를 살피던 고개를 들었다.

"구하기야 어렵지 않습니다마는, 어디에 쓰려고 하십니까?"

"미례가 안채에 심고 싶다고 하더군."

곁시를 시켜 전하는 그녀의 부탁이었다.

소솜이 알겠다며 미소를 지었다.

"장로들께서도 들으면 좋아하실 겁니다."

"그래?"

“요즘 안채가 달라졌다고 말씀드렸더니 뭔가를 가꾸고 다듬는 것은 그곳에 살기 위해 정을 붙이는 거라고, 흡족해하시며 가셨어요.”

실제로 한동안 사람의 손을 타지 않았던 안채의 정원도 겨울이지만 부쩍 활기를 띠고 있었다.

그런데 문서를 살피던 소솜이 머리를 긁적이며 그에게 작은 종이를 내밀었다.

“뭐야?”

“복주에서 온 소식입니다, 이질금.”

종이를 펼쳐 읽던 경휘의 표정이 찌푸려졌다. 그는 걱정스럽게 다가서는 소솜에게 쪽지를 넘겨주었다. 내용을 확인한 소솜의 표정 역시 어두워졌다.

“어떤 자들일까요? 누가 감히 화평도방에 대해 정보를 얻으려고 하는 건지.”

“처음엔 백제의 잔류가 아닌가 했는데, 그도 아닌 것 같군. 혹시 모르니 경계를 강화해 둬.”

“혹시, 이질금.”

“혹시 뭐?”

“아, 아니오.”

“생각되는 게 있으면 말을 해. 너의 그 신중함이 내게 좋게만 보이는 게 아니니.”

지금은 혼인 준비로 한창 다들 즐거워하고 있는데 초를 치는 것 같아 소솜은 조심했다.

“아니오, 나중에 다시 생각해 보고 의논드리지요.”

“그래? 싱겁기는.”

“아, 그리고 새타니가 이질금 보고 다녀가라 하더이다.”

소솜이 조심스레 말을 건넸다. 경휘는 다른 데로 생각이 가 있는지 건성으로 고개를 끄덕였다.

“어차피 조만간에 가볼 생각이었어.”

자도 자도 피곤하고 잠이 쏟아진다고 생각했던 미례는 낮에도 잠깐 앉아서 졸다가 유모와 곁시에게 들키고는 무안해했다.

“어쩨 저리 잠이 늘었을까요, 우리 아기씨.”

“아, 유모 나도 잘 모르겠어.”

“너무 좋아서 잠을 설치시는 것 아녀요? 요즘이야 이질금께서 잠을 못 주무시게 하는 것도 아닌데 거참.”

순간 확 달아오른 뺨을 감추며 미례가 펄쩍 뛰었다.

“유모!”

곁시가 그 이유를 알겠다는 듯 까르륵 숨넘어가게 웃자 미례는 당혹스러움을 감추며 유모에게 눈을 흘겼다.

“거, 수놓다가 괜스레 손가락 찔러 상처 내지 마시고 잠깐 누워서 눈을 좀 붙이셔요.”

“아니야. 그런데 유모.”

“예, 왜요, 아기씨?”

“나 전에 만들어줬던 보리수단 말예요, 그거 또 만들어주면 안 될까?”

“그게 또 드시고 싶으세요?”

“음.”

미례가 생각난 듯 말했다.

"어제도 그게 먹고 싶어서 자다가 깼지 뭐야."

"그러죠, 우리 아기씨 보리수단 때문에 잠도 못 자고 낮에 꾸벅꾸벅 졸고 있으면 남들이 이상하게 생각할 테니 제가 만들어 드려야죠."

금줄 밖으로 안채의 담장 너머 잠깐씩 스치곤 하는 그의 모습이 몹시 그립다고 미례는 생각했다. 처음 이곳에 왔을 때를 생각하면 도무지 생각할 수도 없던 일이었다. 마음을 다해서 무릎을 꿇고 잘못했다고 말하던 그의 진심이 전해졌고 그녀를 아끼는 그의 노력이 보이기에 가능한 것이었다.

유모가 만들어준 음식을 먹고 초저녁부터 잠이 들었던 미례는 새벽녘 이상한 낌새를 느끼고 자리에서 일어났다. 뭐라고 꼬집어 말할 수 없어도 평소와는 달리 어수선하고 머리카락이 쭈뼛 서는 불길한 예감이 엄습했다.

깊은 밤의 적막을 깨며 평소와는 달리 뭔가 조급하고 불안한 기운과 함께 문이 열리고 닫히는 소리가 쉴 새 없었다. 더불어 사람들의 발자국과 움직이는 소리가 이어졌다. 처음 잠들었던 그녀를 깨웠던 소리는 다급하게 다섯 번 울린 북소리와 이어진 징 소리였다. 오래지 않아 북소리가 이어졌다.

다리가 떨어지지 않을 정도로 두려운 와중에도 궁금증을 참지 못한 미례는 서둘러 옷을 입고 밖으로 나왔다. 다리를 건너 바깥과 통하는 금줄이 쳐진 문을 빠끔히 열자 안채와는 다른 세상인 양 대낮같이 환하게 불을 밝힌 마당에서 비장하고 일사불란하게 몰려 나가는 사내들이 보였다. 미례는 그들 사이에서 경휘를 발견했다. 그도 불안하게 떨고 있는 미례와 눈이 마주쳤다.

"무슨 일이에요? 왜 이 밤중에."

그가 급하게 다가와 문을 마주하고 그녀에게 다짐을 두었다.

"안에 그대로 있어. 절대 밖으로 나오면 안 돼!"

낮지만 거역하기 힘든 목소리였다.

"무슨 일인데…… 이 늦은 시각에 왜들 소란한 거예요?"

"당신이 걱정할 일 아냐. 별일 아니니 유모를 찾아서 함께 있어."

별일 아니라는 그의 말과는 달리 그는 이전에는 결코 찾아볼 수 없는 호전적인 눈빛이었다. 그녀의 가슴이 쿵쾅거리며 세차게 뛰기 시작했다.

"위험한 거예요?"

"걱정할 것 없다니까."

그는 더 이상 지체하지 않고 그녀에게서 멀어져 갔다.

그가 바람처럼 문밖으로 사라진 후에도 미례는 불안한 예감을 떨쳐 버릴 수 없었다.

미례는 떨리는 몸을 두 팔로 교차해 감싸 안으며 유모에게로 갔다. 그녀의 두 다리도 후들거려서 전 같으면 가까운 거리였음에도 한없이 멀게만 느껴졌다. 마침 유모도 밖의 상황이 이상하게 돌아가는 것을 알아채고는 밖으로 나오려던 참이었다. 거의 흐느낌에 가까운 미례의 부름에 유모가 자리를 내어주며 감싸 안았고 연신 등을 쓸며 미례를 달랬다.

"유모, 나 무서워. 왜 이리 가슴이 두근거리지? 왜 이리 겁이 나는 거야? 또 무슨 나쁜 일이 있으려고 이러지? 나 무서워, 유모. 이제 더는 나쁜 일이 없었으면 좋겠어.”

지금만큼만! 딱 지금처럼만 살았으면 좋겠다고 생각하던 그녀였다.

“진정하셔요, 아기씨. 괜찮을 겁니다. 좀 있다 밖이 좀 조용해지면 곁시를 시켜 알아보기로 해요. 아기씨, 이리 겁먹고 떠실 필요 없어요. 별일 아닐 겁니다. 진정하셔요.”

“하지만 느낌이 좋질 않아, 유모.”

“이질금께서 걱정 말라고 하셨다면서요. 기다려 보셔요.”

그러나 미례의 불안은 맞아떨어졌다. 포구 가까운 마을 입구에서 새벽녘 낯선 배 두 척이 소리없이 다가왔고 번을 서던 이들의 태만함이 더해져 뒤늦게서야 대비하게 되었으므로 애꿎은 몇몇은 채 싸워보지도 못하고 목숨을 잃었다. 날랜 사오십여 명의 침입자들은 점차로 경휘 쪽 사람들이 하나둘 대비를 갖추며 달려들기 시작하자 처음의 우세했던 위치를 잃어갔다.

결국 한두 시진만의 싸움이 끝났을 때는 살아남은 침입자는 더는 없었다. 싸움이 끝났음을 알리는 징 소리가 들리자 부녀자들이 불을 밝혀 들고 제 식구가 무사한지 확인하려고 하나둘 무리를 이루며 몰려나왔다.

사스래도 웅성거리며 어디론가 몰려가는 사람들 속에 뒤섞여 밖으로 나왔다. 전에 없는 마을의 침입자라는 말과 우리 편도 다친 사람이 있다는 말을 들은 후부터 가슴이 세차게 뛰기 시작했다.

이게 무슨 일이래? 이게 무슨 일이야.

하늘이 열리고 그들이 섬에 정붙이고 산 이래 그들의 본거지에 누군가 침입해서 사람이 상한 일은 없었다. 그랬기에 여자들의 두려움은 몹시 컸다. 자기 사내들의 안위를 확인하는 발걸음들은 때로 휘청거리기도 했고 벌써부터 울음을 터뜨리는 이도 있었다.

소솜! 그녀는 그가 무사한지 확인해야만 마음을 놓을 수 있을 것 같았다. 그런데 부상당한 사람들을 모아 치료하는 곳을 아무리 둘러봐도 그는 보이지 않았다.

"소솜, 소솜 못 봤어요?"

사스래는 지나는 사람들을 붙들고 그의 생사를 확인하려고 했지만 모르겠다는 말이나, 고개를 가로젓는 사람만 있을 뿐 속 시원히 그를 봤다는 사람은 없었다.

그를 닮은 것 같은 사람이 지나가기만 해도, 그의 음성이 들리는 것 같기만 해도 사스래는 그쪽 방향을 향해 고개를 휙 돌렸다. 결국 그녀는 죽은 사람들을 모아놓았다는 곳으로 떨어지지 않는 걸음을 옮겼다.

아무리 미워도 살아 있어야지. 살아 있어야 미워할 거 아냐.

사스래는 이를 악물었다.

다른 때는 시도 때도 없이 나타나더니 이 나쁜 놈은 도대체 어디에 있기에 보이질 않는 거야.

온갖 잡생각이 꼬리를 물었다. 바닷가 근처가 가까워질수록 그녀의 독기 어린 혼잣말도, 걸음도 느려졌다. 지나치며 사스래에게 어쩐 일이냐고 묻는 이도, 그쪽으로는 가지 말라고 경고하는 이도 있었지만 그녀는 두려울지언정 걸음을 멈추지는 않았다. 그리고 막상 사스래가 임시 창고 주변을 기웃거릴 때 대낮처럼 불을 밝힌 그곳을 지키는 이들이 속삭이듯 주고받는 말이 들려왔다.

“가야? 가락국이 어디야?”

“내가 아나. 그런데 그건 왜?”

“그곳의 귀족이라는 자가 끌어 모은 자들이라는데?”

“가락국? 그자들이 우리와 무슨 원한이 있다고……?”

사스래의 머리카락이 쭈뼛 섰다. 가슴은 사납게 뛰었다. 이 모든 사단의 원흉이 누구인지 짐작 가는 말이었다.

바보천치등신들 같으니! 잘난 귀족 계집에게 빠져 있는 사내가 있는데, 왜 몰라! 모든 사람이 다 뜯어말려도 그 죽고 못 사는 계집과 기어코 혼인하겠다고 하는 사내가 있는데, 왜 몰라!

사스래의 모든 분노가 그와 미례에게 쏠렸다. 경휘가 자신들과는 달리 여리여리하고 빛나는 머리카락으로 유혹하던 허여멀건한 계집에게 빠져 허우적거릴 때 어떻게든 눈에 띄지 않게 죽여 버렸어야 했다고 사스래는 이를 갈았다.

그 몹쓸 계집! 그 몹쓸 계집을 처음 데리고 왔던 날 성질대로 물속에 처박았어야 하는 건데!

사스래가 지키는 사내들을 밀치고 안으로 들어가려고 했다.

“들어가면 안 돼!”

사내들이 사스래를 제지했지만 사스래는 억척스런 힘으로 매몰차게 그들의 손길을 뿌리치며 문손잡이에 매달렸다.

“놔줘요. 가서 확인해 볼 거야. 내 눈으로 확인해 봐야 한다고!”

“아무도 들이지 말라고 하셨어. 너와는 상관없는 자들이라고!”

그들은 사스래의 표독한 행동을 이해하지 못하고 답답한 듯 소리쳤다.

나와는 상관없는?

그의 말 한마디가 그녀의 가슴을 긁었다.

그때 안에서 경휘가 나오다가 사스래의 실랑이를 보고는 멈춰 섰다.

"무슨 일이야, 사스래야. 왜 여기까지 왔어?"

원망 섞인 눈으로 그를 쏘아보았지만 사스래는 그를 오래 보지 못했다. 그 또한 무언가로 단단히 마음이 상한 듯 상처받은 눈빛이었기 때문이다. 그깟 여자 하나 때문에 이게 뭐냐고 악다구니를 쓰고 싶었지만 그럴 수 없게 만들었다.

"돌아가. 이젠 안전해. 걱정할 거 없어."

그가 다정하게 그녀의 어깨를 토닥거렸다.

"소솜, 소솜은 어딨어?"

"소솜은 여기 없어. 돌아가 있으면 보는 대로 너한테 가보라고 할게."

"괘, 괜찮은 거야? 정말, 괜찮은 거야? 여기 없다는 말, 사실이야?"

그도 그제야 그녀가 무엇을 걱정하는지 안 것 같았다.

"음, 무사해. 소솜은 여기 없어."

그의 말에 겨우 안심이 된 사스래가 주먹을 쥔 손으로 원망을 담아 그의 가슴을 때렸다.

"이게 무슨 일이야! 응? 이게 다 무슨 일이냐고! 그깟 계집애 하나 때문에 이게 다 무슨 일이야! 이제 만족해? 이런 꼴을 겪으니까 좋으냐고! 이게 다 누구 때문이야?! 이게 다 무슨 일이야!"

그는 어금니를 단단히 깨문 채 날선 화살처럼 가슴에 와 박히는 사스래의 푸념을 그대로 서서 듣기만 했다. 지금까지 누구도 그녀처럼 그에게 대놓고 원망하지 않았다. 아직 정황을 모르기 때문이었다. 하지만 사실을 알게 된다면……? 사스래의 반응과 다를 바 없을 것이라고 경휘는 생각했다. 부족한 것 없이 이제껏 성을 지키며 살아온 사람들이라면 성의 평화를 깨고 불행을 가져온 그를 원망하지 않을 리 없다. 뒤따라 나오던 장로 한 사람이 다급히 사스래를 말리며 그를 떼어놓았다.

아직도 새벽에 받은 충격으로 멍하니 방 안 벽에 등을 기대고 앉아 있던 사스래는 한낮이 지나도록 곡기도 입에 대지 않았다. 그러다가 무너지듯이 그대로 그 자리에 제 팔을 베고 웅크리고 누웠다.

무사하다고 했으니까 정말 무사한 거겠지? 다른 사람도 아닌 이 질금이 무사하다고 말해주었으니까 그럴 거야. 틀림없을 거야.

하지만 그의 모습을 보기 전에는 안심이 되지 않았다. 다른 어떤 일도 손에 잡히지 않았다. 더구나 엄밀히 말하면 소솜은 자신과 아무런 상관도 없는 사람이라는 사실을 인지하고 나자 가슴 깊이 감춰두었던 상처가 터져 버렸다.

그래, 무얼 걱정해. 나는 아무것도 아닌데. 나는 이미 소솜에게 아무것도 아닌데…….

이럴 때 다 잊어버리고 속 편하게 잠이나 잘 수 있었으면 하고 바라면 바랄수록 눈도 정신도 말갛기만 했다.

누구를 원망해.

도대체 누구를 원망할 수 있어.

그런데 어둑어둑해질 무렵 밖에서 작은 인기척이 들렸다. 순간

발딱 일어난 그녀가 문틈으로 밖을 내다보니 사람의 그림자가 마당 한 켠에 있었다.

소솜?

새벽 그 난리 북새통에 내내 찾아다니던 그였다. 다른 어떤 것도 바라지 않고 그의 얼굴 한 번 보면 안심이 되겠다고 생각했던 그녀는 막상 그의 모습이 분명하다고 생각되자 덜컥 두려워졌다. 달려나가 왜 이제야 온 거냐고 따지려던 그녀였지만 이제는 문고리를 단단히 붙잡고는 두근거리는 가슴을 진정시키며 벽에 머리를 기댔다.

그는 선뜻 그녀를 부르거나 안으로 들어오지 않고 문밖에서 한동안 검은 하늘만 올려다본 채 서 있었다. 숨을 고르는지 그의 가슴은 크게 들썩이고 있었다.

됐어, 네가 살아 있는지 궁금했던 거야. 네가 무사한 건지 알고 싶었던 것뿐이야. 이제 알았으니 됐어. 그냥 가줘, 이대로 돌아가줘!

사스래는 더욱 문고리를 틀어쥐며 눈을 감았다. 돌이켜 보면 자신의 신세만큼 드센 팔자도 없을 것이다.

왜 안 그렇겠어. 어려서 만난 사내는 채 예쁨도 흠뻑 받아보지 못하고 풍랑에 파묻혀 물귀신이 되었다. 이후로 마음 준 사내는 소심하기 이를 데 없어서 마음이 깊어지기도 전에 도망가 버렸고, 사는 일이 뭐 그리 부질없나 싶어 미련없는 몸뚱이를 물에 내던졌더니 마음대로 죽지도 못하고 살아남았다. 이후로 새 사내를 만났는가 했더니 그에게선 마음 근처에도 가지 못하고 눈앞에서 다른 계집에게 빼앗겨 버렸다. 이제는 이도 저도 아니게 말하기 좋아하는 사람들의 입방아에나 오르게 생겼으니!

사스래는 생각할수록 가엾기도 하고 우스꽝스럽기도 한 자신의 처지를 비웃으며 웃음을 흘렸으나 그것은 웃음이라기보단 열에 들뜬 신음 소리 같았다. 눈물도 나오질 않을 만큼 어려서 다 울어버렸다. 하지만 당장 뺨을 타고 흐르는 눈물이 그녀를 정신 차리게 했다. 소심하고도 여린 사스래의 모습은 바로 사라져 버렸다. 현실에서 사스래는 눈물이나 짜는 바보 천치가 아니었다. 우악스럽고 독기 어린 홀어미 사스래가 그녀의 본모습이었다.

바보 같은 놈! 도망쳐 버릴 양이면 아주 가서 오지 말 일이지. 무슨 억하심정이 있어 내 신세만 우습게 만들어놓고 또 무슨 짓이 하고 싶은 거야. 얼마나 더 우습게 만들고 싶은 거야!

점차로 비비 꼬이는 심사가 된 사스래는 밖에서 서 있는 그를 쏘아보았다.

한동안 머뭇거리는 건지 마음을 가다듬는 건지 그 자리서 움직일 줄 모르던 그가 그녀의 방문 앞으로 다가왔다.

"사스래야."

소리 죽인 그의 낮은 음성이 들려왔다.

그러나 사스래는 들리지 않는 척 외면하며 고개를 돌려 버렸다. 그래도 여전히 가슴은 쿵쿵거리며 사정없이 뛰었다. 숨조차 가빠지고 어질어질한 기운이 돌 만큼 그녀의 가슴은 사정을 두지 않았다. 잠시의 쥐 죽은 듯한 사이를 두고 그가 다시 그녀를 불렀다.

"사스래야, 자는 거니?"

이제 됐다고! 이젠 얼굴 안 봐도 된다고!

참을 수 없어진 사스래는 그의 소리가 들리지 않도록 두 손으로 귀를 틀어막으며 무릎 사이로 얼굴을 묻었다.

"이제야 잠깐 짬이 났어. 이질금께서 가보라고 진작부터 그랬는데 이제 겨우 와봤어. ……넌 괜찮은 거야?"

사스래가 걱정하고 있다고, 가서 얼굴 보여주고 안심시켜 주고 오라고 했지만 소솜은 경휘의 말을 믿을 수 없었다.

"잠깐만 얘기 좀 하자. 좀 늦었지만 얘길 좀 나누자."

그도 다시 그녀를 찾아오기까지는 큰 결심을 했다. 그는 가능한 한 감정을 삭이며 어둡고 아무 소리도 들리지 않는 방을 향해 말을 했다.

"사스래야, 문 열어!"

그의 음성은 쉽게 물러서지 않겠다는 의지가 담겨 있었다. 그것이 사스래의 성질을 건드렸다. 그가 두려워 숨죽이고 있는 자신이 우습게 여겨졌다.

"새벽 나절엔 뭐가 뭔지 몰라서, 어떻게 된 건지 궁금해서, 그래서 널 찾았던 거야. 이제 그만 됐어. 보고 싶지 않아."

"그러지 말고 문 열어봐. 나는 널 좀 봐야겠어."

"무슨 자격으로? 네가 뭔데 내게 이래라저래라야!! 가버려, 아주 멀리 가버리라구!"

사스래는 분노를 드러내며 그를 향해 소리를 질렀다.

이번엔 그가 침묵을 지켰다.

"왜 내 속을 뒤집어! 네가 뭐 그리 잘났다고 나한테 이래라저래라야? 네가 내 서방이라도 되는 줄 알아? 내가 그렇게 쉬이 보여? 계집 생각이 나거든 딴 데 가서 알아봐, 이 등신아! 난 언제까지 너만 기다리는 바보 천치 같은 계집이 아냐!"

"문 열어!"

그는 전과는 달리 낯선 어투로 이를 갈 듯 말했다.

"꼴도 보기 싫으니 죽어버려!"

사스래 역시도 분노를 드러내며 소리쳤다.

평소 감정을 잘 드러내지 않는 사람의 꾹꾹 눌러 참았던 감정들
이 한 번에 폭발하는 것도 무서웠다.

"……그러고 싶은 적도 있었어. 너만큼이나 나도 비참했다고! 누
군 좋아서 이렇게 살았는 줄 알아? 넌 날 비참하게 만들어! 예전에
도 그랬고 지금도 마찬가지야."

"그래? 잘됐네. 피장파장이로구나."

분노가 서렸던 그의 숨결이 가라앉으며 그의 시선이 잠시 허공에
머물렀다.

"가버려, 네가 잘하는 짓 있잖아. 도망가 버리라구! 다른 하늘 아
래서 잘살아봐. 눈 맞는 예쁜 계집 만나서 알콩달콩 살아보라구! 떠
나겠다고 했잖아. 그건 헛소리였던 거야?"

난 그 꼴 안 보면 그만이니 알게 뭐야. 배 아플 일도 없는
거지. 차라리 허튼 꿈이었거니 하고 잊어버리게 가서 잘살
아보라고!

"넌 못됐어, 사스래야. 그거 알아? 넌 아주 몹쓸 짓을 했어."

"나 못된 거 이제 알았니? 새삼스러울 것도 없네그려."

사스래는 그의 말을 가볍게 비웃어 넘겼다.

"문 열고 얘기해, 마주 보고 얘기 나누자고! 더는 이런 짓 하지 말
자!"

이런 짓? 이런 짓이 뭔데? 대체 어떤 짓인데?

"흥, 좋기만 한걸. 네 꼴을 안 봐도 되니 얼마나 좋아? 난 좋기만 하네. 할 말 있거든 거기서 하고 사라져 버려. 내가 문을 열어줄 거라고는 꿈도 꾸지 말라고, 이 바보야!"

"……그래?"

긴 숨을 삼키며 그가 쥐어짜는 듯한 음성으로 나지막이 물었다.

"그래, 어림도 없어. 썩 꺼져 버려! 아니면 내가 마음이 홱 돌아서 문을 열어줄지도 모르니 그때까지 기다리던가."

흐흥, 사스래는 비웃음을 흘렸다.

"나보고 비겁하다고 했어? 그러는 너는 어때? 너는 잘하는 짓인 거야?"

"미쳤어, 미쳤어! 나한테 뭐라는 거야, 무슨 소릴 하는 거야?"

"훗, 정말 너답지 않구나. 하여간 넌 못됐어."

그의 말은 허탈한 여운을 가지고 그녀의 머릿속을 맴돌았다.

"가버려!!"

사스래는 쥐어짜는 음성으로 그에게 쏘아붙였다. 상처받은 자신을 더는 드러내고 싶지 않았기 때문이었다.

이웃에 연한 집에서 인기척이 들리자 소솜이 불편한 어조로 소리 죽여 말했다.

"네가 이 와중에도 사내를 끌어들인다는 소문을 내고 싶지 않거든 어서 문 열어. 안 그러면 내일 아침이 오기도 전에 넌 곤욕스러워질 거야."

"고양이 쥐 생각하는 꼴이지. 네가 가면 되잖아."

사스래 역시도 거의 속삭임에 가까운 말투로 대꾸했다.

"아니, 난 이대로 물러서지 않겠어."

"흥, 진작 그랬음 얼마나 좋아! 이젠 나도 그렇지만은 않아. 관둬, 지금까지도 이렇게 살았는데 더 안 될 게 뭐야."

누구를 향한 비아냥인 줄도 모르게 사스래는 푸념했다.

소솜은 묵묵부답으로 그녀의 행동을 기다리며 그 자리서 꼼짝도 하지 않았다.

얼마간 고집스럽게 버티던 사스래는 결국 마지못해 문을 열어주었다. 어둠 속에서 천천히 그가 방 안으로 들어왔고 사스래는 방구석에서 그를 외면한 채 꼼짝도 하지 않았다. 문을 열어주는 순간부터 밀려들기 시작한 후회로 사스래는 입술을 깨물었다.

그가 익숙하게 방 안 구석에 있는 등잔에 불을 붙였다. 어두웠던 방 안이 밝아졌다. 어둠 속이 익숙했던 사스래는 더욱 몸이 오그라드는 기분이었다. 그가 들어선 순간부터 방은 더욱 좁게만 느껴졌다. 가끔은 너무도 적막하고 썰렁하게만 느껴졌던 방 안이 후끈 열기가 도는 듯도 했다.

등잔에 길게 드리워진 침상 그림자 속에 숨어 있는 사스래를 한동안 바라보기만 하던 소솜은 한숨을 내쉬더니 그녀의 반대편 벽에 마주 보이게 떨어져 앉았다. 가끔씩 이어지는 그의 깊은 한숨에 사스래는 무언의 힘에 이끌려 그를 쳐다보았다. 평상시의 그와는 무언가 조금 다르다고 느꼈으나 그녀는 그것이 술기운 때문이라는 것을 처음엔 알지 못했다.

"왜 이렇게 집 안에 온기가 없어? 때 맞춰 밥은 먹은 거야?"

그는 조금 전 밖에서와는 달리 다정하게 물었다. 그것이 또 그녀의 콧잔등을 시큰하게 만들었다.

"어디서 무슨 소리를 들었는지는 모르겠지만, 쓰잘데기 없는 헛소리들은 잊어버려. 더는 내게 관심 갖지 마. 나도 네가 없는 듯 그렇게 살아갈 테니 너도 그렇게 살아."

사스래는 아무렇게나 억지로 주워 삼켰다.

소솜의 허탈한 웃음소리가 들린 듯했다.

"우린 벌써 몇 년 전부터 안 보고 살았어야 할 사람들이었어."

이번에는 분명하게 소솜의 입가가 비틀리며 쓰디쓴 헛웃음을 머금었다. 그는 한쪽 무릎을 세우고는 그 위에 힘없이 팔을 늘어뜨린 채로 그녀를 건너보다가 그녀 너머의 벽에 시선을 고정하고는 말했다.

"아버지께 너와 혼인하겠다고 말하고 오는 길이야."

"뭐?"

그녀는 어이없는 눈으로 그를 쳐다보았다.

제정신인가? 도대체 제정신으로 하는 말인가?

"잘도 그러겠다. 사람들 이목이 무서워 도망쳤던 게 누구였는데, 이제 와서? 왜? 상황이 좀 나아진 거야? 아니잖아, 오히려 더 우습게만 되었지."

그래, 우습기만 한가? 비비 꼬이고 틀어져 버렸지.

차라리 그때 어렸던 시절에, 가라치 말고는 그만을 알았던 시절이면 모를까 이제 와선 이질금에게까지 몸을 의탁한 마당에 그 누가 곱게 자신을 며느리로 들이고 싶을까. 서슬 퍼런 가납사니가 시퍼렇게 눈을 크게 뜨고 있는 한은 어림도 없었다.

"이질금에게도 말할 생각이야, 사스래야. 지금은 상황이 좋지 않으니까 조금 더 있다가 말할 생각이야. 너도 알고 있어야 되겠기에 그 말을 해주려고 온 거야.”

“그, 그게 무슨! 너, 지금 제정신인 거야?”

“훗, 사스래야, 지금처럼 정신이 맑은 적도 없었던 것 같다.”

그의 입꼬리가 슬쩍 치켜 올라가며 씁쓸한 웃음을 보였다. 지난 날을 후회해, 라고 그의 눈이 말하고 있었다. 그것은 수천 수만 마디의 말보다 단번에 사스래의 가슴을 짓눌렀다. 그리고 견딜 수 없는 그 사실에 사스래는 고개를 가로저었다.

말도 안 돼! 내가 널 필요로 할 때 넌 내 곁에 없었어. 그런 네가 왜 이제 와서 모든 걸 엉망으로 만들어 버리겠다는 거야.

“미쳤어, 미쳤어. 누가 네게 시집을 가기는 한다든? 어림도 없는 소리 마!”

“그렇게 알아. 늦었으니까 다음에 다시 얘기해.”

그가 자리에서 벌떡 일어나 문 쪽으로 걸음을 떼어놓았다. 사스래가 급하게 일어나 그의 앞을 막아섰다. 그리고는 쌀쌀하게 쏘아붙였다.

“지금이든 다음이든 그런 건 상관없어. 난 네가 하자는 대로는 하지 않을 거야.”

“밝은 날 다시 얘기해. 어쨌든 내 결심은 분명해. 더는 숨기지 않을 거야.”

그는 정말로 결심을 굳힌 모양이었다.

“거짓말이지? 응? 너, 내가 겁쟁이라고 말하니까 괜스레 해보는 소리지? 네가 그 얘길 이질금에게 하고서도 멀쩡하리라고 생각지는 않는 거지? 응?”

“두고 보면 알 거야.”

그가 그녀를 피해 문을 여는데 사스래가 다시 막아섰다.

넌 죽을 거야! 너의 아버지도, 이질금도 널 가만두지 않을 거라고! 다른 사람들은 또 어떻고? 사람들의 입방아에 올라 얼마나 우스운 꼴이 되려고!

"난 죽어도 싫어, 난 싫다고! 알아들어? 난 너와 혼인하지 않을 거야. 날 그냥 내버려 둬. 난 지금 이대로가 편하니까 날 그냥 내버려 두라고! 너만 내 옆에 얼씬거리지 않으면 난 잘살 수 있단 말야. 제발 그냥 내버려 두라고!"

그녀는 이제 사정하다시피 했다.

"사스래야. 그동안 난…… 편치 않았어. 난 이제 도망치지 않을 거야, 더는 그러지 않을 거야. 그러니 너도 맘 정하는 게 좋아."

"잘도…… 잘도……."

서럽고 분한 마음을 꾹꾹 눌러 참았던 사스래는 그만 더는 참지 못하고 울음을 터뜨렸다.

바보 같으니! 왜 이제 와서 날 내버려 두지 않겠다는 거야. 내가 가장 널 필요로 할 때는 잘도 멀리멀리 도망가 있더니! 사람들의 이목이 두려워 멀리 숨어버릴 때는 언제고 이제 와서 엉망이 돼버린 날더러 얼마나 더 망가지라고! 도대체 날 얼마나 비참하게 만들고 싶어서! 날보고 어쩌라는 거야, 이 나쁜 놈아!

사스래는 마침내 어깨를 들썩이며 흐느껴 울었고 눈물을 그에게 보이지 않기 위해 두 손으로 얼굴을 가리고는 그에게서 등을 돌렸다.

우는 그녀의 모습은 그에게 아주 낯선 것이었다. 강하고 독살스런 말도 서슴지 않는 사스래는 한동안 그가 알아온 모습이었다. 한때는 수줍은 여인의 모습을 보이기도 했었으나 그것은 아주 오래되어 기억에도 새로운 모습이었다. 그가 마지막 본 그녀의 눈물은 미례로 인해 이질금에게 대들고 모욕당해 훌쩍거리던 때였다.

그녀의 울음소리가 한동안 방 안을 채웠다. 그는 어떻게 할지 망설이며 멍하니 서 있다가 천천히 손을 올려 그녀의 머리에 가져다 댔다.

"울지 마, 사스래야. 이제라도 우리, 제대로 살자. 남이 뭐라 하든 흘려들으면서 그렇게 살자."

안 보고 사는 것보다는 그것이 더 낫다고 그는 생각했다. 늦었지만 가족을 잃고 흐느껴 우는 마을 여인네들을 보면서, 새벽부터 사스래가 반쯤 얼이 빠져서 그를 찾아다녔다는 말을 들은 후부터 그는 마음을 다졌다.

"……가버려, 가버리라구! 너만 가버리면 그만이니 멀리멀리 가버리란 말야."

"내게 겁쟁이라고 욕하던 사스래가 하는 말이니? 너 역시도 사람들 이목이 두려운 거야? 그래도 마음을 숨기면서 사는 것보단 더 낫지 않을까."

흑흑흑. 어깨를 들썩이면서 심하게 흐느끼던 사스래는 그의 손길을 피해 자리에 주저앉아서 무릎을 세우고 팔 안에 머리를 묻었다. 어떻게든 소리 죽여 울어보려 했으나 눈물도, 서러움도, 분함도 감춰지지 않았다. 사스래는 사람들의 이목이 두려웠다. 독기 어린 말투에 뻔뻔스러운 홀어미 사스래의 모습은 그녀의 본모습이 아니었다. 그저 덜 상처받은 듯 보이려는 그녀의 노력 때문이었을 뿐, 상처받지 않은 것이 아니었다. 소솜에게도 그랬다. 도망치듯 떠나 버린 그가 미웠고, 버려진 자신이 못 견디게 싫었고, 상처받은 나머지 죽음을 생각해서 물에 뛰어들었으나 채 몇 달이 지나지 않아 돌아온 그에게 사스래는 이미 다가설 수 없는 상태였다. 버려진 아픔이 너무 커 그녀를 달래주던 경휘에게 몸을 맡긴 후였으므로.

그때도 그랬지만 지금이라고 더 나아질 만한 것은 아무것도 없었다. 그는 여전히 한 번도 혼인한 적 없는, 누구의 가슴도 설레게 만들 사내였고, 자신은 이미 지아비 앞세운 홀어미에, 계명워리(행실이 단정치 못한 여자)라 불려도 할 말 없는 닳고 닳은 여자였다. 한때는 그의 여인으로 살기를 꿈꾸었던 적도 있었지만 이제는 아니었다.

"잘못했어, 사스래야, 내가 잘못했어. 이제는 네게 잘할 테니 그만 울어. 더는 어디로도 도망치는 일은 하지 않을 거야. 사스래야, 약속해."

그가 그녀 곁에 무릎을 꿇고는 그녀의 어깨를 어루만졌다.

"이젠 아무 데도 가지 않을 거야, 네가 뭐라 해도! 또 사람들이 뭐라 해도. ……오늘에서야 알았어. 너와 살고 싶은 마음을 감추고 어디로 떠나든 내 마음이 편치 않을 거라는 거…… 내가 잘못했어. 응? 울음을 그쳐, 사스래야."

"늦었어, 이 바보야. 넌 정말로 모르는 거야? 늦어도 한참 늦었다는 걸 정말 모르는 거야?"

사스래는 눈물로 흠뻑 젖어든 얼굴을 들어 울먹이며 쏘아붙였다. 그러나 흐느낌 때문에 정확지 않은 어눌한 그 말은 자신이 듣기에도 그리 차갑게 느껴지지는 않았다.

“그래, 알아. 늦었지만 이제라도 내게 기회를 줘.”

그는 더할 나위 없이 부드러운 말투로 대답했다.

하긴 사람들의 입방아에 오르내리는 건 네가 아니라 나일 테니까. 너야 바보같이 홀어미의 거미줄에 걸려든 가엾은 사내일 테고 나는 순진한 사낼 홀려낸 천하에 몹쓸 불여우 같은 계집일 테니까!

“내게 기회를 줘, 사스래야.”

“어림도 없는 소리야.”

사스래는 뺨을 타고 흐르는 눈물을 손등으로 닦아내려고 손을 올렸다. 그러나 그가 먼저 두 손으로 그녀의 뺨을 감싸 안고는 엄지손가락으로 눈물을 훔쳐냈다. 항의하려는 말이 사스래의 입 안에서 맴돌았으나 서서히 그의 얼굴이 다가왔다.

“싫어, 싫어.”

사스래는 고갯짓을 하며 그를 피했으나 그는 어렵지 않게 그녀의 입술을 찾아 겹쳤다. 그의 손안에 붙들린 그녀의 저항은 효과적이지 못했다. 사스래는 힘없이 늘어뜨렸던 두 손을 올려 주먹을 쥐고는 그의 가슴을 때렸다.

“놔줘. 네가 싫어, 난 싫어.”

그가 잠시 놓아준 사이에 사스래는 그에게서 물러서며 쏘아붙였다. 그러나 도망칠 곳이 없었다.

“이런 짓 싫어.”

그러나 그가 다시 다가서며 사스래의 겨드랑이 사이로 팔을 넣어 끌어안았고 다른 한 손으로는 피하는 그녀의 뺨을 쓸어안았다.

다시 그의 입술이 맞닿은 순간 사스래는 저항을 멈추었다. 전해지는 뜨거운 그의 숨결에서 사스래는 열기 오른 그의 몸을 느꼈다. 술 내음이 느껴졌으나 사스래는 실망하지 않았다. 오히려 하룻밤이라면 얼마든지 그를 받아줄 수 있었다. 그렇지 않다면 앞으로 그녀를 기다리는 건 끊임없는 마음의 상처, 상처뿐일 것이다.

수동적으로 그가 하는 대로 안겨 있던 사스래는 어느 순간 그에게 바짝 안겨들며 그의 목에 팔을 감았다. 그리웠던 그녀의 사내였다. 비록 그가 아닌 다른 사내와 함께 있어도 마음 한구석에서 느껴지던 실망감. 그리던 그와 함께인 지금 그녀는 거부하고 싶지 않았다. 비록 아침이 밝기 전에 사라질 꿈이라고 해도 사스래는 당장 그를 원했다.

누가 먼저랄 것도 없이 뒤엉켜 누워 서로의 옷자락 사이로 맨살을 탐닉하며 갈증을 채우던 그들 사이에 변화가 생겼다. 다시금 울먹이며 사스래가 그에게서 떨어지려 했고, 그의 몸을 더듬던 손을 떼었고 그의 다리 사이에 얽힌 자신의 다리를 풀어내려 애썼다. 적극적인 사스래를 부담스러워하던 이전의 그를 떠올렸기 때문이었다.

의아하게 여긴 그가 사스래의 탐스런 가슴에서 고개를 들고는 물끄러미 쳐다보았다. 고개를 돌리며 그의 시선을 피하는 사스래를 향해 그가 무슨 말인가를 하려고 하다가는 그대로 다시 그녀의 가슴을 감싸 안았다. 그리고는 민감한 유두를 자극하고는 혀로 간지럽히다가는 강렬하게 흡입했다.

"흐흡."

　사스래가 신음 소리를 내며 다시 그의 행위에 동조했다. 그녀는 그가 애타게 그녀를 약 올릴 때마다 불만족스런 신음 소리를 내며 자신이 원하는 방향으로 그를 이끌었다. 아무래도 사랑의 행위에 있어 그보다는 그녀가 우위에 있었기에 그녀는 소솜이 무아지경에 빠져 그녀만을 원하도록 그를 만지고 달래며 애태웠다.

　그들이 사랑의 행위를 끝냈을 때 사스래는 더없이 만족했고 소솜 또한 거리낌없이 만족스러웠음을 고백했다.

　"정말?"

　사스래는 못 미더운 듯 그에게 되물었다.

　"음."

　그는 나른한 미소를 지으며 사스래를 끌어안았다.

　"내가 너무…… 달라붙는다고 싫어했던 게 아니라구?"

　순순히 그의 품 안에 안기며 묻는 그녀의 말에 소솜의 얼굴이 확 달아올랐다. 그것은 과거의 일이었다. 그는 사스래가 그의 마음을 이미 훔쳐보고 있었다는 사실에 당황했다.

　"그건, 그땐 좀 그랬었어. 난 어떻게 하면 네가 좋아하는지도 알지 못했는데 넌 그때 좀…… 이젠 안 그래, 사스래야. 그것 때문에 주눅 들지 않아도 돼."

　그가 사스래의 팔을 잡아 자신의 시야에 들어오도록 들어 올렸다가는 다시 그의 가슴에 올려놓았다.

　"넌 빨판을 가지고 있는 여자 같았어. 음, 낙지처럼 달라붙어서는 사람을 놓지 않는……. 그게 그때는 날 두렵게 만들었어."

　"이젠 괜찮다고? 정말 두렵지 않아?"

　"음. 참 우습지, 사스래야, 널 떠나 있던 그 몇 달 동안에도 꿈속에서는 널 떨쳐 낼 수 없었어. 넌 날 두렵게 하면서도 한편으론 속절없이 잡아끌어.”

“그래서 도망갔어?”

침울한 음성으로 사스래가 물었다.

“시간이 좀 필요했어. 사람들의 이목이 두렵지 않았다고는 말하지 않을게. 게다가 아버지에게도 널 뭐라고 말해야 좋을지……. 하지만 돌아오고 나서 줄곧 후회했어. 넌 날 죽일 듯이 쳐다보지, 게다가 넌 이미…… 이질금의 여자였어.”

“그래, 지금도 우린 달라진 게 없어. ……우린 어쩔 수 없어. 우린 이렇게 엇갈리는 운명인가 봐.”

“아니, 이제는 더 이상 엇갈리는 일 없어.”

그가 잠이 들고서도 한동안 사스래는 잠을 이루지 못하고 그의 살결을 어루만지며 서글픔을 달랬다.

아로의 무덤가에서 그가 울던 날, 그녀는 위로하며 그의 곁에서 이야기를 나누었고 새로운 설레임을 안고서 그와 사랑에 빠졌으나 소솜은 그녀를 부담스러워하는 기색이 역력했었다. 하루하루 설레는 맘으로 그를 기다리며 눈을 빛내던 사스래는 어느 날 그가 기약 없이 복주로 떠나 버렸다는 것을 알고는 깊이 상심했다.

사내가 있어야 해.

사스래는 떠나간 사내는 잊어버리고 남아 있는 사내에게 마음을 주기로 작정하고는 마음을 돌렸다. 남들이 부러워하는 이질금의 여인으로 사는 것도 나쁠 것 없다는 생각으로 웃음을 되찾아가던 사스래는 채 몇 달 되지도 않아 나타난 소솜을 보고는 경악했다. 자신을 지키는 길은 몇 겹의 옷을 입는 것뿐이었다. 그녀는 이미 이전의 사스래가 아니었고, 그의 비난 따위는 두렵지도 않았다. 하루하루 그에 대한 증오가 쌓여가는 사스래와는 달리 그는 너무도 침착했고, 사스래는 그럴수록 못 견디게 그가 미워져 제대로 된 시선으로는 한시도 바라볼 수가 없었다.

그렇게 몇 해가 지났고 미례가 나타났으며, 이후로 경휘마저 그녀에게 걸음하지 않던 어느 날 그녀의 상태를 보러 들렀던 그와 티격태격 몸싸움을 하던 중 다시 또 그들은 밤을 보냈다. 그리고 그녀가 생각했던 것처럼 그는 몹쓸 것이라도 대하듯 새벽같이 떠나 버렸다.

그런데 이제 와서, 꼬이고 꼬인 몇 년이 지난 이제 와서 무슨 혼인을 하겠다고!

믿지 않겠다고 사스래는 생각했다. 어느 순간 까무룩 잠들었던 그녀는 아침이 되었을 때 비어 있는 옆자리를 보고도 놀라거나 실망하지 않았다. 그가 왔었던 흔적이라고는 구겨진 빈자리와 가지런히 개켜진 자신의 옷가지뿐이었다.

그래, 이젠 실망하지 않아. 널 미워하지 않을 거야.

몸을 뒤척이며 다시 잠을 청하려던 사스래는 갑작스레 느껴지는 불안감 때문에 자리에서 벌떡 일어났다.

혹시, 정말로 그렇지는……?!

새벽녘 그의 움직임에 얼핏 선잠에서 깬 그녀를 달래며 속삭이던 그의 말이 떠올랐다.

"좀 더 자둬, 사스래야. 오후에 다시 올게."

그때는 잠결이어서 그저 미소만 짓고는 그를 보내주었지만 정신이 든 지금에 와서는 그게 아니었다.

다시 온다고? 왜?

오, 맙소사! 정말로, 설마 정말로 이질금에게 말하려는 건 아니겠지? 가납사니에게도! 설마, 설마!

 25

이쪽의 피해는 십여 명에 이르렀다.

폭풍이 스쳐 간 다음의 처음 몇 분인 듯한 시간이 지나자 작게 소리 죽인 울음소리가 들리기 시작하더니 이내 더욱 커졌다. 채 얼마 되지도 않은 사이에 생사의 길을 넘어 마주한 제 식구에 대한 아픔이 차오르고 있었다.

피로 더러워진 검날을 내린 채로 피어오르는 분노를 접으며 경휘는 뒷수습을 지시하며 움직였고 나머지 사람들은 그의 지시대로 일사불란하게 행동했다. 포구 근처에서 배를 확인하고 시신을 수습하던 이들은 아직 목숨이 붙어 있는 침입자 중 하나를 발견하여 경휘에게 보고했다. 경휘는 은밀하게 그를 옮겨놓도록 지시하고는 목숨을 부지하도록 의무려를 보냈다.

이후의 이틀 동안 경휘는 이질금으로서 장례 준비와 남은 식솔에 대한 예우 문제로 마을 장로들을 불러 모았다. 가납사니를 비롯한 장로들은 경휘의 눈치를 살피며 번을 서는 일에 소홀했던 이의 책임을 엄히 물어야 차후에는 이런 일이 없으리라고 입을 모았다.

그러나 경휘의 생각은 달랐다. 그는 묵묵히 고개를 저으며 그 문제는 좀 더 후에 알아서 결정하겠다고 말했다.

장례를 마친 후에도 음울함이 걷히지 않은 마을 분위기는 지속되었다. 이 섬에 마을이 생기고 정착한 이후 최대의 변란이며 희생이었다. 이전 중원의 싸움에서 목숨을 잃은 그의 할아버지는 이미 그 스스로 목숨을 잃었으므로 이러한 난국을 접하지 않아도 되었을 것이다.

그날의 겨울 바람은 뼛속까지 얼릴 정도로 차가웠다. 이제 봄을 맞을 계절이었으나 저녁 바람은 아직 쌀쌀했다. 그러나 경휘는 그 차가운 바람에도 아랑곳하지 않고 늦게까지 바닷가에 나와 있었다. 가슴을 눌러오는 답답한 무게를 가눌 길이 없었다.

"이질금, 이러다 몸 상하겠소."

소솜이 다가와 조심스럽게 입을 열었다.

그의 고통을 아는 소솜으로서는 달리 무어라 위로의 말을 찾지 못했다.

"다들 걱정하고 있습니다. 이질금은 혼자 몸이 아니니 이러지 마십시오."

그러나 경휘는 바닷바람을 맞으며 바위 위에 걸터앉아 검은 어둠을 바라보고 있었다.

"……땅을 파는 일이 쉽진 않았을 거야."

오늘 있었던 입관식을 두고 하는 말임을 아는 소솜은 나지막이 한숨을 쉬었다. 졸지에 당한 변고로 동쪽 무덤가에 식구가 늘었다. 물론 경휘의 말대로 얼어붙은 땅을 파는 일이 쉽진 않았다. 미리 지펴놓은 불로도 장정 여럿이 몇 번이나 땀을 닦아내어야 했다.

"어차피 한 번은 건너야 할 강이니, 언제 가도 가야 할 인생이오."

"어린것들과 홀어미 된 이들은 어쩌고."

"걱정없이 먹고살도록 배려해 주었잖소."

"그걸로 충분할까."

"좀 더 시간이 지나야 할 겁니다. 그때까진 넘쳐 날 만큼 울어도 모자라겠지요."

경휘의 침묵이 이어졌다.

"미례 아씨도 불안해하는 눈치더이다. 아직 집에는 안 들어가 보셨습니까?"

그래도 그는 미동도 하지 않았다. 상처 난 곳을 소금으로 비벼대는 듯 따끔거리며 심장이 쓰리고 아팠다.

"너무 마음 쓰지 마오, 이질금."

"……맹문인 어찌하고 있어?"

애써 화제를 돌리는 경휘를 한 번 슬쩍 보고는 소솜이 일부러 가벼운 어조로 대답했다.

"뭐, 풀죽어 있지요."

맹문인 그날 번을 서던 청년이었다. 잠시 졸음을 못 이기고 태만했던 순간으로 인해 많은 동료의 피를 흘린지라 그 역시 고개를 못 들고 집 안에서 두문불출하고 있었다.

연민의 정은 있으나 사감은 접어두고 매섭게 본을 보여야 한다는 장로들의 채근이 있었으나 경휘는 넘겨듣고 있었다. 누가 욕하고 패대지 않아도 맹문이 쓰린 가슴을 안고 있을 것을 아는 경휘로선 그에게 어떤 처벌도 할 수 없었다.

두 번 다시 같은 실수는 하지 않을 테지, 누가 뭐래도!

"사스래는 괜찮아?"

경휘의 물음에 소솜은 억지로 평정을 가장했다.

"좀 놀란 듯했지만……."

경휘는 그날 새벽 그의 가슴을 때리며 이게 다 무슨 일이냐고 울부짖던 그녀의 모습을 떠올렸다. 얼마 전 복주에서 당도했던 서신과 살아남은 침입자로부터 들은 이야기도 경휘를 침잠시키기에 충분했다.

신라인들이라 하더이다.

노예 시장을 전전하며 은근히 사람을 풀고 화평도방에 대한 정보를 얻어내려는 이들에 대한 조사를 하던 복주의 방주가 전해온 소식을 들었을 때 경휘는 가슴속에서 불안하게 소용돌이치는 감정을 억눌러야 했었다.

사람을 찾는다 하더이다, 여인이라고 들었소. 오라비라는 자가 반년쯤 전부터 꾸준히 사람을 풀어대고 있다고 하오. 얼마 전 백제의 한 포구로 떠밀려 온 선원들과 소식을 접하고는 더 많은 사람을 풀고 있다 하오. 신라인은 아닌 것 같고 그래도 연줄은 있어 보인답니다.

살아남은 자의 입에서 얻은 정보도 조금 더 보태진 것이었다.

가락국의 귀족인 청년이 누이동생을 찾고 있었소. 강도에서 큰돈을 풀어 정보를 구하고 이미 죽었다면 시신이라도 찾아내길 바란다고 했소.

경휘는 다시 한숨을 크게 내쉬며 가슴을 쥐어짜는 통증을 감내했다. 사스래의 말처럼 미례 때문이었다. 이 모든 소란의 근원은 미례를 찾기 위한 그녀 오라비의 계획 때문이었다. 마을 장로들의 반대에도 불구하고 미례를 욕심내고 곁에 두려던 자신 때문이었다.

그 사실을 아는 이들은 몇 안 되었으나 경휘는 사람들의 얼굴을 바로 볼 수 없었다. 그녀를 돌려보내야 한다고 그를 조르며 강력히 주장하던 장로들의 말이 떠올랐다. 맹문이를 벌하지 못하는 것도 그런 연유 때문이었다. 누가 누굴 벌한단 말인가.

날이 밝기도 전 새벽, 미례가 외출을 하기 위해 옷을 입고 나서자 유모가 걱정스런 얼굴로 고개를 가로저었다.

“아기씨! 주위가 어수선합니다.”

“알아요, 유모. 조심할게.”

그녀의 고집은 말린다고 들을 성질의 것이 아님을 알기에 유모는 어쩌지 못하면서도 한 가닥 희망을 걸며 달랬다.

“이런 때에 금줄을 벗어나시면 장로님들께 혼이 납니다.”

“궁금해서 그래요. 이대로는 어찌 돼가는 건지 알 수도 없고, 마음도 답답해. 어젯밤은 한숨도 못 잤어, 유모. 잠깐이라도 좋으니 새타니를 만나보고 올게요.”

“사람들 눈에 띄면 무슨 말이 날지 모릅니다. 정말 서둘러서 바로 오셔야 해요, 아기씨.”

미례는 단단히 다짐을 두는 유모에게 고개를 끄덕이고는 사람들의 눈을 피해 문을 나섰다.

미례는 마음만큼이나 발걸음도 무거웠다. 무슨 일이냐고 묻는 그녀에게 소솜은 별일 아니라고 했지만 그녀와 눈을 맞추지 못했다. 그가 며칠째 집으로 들어오지 않고 그림자도 보이지 않는 이유도 소솜이 눈을 맞추지 못하는 것과 관련이 있으리라는 생각이 들면서 미례는 뭔가 심각한 일이 생겼음을 직감했다. 그녀를 찾아오던 아이들도 며칠째 보이지 않고 있었다.

미례는 답답한 마음을 누군가에게 토로하고 싶었다. 가슴을 트이게 하는 바닷바람도 쏘이고 싶었다. 그녀는 당연하게 새타니를 떠올렸다.

새벽 찬바람을 헤치고 찾아와 장막을 걷는 미례를 확인한 새타니가 의아한 표정을 지으면서도 입으로는 미례를 반겼다.

"어서 오시오, 미례 아씨. 어째 얼굴이 좀 상한 것 같소?"

새타니의 예리한 인사에 어색한 웃음을 지으며 미례는 수줍음으로 자신의 뺨을 양손으로 가렸다.

"좀, 오랜만인 것 같죠, 새타니?"

"이리 와 앉으시오, 미례 아씨. 안 그래도 요즘 궁금하던 차였소. 마을이 온통 심란하여 더 신경을 못 썼구려."

"복주에서 돌아온 후에 들르고 싶었지만 금줄 때문에."

"그렇지요, 미례 아씨와 이질금의 혼인 말은 이미 들었소. 그래, 확실히 마음을 정한 거요, 미례 아씨?"

미례는 대답 대신 고개를 끄덕였다.

새타니가 특유의 웃음을 웃으며 미례를 놀렸다.

"복주에 가서 보니 우리 이질금이 다시 보이던가요?"

어색한 웃음으로 얼버무렸지만 미례의 얼굴은 다시 빨갛게 달아올랐다.

"잘 생각하셨소. 어차피 혼인하면 고향이나 부모 품을 떠나는 것이 여자의 타고난 신세 아니오? 그것을 거스를 수 없는 바에야 조금 일찍 그 품을 떠난 걸로 생각하고 이곳에 마음을 두시구려. ……한데 정말 어디가 아픈 건 아니오?"

새타니는 달아오른 미례의 두 뺨이 식자 그늘지고 어두운 미례의 안색을 살피며 물었다.

"요즘 잠을 못 이뤘더니 그런가 봐요."

"쯧쯧, 그러면 안 되지요."

"그게 어디 나만 그럴까요? 요즘은 다들……."

미례는 말끝을 흐렸다. 더 이상은 마을에 닥친 불행의 그늘에 대해 쉽사리 말을 이을 수 없었기 때문이다.

"그렇지요."

새타니도 다른 때와는 달리 말을 아꼈다.

잠깐의 침묵이 흐른 후 미례는 주위를 살피며 작은 소리로 물었다.

"그 사람은 여기 오지 않았나요?"

미례는 새타니를 보러 온 것이기도 했지만 혹시 이곳에 오면 그를 볼 수 있지 않을까 했던 것이다.

"아니오, 어제는 잠깐 들렀었소만. 왜 그러오, 미례 아씨?"

"……오늘은 아직 들르지 않았나요?"

"이따 날이 저물면 혹 모르지요. 아직은 안 들렀소. 미례 아씨가 금줄을 어긴 줄 알면 이질금도 한마디 할지 모르오. 그래도 예서 기다렸다 함께 가시려오?”

미례가 머뭇거리며 새타니에게 털어놓았다.

“새타니, 며칠째 그 사람을 보지 못했어요.”

“상한 울타리를 수리해야 하고 장례 준비도 그렇고, 안 그래도 할 일이 많을 게요. 뿐인가, 이번에 핏줄을 잃은 식솔들을 위로해야 할 테고, 좀 바쁘겠지요.”

“사스래처럼 그…… 홀어미들도 그 사람의 여자가 되는 건가요?”

새타니는 어이가 없는 듯 웃더니 언뜻 미례의 근심스런 얼굴을 빤히 살폈다.

“그래서야 이질금의 몸이 몇이라도 감당하기 힘들게요. 미례 아씨.”

“하지만 사스래는.”

“사스래는 예외입죠. 이질금이 젊은 나이에 혼자이다 보니 여인네가 필요했고 사스래도 홀로 되어 외로웠던 게요.”

다시 한참을 망설이던 미례가 어렵사리 입을 떼었다.

“새타니, 일전에…… 그 사람이 내게 관심이 없어지면 내 처지가 어찌 될 것 같으냐고 물었었죠?”

“그런 적이 있지요.”

경휘를 돌아봐 주지 않는 미례의 마음이 안타까워서 했던 말이었다.

“지금 내가 새타니에게 물어볼게요. ……그리되면 난 어찌 될 것 같아요?”

“미례 아씨도 참! 그런 염려는 할 필요가.”

미례를 놀리며 웃으려던 새타니는 미례의 어두운 얼굴에 한숨을 지으며 말을 삼켰다.

“무슨 근심이 있는 게요, 미례 아씨?”

눈물을 애써 참으며 미례가 시선을 내렸다.

“미례 아씨?”

“그 사람, 며칠째 돌아오지 않아요. 어디서 밤을 보내는지, 낮에도 도무지 얼굴을 볼 수도 없어요.”

“이번은 미례 아씨가 이해를 해야겠지요. 이질금이 요새 몸이 몇이라도 모자라게 바쁘니.”

“유모가 곁시에게 들었대요, 그날 같은 일은 처음이라고! 하늘이 무너지는지 알았다고! 누구한테 들었대요, 나 때문인 것 같다고요! ……아무에게도 물어볼 수가 없어요. 아무도 내게 무슨 일이 생긴 건지 제대로 말해주지 않지만 나를 대하는 태도는……. 말해줘요, 정말 나 때문인 건가요?”

미례가 당장이라도 눈물이 뚝뚝 떨어질 것 같은 눈으로 새타니를 쳐다보았다.

“아니오, 미례 아씨. 그렇게 자책할 일이 아니오. ……그냥, 모르는 듯 기다리는 것이 좋을 때도 있는 법이오.”

이번에는 새타니의 말도 미례에게 위안이 되지 못했다.

새타니가 미례의 안색을 살피며 말을 이었다.

“어젯밤은 술에 취해 예 왔었소. 잠시 얘길 나누다가 피곤한 듯 쓰러져 잠들었기에 내 깨우지 못했지요. 잠깐 눈을 붙이는 듯하더니 깨자마자 일찍 나가던데 집으로 돌아가지 않은 게요?”

"돌아오지 않았어요."

"금줄 때문에 미례 아씨에게 가지 못한 게지요. 이질금에게도 금줄이 넘기 쉬운 금기는 아닐 게요. 괜히 그랬다가 액운이라도 불러온다고 생각하면 말이오."

"그렇지 않아요."

멀리서 그의 그림자나 뒷모습이라도 보기 위해 내내 문 앞을 지키고 있던 그녀였다.

"미례 아씨, 이질금도 사람이니 왜 근심이 없겠소? 아마도 곧 돌아갈 게요. 그러니 미례 아씨도 사람들 눈에 띄기 전에 돌아가 자리를 지키시구려. 금줄을 넘는 건 잘하시는 일이 아닙니다. 더구나 이렇게 어수선할 때는 무슨 말이 날지 모르는 일이오."

경휘는 소솜이 건네는 전서구에서 떼어낸 서신을 읽고 배를 띄울 준비를 하라고 낮게 명령했다. 그리고 바닷가로 발길을 돌렸다. 소솜이 따라나서며 가서 쉬도록 만류했으나 경휘는 잠시만 혼자 있겠다고 말하며 고집을 꺾지 않았다.

오늘 새벽 그는 며칠 만에 언덕길을 내려오며 포구 멀리서 누구를 찾는 듯 머뭇거리며 서 있던 미례의 모습을 보았었다. 그녀의 모습을 발견한 순간 그의 가슴에 찬 기운이 스며들었다. 먹먹한 통증은 어디서도 느껴보지 못한 것이었다.

이럴 줄 알았으면 복주에서 더 많이 잘해줄걸.

그는 앞으로도 남은 시간이 많다고 안일하게 생각했다.

지금껏 그는 이유도 알려고 하지 않은 채 미례를 보면 그저 품고 싶었고 어렵지 않게 욕심을 채울 수 있었다. 가끔씩 그의 뜻대로 되어주지 않는 미례가 미워 화도 내고 심술도 부렸지만 그는 자신의 속마음을 알고 싶지 않았었다. 자신의 마음을 분명하게 알게 된 것은 복주의 포구에서였다. 말없이 떠난 그를 기다리는 미례 앞에서 그는 그녀 없이는 살 수 없다는 것을 인정하고 무릎 꿇었다. 귀찮더라도 그녀를 만난 처음부터 자신의 마음이 원하는 게 무언지, 무엇이 그녀를 그토록 원하게 하는지 알았더라면 좋았을 거라고 그는 후회했다. 이젠 떼어버릴 수도 없는 존재로서 미례는 그의 가슴속에 있었다.

미례와 함께 도망칠까. 누구도 찾을 수 없는 곳으로 가서 숨어 살까. 하지만 그것은 제대로 된 해결 방법이 아니었다. 남은 섬사람들을, 화평도방을 무방비로 위험에 노출시키는 것이었다.

경휘는 마음을 다잡으며 새로이 생겨난 동쪽 무덤가로 시선을 돌렸다. 저들을 잃고 가슴 아파하는 사람들에게 그 자신의 부재는 또 얼마나 클까.

싸워야 한다. 더 많은 희생을 하더라도 싸워야 하고 그러지 않을 방법이 있다면 그 방법을 취해야 한다. 자신으로 인해 섬사람들이 희생해서는 안 된다.

자신의 욕심과 부주의로 치른 섬사람들의 희생을 더 이상 좌시할 수는 없었다. 그는 무엇이 가장 최선의 방법인지 알고 있었다.

하지만 옆에 두고도 이렇게 괴로우면 그녈 보내고 영영 보지 못할 때는 어찌하면 좋단 말인가.

그는 긴 한숨을 내쉬며 검은 하늘을 올려다보았다.

배가 준비되었다는 전갈을 받은 경휘는 덤덤하게 알았다고 대답하고는 내키지 않는 걸음으로 미례를 대면하기 위해 안채로 향했다.

금줄을 보았지만 더는 그에게 의미없었다. 그것이 더욱 그의 마음을 무겁게 했다. 그녀와 자신의 미래를 위해 쳐진 금줄을 지킬 수 없는 현실이 그의 마음을 아프게 했다. 마을에 생긴 급작스런 비극에 이리저리 뒤처리를 하며 뛰어다니다 보니 어느새 그와 그녀의 혼인이 열흘밖에 남지 않았다.

열흘! 열흘 후였다면 결정은 달라졌을까?

경휘는 서둘러 걸음을 재촉했다. 지금부터 하려는 일은 지체하면 할수록 더 마음만 상할 뿐이다. 쓸데없는 상상으로 그 자신을 옥죌 필요는 없었다.

미례는 이미 저녁상을 물리고 억지로 다른 생각에 잠기지 않기 위해 바느질감을 가지고 수를 놓으며 시간을 보내고 있었다. 그가 문을 열고 들어서자 유모보다 미례가 먼저 고개를 들어 그를 알아보았다. 미례의 눈빛이 놀람에서 안도하는 눈빛으로 바뀌었다.

방 가운데 멈춰 선 그는 미례를 마주 보았다. 복주의 포구에서 돌아오면서 그는 다시는 그녀를 고향으로 돌아가지 못하게 하겠다고 말했다. 그녀는 순순히 고개를 끄덕이며 받아들였다. 하지만 이제 그는 자신이 했던 말을 뒤집을 생각이었다.

의아한 유모와는 달리 미례는 놀라지 않았다. 미례 곁에 앉았던 유모가 그의 얼굴에 보이는 심각함을 짐작하고는 서둘러 방을 나갔다.

미례는 유모가 나가고 나자 반짇고리를 정리하고는 말없이 몸을 일으켜 그를 맞았다.

그녀를 바라보는 그의 눈길이 미안함으로 흔들렸다. 무슨 말이라도 하고 싶었으나 어떤 말도 할 수 없었다. 그는 그녀의 윤기나는 검은 머리카락으로부터 투명한 그녀의 살결, 그녀의 이마와 눈, 입술을 가슴속에 새기기 위해 쳐다보았다.

그렇게 약속해 놓고 나는 다시 당신을 포기하려고 해.

해야 할 말이 자신은 물론 미례를 아프게 할 것을 아는 그는 선뜻 입을 열지 못했다.

그런데 미례가 먼저 그에게 다가가 그의 품에 기댔다.

"걱정했어요."

금줄과는 상관없이 이렇게 돌아와 줘서 고마워요.

따뜻하게 안아주지 않는 그의 몸을 미례가 파고들며 힘껏 안았다. 그의 반응은 느렸다. 천천히 망설이는 것처럼 더듬거리며 그녀의 몸을 쓸던 그의 팔이 마침내 단단한 그의 품 안으로 당겨 안았다. 그 어떤 말보다도 단 한 번의 포옹이 백 마디의 말을 대신한다는 사실을 미례는 알았다. 그녀의 머리카락과 어깨, 등을 훑고 쓸며 품는 그의 손길은 며칠간 애태웠던 마음을 녹이며 그대로 전해왔다.

"보고 싶었잖아요. 얼마나 걱정했는지……."

그녀의 머리카락에서 훅 끼쳐오는 그녀만의 향내와 다정한 말은 그의 이성을 잃게 만들었다. 그녀의 작은 손이 부드럽게 그의 등과 가슴을 쓰다듬는 손길도 그를 미치게 만들었다. 복주에서부터, 아니, 그 이전부터 참아왔던 그녀에 대한 갈망은 그에게서 이성을 빼앗았다. 단 한순간이라도 미례가 거부하는 몸짓을 보였다면 그는 어떻게든 멈추려고 노력은 해보았을 것이다. 하지만 미례는 그녀의 맨살을 찾아 더듬는 그의 손길을 피하지 않았다. 그리고 천천히 그녀는 자신의 행동 하나하나를 지켜보고 선 그의 앞에서 머리를 틀어 올렸던 장식을 떼어내며 머리를 가지런히 풀어놓았다. 그리고는 수줍어하면서도 천천히 겉옷을 벗었다.

그는 순간 그 자리서 멈칫했다. 그는 해야 할 말이 있었다. 그는 미례가 오해하듯이 남은 열흘을 참지 못하고 그녀와 몸을 섞으려고 금줄을 넘어 안채로 온 것이 아니었다. 그러나 숨을 쉴 때마다 느껴지는 그녀의 향내에 유혹을 떨치기 힘든 것도 사실이었다.

멈춰야 해. 그만둬야 해.

그는 어떻게든 유혹을 떨치기 위해 숨을 골랐다. 하지만 쉽지 않았다.

하룻밤쯤 더 안는다고 달라지는 게 있을까.

경휘는 갈등하기 시작했다.

오늘이 미례와 보내는 마지막 밤이야. 못내 그리며 살아야 할 많은 날들 가운데 오늘 밤 기억을 부여안는다고 해서 잘못될 게 있을까.

미례가 가지런히 옷을 벗어놓으며 침상 안으로 들어가자 그의 마음도 약해졌다. 하룻밤이라도 그녀를 품지 않으면 죽을 것 같던 마음은 변한 적 없었다. 그는 다만 이전의 잘못을 사죄하는 마음으로 혼인하는 날까지 기다리느라 금욕의 고통을 참고 있을 뿐이었다. 하지만 그녀의 새하얀 알몸을 보자 눈을 뗄 수 없었다. 그는 다급하게 자신의 남은 옷을 벗고 그녀에게 다가갔다. 그는 서둘러 불을 끄고 침상 안 이불 속으로 들어가 그를 기다리며 바로 눕는 미례의 몸 위로 올라갔다.

그녀의 심장이 빠르게 뛰고 있었다. 숨소리도 불규칙했다. 그것은 경휘 역시 마찬가지였다. 교역으로 섬을 떠나 있다 돌아왔을 때 그랬듯이 그는 그동안 눌러 참았던 욕정으로 신음하며 격렬하게 미례의 몸을 탐했다. 그의 손이 스친 곳에 그의 입술이 닿았다. 그녀의 살결은 매끄럽고 아기 피부처럼 부드러웠다. 더구나 말랑하고 탄력있는 그녀의 젖가슴은 아무리 만지고 힘주어 손안에 쥐어도 만족스럽지 않았다. 못이 박힌 그의 거칠고 투박한 손길이 쓸자 그녀의 유두가 꼿꼿하게 일어섰다. 그가 엄지손가락으로 그것을 쓸거나 만질 때마다 미례의 입에서 작은 신음이 섞여 나왔다. 그것은 이전의 고통이 섞인 소리와는 확연하게 구분이 되었다. 그는 이성으로 제어되지 않는 욕망의 정점에서 더는 견디지 못하고 그녀를 안았다.

미례는 그가 방 안에 들어선 순간부터 온몸의 신경이 그를 향하고 있었다. 그를 맞아들이기 위해 침상에 눕는 순간부터 그녀는 젖가슴이 단단히 굳어지고 아래 몸의 중심부가 움찔했다. 마지막으로 그와 잠자리를 가졌을 때 이전과는 달리 그 일이 못 견디게 고통스럽기만 하지 않다는 것을 경험했지만 다시 그럴 수 있을지 불안하기도 했다. 하지만 미례는 상관없다고 생각했다. 그것이 기쁨이 되든 아픔이 되든 그의 곁에서 마음을 나눌 수만 있다면!

그녀는 마음을 나누는 방편으로 그와 몸을 나누는 방법을 선택했다. 단단하고 뜨겁게 일어선 그의 일부가 미례의 몸을 가르며 안으로 밀고 들어왔다. 미례는 두 팔로 그의 겨드랑이 사이에 손을 넣어 그의 넓은 등을 안았다. 그의 등근육과 허리가 세차게 진퇴를 거듭하며 움직였다. 조금도 여유라고는 찾아볼 수 없는 그의 격한 행위에 신음하면서도 미례는 달래듯 그의 등을 부드럽게 감싸 안았다.

며칠이나 그녀를 불안하고 조바심나게 했던 그의 행위는 조금의 여지도 없이 조급해하고 있었다. 미례는 거칠게 자신을 탐닉하는 그에게서 다정함을 갈구하며 신음했다. 그의 거친 숨결이 그녀의 귓전에 쏟아졌다.

조금만 천천히, 조금만 살살. 이전 같았으면 어서 그의 행위가 끝나기를 바라며 수동적으로 누워 있는 것이 고작이던 미례는 마음으로부터 원하는 것을 성취하고 싶었다. 격한 몸짓으로 조급하게 풀어버리기에는 너무나 안타깝고 아쉬웠다. 여유라고는 조금도 찾아볼 수 없는 그에게 조금만 천천히 하자고는, 조금만 살살하자고는 말할 수 없었다. 하지만 이대로라면 그는 곧 절정에 달할 것이고 그곳에서 파정하고 나면 그녀의 몸으로부터 떨어질 것이다. 미례는 그의 몸 아래에서 그가 더 깊이 들어오려고 하면 조금 더 멀어지고, 멀어지려고 하면 깊숙이 이끌면서 점차 그의 행위에서 고저와 완급을 조절하기 시작했다.

“……제발!”

그는 거의 도달할 것 같은 욕망의 정점에서 그를 끌어내리고 멀어지는 그녀의 행위에 불만을 토로하려고 했으나 그녀의 간절한 눈빛을 읽은 후에는 그녀가 주도하는 대로 서서히 완급을 조절하기 시작했다.

그의 갈증은 너무나 심했다. 아무리 급하게 채워도 채워도 만족스럽지 않았다. 그녀의 젖가슴을 아무리 손안에 주무르고 빨고 핥아도 완전히 그의 것이 되지 않았고 포만감이 들지 않았다. 그녀의 살결은 부드럽기만 했고 그녀만의 향으로 그를 마비시켰다. 깊고 세차고 느리게 그녀의 가장 깊은 곳까지 들어찬 그가 그것으로도 만족하지 못하고 한 손으로 그녀의 엉덩이를 쥐고 그의 몸에 더욱 밀착하자 미례의 신음 소리가 점차로 급박해졌다. 그녀로서는 처음 겪는 낯선 감각이 점차 아래로부터 그와 그녀를 흔들기 시작했다.

그녀의 목덜미에 얼굴을 묻은 그가 빠르게 뛰는 그녀의 맥박을 감지하며 더 이상 안으로 진입하는 대신 그녀의 안에서 휘젓듯 양물을 움직여 그를 조이는 그녀의 몸 안을 넓힐 것처럼 하자 미례의 신음 소리가 더욱 가파르게 끊기듯 이어졌다.

미례는 견딜 수 있는 최고치 이상으로 자극하는 그의 몸을 떼어 놓기 위해 머리를 들어 그의 어깨 사이에 기대며 그를 안은 등의 손톱을 세웠다. 그래도 그가 멈추지 않자 그녀는 그의 등을 안은 팔을 내려 그의 엉덩이를 잡으며 제지했다. 그래도 그는 멈추지 않았다. 닿을 듯 말 듯, 고통인 듯 희열인 듯 어지럽게 그녀를 감싸는 낯선 느낌이 그녀의 몸을 띄우고 몸 안의 단 한 곳만을 제외하고 그녀의 몸은 아찔하면서도 나른한 쾌감의 파도를 탔다. 낯선 감정의 파도에 휩쓸린 처음의 두려움과는 달리 떠밀려 올라가는 곳이 어디인지 모르면서도 미례는 안전하고 편안했다.

더 이상 막을 수 없는 절정을 향한 빠르고 거친 그의 움직임이 더욱 그녀를 높은 곳으로 이끌었다. 한순간 그의 몸이 정지된 듯 멈추었고 한동안 그 상태로 미례의 몸 위에 있었다. 그의 온 신경은 오로지 그녀와 결합한 그곳에 집중되었는데 그를 꼭 죄고 놓지 않는 미례의 뜨거운 속살의 움직임에 의해 더는 견디지 못하고 폭발했다. 천천히 찰랑이는 의식의 파도를 헤치고 현실로 돌아온 미례는 두 팔로 땀이 배인 그의 등을 끌어안았다. 그를 놓으면 그가 어디론가 가버릴 것 같았기 때문이었다.

이런 느낌 때문이었구나.

미례는 비로소 몸을 나누는 그의 행위가 그 혼자만의 즐거움이 아닐 수 있다는 것을 깨달았다. 야만스럽고 동물적이기만 한 것 같던 그의 행위를 좋아하게 될 수도 있다는 것이 믿을 수 없던 그녀였지만 이제야 그것이 가능하다는 것을 알게 되었다.

"……무겁지 않아?"

겨우 말을 할 수 있게 되자 그녀의 살결을 부드럽게 만지며 그가 낮게 물었다. 그는 간절하게 끌어안고 놓지 않는 그녀의 애정 표현이 뿌듯하면서도 걱정스러웠다.

"아뇨."

숨쉬기가 버거운 게 사실이었으나 미례는 그에게서 멀어지는 것이 싫었으므로 그대로 있기를 고집했다. 왜 확인하고 또 확인하고 싶은 건지 알 듯도 하다고 미례는 생각했다. 그런데 그가 조금 몸을 움직이더니 미례의 옆으로 내려와 누웠다. 미례는 실망 섞인 한숨을 쉬며 그에게로 다가가 밀착해서 그의 옆구리에 안겨들었다. 그는 싫거나 귀찮다는 말없이 미례의 몸을 쓸어안았다.

그는 방 안에 들어와서 한마디도 하지 않았지만 미례는 그의 몸이 말하는 것을 읽었다. 말로 하는 백배, 천배 이상으로 미례는 그의 마음을 알았다고 생각했다.

당신, 나를 미워하지 않을 거죠? 나를 버리지 않을 거죠?

미례가 안심하여 잠들고 나자 경휘는 그의 가슴에 올려진 그녀의 부드러운 손을 더듬어 만졌다. 그녀의 얼굴도 살짝 더듬어보았다. 머리카락을 걷어내며 그가 뺨을 쓸고 얼굴 윤곽을 더듬자 미례가 가늘게 한숨을 내쉬며 배시시 웃었다. 그리고는 다시 잠 속으로 빠져들었다.

네가 날 미치게 만들고 있는걸 알아, 미례?

널 보내고 며칠 밤이나 제대로 잘 수 있을까. 그가 안타깝게 미례의 고운 살결을 쓰다듬었다. 그에 대한 미움증을 벗어버린 듯 미례는 그를 애태우며 요염한 몸짓을 해서 그를 즐겁게 만들었다.

다른 사내에게 시집가겠지? 다른 사내 품에 안겨서도 내게 하듯이 달아오를까.

경휘는 순간 치밀어 오르는 불길을 억누르기 위해 애써 그 생각을 떨쳐 버렸다. 가끔 키득거리기도 하고 깔깔대기도 하며 웃음소리를 내는 미례를 보았었다. 그 또한 최근의 변화였다.

잠들지 않고 이렇게 내내 이 여자만 안을 수 있다면……!

몸을 나누는 격한 행위는 그를 곧 잠으로 이끌었지만 경휘는 그 마지막 순간까지도 그녀 등의 선을 따라 몸을 부드럽게 쓰다듬었다.

"좀 이따가 준비해요, 유모. 그인 아직, 많이 지쳤던 모양이야."

조심스럽게 속삭이는 목소리로 미례가 말을 하자 유모가 걱정스레 채근했다.

"아기씨, 사람들의 이목이 있습니다. 어젯밤 금줄을 넘은 것을 알게 되면 무슨 말이 나게 될지……."

"알았어요. 곧 깨울게요."

조급한 유모의 마음과는 달리 미례의 태도는 안온하기 그지없었다. 두 사람의 혼인을 앞두고 섬의 흉사를 당해 금기임을 알면서도 잠시 안심시켜 줄 요량으로 보러왔거니 했던 유모는 어젯밤 그가 아예 미례와 밤을 보내자 불안하기 그지없었다. 그녀가 익히 보아 온 혼인 풍습과는 달라도 그것이 이곳 사람들이 지키는 관습이라면 미례도 지키는 것이 옳다고 유모는 생각했다. 하지만 유모도 더는 채근하지 못하고 알겠다며 문을 닫았다.

미례는 발소리마저 죽이며 거울 앞으로 돌아와 앉아 머리를 틀어 올리며 고정시키다가는 침상을 바라보며 그의 존재를 확인했다. 금기를 어겼지만 미례는 자신을 소중히 여기는 그의 마음을 의심하지 않았다.

미례는 몹시 지치고 힘들며 외로워 보이는 그를 위로하고 싶었다. 열 마디, 백 마디의 말로 어려운 그 일이 몸을 나누는 단 하나의 행위만으로도 가능하다는 사실이 좋았다. 지금까지 그녀는 남녀가 몸을 나누는 행위를 혐오하고 살아가는 데 있어 불필요한 것으로 생각했었다. 왜 그토록 아프고 수치스런 일에 그가 집착하고 몰두하는지 알 수 없다고 생각했었다. 하지만 어젯밤 그녀는 백 마디, 천 마디의 말을 나눈 것보다 더 그를 이해했다고 생각했다.

다시 거울로 시선을 맞추며 자신의 모습을 살피던 미례는 낮게 한숨을 쉬고는 침상 쪽으로 다시 시선을 옮기다 언제 깼는지 눈을 뜨고는 가만히 그녀를 건너다보는 경휘와 눈길이 마주쳤다.

"피곤했던가 봐요."

미례가 희미한 웃음을 보이며 그를 돌아보았다.

그에게 어젯밤이 천국이었다면 오늘 아침은 지옥이었다. 그는 쓰디쓴 침을 삼키며 고혹적인 미례에게서 시선을 거두고 데면데면하게 자리에서 일어나 앉았다. 그의 머리맡에는 그녀가 준비한 의복이 가지런히 개켜져 있었다.

이 모든 건 다 그의 탓이었다. 어젯밤 미례를 안지 말았어야 했다. 유혹에 지지 말았어야 했다. 결국 그의 욕심으로 미례를 안아서 상황을 더 엉망으로 만들어 버리고 말았다.

그가 말없이 일어서서 옷을 다 입는 동안 미례는 어젯밤과는 달리 어둡고 차가운, 저만치 거리를 두고 있는 경휘를 이상하게 생각했다.

"세숫물 가져올까요?"

그녀가 문가로 걸어나가려 하자 경휘가 서둘러 고개를 저었다.

"그만둬. 내가 알아서 할 거야."

"그러면……."

미례의 눈빛이 흔들렸다. 그녀의 생각과는 달리 뭔가 마음에 들지 않는 게 있는 얼굴이었다, 그는!

이 사람, 어젯밤 공연히 금줄을 넘은 게 아니었어.

미례의 육감이 그렇게 경고하자 그녀의 신경은 차가운 공기에 스치기만 해도 살을 벨 것처럼 예민해졌다.

"유모를 불러, 미례."

경휘가 침상에 걸터앉아 마음을 다지고는 쌀쌀하게 말했다.

"시킬 일이 있으면 내게 말해요."

미례는 위축되는 마음을 북돋우며 용기를 내서 다정하게 말했다.

경휘는 미례의 창백해진 얼굴을 확인하고는 마음이 약해졌다.

어떻게 해야 이 여자의 마음을 덜 아프게 할 수 있을까.

그는 다시 한 번 어젯밤 자신의 행위를 후회했다. 잔뜩 기대감을 품고 있는 미례에게 자신이 해야 할 말은 너무 잔인한 것이었다.

"짐을 챙겨."

그가 잠기는 목을 겨우 열어 명령했다.

"뭐라고… 했어요?"

미례는 믿기지 않는 그의 말에 무너지는 가슴을 진정시키며 놀란 눈으로 그를 쳐다보았다.

"짐을, 챙기라고!"

그는 얼핏 건성으로 그녀의 눈길을 일별하고는 일부러 무심하게 말했다.

이번에는 그의 의도가 제대로 전달되었는지 그녀는 다시 묻지 않았다. 하지만 짐을 챙겼으면 하는 그의 바람과는 달리 미례는 떨리는 음성으로 주저하며 그에게 물었다.

"……왜요?"

다른 때 같았으면 휘파람이라도 불며 다정스레 히죽거리기라도 했을 경휘는 오늘 너무 달랐다. 미례는 정체 모를 두려움에 휩싸였다. 그녀의 입술은 바짝바짝 타 들어갔다.

"집으로 보내줄 거야."

경휘가 위태로운 미례의 시선을 피하며 내뱉었다.

"내가, ……뭘 잘못한 거예요? 내가 모르는 뭔가."

떨리는 그녀의 물음에 그는 단호하게 대답했다.

"아니! 그런 거 없어!"

그러면 무엇 때문에 짐을 싸야 한단 말인가. 그는 복주의 포구에서 그녀에게 떠나지 말고 남아달라고, 남아서 그와 혼인해 달라고 말했다. 그녀는 그와 그의 장로들에게 집으로 돌아가지 않겠다고 이미 약속했다. 그런데 무엇 때문에 그가 다시는 자신을 보지 않을 것처럼 냉정하게 굴면서 짐을 싸라고 하는 것인지 미례는 도무지 이해할 수 없었다.

"그러면 무엇 때문에, ……마을의 안 좋은 일 때문이에요?"

그녀의 음성은 기어들어 갈 듯 겨우 말을 이었다. 그것 말고는 당장 다른 이유가 떠오르지 않았다. 어젯밤 그의 행위는 너무나 간절했고 진심이 담겨 있었다. 그의 곁에 다른 여자가 서 있는 것은 이제 그녀로서는 상상도 할 수 없는 일이었다. 뿐인가, 그가 어젯밤과 같은 행위를 그녀가 아닌 다른 여자와도 할 수 있다는 것은 상상하고 싶지 않았다.

"그 일은 당신과 상관없어!"

"정말요?"

"구차하게 이런저런 말을 꼭 해야 하나?"

집으로 보내줄 테니 짐을 싸!

그것 이외에 미례는 다른 이유를 떠올릴 수 없었다.

다시는 집으로 돌아가겠다 하지 않고 이곳을 고향 삼아 살아주겠냐고 간절하게 물었던 그가 하룻밤 새 이처럼 냉정하다니!

그녀도 들었던 불안한 소문 때문이 아니라면……?!

"다른 여자가 있어요? 그래서 나를……."

금기를 어긴 벌인가. 정말로 금기를 어겨서 나쁜 악귀가 나를 시험하는 건가.

미례의 마음은 혼란스럽기만 했다.

그는 싸늘한 태도로 말했다.

“짐을 싸! 사람을 보낼 테니 짐을 챙겨서 기다리고 있어.”

그는 잠시도 더 머무르고 싶지 않은 듯 문가로 성큼 걸어갔다.

“난 가지 않아요.”

미례가 얼른 정신을 수습하고는 그의 등을 원망스레 쏘아보았다. 아무리 버릴 때 버리더라도 이유는 말해줘야 하는 것 아닌가?

그녀의 반발에 경휘가 돌아섰다.

“뭐라고?”

“난 가지 않아요! 짐을 챙기지도 않을 거예요!”

한마디 한마디 그녀는 자신의 결심을 알리며 힘주어 말했다.

그는 고집스레 입술을 깨물며 겨우 눈물을 참고 있는 미례를 가까스로 바라보기만 했다.

“나는 여기서 한 발자국도 움직이지 않을 거예요!”

미례는 그를 정면으로 응시하며 자신의 의지를 확고히 말했다.

“내 말 못 알아들었어? 집으로 보내주겠단 말야!”

싫은 말을 반복하게 하는 그녀와 자신에게 화가 난 그가 버럭 소리를 질렀다.

“난 싫어요!”

그녀는 당당하게 그의 분노에 맞섰다. 그도 그제야 그녀와의 이별이 쉽지 않을 것을 예상했다. 그녀가 순순히 돌아가도록 하기 위해서는 그 이유를 말해주어야만 했다. 하지만 그는 자신의 마음을 열어 그녀에게 내보일 수 없었다.

“내가 언제 돌아가겠다고 했어요? 난 이미 마음 정했단 말예요.

이곳에 남겠다고 약속했단 말예요. 남아달라고, 혼인해 달라고 말했던 사람은 당신이었어요. 내가 뭘 잘못했으면 그렇다고 말해요. 내가 싫어졌으면 왜 싫어졌는지, 왜 마음이 변한 건지 내게 말해요.”

잘못했으면 고칠 것이고 달리 여자가 있다면 맞서 싸울 것이다. 이대로 이유없이 버림받을 수는 없다고 미례는 생각했다.

당당하게 맞서는 미례와는 달리 경휘는 비겁했다. 그는 미례를 마주 볼 용기도 내지 못했다.

“아니, 넌 오늘 떠나게 될 거야. 저녁나절에는 네 고향 사람들의 배 안에서 웃으며 여기 일들은 다 잊어버리게 될 거야!”

너! 다정하고 부드럽게 ‘당신’ 이라고 불러주던 그가 태도를 바꾸었음을 짐작케 하는 호칭이었다.

이것이 정말 금줄을 지키지 않은 대가인가. 나쁜 귀신의 장난인가.

무엇이 되었든 미례는 지지 않을 생각이었다. 미례는 강하게 고개를 저었다.

“난 안 가요, 난 여기 있을 거예요!”

“고집 센 바보 계집 같으니! 왜 안 가겠다는 거야? 내 속을 뒤집어놓을 생각이야?”

그가 더 이상 고통을 참지 못하고 언성을 높이며 고함을 치자 미례의 눈에서 눈물방울이 흘러내렸다.

왜 그래요, 정말 왜 그러는 거예요! 왜 이제 와 다시 날 보내주겠단 거예요!

미례는 도무지 여지없는 그를 눈도 깜빡이지 않고 올려다보기만 했다.

유모가 밖에서 무슨 일인지 걱정스러워하며 문을 열고 그를 슬쩍 보았다가는 그의 성난 기세에 눌려 문을 닫으려고 했다.

그가 유모를 향해, 닫히려는 문을 향해 명령했다.

"유모, 당장 미례와 자네의 짐을 챙겨!"

"예?"

유모도 놀라며 그의 안색을 살피더니 미례를 쳐다보았다.

"내 말 못 들었어? 짐을 싸서 여길 떠날 준비를 하라고!"

"하지만 이질금, 미례 아기씨는."

"어디, 한마디만 더 해봐."

하기 싫은 소리를 반복하게 만드는 그녀들에게 짜증을 내며 그가 경고했다.

그의 기세에 눌린 유모는 더 이상 아무 말 못하고 조심스레 문을 닫고 사라졌다.

침묵이 무게를 더하며 방 안을 눌러왔다. 그는 스스로를 저주했고 혐오했다. 어젯밤 그처럼 쉽게 미례를 안고 싶은 유혹에 넘어가지 않았다면 이런 쓸데없는 실랑이는 하지 않아도 되었을 것이다. 그저 한마디만으로도 족했을 것이다.

뭘 잘못했냐고? 다른 여자가 생겼냐고? 어젯밤 그렇게 미친 듯이 끌어안고 다급하게 몸을 섞은 여자에게 그런 말이 먹히기나 할까?

상황을 그렇게 만든 사람은 다른 누구도 아닌 그 자신이었다. 그는 스스로도 어쩌지 못하고 씩씩대며 화를 삭이다 그대로 문을 나섰다. 좋다고 냉큼 짐을 싸는 그녀를 기대하지는 않았지만 안 가겠다고 고집을 부리는 미례도 그를 화나게 하기는 마찬가지였다.

한참 후 출항 준비를 마친 배 위에서 경휘는 미례 일행을 데려오도록 명령하며 사람을 보냈다.

그의 말이 끝나자 배 안의 사람들이 웅성거렸다. 장로 대표가 심각한 표정으로 그에게 다가왔으나 경휘는 서둘러 배 안으로 올라가며 그를 피했다. 그의 결심은 확고했다. 누구라도 그의 결심을 되돌릴 수 없었다. 이미 지나칠 만큼 그 자신과 미례의 마음을 아프게 한 후였다.

"이질금!"

장로가 조심스레 그에게 다가왔다.

"뭐라고 해도 내 생각은 변하지 않아요. 늦었지만 모든 일을 원상태로 되돌리려는 것뿐이니, 더 이상 아무 말도 하지 마세요!"

"하지만 이건."

"더 많은 사람의 희생을 원해요? 나 하나만 마음을 정하면 되는 겁니다."

"이질금!"

"미례가 싫어졌어요. 이젠 지겨워졌다고요! 됐습니까?"

그는 이를 악물고 마음에도 없는 거짓말을 토해냈다.

장로는 깊은 한숨을 내쉬고 그의 눈앞에서 사라졌다.

경휘는 주먹을 꼭 쥐고 호흡을 가다듬으며 침착과 냉정을 되찾았다. 이후로 아무도 나서서 그를 설득하려는 사람은 없었다. 그는 갑판 위에서 수평선 너머를 바라보는 척했다. 그러나 그의 눈에는 아무것도 들어오지 않았다.

잠시 후 미례를 데리러 갔다가 돌아온 사내는 미례가 하나도 짐을 챙기지 않았으며 아무리 재촉해 보아도 꼼짝도 않더라고 말을 전했다.

정말 마지막까지 고분고분 말을 들어주질 않는군!

그는 겉으로는 평정을 유지하며 보폭이 큰 걸음으로 배에서 내려 집을 향해 빠르게 걸음을 옮겼다.

싫어진 거야! 지겨워진 거라고!

그녀를 보내는 이유는 그뿐이었다. 그녀의 가슴을 아프게 하고 나중에 후회하더라도 그녀를 보낼 방법은 그뿐이었다.

그런데도 미례의 눈물과 한숨, 상한 얼굴이 그의 가슴을 오그라들게 했다. 다시 한 번 안채의 금줄을 넘어 방으로 들어선 그의 시야에 아침나절 그가 떠나던 그대로 앉아 있는 미례가 들어왔다. 아침 식사도 하지 않은 모양으로 음식이 그대로 있었다.

"또다시 단식 시위를 할 생각이야?"

미례는 아침과는 달리 그를 바라보지 않았다. 그녀의 어깨는 힘없이 축 처진 상태로 그 자세 그대로 앉아 있었다.

"이젠 더 이상 네게 원하는 게 없어. 더 이상은 널 원하지 않는다고! 그래도 못 알아듣겠어?"

그런 줄은 미례도 알았다. 그럴 거라고 생각했다. 그렇지 않고서는 이처럼 돌변해서 그녀를 버리려고 하지 않을 것이다. 그렇다면 어젯밤은 뭐였냐고 묻는 것도 두려웠다.

미례는 그가 겨우 들을 수 있을 정도의 작은 음성으로 말했다.

"……차라리 날 그냥 죽여요. 난 여길 떠나지 않을 거예요."

깊은 상처를 받은 미례의 모습은 그를 못 견디게 했다.

"감격할 노릇이로군, 젠장!"

“다른 여인이 생겼음 그 여인에게 가요. 그래도 난 여기 있을래요.”

그녀는 오해를 하고 있었다. 경휘는 비록 그녀를 포기하고 그래서 그녀를 떠나보낼지라도 그런 식으로 미례에게 상처를 주고 싶지 않았다.

싫어지고 지겨워져?

그는 숨을 고르고는 낮은 소리로 말했다.

“다른 여잔 없어. ……그래서 널 쫓으려는 게 아냐.”

그제야 미례가 간절한 눈빛으로 그를 응시했다.

“그럼 왜요?”

널 보내려고 마음먹은 나도 마음이 좋기만 한 건 아니야, 미례야! 그는 조금은 부드러워진 말투로 명령했다.

“서로 힘들게 하지 말고 어서, 짐을 챙겨.”

“제발!”

“나야말로 제발 부탁이니, 짐을 챙겨! 안 그러면 그대로 몸만 들쳐 메고 배 안에 던져 버리겠어.”

“왜요? 왜 이제 와서 날 보내겠다는 거예요?”

미례는 눈물로 호소하며 물었다.

“널 가지고 싶어서 내 눈엔 아무것도 보이는 게 없었어.”

“그럼 안 보내면 되잖아요? 이곳에서 이질금인 당신에게 강요하거나 명령할 사람은 없잖아요? 장로님들도 허락했고 우린 곧.”

“그래, 없지. 아무도 내게 널 보내라고 말하지는 않아. 하지만 미례야. 마을 동쪽에 무덤이 늘어갈수록 내 마음도 무거워져.”

미례는 그가 무슨 말을 하는 것인지 혼란스러웠다.

왜 내가 머물면 이 사람의 마음이 무거운 것인가. 아무도 이 사람에게 날 보내라고 말하지 않는데 왜 쫓아내려고 하는 것인가. 얼마 전 마을의 사람 몇이 상했고 장례도 치렀지만 그것이 소문과는 달리 나와는 상관없다고 했으면서……?!

미례는 답을 듣기 위해 그에게 집중했다.

"……가락국."

그는 겨우 마음을 다스리고 호흡을 가다듬었다.

"그곳에서 널 찾으러 사람들이 왔어. 그들과 싸우다 사람들이 죽었어."

순간 미례의 숨이 그대로 멈추었다. 그제야 이해할 수 없는 오늘 아침 그의 모든 행동이 이해되었다. 그제야 그가 하는 말과 사람들이 그녀를 찾지 않는 이유, 소솜이 눈을 마주치지 못하던 이유를 알았다. 그제야 미례는 어젯밤 그가 자신을 품고 싶은 마음을 이기지 못해 금줄을 넘은 것이 아니었다는 것을 알았다.

"널 품고 싶어. 널 다른 사내에게 보내고 싶지도 않아. 하지만 내 욕심 때문에 내 식구나 형제, 친척, 친구나 다름없는 마을 사람의 피를 봐야 하고 곡소리를 들어야 한다면 난 더 이상 널 안을 수 없어. 그들은 내게 너무도 소중한 사람들이고, ……내가 지켜야 할 사람들이야. 난 이곳의 이질금이라고!"

미례의 어깨가 더 이상은 숨길 수 없게 가늘게 들썩이기 시작했다. 그가 마을 사람들보다 자신을 먼저 생각해 달라고 말할 수는 없었다. 앞으로 무슨 일이 있어도 그의 곁에 머물겠다고는 말할 수 없었다. 미례는 어찌할 수 없는 자신의 처지가 서러워져 흐느껴 울었다.

그는 미례의 머리 너머로 벽을 바라본 채 말을 이었다.

"널 보내려고 마음먹은 나도 마음이 좋기만 한 건 아냐. 하지만 그들이 피 흘리고 죽어간다면 미례야, 난 더 이상 어젯밤처럼 널 품을 수 없어. 사내구실도 못해."

그녀를 얻는 대가로 감수하라고 하기에는 너무나 큰 희생이었다.

"어젯밤은, 일부러 그러려고 했던 게 아니야. 당신에게 말하려고 왔는데 그만……. 제대로 통제가 되지 않았어. 당신에게 그러려고 했던 게 아니었는데."

한동안 흐느껴 울기만 하던 미례가 눈물을 닦으며 고개를 들었다. 진실을 알았지만 그것이 남을 수 있는 이유는 되지 못했다. 더 이상 그의 마음을 붙들고 매달리고 싶지 않은 미례는 침상 가에서 반짇고리 함을 꺼내 품 안에 감싸 안았다.

"이것만 가져갈래요. 다른 건 필요없어요."

그의 가슴이 다시금 무너져 내리고 있었다. 그러나 그는 애써 표정을 감추며 말없이 문을 나섰다.

"미례 아기씨!"

밖에서 모든 걸 들은 유모가 주저하며 미례에게 눈으로 많은 걸 묻고 있었다.

"시간을 좀 줘요. 먼저 가 있으면 포구로 따라갈게요."

그는 그녀들을 남겨둔 채 서둘러 떠나 버렸다. 남아 있는 미례와 유모 사이에 어색한 정적이 감돌았다.

"미례 아기씨."

미례는 침착한 어투로 그녀의 말을 잘랐다.

“유모, 짐을 챙겨요. 고향으로 보내주겠대. 어서 떠나고 싶어.”

미례는 단호하게 침착한 표정으로 말했다.

“미례 아기씨.”

“어서요!”

유모는 안타깝고 이해할 수 없는 표정으로 말했다.

“왜 ……말씀하지 않으셨어요?”

“말 들었잖아요. 그이에겐 나보다 더 소중한 사람들이 있어요.”

“하지만 미례 아기씨가 말씀하셨더라면 이질금께서도 마음이 돌아설지도 모르는데.”

“소용없어요.”

짐이 되는 일이 분명한걸요. 그 사람의 마음을 알면서 그렇게 짐이 되면서 살 수는 없어요!

“집으로 돌아가면 다시 올 수 있을지…….”

유모는 마지막까지 희망을 놓지 않으려고 했다.

“나 때문에 ……사람이 상했어요, 유모. 죽은 이들을 생각하면 나를 다시 보고 싶겠어요?”

“하지만.”

“그만 가요, 유모.”

미례 일행이 포구에 도착하자 가납사니가 손을 내밀어 배에 올려주었다. 경휘는 그녀 쪽으로는 시선도 안 두고 배의 갑판 한쪽에 등 돌린 채로 출항을 명령했다.

침울한 배 안의 분위기 속에서 미례는 품에 있는 반짇고리 함을 꼭 안은 채 표정없이 바닷물만 응시했다.

이럴 줄 알았으면 차라리 복주의 포구에서 마음을 다잡고 돌아갔을걸! 마음이 조금 안 좋았어도 그때 미련없이 돌아갔더라면 오늘 이런 슬픔은 없었을 텐데…….

그냥 이대로 그의 앞에서 물로 뛰어들어 그의 가슴에 묻히는 여인이 되고 말까 하는 그녀의 마음을 짐작이라도 한 것처럼 유모가 걱정스런 얼굴로 팔을 뻗어 미례의 어깨를 감싸 안았다. 미례의 눈이 허공에서 유모와 마주쳤다. 뭐라고 위로할 말을 찾지 못한 유모는 다만 미례의 등을 위로하며 토닥토닥 두드렸다.

이윽고 그들을 기다리고 있는 배를 만난 경휘 일행의 배는 조심스레 배를 잇닿게 하고 미례를 넘겨주었다. 그 순간에도 경휘는 먼 바다만 바라볼 뿐 미례에게 한 번도 시선을 주지 않았다. 미례 또한 잠시 그의 뒷모습을 일별했을 뿐 더 이상 배 안에서 지체하지 않았다.

유모가 안전하게 건너오는 것을 돌아보던 미례는 자신에게로 한 발짝 다가서는 낯익은 얼굴을 확인하고는 참았던 울음을 터뜨렸다. 꿈속에서도 그리던 그리운 사람이었다.

"못된 일을 당하진 않았니, 미례야?"

미례는 어느새 알아보기 힘들게 더 자란 사람의 품 안으로 안겨 들었다.

"오라버니!"

미례의 울음마저 감싸 안으며 미루가 그녀의 몸을 확인하듯 보듬었다. 한없이 재잘대며 삐치면 새침하던 귀여운 말괄량이 누이동생은 일 년 사이 성숙한 느낌을 내는 여인으로 변해 있었다. 미례의 소식을 접하고부터 내내 그의 꿈속을 괴롭히던 눈물 많은 어린 누이동생이 아니었다.

고개도 들지 못하고 서럽게 흐느껴 울며 그의 옷자락을 적시던 미례는 미루의 달래기도 하고 놀리는 말투에 억지웃음을 지으며 고개를 들었다가는 멀어지는 경휘 일행의 배를 보고 다시 울음을 터뜨렸다.

"어째 나이만 더 먹고 자라기만 했지, 더 울보가 된 게로구나."

미루가 다독이며 미례를 놀렸다.

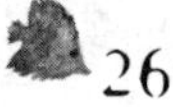

26

빠른 속도로 미례를 태운 배로부터 멀어지던 경휘 일행에게 작은 배 한 척이 다가왔다. 화평도의 배였다.

이윽고 배가 가까이 닿자 새타니가 배를 가져다 대도록 말했다.

"아니, 새타니가 직접 바다까지 웬일이오?"

가납사니가 그녀를 부축해서 배로 인도하며 의아하게 물었다. 새타니는 혀를 차며 그들을 일별하고는 갑판 구석에서 침울한 경휘에게로 다가갔다.

"어리석은 짓을 했구려, 이질금."

다가서는 새타니의 핀잔을 들으며 경휘가 스산하게 웃었다.

"이제 더 이상 부탁할 일이 없을 것 같으니 안될 모양이지? 더는 나를 놀리고 싶어도 그럴 일이 없을 테니 서운한가?"

"쯧쯧!"

새타니가 경휘의 드러나지 않은 상처를 보고는 동정했다.

"한발 늦었군그래. 그 말썽 많던 여잔 제 고향으로 보내 버렸어. 이젠 속이 시원하군."

"마음에도 없는 소린 그만 하구려. 그게 다 상처를 헤집는 소리요."

"그렇지 않아."

"방향을 바꾸시오, 이질금!"

새타니가 멀어지는 가락국의 배를 바라보며 말했다.

"어림도 없는 소리!"

경휘가 새타니를 외면하며 섬 있는 쪽 바다로 시선을 돌렸다. 복주에 닿으면 오래도록 기루에 처박혀 세상 시름을 잊으리라 결심하는 그였다.

남궁 녀석도 불러 밤새워 술을 부어야지.

섬을 떠나 있는 아비처럼 그 역시 섬에는 오래 머물지 못할 것을 알았다. 더구나 그녀가 오르던 언덕배기에는 발걸음도 하지 않으리라.

그제야 경휘는 미례를 반대하며 그를 다그치던 장로들이 무엇을 염려했는지 새삼 깨달았다.

"가납사니, 어서 뱃머리를 돌리게!"

새타니가 경휘를 바라보고는 혀를 차더니 가납사니에게 명령을 내렸다.

"하지만 새타니, 이질금이."

가납사니가 경휘의 눈치를 보며 말했다.

"어이쿠, 제 자식도 못 지키는 바보 같은 사내 말을 들을 생각인가?"

새타니가 싸늘하게 한마디 하자 다들 어안이 벙벙했다.

"그게 무슨 말이오, 새타니?"

가납사니가 모르겠다는 듯 되물었다.

"다음 이질금이 될 아기씨가 미례 아씨 뱃속에 있단 말이지, 무슨 말이긴! 자네들은 바보 같은 사내 하나 때문에 다음 세대 이질금을 가락국에서 키우고 싶나? 어서 배를 돌리라니까!"

가납사니가 흥분을 감추지 못하며 주저없이 배를 돌리도록 명령했다. 경휘 또한 새타니의 말에 놀라긴 마찬가지였다.

"그, 그게 사실이야? 미례가, 정말 아이를 가졌나?"

경휘가 빠른 걸음으로 그녀에게 다가왔다.

새타니가 입술을 삐죽이며 대답했다.

"미례 아씨가 순순히 가락국으로 돌아가겠다 하더이까?"

"그럼 미례가, 그래서……?"

"제 목숨처럼 아끼는 여인을 보내는 미련 곰 같은 사내가 어디 있소? 그것도 제 자식을 품은 여인을!"

쯧쯧. 새타니가 다시 그의 얼굴을 보고는 혀를 찼다.

경휘는 새삼 아침나절의 실랑이를 떠올리고는 깊은 한숨을 내쉬었다. 그런 일은 없을 거라고 다짐했음에도 다시 한 번 그녀의 마음을 다치게 했다. 그녀보다 자신을 따르는 사람들이 중요하니 그녀를 버리겠다고 말해 버렸다. 그것도 자신의 아이를 가진 여자에게! 고국으로 돌아가서도 더욱 힘든 삶을 살 수밖에 없는 미례에게!

그리고 무기를 가다듬으며 그는 조바심을 내기 시작했다. 바다에서 평생을 살아온 그들 일행의 솜씨를 가락국의 배가 당하지 못하리란 사실을 알면서도 그는 좀처럼 닿지 않는 미례를 태운 배를 바라보며 갑판 위를 서성댔다.

마침내 배가 닿았다. 가락국의 배는 경휘 일행의 돌변한 행위에 놀람을 금치 못했고 순식간에 배를 점령당했다. 미례 역시 놀라움으로 그를 바라보는 사이 경휘가 재빠르게 그녀를 낚아챘다.

"……당신! 왜."

무슨 일인지 몰라 당황하는 미례를 안심시키듯 그의 손이 미례의 뺨을 더듬었다. 하루 종일 울다시피 했고 이제 겨우 울음을 그친 미례의 눈은 부어 있었다.

"왜 다시 돌아와……?"

그 순간 화살 시위가 당겨지는 소리가 났고 미례의 비명과 더불어 경휘가 휘청거리며 왼쪽 어깨를 움켜쥐었다. 그녀와 경휘 사이를 날카로운 바람 소리가 가로지른 것은 아주 짧은 순간이었다.

"이질금!"

가납사니를 비롯한 몇 명의 사내가 지체없이 그를 보호하며 주위를 둘러쌌고 화살이 날아온 곳을 찾았다. 새로운 화살을 재며 경휘를 겨냥한 미루의 모습이 곧 노출되었다.

배 안의 다른 사내들은 경휘 일행의 거친 태도에 목숨을 부지하려 대들지도 못하고 있었으나 미루는 다시 미례에게 손을 뻗는 경휘를 보는 순간 참을 수 없는 분노를 느꼈다.

죽여 버릴 테다. 다시 내 누이동생을 넘본다면 가만두지 않을 테다!

미루는 비록 수적으로 열세이고 싸울 의지에서도 열세임을 알았으나 이대로 미례를 다시 넘겨줄 수는 없다고 생각했다. 이대로 미례를 빼앗긴다면 다시는 잠을 이룰 수도 없을 거라고 생각했다. 얼마나 많은 밤을 자신에게 도움을 청하는 미례의 비명 소리를 들으며 잠을 깼는지 그는 잠드는 것도 두려울 지경이었다.

아마도 벌써 어디론가 팔려갔거나 못된 해적 놈들에게 몸을 버렸을지도 모르니 찾아봐야 헛일이라고 그를 만류하는 형제들에게 그는 미례를 찾아오고야 말 거라고 다짐했었다. 눈에 넣어도 아프지 않을 막내딸을 잃고 앓아누운 어머니마저 미루의 결심에는 만류하며 그마저 잃고 싶지 않으니 제발 미례는 잊어버리자고 눈물로 호소했다. 하지만 미례를 태웠던 뱃사람들이 백제의 어느 포구에 닿아 몇몇이 목숨을 건졌다는 소식을 접하고부터는 그는 더욱 열심히 미례를 찾아 수소문했다. 그리고 기나긴 노력 끝에 미례를 찾아 품에 안았는데 다시 잃을 수는 없었다. 더구나 자신의 눈앞에서는 안 될 말이었다.

미례가 경휘에게 다시 화살 시위를 당기려는 미루에게 다급하게 외쳤다.

"안 돼요, 오라버니! 안 돼요, 그러지 말아요!"

미례는 깊이 박힌 화살촉의 남은 부분을 쥐고 피 흘리며 낮게 신음하는 경휘를 부축했다.

"오라버니, 그러지 말아요. 그러지 말아요!"

애원하는 미례의 눈에서 다시 눈물이 차올랐다.

"미례야, 비켜서! 그자는 널 훔쳐 냈던 못된 도적일 뿐이야!"

마음 여린 누이동생이 피를 보고 두려워하는 줄로만 아는 오라비가 미례에게 소리쳤다.

"그럴 수 없어요, 오라버니! 그럴 수 없어요!"

미루는 그를 부축하며 더욱 그의 품으로 안겨드는 미례에게 경악했다. 그의 심장을 겨누기 위해서는 미례까지 겨누지 않으면 안 되었다. 그는 천천히 활시위를 내려놓았다.

"오라버니, 미안해요! 미안해요, 하지만 이 사람은 내 사람인걸요. 이 사람을 해치지 말아요! 이 사람을 해치지 말아요!"

"뭐라고? 어떻게…… 어떻게 그런……!"

미루는 너무도 놀라 말을 잇지 못했다.

"오라버니, 부모님께 말씀드려 줘요. 미례는 돌아가기를 원치 않았다고! 부모님을 그리고 뵙고 싶지만 이젠 돌아갈 수 없다고! 미례는 이미 이 사람과 부부지연을 맺었으니 혼인하여 출가했다 생각하시고 잊으시라고…… 전해주세요. 이 사람을 떠날 수 없다고…… 떠나길 원치 않더라고 말씀드려 주세요."

"미례야!"

"가납사니, 내 오라버니를 해치지 말아요. 이 배를 그냥 두세요."

미례가 눈물을 훔치며 가납사니에게 애원했다.

"저희는 미례 아씨를 모시러 왔을 뿐입니다. 미례 아씨만 오신다면 저희는 아무도 해치지 않습니다."

"미례야."

경휘가 고통 중에서도 미례에게로 고개를 들며 얼굴을 찡그렸다.

"말하지 말아요. 자꾸 움직이면 피가 더 흘러요. 제발 그냥 내게 기대고 그대로 있어요. 가납사니, 좀 도와줘요. 이 사람을 부축하게 좀 도와줘요!"

가납사니가 신호하자 몇 명의 사내가 조심스럽게 경휘를 부축해서 그들의 배로 옮겼다.

미례는 경휘가 안전하게 배 안으로 옮겨지는 것을 확인하고 나서 아직도 충격을 가누지 못해 망연한 표정의 미루에게 다가갔다.

"오라버니!"

"……너!"

"다시 만나게 되긴 힘들 거예요. 그죠?"

미례가 눈물을 손등으로 닦아내며 애써 웃음을 지었다.

"너, 정말! 너 정말 후회하지 않을 수 있어? 이제라도 미례야, 네가 원한다면 함께 돌아갈 수 있어. 이게 네가 정말 원하는 거니? 응?"

"오라버니! 그인 내게 잘해요. 그이가 보내주겠다고 했지만 내가 가지 않았어요. 난, ……그의 아기도 가진걸요."

미례가 부끄러움을 무릅쓰고 고백했다.

그녀의 오라비는 놀란 표정을 감추지 못했다.

"너, 정말 괜찮겠어?"

미례는 그를 믿게 만들고 싶은 열의를 담아 고개를 끄덕였다.

"오라버니와 이렇게 헤어지는 게 못내 속상하지만, 그일 떠나는 것도 못 견딜 일인걸요. 그인, 그저 무지막지한 도적이 아녜요. 오라버니가 염려하는 것처럼 아주 못된 사내도 아녜요.”

미루와 경휘 사이에 존재하는 적개심을 없애고 서로의 본모습을 볼 수 있도록 해주고 싶은 것이 미례의 바람이었으나 아직도 잔재가 남은 섬사람들의 비극이나 지금 눈앞의 경휘의 부상만으로도 당장 그들의 화해는 쉽지 않을 것 같았다. 그래도 미례는 기약없는 이별을 앞둔 상황에서 어떻게든 오라비를 안심하게 만들고 싶었다. 미례는 조금이라도 그가 마음의 부담을 덜고 고향으로 돌아가기를 바랐다.

“미례야.”

“오라버니도 좋은 인연 만나 행복하기를 바랄게요. 어머니, 아버님께도 잘 말씀드려 주세요. 오라버닐 다시 보게 돼서 정말 좋았어요.”

“미례야, 너 정말…… 괜찮겠어?”

미례는 미루의 가슴에 안겨들었다.

“오라버닐 많이 그리워했어요. 정말!”

“……꿈에서도 널 많이 봤었다.”

“나도 그랬어요. 내가 많이 그리워서 그랬나 봐요. 이렇게 오라버니가 날 찾아줘서 정말 좋아요. 하지만 이젠 염려하지 말아요, 오라버니. 이렇게 잘 있는 걸 봤잖아요. 그죠?”

그는 아직도 그녀를 이대로 보내야 할지 망설이고 있었다.

“돌아가는 뱃길 편안하도록 미례가 기원할게요.”

그가 떨어지려는 미례의 두 팔을 꽉 쥐었다.

“정말 이것이 네가 원하는 거니? 너 정말 괜찮은 거야?”

"염려 말아요, 오라버니!"

미례가 그의 손을 놓고 자신의 배에서 한 걸음씩 멀어지자 미루가 그녀의 뒤를 따르며 그녀의 뒷모습을 바라보았다. 미루의 일거수일투족을 지켜보던 가납사니를 비롯한 배 안의 사람들이 경계하는 빛으로 무기를 든 손에 힘을 주었다.

미례가 경휘 일행의 배에 오르고 배가 떠나려 하자 유모가 다급하게 미례를 따라나섰다.

"저도 따라갑니다, 미례 아기씨. 미례 아기씰 두고 돌아갈 순 없지요."

"하지만 유모도 고향으로 돌아가고 싶어했잖아요."

"미례 아기씰 두고는 못 갑니다. 제가 돌봐 드려야죠. 이제는 홀몸도 아니신데!"

"유모!"

미례가 환하게 웃으며 유모에게 안겨들었다.

가락국의 배와 결별한 미례는 손등으로 눈물을 훔치며 미루의 모습을 가슴에 담았다. 미루는 그녀를 태운 배가 보이지 않을 때까지 갑판 위에 서서 하염없이 바라보고 있었다. 그들의 배가 멀어지고 더 이상은 미루의 모습이 보이지 않자 그제야 미례는 소맷자락으로 눈물을 씻어내고는 사람들을 향해 돌아섰다. 그녀의 마음은 이제 미루가 아닌 경휘에게 향했다.

미례는 서둘러 경휘를 보기 위해 움직이다가 그의 상처를 돌보고 있는 선실 안에서 새타니의 존재를 알아차리고는 반가움에 울먹였다.

“새타니!”

그녀의 눈에서 다시 새로운 눈물이 흘러내렸다.

새타니는 미례의 등을 토닥이며 서운한 마음을 어루만져 주었다.

“오늘 하루에 일 년치 눈물을 쏟는가 봐요.”

미례가 부끄러움을 감추며 엄살 섞인 투정을 부렸다.

“에이그, 못난 인연 만나 고생도 퍽이나 하오, 미례 아씨. 그래, 이질금이 가라 한다고 따라나섰소? 못 간다 버텨내는 것도 모르는 게요?”

“알아요, ……아는데, 그럴 수가 없었어요.”

“그렇지요, 압니다. 내 왜 모르겠소. 워낙 사내들이 가끔 바보 같을 때가 있다오. 제 편한 대로 생각하는 게 사내들이라오. 괜스레 미례 아씨 눈물 흘리게 만들고 다른 사람들 곤욕스럽게 하더니 저 보오. 이질금도 흘리지 않아도 될 피까지 흘리잖소.”

그의 상처에 대한 걱정이 미례의 눈물을 마르게 했다.

“상처를 보셨어요? 괜찮을까요?”

새타니가 누구라도 믿게 만들 정도로 환하게 웃음을 지었다.

“화살을 뽑아내야 할 게요. 한 치만 아래로 화살이 꽂혔으면 이질금도 지금 저리 살아 있지는 못했을 게요.”

새타니가 가장 아끼는 그가 아픈데 여유롭게 웃고 있을 리 없다는 사실이 미례를 안심하게 만들었다.

“정말 괜찮은 거예요?”

“두고 보아야지요. 그래도 이질금 지금 죽을 운명은 아니니 괜찮을 게요. 더구나 한여름도 아니니 상처가 덧날 염려는 아니 해도 되고!”

그는 하얗게 질려 식은땀을 흘리는 와중에도 굳이 침상에 누우라는 가납사니의 말을 듣지 않고 아픈 어깨를 짚은 채 선실의 침상에 앉아 있었다. 지혈을 위해 깨끗한 천으로 상처 주위를 누르고 있던 그는 미례를 힐끗 한 번 쳐다보고는 이후로 시선을 주지 않았다. 미례도 그를 둘러싼 사람들로 인해 더는 다가가지 못하고 조금 떨어진 채로 그를 바라보았다.

"당장 화살을 빼내야 하는 거 아녜요?"

"포구에 도착한 후에 할 겁니다, 미례 아씨."

"당장은 지혈을 위해 누르고 있으니 괜찮을 게요."

새타니가 다시 미례를 안심시켰다.

섬의 포구에 도착했음을 알리자 걱정스런 사람들의 시선을 받으며 경휘는 몸을 일으켜 앉았다. 그는 사람들의 제지에도 불구하고 화살대의 중간 부분을 힘주어 꺾었다. 순간 그의 얼굴이 고통으로 자신도 모르게 일그러졌다. 깊이 꽂혀 있는 화살의 일부가 움직이며 울컥 피를 쏟아내게 만들었다.

"가릴 것을 좀 줘."

포구에서 내려 집으로 가는 동안 만나게 될 섬의 사람들이 그가 다친 사실을 알고 걱정할 것을 대비하려는 것이었다.

가납사니와 새타니가 걱정스레 말을 나누었다.

"누워서 가자 해도 안 듣겠지요?"

"저 고집에? 어림도 없지! 입만 아플 뿐이네그려."

그의 어깨 위로 옷을 걸쳐 주자 그는 주위의 부축을 물리치고 아무렇지 않은 표정과 걸음으로 배에서 내렸다. 미례가 걱정스레 그의 곁을 따랐지만 그는 그녀가 부축하는 것도 허락하지 않았다. 배 안에서 그의 상태를 본 일행이 그의 뒤를 따랐다.

피를 많이 흘린 경휘는 그의 집 사랑채로 옮겨 화살을 뽑은 후에 정신을 잃었다. 포구에서부터 따라온 마을 사람들이 걱정스레 웅성거렸고 장로를 비롯한 사내들이 그의 집 마당에 모여들었다.

잠깐 정신을 차리는 듯했던 그는 하룻밤이 지나자 몸이 뜨거워지더니 잠을 자는 동안에도 앓는 소리와 헛소리가 뒤섞여 나왔다. 그의 숨소리도 점차 거칠어졌다. 빨갛게 주변부로 퍼지며 곪아가는 그의 상처도 미례를 조바심 나게 했다.

새타니와 장로들의 만류에도 미례는 그의 곁을 떠나지 않았다. 미례는 그에 대한 걱정과 자격지심에 몹시 두려웠다. 그녀 자신 때문에 마을 사람들이 죽고 그마저도 심각한 상처를 입고 회생하지 못한다면……? 그것은 견딜 수 없는 지옥이 될 터였다.

"새타니, 못된 악귀가 범접하지 못하도록 저 사람의 곁에 있어줘요. 새타니라면 못된 귀신을 쫓을 수 있잖아요."

사흘 밤을 꼬박 새운 미례는 쏟아지는 졸음에 그의 곁에서 잠깐 눈을 붙였다가 그녀의 머리카락을 쓰다듬는 그의 손길에 고개를 들었다. 편안한 그의 얼굴에는 고통스런 흔적을 찾아볼 수 없었다. 하지만 삐죽삐죽 아무렇게나 난 그의 수염들로 인해 그는 초췌해 보였다.

"정신이 든 거예요?"

"음."

당장 자리에서 일어나 앉으려는 그의 생각과는 달리 몸은 그의 말을 듣지 않았다.

"이렇게 밤을 샌 거야?"

그는 무기력한 음성으로 어렵게 입을 열었다.

미례는 안도하며 고개를 끄덕였다. 그녀는 손을 들어 그의 이마를 짚어보았다.

“열이 높았어요.”

턱없이 뜨겁기만 하던 그의 이마는 이제 식어 있었다.

“새타니를 불러올게요. 다들 걱정을 많이 했어요.”

미례는 그가 말릴 새도 없이 눈물을 훔치며 밖으로 나가 새타니를 불렀다.

“유모! 새타니! 그이가 깨어났어요.”

그의 상태를 알고자 했던 사랑채에 모인 사내들이 안도하는 한숨을 저마다 내쉬었고 그동안 숨죽여 왔던 기운을 일거에 씻어냈다.

새타니가 꾸부정한 허리에 뒷짐을 지고는 천천히 그의 방으로 들어와 상처를 살피고 그의 이마를 만져 보았다. 노인의 손은 거칠고 미례의 손보다 더 차가웠다.

“됐소, 이제 괜찮을 게요.”

“고마워요, 새타니.”

새타니의 눈 흘김에 경휘는 겸연쩍은 쓴웃음을 지었다.

“몸조리 잘하오, 이질금. 자주 보러오리다. 어지간하면 이제는 그 못된 성질도 좀 죽이시오.”

“누구 좋으라고?”

그는 무기력한 가운데서도 지지 않고 대꾸했다.

“나야 상관없지만 앞으로도 그러다간 미례 아씨 눈에서 눈물 마를 날 없겠소.”

그도 이미 물기 젖은 미례의 눈가를 확인하고는 더 이상 대꾸하지 않았다.

새타니를 배웅하고 다시 그에게로 돌아온 미례는 빤히 그녀를 응시하는 그의 태도가 어색하고 부담스러웠다. 그에게 묻고 싶은 것도 많고 하고 싶은 말도 많았는데 정작 기회가 왔음에도 입이 떨어지지 않았다.

"사흘 동안 아무것도 들지 못해 기운이 없을 거예요. 죽을 끓였는데 가져올게요."

경휘는 그녀의 정성 어린 간호를 묵묵히 받아들였다. 미례는 그의 표정에서 얼마나 아픈지 짐작할 수 없었다. 그는 다치지 않은 오른손으로 죽을 떠먹었고, 그릇을 비우도록 아무런 말도 하지 않았다. 미례는 그가 아프기 때문이라고 생각했다.

미례가 아픈 그의 곁을 지키면서 묻고 싶었던 말들을 어떻게 풀어놓을까 고민하는 사이 기운을 차린 그가 먼저 입을 열었다.

"왜 말하지 않았어?"

"……네? 무엇을."

"아이를 가졌다고 왜 말하지 않았냐고!"

그의 태도는 마치 그녀의 잘못을 지적하기 위해 때를 기다린 사람 같았다.

"그러면 당신의 결정이 달라졌을까요?"

"당연하지! 그런데…… 당신은 그렇게 생각하지 않았다고?"

미례는 고개를 끄덕였다.

"당신 욕심 때문에 당신 식구나 형제, 친척, 친구나 다름없는 사람의 피를 봐야 하고 곡소리를 들어야 한다면 더 이상 나를 안을 수 없다고 한 사람은 당신이었어요. 너무나 소중한 사람들이어서 버릴 수 없다고, 지켜야 한다고 그렇게 말한 사람은."

"그만! 내가 뭐라고 말했는지는 나도 알아."

자신이 한 말을 그녀의 입으로 다시 듣는 것은 곤혹스러웠다.

"그러면서 내게 그렇게 물어요?"

미례가 원망을 담아 그를 쳐다보았다. 그가 단호하게 고개를 가로저었다.

"당신이 모르는 게 있어."

"그게 뭐예요?"

"당신은 혼자 몸이니까 이곳을 떠나서 고향으로 돌아가면 잘살 거라고 생각했어. 아이가 있으면 달라지겠지만 당신 혼자라면 새로운 사내를 만나고 혼인해서 잘살 거라고 생각했던 거야."

"어떻게 그런……."

그녀의 눈에는 당장이라도 흘러내릴 것 같은 투명한 눈물이 그렁그렁 맺혀서 흔들렸다.

그가 침착한 어조로 말했다.

"전에 잠깐 내 어미니에 대해서 말했던 것 같은데? 내 어머니도 당신처럼 붙잡혀 온 처지였는데, 나를 낳은 후에 고국으로 돌아갔어. 복주에서 만났을 때는 다른 사내와 잘살고 있더군. 그러니 내가 이곳의 사람들을 버리고 당신과 떠날 수는 없어도 당신을 오라비에게 보내면 이곳도 더는 위험에 노출되지 않을 테고 당신도 무사히 돌아갈 테니 잘된 거라고 생각했던 거야."

"나와 함께…… 떠날 생각도 했던 거예요?"

미례는 그의 말속에서 몰랐던 사실을 확인하고는 놀랐다.

너를 보내는 일이 좋기만 한 건 아니야, 라고 그는 말했었다. 그런 그의 고민 속에는 그녀를 보내지 않는 일도 있었던 것인가.

"……물을 좀 줘."

그는 미례의 시선을 피하며 말했다.

"말해요, 나와 함께 떠날 생각도 했던 거예요?"

당신에게 소중한 다른 사람들을 지키기 위해서 나를 보내기로 결정한 게 아니었던 거였어요?

"내가 좋아서 당신을 보내려고 결정한 줄 알아?"

그가 퉁명스레 반문했다.

"내가 오라버니를 만나서 이야기해도 되었잖아요. 그렇게 나를 짐짝처럼 내버리지 않아도, 내 의지로 남겠다고 오라버니에게 말할 기회를 주었으면……."

"흠, 물을 좀 줘."

그는 헛기침을 하며 그녀를 외면한 채로 대화를 끊었다. 미례는 작은 한숨을 쉬고 물과 약을 가져오기 위해 방을 나섰다. 그때 장로 대표가 방 안으로 들어섰다.

장로는 그의 상태에 대해서 묻고 그가 괜찮다고 하자 근엄하게 말을 꺼냈다.

"이번 일은 이질금께서 무엇을 잘못하셨는지 아십니까?"

"아픈 사람을 상대로 장로님까지 잔소리를 하러 오신 겁니까?"

"분명히 해두어야 할 듯해서 그럽니다."

그가 새타니에게 했던 것과는 달리 순순히 인정했다.

"장로님들의 말을 귀담아듣지 않은 것 잘못했어요."

“그뿐입니까?”

“그것 말고 또 뭐가 있다고.”

“이질금께서는 제 자식 놈이 위험에 처해 제가 도움을 청하면 어떻게 하실 겁니까?”

“당연히 위험에서 구하겠죠.”

“왜요?”

“그야 장로님의 핏줄이기도 하지만 우리 화평도의 사람이니까.”

“그래요, 그렇지요. 하면 미례 아씨는 어떻습니까?”

“그건…….”

결국 그도 말이 막혔다.

경휘는 장로가 무슨 말을 하려는지 알았다.

“장로들이 인정하고 마을 사람들도 미례 아씨를 이질금의 짝으로 이미 인정한 겁니다. 한데 이질금께서는 미례 아씨를 보내려고 하셨습니다. 저희들에게는 한마디 의논도 없이 말입니다.”

“그야 미례 때문에 더는 이곳의 사람들에게 피해를 주어서는 안 된다고 생각했으니까요.”

“제 자식 놈이 이 섬의 사람들에게 피해를 주면 아무 생각 않고 버리시겠습니까?”

“그것과는 달라요.”

“다르지 않습니다. 미례 아씨는 이미 이곳의 사람인 겁니다. 이질금께서 성급하게 판단하시는 바람에 피해가 컸습니다.”

“사실은 장로님들도 미례를 싫어했잖습니까? 서둘러서 섬을 떠나게 하라고 조르던 분들 아니었습니까?”

“그거야 미례 아씨가 이곳에 남을 사람이 아니라고 생각했기 때문입죠."

"……."

장로가 꽤 기세등등한 태도로 헛기침을 했다.

"흠, 이제는 충분히 신중하게 생각하실 줄 믿겠습니다. 그런데 이 대로라면 혼인날을 미뤄야 하지 않겠습니까?"

"아니, 굳이 그럴 필요 없어요."

"혼인 의례는 인내와 체력을 요합니다. 정말 괜찮으시겠습니까, 이질금? 혹, 쓰러지시기라도 하면 체면이."

사내가 되어서 다른 날도 아니고 제 혼인날 쓰러지면? 그야말로 체면이 말이 아니게 될 것이다. 장로는 그간의 마음고생을 앙갚음 하듯 은근히 그를 놀리려고 들었다. 사실 어깨와 등, 왼쪽 가슴 부 위가 쑤시는 듯 뻐근하게 아팠지만 그는 의연하게 말했다.

"왼쪽 어깨가 조금 아플 뿐, 몸을 움직이는 데는 전혀 무리 없어 요."

"그러면 다시 남은 기일 동안은 미례 아씨를 보기 힘드실 겁니 다."

장로의 말은 몹시 밉살맞게 들렸다.

결국 그 말을 하고 싶었던 거로군!

경휘는 아직 그녀에게 하고 싶은 말이 많았다.

"이미 한 번 금줄을 넘었는데 꼭 그렇게까지 해야."

금줄뿐인가, 미례의 뱃속에는 이미 자신의 아이가 자라고 있다고 하건마는!

"하면 혼인하지 않으시고 그냥 사시겠습니까?"

장로의 생각은 확실히 그와는 달랐다.

어지러움과 쿡쿡 쑤시는 통증까지 겹쳐서 전방위로 그를 공격해 대자 경휘는 인상을 찌푸리고 체념하면서 말했다.

"……아니! 원하는 대로 진행하세요."

27

혼인식 날 아침이 밝았다.

아직 해도 뜨기 전의 이른 새벽에 미례는 어깨를 흔드는 유모 때문에 눈을 떴다.

"유모, 나 졸려요."

"그러게 아기씨, 전날 일찍 주무셨어야죠. 자, 어서 일어나셔요. 잠꾸러기 아기씨."

미례는 따뜻한 이불 속으로 더욱 파고들며 몸을 웅크렸다.

유모의 채근이 이어졌다.

"오늘이 무슨 날인지 모르십니까? 혼인날이어요, 아기씨 혼인날! 지금부터 준비해도 빠듯합니다. 어서 눈 뜨셔요, 어서요!"

반 억지로 따르지 않는 몸을 일으키고 눈을 뜬 미례는 가장 먼저 유모에게 물었다.

"그 사람은 괜찮은 거예요?"

"오늘 밤이 되거든 직접 물어보셔요."

미례는 아직 어둠이 짙은 바깥으로 나와 몸을 정결히 하는 목욕을 시작으로 아름답게 수를 놓아 미리 만들어둔 화평도 사람들의 붉은색 비단옷을 갖춰 입었다. 의식을 준비하고 그녀를 돕기 위해 온 마을 장로의 부인이 붉은색과 노랑, 청색, 흰색, 남색의 아름다운 색실로 짠 예쁜 허리띠를 매주었다. 미례의 머리는 곱게 빗어 올려 풍성하게 만들고 그 위에 진주와 옥으로 만든 구슬로 장식을 늘어뜨리며 치장했다. 미례는 자신의 가락국 옷과는 다른 소매도 좁고 실용적인 화평도의 옷이 어색하면서도 마음에 들었다.

"이건 좀 너무한 것 같아요. 혼인날을 잡고 그 기간이 길어지면 어떻게들 견디죠?"

마을 장로의 부인이 웃음을 띠고는 답해주었다.

"금줄을 치고 혼인할 두 사람을 떼어놓는 건 혼인을 앞둔 사람들이 마음을 경건히 하고 혼인 후의 삶을 진지하게 생각해 보도록 하기 위해서랍니다."

"불만이 없나요? 이러다 그리워 병이 나는 사람은 없어요?"

"참고 금기를 지키는 가운데 그 사람을 얼마나 생각하는지 알게 되는 거지요."

미례도 그녀의 말에 수긍하며 고개를 끄덕였다. 그를 염려하면서도 그를 보지 못하는 동안 그에 대한 안타까움과 그리움이 쌓여가는 것도 사실이었다.

"그 사람, 아픈 곳은 정말 괜찮은 거예요?"

"괜찮다고 장담하며 혼인 일정을 강행하라 하신 분은 바로 이질금이신걸요."

드디어 꼼꼼하게 성장을 한 미례는 인도하는 등불을 따라 기다리는 화동과 곁시의 부축을 받으며 혼인 의례를 치르는 사랑채의 넓은 앞마당으로 걸어나가기 위해 안채의 문턱을 넘었다. 마을의 모든 등불이란 등불은 다 모인 듯하다고 생각될 만큼 일렬로 환하게 밝힌 불빛의 행렬에 마음을 빼앗겨 설레는 미례 앞에 이틀 만에 보는 그가 겉보기에는 건강한 모습으로 검은색 비단으로 만든 혼례복을 입고 그녀를 기다리고 있었다. 그의 허리에도 그녀와 마찬가지로 아름답게 색실로 만든 허리띠가 매어져 있었다.

긴 하루가 될 거라고 말하던 마을 여인들의 부러움 섞인 말처럼 그를 향해 어떤 말도 하지 못하고 눈으로만 따르는 그녀는 그와 보조를 맞추어 걷는 데만 열중했다. 그들은 두 명의 화동이 불을 밝히는 가운데 사람들이 모여 기다리는 앞마당으로 걸음을 옮겼다.

흰옷을 근엄하게 차려입은 마을의 어른인 여섯 명의 장로가 그곳에 서 있었고 전대 이질금도 그곳에 나와 있었다. 애써 평정을 가장하고 웃음을 지으려는 가납사니는 아들 소솜이 눈에 띌 때마다 입가가 경련하듯 파르르 떨렸다. 어젯밤 도착한 경휘의 친구 설민은 부러움이 가득한 눈으로 그들을 쳐다보았다. 정성껏 준비된 혼인의 상 앞에서 그들은 전대 이질금과 장로들에게 절을 올렸다.

그들은 해가 뜨는 것이 가장 잘 보이는 섬의 가장 신성한 곳까지 걸어갔다. 붉은 해가 뜨는 것을 기다려 그들은 하늘과 땅, 동과 서, 남과 북의 신을 향해 절했다. 그리고 햇빛을 받은 술잔을 기울여 두 사람이 나누어 마셨다. 하지만 그때 술잔을 잡기 위해 팔을 드는 그의 호흡이 잠깐 멈칫하며 인상이 찌푸려지는 것을 미례는 놓치지 않았다. 하지만 해가 지고 밤이 되어 신방에 들기 전에는 그와 이야기를 나누어서는 안 된다는 주의를 떠올리며 간신히 입술을 깨물었을 뿐이었다. 다행히도 그는 곧 아무렇지도 않은 듯 평정을 되찾았다.

집으로 돌아온 후에 가장 연로한 장로가 흰색의 천에 꽃과 새로 수를 놓은 비단 끈을 가지고 왔다. 장로는 무릎을 꿇고 앉은 경휘의 왼 손목과 미례의 오른 손목을 두 번 교차하여 풀리지 않도록 묶었다. 앞으로 두 사람은 그렇게 몸은 둘이나 결코 떨어질 수 없는 하나의 몸이라고 장로는 선언했다.

이후에 그들은 부부를 위해 마련한 자리에 앉아 선물을 가지고 찾아온 마을 사람 각자에게 그들 앞에 놓인 맛있게 익은 술을 동이에서 국자로 떠서 전하고 그들로부터 끝없이 이어지는 덕담을 들었다. 어제부터 기름지게 차려진 혼인 음식이 곳곳에 나왔고 마을 사람들은 봄볕에 가까운 햇빛이 그들 부부의 앞날을 예견하는 것이라고 기뻐하며 왁자지껄 어울리며 즐거워했다.

그러는 동안 시간은 흐르고 흘러서 드디어 해가 졌다. 꺼졌던 등불들이 다시 온 집 안을 밝히기 시작했다. 이른 아침부터 거의 대부분의 시간을 그의 곁에서 말 한마디 안 하고 지키는 일은 미례에게 무척 인내를 요하는 일이었다. 그때 전대 이질금이 그들에게 다가왔다. 그는 두 사람을 묶었던 흰색 천을 천천히 풀어주었고 그것을 정성스레 접어 미례에게 건네주었다.

따뜻한 그의 손을 놓아야 한다는 사실이 미례는 실망스러웠지만 다른 한편으론 긴 의식이 끝났다는 사실에 안도했다. 미례는 화동

들의 안내와 유모의 부축을 받으며 안채의 신방으로 들어갔다. 그
녀는 이제 섬의 모든 사람들이 인정하는 그의 아내가 되었다.

"결국은 저 아이를 붙잡았구나."

경휘가 따르는 술을 단숨에 삼키고 잔을 내려놓은 전대 이질금
석건로가 말했다. 탄식하는 것인지 잘했다는 것인지 그의 어조로는
확인할 수 없었지만 경휘는 아버지의 말투에 부러움이 묻어 있다고
느꼈다. 경휘도 그가 건네는 술을 단숨에 비웠다.

경휘는 일전에 자신이 했던 말을 주워담고 사과하고 싶었다. 하
지만 어떻게 말을 꺼내야 할지 몰라 답답했다.

"아버지."

"확실히 네 안사람, 이전의 그 눈빛은 아니더구나. 너를 보는 눈
빛이 전과는 달랐다."

"……그렇게 보셨습니까?"

"그래, 하니 이제는 네 하기 나름인 게다. 울게 하지 말고 고향 생
각 나지 않게 하려면 네가 잘해줘야지."

"그럴 생각입니다."

장로들이 번갈아 그들에게 다가와 술을 권하거나 축하의 말을 전
해서 그들 사이의 대화가 끊기곤 했다.

한순간 그의 아버지가 나지막이 물었다.

"……네 어머니를 만났다고?"

영영 묻지 않을 줄 알았던 경휘로서는 의외였다.

"예, 만났습니다."

"한눈에 알아보았니?"

그는 아버지와 스무 해 이상을 없는 듯 지내온 어머니에 대한 화
제가 낯설었다.

"……네."

"잘 지내는 것 같더냐?"

"그런 듯 보였습니다."

미례를 억지로 붙들어두는 게 잘하는 일이냐는 아버지에게 반발
하며 자신도 모르게 터져 나온 어머니에 관한 화제는 분명 그의 아
버지를 아프게 하는 말이었다. 그날 고통스럽게 일그러지던 아버지
의 모습이 떠올랐다.

"다른…… 사내와 혼인했다고?"

"먼 곳이라 혼자 보내지 못했다고 하면서 함께 온 사내가 있었어
요."

경휘는 남무가 당당히 자신의 안사람이라고 했던 말까지는 그대
로 옮기지 않았다.

"그래, ……그랬구나."

"어머니를 많이 아끼시면서 왜 보내신 겁니까?"

그가 어머니를 보내지 않았더라면 경휘도 외로운 어린 시절을 보
내지 않았어도 되었을 것이고 그도 오랫동안 섬을 떠나 지내지 않
아도 되었을 것이다.

"내가 잘못한 거라고 생각하니?"

건로는 대답 대신 반문하며 쓰게 웃었다.

경휘는 전에 아버지가 했던 말을 떠올렸다.

몸은 아무 소용 없다. 몸이 아무리 아닌 것 같아도 마음이 따르지
않으면 소용없다!

어머니를 아꼈던 아버지는 어머니의 몸과 더불어 마음을 원했던 것이다. 다른 이를 생각하는 어머니를 지켜보는 것이 견딜 수 없었던 것이다.

"저였으면 보내지 않았을 겁니다."

그래서 아버지가 어렵고 존경스러우면서도 경휘는 자신의 진심을 토로했다.

홋, 하고 웃으며 건로가 아들의 어깨에 팔을 올렸다.

"그런 녀석이 어깨가 이 모양이냐? 이래서야 어디 신방에 들 수나 있겠어?"

경휘는 아버지의 기습에 무너지듯 아버지의 팔에서 왼쪽 어깨를 피하며 내렸지만 그런 아버지와의 접촉이 싫지 않았다. 상처가 욱신거리고 쑤시며 통증이 어깨와 등으로 퍼졌지만 사내와 사내로서 그도 조금은 아버지를 이해할 수 있을 것 같다고 생각했다.

마음에 다른 사내를 품은 줄 알면서도 모른 체하고 살아가는 것도 고통이었으리라. 그렇다고 해서 놓아주고 그리워하는 것보다는 모른 체하고 사는 것이 백 번 낫지 않았을까.

늦은 밤 등불을 따라 안채의 신방으로 들어가면서 경휘는 생각했다.

나였으면 보내지 않아. 나였으면 결코 보내지 않았을 거다.

마을 사람들의 안위가 걸린데다 그 원인이 자신 때문이라는 조급증이 아니었다면 그는 결코 미례를 보내겠다고 결심하지 않았을 것이다. 어떻게든 늙어 죽을 때까지 곁에 두고 그에게 마음을 열도록 노력했을 것이다.

그가 안채에 나타나자 신방을 지키던 여자들이 부끄러운 웃음을 지으며 얼굴을 붉히는가 싶더니 서둘러 사라졌다.

경휘는 낭하와 복도를 지나 천천히 그녀가 있는 방문을 열고 안으로 들어갔다. 화평도의 혼인 예복과 허리띠를 맨 미례는 무척 아름답고 사랑스러웠다. 그녀가 그의 허리띠를 풀어주고 그가 그녀의 허리띠를 푸는 상상만으로도 무척 자극적이었다.

하지만 그가 방 안에 들어섰을 때 미례는 침상에 모로 누워 두 팔을 베개 삼아 잠이 들어 있었다. 새벽부터의 일정이 무척 고단했던 모양이었다.

경휘는 실망을 접고 가만히 침상 곁의 바닥에 다리를 접고 앉아 그녀의 평화롭게 잠든 모습을 내려다보았다. 그러고 보면 어둠 속에서 익숙하게 몸을 찾고 만지기는 했지만 단 한 번도 그녀의 얼굴을 이렇게 제대로 바라본 적은 없는 것 같았다.

잠꾸러기 신부로군.

그들 섬의 전통 신부 옷을 입고 그들의 침상에 누워 잠든 미례의 모습은 무척 사랑스러웠다. 만족감이 그의 전신으로 퍼져 나갔다.

이런 날을 맞지 못했으면 나는 아버지처럼 외롭게 늙어갔겠지. 당신이 없었으면 나는 이런 기쁨을 맛보지 못했을 거야.

그녀의 머리를 장식한 진주와 옥으로 만들어진 머리 장식을 떼어주는데도 미례는 고른 숨만 내쉬며 눈을 뜨지 않았다. 그는 가만히 미례의 고운 뺨을 쓰다듬었다. 그러자 천천히 무거운 눈꺼풀이 열리며 그를 응시했다.

"……이제 왔어요?"

그가 미소로 화답했다.

"신랑을 기다려 주지 않는 신부라니."

“어, 그게…… 기다리려고 했는데…….”

그녀는 말도 끝까지 잇지 못했다.

“그런데 졸음을 이기지 못했군.”

“음.”

미례의 무거운 눈꺼풀이 다시 내려앉았다.

“허리띠는 풀어야 해. 그게 혼인 의식의 마지막이야. 옷은 벗고 자, 미례야.”

“으음.”

그녀가 겨우 몸을 일으켜 앉아 다리를 침상 아래로 내리자 그가 그녀의 허리로 손을 뻗어 색동 허리띠의 매듭을 풀었다. 그리고 한 가지씩 그녀의 옷을 벗겨주었다. 그가 겉옷을 다 벗기자 미례는 어설픈 손길로 그의 허리띠 매듭만 풀고는 하품을 하며 침상 안으로 들어가 누웠다. 남은 옷을 벗어 바닥에 둔 채로 그는 불을 끄고 미례의 곁에 누웠다.

그가 오른쪽 팔을 뻗어 그녀의 목 뒤로 손을 넣으며 끌어안자 그녀는 순순히 그의 품 안으로 들어왔다.

“어깨는…… 괜찮은 거예요?”

그렇다는 그의 대답을 다 듣기도 전에 그녀는 더 깊은 잠 속으로 빠져들었다. 다친 어깨로 어디 신방에나 제대로 들겠냐던 아버지의 놀림을 떠올리며 그는 자조 섞인 웃음을 지었다. 어깨 때문이 아니라도 피곤한 신부가 먼저 잠이 들어버렸으니 이 밤은 진정한 그들의 혼인 첫날밤은 아니었다. 하지만 경휘는 곤하게 잠든 미례를 깨우고 싶지 않았다. 그들 앞에는 앞으로 수많은 밤들이 기다리고 있을 테니까.

불과 며칠 전만 하더라도 그녀를 안고 잠드는 것뿐만 아니라 그녀를 곁에 두고 바라보는 것조차 포기하겠다고 결정했던 그였다. 새타니를 비롯한 마을 장로들의 결정으로 다시 그녀를 찾지 않았더라면 그는 아버지처럼 멀리서 마음에 담고 그리워하는 삶을 살아야 했을 것이다. 그는 잠든 미례 쪽으로 몸을 기울이며 그녀의 정수리에 입을 맞췄다.

"……휘."

잠이 묻어난 그녀의 음성이 그를 확인하듯 불렀다.

"자, 미례야. 피곤하면 자도 돼."

"아기 때문에 그런 거래요. 유모 말이 아기가 뱃속에서 자라야 하니까 힘든 거라고. ……그래서 많이 졸리고 피곤한 거라고."

아기!

그도 새삼 그녀의 뱃속에서 자라고 있는 아이를 떠올리고는 가만히 그녀의 몸을 더듬어 내려가 그녀의 배를 만져 보았다. 아직은 알 듯 모를 듯 전보다는 동그랗게 아랫배가 솟아 있는 듯했다.

그의 손길에 간지러운 듯 몸을 움츠리며 미례가 웃음을 지었다. 그러나 그의 손길을 떼어놓지는 않았다.

"당신, 괜찮아?"

"……음? 뭐가요?"

"아이. 전엔, 원치 않았잖아."

의심할 여지 없이 원치 않는다는 태도를 너무나 분명히 해서 그에게 상처를 주기도 했던 그녀였다.

"어, ……그때는 당신 마음을 몰랐잖아요."

"지금은 원한다고?"

“음. ……원해요.”

그는 수줍어하며 볼을 붉게 물들이는 미례가 사랑스러웠다.

너를 아껴, 미례야. 이제 다시는 너를 놓지 않을 거야. 이제 다시는 너를 포기하는 일은 없을 거야.

어느 날 스쳐 가는 말처럼 그는 미례에게 그런 말을 할지도 모른다.

세상 누구보다 널 아껴. 너를 만나지 못했다면 내 생은 지금처럼 빛나지 않았을지도 모르겠어.

그러나 그들이 함께할 긴 세월 속에서 그는 마음속으로만 깨달을 뿐 소리 내어 말하지 않을 수도 있다. 미례 또한 그를 알기에 굳이 그에게서 확인하지 않아도 그녀의 마음이 알음받지 못한다고는 생각하지 않을 것이다.

뒷이야기

조금 성급하게 걸음을 떼어놓으려는 아이는 그게 제 마음대로 잘 안 되자 씩씩거리며 얼굴이 달아올라 화를 내고 있었다.

제게로 오길 바라는 새끼 고양이가 손에 잡힐 듯 잡힐 듯 잡히지 않자 아이는 주먹을 쥐었다 폈다 하며 손을 뻗었지만 영 소용이 없자 이번에는 볼이 부어 가까이 있는 물건을 집어 힘껏 던졌다. 가지고 놀던 나무토막은 멀리 나가지 못했고 새끼 고양이는 뒤뚱거리며 도망쳐 버렸다.

"역시 피는 못 속이는 모양이오, 미례 아씨. 휘아의 어린 시절 모습을 보는 것 같구려."

"그이도 그랬어요?"

"영락없이."

미례가 낮은 한숨을 쉬었다.

"가끔은 그이와 무슨 경쟁을 하는 듯도 해요."

그들은 정말 우습게도 상대가 안 되는 것이 뻔한 경휘를 상대로 치우가 미례를 향한 소유를 주장하며 서로 눈싸움도 했고, 경휘가 미례를 만지는 꼴을 못 보며 투정을 부리기도 했다.

그녀가 아끼는 두 남자 사이의 신경전은 치열했다. 치우에게 젖을 물리던 그녀를 빤히 쳐다보던 경휘가 아들이 차지하지 않은 미례의 다른 쪽 젖가슴을 만졌다. 그러자 치우가 민감하게 반응하며 손을 뻗어 그쪽 젖을 물겠다고 했다. 미례가 반대편으로 안아 젖을 물리자 기분 좋게 젖을 먹던 아이는 다시 경휘가 반대편을 만지자 그의 손을 떼어놓으려고 필사적이었다.

"너무하는 거 아냐, 이 녀석?"

"당신이 놀리는 걸 아니까 더해요."

"배가 덜 고픈 모양이군."

웃어넘기며 부러 치우를 자극하기도 하는 경휘는 치우의 소유욕이 너무 심할 경우 아이를 번쩍 들어 안고는 유모에게로 떠넘기기도 했다.

어이없는 그의 행동에 당황하는 미례가 그러고 돌아오는 경휘를 상대로 한마디라도 할라 치면 그는 눈썹을 치켜 올리며 뚱한 소리로 말하곤 했다.

"뭐야, 무슨 할 말이라도 있는 거야?"

미례는 고개를 젓고는 그저 한마디 한심스럽게 말하곤 했다.

어쩜 부자가 그리 똑같을까요.

그도 지지 않고 한마디 했다.

피가 섞였으니 당연하지!

"이 아이는 딸아이였으면 좋겠어요."

미례가 조금 불러온 배를 쓸며 말했다. 딸아이라면 경휘도 아들을 대하는 것처럼 하지는 않을 것이라는 생각이 들었다.

"터울은 좀 두는 것이 좋을 텐데요."

새타니가 혼잣말처럼 중얼거리자 미례의 얼굴이 빨갛게 익었다.

"하룻밤 몇 번씩 품자 한다고 다 받아주다가는 미례 아씨 바리공주처럼 자식만 낳다가 할머니 될지도 모르오."

"이 아이까지만 낳고는 조심해요."

"정말이시오?"

"네, 아직은 집이 너무 넓은걸요."

"그 집, 아이들로 다 채우려면 미례 아씨만 등골 휘는 거요."

"알아요. ……오늘쯤은 돌아올 것 같죠?"

미례가 바다 쪽을 보며 새타니에게 물었다.

"미례 아씨가 그렇다고 하면 그런 거겠죠."

놀리는 새타니의 말에 미례의 얼굴이 붉어졌다. 미례는 어젯밤 꿈에 그가 돌아오는 꿈을 꾸었다는 말은 하지 않았다.

"이질금은 식구 느는 게 좋다던가요?"

은근히 떠보는 말에 미례가 고개를 가로저었다.

"아직은 모르고 있을걸요."

석 달 전 그를 태운 배가 떠난 후에야 미례는 둘째를 가진 것을 알았다.

유난스러운 경휘와 치우의 경쟁을 아는 까닭에 새타니는 걱정스러운 모양이었다.

“무슨 아버지가 자식과 경쟁을 한다고 그러는지, 원.”

“그러게 말이에요. 아이 같아요.”

“행여라도 그런 말씀 이질금 앞에선.”

“알죠, 그이가 어떻게 나올지 이젠 저도 알아요. 있는 데선 그렇
게 말 안 해요.”

새타니도 알았다, 미례가 그의 앞에서 져주는 척하면서도 결국엔
제 하고 싶은 대로 그를 휘두르고 있다는 것을.

초여름의 햇살을 즐기는 동안 귀향하는 그들의 배가 보였다. 사
람들이 제 식구들을 맞으러 포구로 하나둘 모여들었다.

미례도 아침부터 그를 맞기 위해 곱게 단장하고 있었으므로 틀어
올린 머리를 다시 살폈다.

“함께 가지 않으실래요?”

미례가 묻자 새타니가 손사래를 쳤다.

“나는 물 냄새만 맡아도 멀미가 나오.”

그런 사람이 정작 필요할 때는 그녀를 구하러 와주었다고 생각하
니 미례는 새삼 고마운 생각이 들었다. 자신과 그 사이에 새타니가
없었다면……!

미례는 세차게 고개를 가로젓고는 새타니와 인사를 나누고 나서
치우를 안고 길을 나섰다.

마을 아낙들이 미례를 보고는 환히 웃으며 인사를 했다.

“치우 아기씨가 벌써 이리 자랐답니까? 어이구, 꽤나 힘드시겠는
걸요.”

멀리서 보이던 돛이 점차로 다가오더니 미례가 포구가 보이는 언

덕을 내려갈 즈음에는 배는 이미 포구에 닿았고 꽤나 소란스러웠
다.

앞서 당도한 그들의 배를 따라 두 척의 배가 따라 들어왔다. 소솜
이 웃으며 한쪽 포구 모퉁이에 있는 사스래를 보며 손짓하는 것이
미례에게 보였다. 사스래의 얼굴이 샐쭉해지는가 싶더니 희미하게
웃음을 보였다. 시기하고 독살스럽기까지 해 보이던 사스래의 성질
이 요즘 들어 누그러지고 부드러워지다시피 한 것은 누가 보기에도
소솜 때문이었다. 이제 그녀는 보기에도 제법 부른 배를 하고 있었
다. 그들은 사람들의 이목에 수줍어하면서도 서로를 아낀다는 것을
숨기려고 하지 않았다.

사스래와 낮게 이야기를 주고받던 소솜이 미례를 보고는 사스래
를 남겨두고 미례에게로 아는 체하며 다가왔다. 미례는 사스래의
심기를 건드리지 않으려고 조심하면서 그에게 인사했다.

사스래는 아직도 미례에 대해 풀리지 않는 감정이 남아 있는지,
아직도 미례를 보면 피하며 굳어진 얼굴 표정을 감추지 않았다.

"잘 지내셨소, 미례 아씨?"

"소솜도 별고없었어요? 뱃길이 험하지는 않았나요?"

"아니요, 미례 아씨 염려 덕분에! 아니, 치우 아기씨가 이리 자란
겁니까?"

소솜이 반가운 웃음을 지으며 미례를 보고는 그녀가 안고 있는
아기에게로 관심을 보이며 놀라는 기색을 감추지 못했다. 아이들은
정말 하루가 다르게 자라고 있었다.

미례가 웃으며 고개를 끄덕였다.

"어디 한번 안아봐도 됩니까?"

미례가 한참 기분이 좋아져서 키득거리고 방긋거리며 웃어대는 치우를 소솜에게 건네주었다.

자유로워진 그녀의 어깨와 팔이 저려왔다. 정말 치우는 이제 미례에게는 벅찰 만큼 자라고 무게도 꽤 나가고 있어 미례는 밖으로의 나들이에 치우를 데려가는 일이 쉽지 않았다. 자라면서 아이는 더욱 경휘를 닮아가고 있었다. 새하얀 피부며 눈매는 미례를 닮았고 짙은 눈썹이며 사내다운 콧잔등은 그를 닮아 있었다.

"미례 아씨에겐 힘이 부치겠는데요."

"그래요."

"아, 이질금을 마중 오신 게지요?"

그의 물음에 미례는 얼굴을 붉혔다.

"그인 건강하지요?"

"그럼요, 미례 아씰 보고 싶어 몸살을 앓는 것 말고는 좋아 보이오."

"그래요?"

미례가 부끄러워하면서도 눈으로는 소솜을 지나 배 위에서 움직이는 사람들 사이로 경휘를 찾았다.

그는 더욱 강인해 보였고, 오랜 햇볕에 그을어 있었다. 먼저 미례를 발견한 그가 웃음 띤 얼굴로 미례에게 다가오고 있었다. 그리움으로 몸살을 앓았던 미례의 가슴이 세차게 뛰었다. 그의 미소에 답하며 미례도 환하게 미소를 되돌렸다.

"나부터 찾아야 하는 거 아닌가? 얼마나 기다려야 해?"

"……휘!"

소솜이 치우를 미례에게 돌려주고는 눈치껏 그들만 남겨두고 자신을 기다리는 사스래에게 갔다.

미례는 정작 목이 메어 아무런 말도 못하고 부산하게 치우를 안고 어르는 척했다. 그가 손을 뻗어 미례의 하얀 살결을 더듬으며 뺨을 만지고는 비밀스럽게 슬쩍 입술을 스치고는 떨어졌다.

"부끄럼쟁이. 별일없었어?"

"네, 뱃길도 험하지는 않았다고요?"

"음. 그랬어. 한데 이 녀석은 누구야?"

경휘가 자신에게 낯설어하며 슬쩍 곁눈질하고 미례의 가슴팍으로 숨어드는 치우를 보고는 장난기 어린 말투로 물었다.

"당신 아들요."

미례도 경휘와 치우를 번갈아 보면서 웃었다.

"어미 속 꽤나 썩였을 것 같군. 좀 있으면 당신을 이겨낼 것 같은데?"

"지금도 그래요. 제 맘에 안 들면 얼마나 투정이 심한지, 꼭 제 아버지를 닮았다고들 해요."

그는 뼈있는 말 따위는 못 들은 척 말했다.

"어디, 이리 줘봐. 이 녀석, 어디 보자."

그가 미례에게서 치우를 건네어 그의 팔에 받아 안았다. 미례의 가슴 언저리에 놓여 있던 치우의 손은 놀라며 미례에게서 떨어지지 않으려 버둥거렸으나, 경휘의 힘에 이끌려 그의 품 안으로 마지못해 딸려왔다. 경휘가 아들을 들어 올려 시선이 마주치자 불만스레 눈살을 찌푸리고 입을 내밀며 경휘와 눈을 맞추었다.

"뭐야, 이 녀석! 아직도 삐쳐 있어? 나 없이 미례를 맘껏 차지하고 있었으면서 뭐가 불만이야?"

하지만 치우의 관심은 미례에게 향해 있었다. 고개를 좌우로 돌리며 미례를 찾았다. 그의 등을 토닥이는 엄마에게 가기 위해 팔을 뻗대며 삐죽이는 치우를 올려다보는 미례도 몸이 달았다. 손을 내밀어 아들을 안으려는 미례를 보고도 그는 고개를 가로저었다. 결국 어떻게 해도 경휘가 미례에게 자신을 보내줄 것 같지 않자 치우는 이내 경휘를 뚫어지게 쳐다보았다.

"치우에게 웃어줘요, 휘. 겁먹고 울려고 하잖아요."

"울긴! 당신이 몰라서 그래. 이 녀석, 잘 보면 울 때 눈물도 안 나. 당신 차지하려고 일부러 그러는 거야."

내가 네 속을 모를 줄 알고?! 그가 피식 웃으며 한 손으로 안으며 다른 한 손으로 아이의 머리를 쓰다듬었다. 그러자 치우가 씨익 웃으며 그의 목에 얼굴을 기댔다. 그 순간 미례는 너무나 감동해서 눈물이 글썽이는 눈으로 경휘를 바라보았다.

"이 녀석보다 미례가 먼저 울 것 같은데?"

그가 놀리자 미례가 눈을 깜박이며 떨리는 목소리로 대답했다.

"치우가, 치우가 당신이 아버지라는 걸 안 것 같아요."

"그럼 내 자식인데 그걸 모르겠어?"

그는 당연하다는 듯 대꾸했으나, 속으로는 묘한 감동의 일렁임을 느꼈다. 제게 필요한 건 어머니뿐이라는 듯 미례만 찾던 아들이었다. 석 달간 떨어져 있었는데도 한눈에 아들에게서 인정받는 아버지라!

그는 치우를 안지 않은 한 손으로 미례의 손을 잡아 올려 자신의 입술에 대고 눌렀다.

"집으로 가자, 미례야."

"그래요."

경휘는 가납사니에게 뒷일을 부탁하고는 미례의 손을 꼭 쥔 채로 집으로 걸어갔다. 그의 뒤로 마을 사람들의 흐뭇한 시선이 따랐다. 그들은 이제야 그들의 이질금에게 기다려 주는 여인과 아이가 있다는 사실에 경휘 본인 못지않게 안도하며 기뻐하고 있었다.

오는 동안 눈으로 그와 미례 사이를 부지런히 오가던 치우의 머리가 그의 어깨에 얹히는가 했는데 녀석은 금세 잠이 들었다.

집 안으로 들어서자 반갑게 맞이하는 유모와 곁시에게 미례가 잠든 치우를 가리키자 두 사람 다 눈치껏 속삭이며 웃었다.

"어쩐 일로 이 시간에 잠이 드셨대."

"그러게요."

미례가 앞장서서 방문을 열기 위해 안채로 들어가는데 그가 유모의 방을 가리켰다. 미례의 얼굴이 빨갛게 물들자 따라오던 유모가 웃음을 참으며 말했다.

"제가 아기씨 잘 주무시는지 보고 있을게요. 염려 마셔요."

잠이 든 치우를 자리에 눕히고 난 경휘가 한마디 했다.

"착하네. 이렇게 쉽게 당신을 내게 양보할 거라곤 생각 안 했는데."

미례의 얼굴에 다시 열감이 번졌다. 그가 말하지 않아도 자신을 보는 그의 눈빛에서 뜨거운 욕구를 느낄 수 있었다.

그가 미례를 데리고 안채의 침실로 들어가며 말했다.

"당신이 안고 다니기엔 꽤 무거울 것 같은데?"

그는 치우를 안았던 팔을 쥐가 나는지 꾹꾹 눌렀다. 그가 이럴 정도면 미례에겐 부담이 될 수밖에 없었다.

"첨부터 안아서 그런지, 그래도 익숙해져서 좀 나아요. 많이 아파요?"

그가 웃음을 지으며 고개를 젓고는 그동안 마른 듯한 미례의 몸매를 살폈다.

"이리 와봐. 아이에게 진을 빼는 건 아냐? 어째 더 마른 것 같은데?"

"아뇨, 그렇지 않아요. 씻고 나서 옷을 갈아입어요. 물을 데워놨어요. 피로가 풀릴 거예요."

"이리 오라니까."

경휘는 문 앞에 서서 부끄러운 듯 시선을 피하는 미례를 채근했다.

"먼저 씻고서 쉬는 게."

"그럴 거야. 내가 뭘 하자고 했는데 당신이 날 제대로 안 보는지 모르겠네."

그의 말에 못 이기듯 미례가 한 걸음 떼어놓았다. 천천히 다가오는 미례를 기다리지 못한 그가 먼저 그녀에게 다가갔다. 마주 선 그녀의 눈가에 눈물이 반짝이며 빛나고 있었다.

경휘는 따뜻한 햇살이 들어오는 방 안에서 미례의 시선을 잡고는 한동안 놓지 않았다. 하얀 살결에 짙고 긴 속눈썹을 가진 큰 눈과 작고 도톰한 입술이 그의 시선을 잡아끌었다. 그는 아직 그녀보다 아름다운 사람을 보지 못했다.

미례의 머리카락을 쓰다듬던 손으로 그는 미례의 턱을 살짝 쥐면서 그를 향해 들어 올렸다. 촉촉한 물기와 더불어 웃음기를 머금었

던 미례의 눈빛이 그가 서서히 다가가자 흔들리더니 시선을 내리깔
았다. 미례의 숱 많고 긴 속눈썹이 파르르 떨렸다. 그의 입술이 미
례의 입술에 닿았다. 미례가 긴장하며 숨을 멈추자 그가 부드럽게
달래며 혀로 입술을 핥았다. 서서히 벌어지는 미례의 입술에 그의
혀가 안으로 들어갔다. 서로의 숨결을 뺏고 빼앗으며 두 사람의 뜨
거운 숨결이 하나로 얽혔다. 숨이 차오른 미례가 가만히 그의 옷자
락을 잡자 그가 미례를 놓아주었고 잠시 후 다시금 그는 유혹을 이
기지 못하겠다는 듯 미례의 윗입술과 아랫입술에 감미롭게 입 맞추
고는 떨어졌다.

"당신이 시중들어 줄 거야?"

"음?"

"목욕."

"아."

미례가 허둥대며 고개를 끄덕였다.

"그럴게요."

"좋아."

목욕으로 시작한 그들은 이내 서로의 몸을 찾는 열정으로 녹아들
었다. 그는 다급하게 미례를 안았지만 미례도 그런 그를 받아주었
다.

침상에 누워 한 차례 더 허기를 달랜 그가 만족스럽게 그녀 곁에
눕자 미례가 고백했다.

"둘째가 생겼어요."

"벌써?"

"아니, 지금 말고 지난번 당신이 떠나기 전에."

“아! 이번엔 딸이였으면 좋겠는데. 치우 녀석 같은 아들이면 곤란해.”

말은 그렇게 하면서도 그는 웃고 있었다.

“좋아요?”

“음.”

“잘, 지낼 거죠?”

“알았어. 그런데 계획에 차질이 생기겠는걸?”

“무슨 계획요?”

“당신 오라버니가 혼인한다는 연락이 왔어. 함께 갈 생각이었는데. 당신 몸이 힘들면 안 되겠잖아.”

미례가 화들짝 자리에서 일어나 그를 향해 간절하게 말했다.

“아, 정말요? 가요, 갈 수 있어요. 데려가 줘요.”

“정말 갈 수 있겠어? 배가 더 불러오면 힘들 텐데?”

“아니요, 당신이 몰라서 그래요. 정말 괜찮아요. 치우를 가졌을 때도.”

“그래서, 한 번 더 할 수 있겠어?”

“네?”

그가 미례의 몸을 은근하게 더듬으며 물었다.

“당신이 잘하면 생각해 볼게.”

“못됐어요!”

유모를 두고 협상하던 때가 생각나 미례가 그를 때렸다.

“정말 제대로 잘하지 않으면 안 데려갈 거야.”

그가 거만하게 말하며 두 팔을 깍지 껴서 머리 아래로 두었다.

그의 몸 위로 미례가 올라오며 전의를 다졌다.

"정말 못됐어요! 알아요? 못됐다고요!"

"생각해 봐, 미례야! 당신 오라버니는 나를 싫어해. 뿐인가, 당신 부모님도, 다른 형제자매들도 나를 좋게 봐줄 리 없어. 내가 무슨 즐거움이 있다고 그곳을 가겠어? 호랑이 소굴이나 마찬가진데!"

"내가 있잖아요. 내가 원하는데, 정말 간절히 원한다는데 안 되겠어요?"

미례가 쏟아져 내린 머리카락으로 그를 간질이며 그의 귓전에 속삭였다.

"그러니까 당신이 나를 좀 설득해 보라고."

"그렇게 하고 있어요. ……그렇게 하고 있는 중이잖아요, 지금."

전에 없이 적극적이고 과감한 미례의 몸짓에 곧 그의 숨결이 거칠어졌다. 그는 얼마 못 가 미례에게 항복했다.

"함께 가자, 미례야."

"정말요?"

"음, 당신이 원하는 걸 아는데 안 가볼 수 없지."

『해적의 여자』終

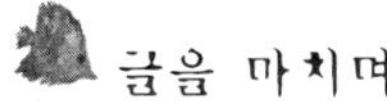 글을 마치며

생소하지만 예쁜 이름들, 그리고 마음의 공유가 선행되지 않은 사랑의 행로는 멀고 험난하다는 주제로 이야기를 만들고 싶은 욕심이 있었습니다. 그래서 「해적의 여자」를 쓰기 시작했어요, 십 년 전에요.

그간 몇 차례 재출간 제의를 받았지만 그때마다 부끄러워 전국을 다니며 수거해도 부족한 판에 재출간이라니 하면서 거절했었죠. 그러다가 한순간 고쳐서 생각했어요. 아쉽고 부끄럽지만 열정 하나로 장편 분량을 끝마쳤다는 것, 그때는 풋풋했다죠. 그때의 열정이 되살아나면서 욕심이 생겼습니다. 이번에는 아쉽고 부끄럽지 않은 글을 만들고 싶다는 욕심!

토마스 하디의 「테스」는 세 가지 버전이 있다고 합니다. 테스가 숲에서 알렉에게 순결을 잃는 부분에서 독자들의 원성이 대단했는데 하디도 다양한 생각들을 했던가 봅니다.

미례와 경휘의 사랑을 표현하는 데 있어서 독자들의 거센 저항을 샀던 부분들, 새로운 버전으로 바뀌었습니다. 그래 봐야 그들이 처한 상황은 크게 달라지지 않았지만요.

그리고 따로 경휘 어머니인 운제 부인의 이야기를 쓰려던 기억도 더듬어 보완했습니다.

새로운 버전과 옛 버전, 읽는 독자 분들께서 어떻게 받아들일까 궁금합니다. 부디 옛것보다 나은 새것으로 독자들의 기억에 남았으면 하는 소망입니다.

새로 고쳐 쓰는 동안 읽어보고 조언해 주신 분들께도 감사드립니다. 최정화님, 이지수님, 바쁜 중에도 챙겨주신 두 분의 예리한 조언들이 큰 도움이 되었습니다. 전보다는 조금 나아졌나요?

그리고 우연한 기회에 이종민님과 통화하지 않았다면 아마도 「해적의 여자」는 여전히 종이책으로 나오는 일이 없었을 겁니다. 감사드려요.

2009년 2월, 이진현